# O QUASE FIM DO MUNDO

VOZES DA ÁFRICA

PEPETELA
O QUASE FIM DO MUNDO

kapulana

São Paulo
2019

Copyright © 2008 Pepetela.
Copyright © 2019 Editora Kapulana Ltda. – Brasil

Grafia atualizada segundo o Acordo Ortográfico da Língua Portuguesa de 1990, em vigor no Brasil a partir de 2009. Em casos de dupla grafia, optou-se pela versão em uso no Brasil.

Direção editorial: Rosana M. Weg
Projeto gráfico: Daniela Miwa Taira
Capa: Mariana Fujisawa

Dados Internacionais de Catalogação na Publicação (CIP)
(Câmara Brasileira do Livro, SP, Brasil)

Pepetela
 O quase fim do mundo/ Pepetela. -- São Paulo: Kapulana, 2019. -- (Série Vozes da África)

 ISBN 978-85-68846-51-3

 1. Romance angolano (Português) I. Título. II. Série.

19-29519   CDD-A869

Índices para catálogo sistemático:
1. Romances : Literatura angolana em português A869

Cibele Maria Dias - Bibliotecária - CRB-8/9427

2025
1ª reimpressão

Reprodução proibida (Lei 9.610/98).
Todos os direitos desta edição reservados à Editora Kapulana Ltda.
editora@kapulana.com.br – www.kapulana.com.br

Velho mundo, mundo novo
Ana Paula Tavares 07

O QUASE FIM DO MUNDO 09

Glossário 353
Vida e obra do autor 357

Velho mundo, mundo novo

Calpe pode ser tudo menos a cidade feliz e os seus centros e margens estreitam-se quando a terra se rompe e o desaparecimento sucessivo da vida (homens, mulheres, insetos e outros bichos) acontece sem que uma razão clara (peste, guerra, furacão) tudo justifique. Ao contrário de um anjo carregado de futuro aqui sobrevivem indivíduos e uma imensa solidão incapaz de suportar todo o peso do mundo para descobrir e resolver. Os que sobrevivem procuram razões para todos os acontecimentos e ainda formas de resolver os estilhaços da vida que sobrou de um imenso passado por conhecer. A dimensão da violência perturba a observação e o quotidiano dos dias e das noites que o silêncio prolonga e acentua. Com uma linguagem trabalhada o romance abre-se às vozes das várias visões do acontecido como se Calpe se tornasse no pequeno quintal do mundo onde se discutem razões, hipóteses e estratégias. Os mares estão vazios de peixes e nos rios só sobrevivem as formas elementares da vida. Sobram demasiadas coisas materiais para tão pouca vida.

Devorados por um tempo que não é o deles os sobreviventes iniciam o ciclo das viagens onde como novos sujeitos da história descobrem os destinos e vão refundar o mundo. O continente africano resolve de novo o enigma da fundação: a partir de um centro renovar os ciclos, perceber o novo sentido da vida porque Calpe e o mundo à volta só conservam os mortos. A aventura começa e tudo se renova nesta narrativa misteriosa e fundadora.

ANA PAULA TAVARES
26 de agosto de 2019.

1

Chamo-me Simba Ukolo, sou africano, e sobrevivi ao fim do mundo. Se o fim do mundo quer dizer o aniquilamento absoluto da humanidade, haverá algum exagero na afirmação, pois escapou alguém, eu, Simba Ukolo, na ocorrência. Isso foi a primeira impressão, sozinho na minha cidade natal. Terrível sensação de solidão e de perda, mas sobretudo uma tontura de incredulidade. Dava mesmo para acreditar em coisa mais absurda? Viria a descobrir depois, não era de fato o único, havia sobreviventes, embora talvez não fossem todas as pessoas mais desejáveis com quem partilhar os despojos dos bilhões de humanos desaparecidos. Foi um quase fim do mundo, esteve mesmo muito perto de o ser em absoluto, o apagamento total da raça humana, percebi mais tarde.

Mas vamos com calma, que essa ideia demora a entrar nas teimosas cabeças, como os avisados conselhos dos mais velhos aldeões aos jovens estouvados da cidade, ou o trabalho persistente da formiga salalé erguendo as suas verticais cidades de terra vermelha. O fim do mundo não é tema que se trate com ligeireza, apesar de ter entrado em todas as línguas desde aquele primeiro dilúvio que tornou famoso Noé e sua arca. Também saiu constantemente das bocas de todos os trapaceiros que por este desgraçado planeta andaram, vendendo religiões de salvação ou poções para o evitar. O fim do mundo é assunto para ser tratado com delicadeza, prudência, reverente temor mesmo, pois implicou o óbito, ou melhor, o desaparecimento, de quase todos os seres vivos. A palavra desaparecimento, espero sinceramente, está aqui colocada com toda a propriedade, foi pensada e repensada, sopesada até em balança hipersensível, antes de ser escrita. Se trata mesmo de desaparecimento, sumiço, eclipse, pois na realidade não sobrou nada deles, nem ossos nem cinzas, nem pelos ou unhas, nada. Presumo que nem os espíritos se aproveitaram, tão rápido e global terá sido o apagamento coletivo. Mas voltemos ao relato de como me apercebi de estar sozinho na terra natal.

Sou médico. Não muito especializado, daqueles que servem para todas as ocasiões, gênero roupa unissex pronta a vestir. Habitava então a minha caótica cidade de cerca de dois milhões de habitantes, mas nunca ninguém se preocupou em saber ao certo, até podiam ser quatro. Nessa manhã muito cedo fui coordenar uma campanha de vacinação contra um surto de poliomielite acabado de ressurgir num conjunto de aldeias relativamente perto da cidade. Avanço acrescentar que a doença já fora dada como extinta várias vezes pelo governo, o que lhe merecera felicitações internacionais, no entanto ao fim de uns tempos regressava para provocar explicações descosidas do ministro da saúde, acusando pragas fomentadas do exterior. Eu aproveitava sempre essas oportunidades de trabalho extra, pois havia uma ONG que pagava ao pessoal local uma pequena parte do dinheiro fornecido pelo seu país. A maior parte das doações, sempre o soubemos, ficava para eles próprios, em salários e viagens desnecessárias, mas íamos fazer mais como? Eu e a minha equipe aproveitávamos esses biscates ditos humanitários para reforçar os parcos ordenados pagos pelo nosso governo. Terminado o trabalho, voltava à cidade sozinho no meu carro quando tive vontade de urinar. Estacionei à borda da estrada, avancei uns passos para o esconderijo que me proporcionava uma grossa árvore e me aliviei. Foi quando se deu o relâmpago, chamo-lhe assim à falta de melhor palavra. Uma luz intensa, como um flash num céu azul, indolor. As trovoadas secas são comuns na região, a chuva vem depois. Até pode não vir chuva nenhuma. E foi isso mesmo que pensei, apenas uma trovoada seca. Só muito mais tarde associei essa luz intensa e o fato de ir passando, a partir daí, por carros mal estacionados ao longo da estrada, alguns mesmo no meio da estrada, vazios, imbambas abandonadas ao deus dará, bicicletas caídas, e nem rasto de gente. Alarmado, cheguei aos bairros periféricos, onde se acumulavam os excluídos de todos os processos econômicos e sociais, milhares e milhares de seres a lutarem desesperadamente para viverem um dia a mais. E os bairros estavam vazios. Pensei, terá havido um festival de música, única razão levando toda a gente para fora dos bairros? Ou um culto monstro de uma igreja que oferece todas as curas? Nunca um fenômeno assim acontecera, bairros inteiros desertos, sem sequer um bebê, com veículos pelos cantos, alguns de portas abertas. Nem me lembrava de ter ouvido anunciar nos últimos dias um festival de música ou culto de tamanha grandiosidade. Devia ser outra coisa. E nada boa, disse o meu coração apertado. Fui passando pelos bairros a caminho do centro e o panorama ia se repetindo, tudo vazio de gente, mas muita mercadoria espalhada. E veículos desocupados por todo o lado, milhares, como abandonados precipitadamente, sem preocupação de parqueamento adequado. Entrei em pânico, guiava automaticamente entre os carros, fazendo gincana para os contornar, perdido no nada. Cheguei ao centro, normalmente atulhado de carros e pessoas. Estava atulhado, sim, mas apenas de veículos mal arrumados. Nem um agente de trânsito, o que aliás era desnecessário, pois nenhum carro andava nem estava ocupado.

Suando por todos os poros e o coração a bater, guiei para minha casa, na esperança de encontrar a família. A casa estava vazia. Nem o gato de estimação da minha filha Sarah se encontrava lá. Gatos não vão a festivais nem a cultos e aquele só saía de casa à noite, para as suas deambulações amorosas. Onde se teria metido todo esse mundo de marginais, pessoas ricas, outras nem tanto, mas sobretudo desgraçados sem eira nem beira? Estava só eu na cidade, seria possível? Num rasgo de inteligência, liguei a televisão. Só emitia ziguezagues a preto e branco passando rapidamente com ruídos sem sentido. Liguei o rádio da sala e a mesma coisa acontecia, em todas as bandas. Experimentei as ondas curtas para a Rádio França Internacional, a Deutschewelle, a BBC, a Voz da América. Nada. Liguei outro rádio, o da cozinha, sem mais sorte. Fui ao carro e tentei o rádio dele, que nunca uso quando guio, com medo de me distrair ao volante. Também ele emitia apenas sons metálicos. Voltei a casa, para lá do desespero, liguei o computador. A Internet estava acessível mas parada. Tinha acesso aos sítios, só que nada de novo acontecia, tudo coisas passadas, estacionadas no tempo, como vítima de um bloqueio generalizado, um súbito ataque de falta de imaginação.

Foi então que pensei seriamente em avançar para o hospital e internar-me no pavilhão psiquiátrico. Era amigo do psiquiatra-chefe, o Paul Michaux, um velho belga esquecido de voltar à terra depois de todas as descolonizações. Ele certamente teria mais cuidados para comigo, um colega, que para os indigentes que fingia tratar, antes de os mandar para os chamados hospitais clandestinos dos subúrbios, onde afinal os desgraçados viviam acorrentados a postes e bebendo infusões de casca de árvore para pararem de uivar. Eu estava doido, decidi. Cura instantânea. Finalmente me deixei tomar por uma grande calma, o mundo permanecia intacto, perfeito, eu é que tinha subitamente endoidecido, por uma causa desconhecida e que no momento deixou de me interessar. É estranho como certas ideias, quanto mais absurdas parecem, mais têm um efeito tranquilizante. Preparei um uísque com muito gelo, bebida que usava cada vez mais raramente, definitivamente conquistado pelo vinho tinto produzido no hemisfério sul, contrariamente ao resto da elite emergente na qual me inscrevia e que preferia as bebidas destiladas ou os vinhos do norte, vivendo ainda da reputação ganha pela ancestralidade. Sentei-me numa poltrona da sala, o copo de uísque a refrescar-me a mão, pensando que no fundo era um mal menor estar louco e ficar ali calmamente à espera que a família chegasse do culto desconhecido. Tão repousante foi a descoberta da minha súbita loucura que cheguei a adormecer com o copo de uísque no regaço.

Acordei a altas horas da noite. Foi o silêncio que me fez despertar, tenho a certeza. Nem um pio de coruja ou um ladrar de cão, muito menos o barulho longínquo de um gerador de eletricidade ou automóvel. Nenhum som. Estaria também surdo? Lembrei, estava maluco, doido varrido, até imaginava encontrar-me sozinho na cidade. E surdo? Provavelmente mudo. No entanto, ouvi perfeitamente o grito que dei quando tropecei numa cadeira estacionada no escuro, um sonoro porra. Nem mudo nem surdo, portanto. Apenas maluco. Acendi todas as luzes que encontrei, para não voltar a me pancar na mobília. Fui para a varanda. Se me acontecia levantar à noite e ir à varanda fumar um cigarro ou simplesmente ficar a gozar a paz da noite, imediatamente o gato da Sarah aparecia a esfregar-se na minha perna, ronronando suavemente. Não desta vez. Senti fome, muita fome. Pensei procurar comida na cozinha, mas a preguiça venceu a fome. E sentia o silêncio total, pesado. Havia luzes acesas na rua, não as de iluminação pública, mas de uma ou outra casa. Acendi um cigarro e deixei que a chama do fósforo me queimasse os dedos.

A vivenda da frente estava prodigamente iluminada. Em gesto inspirado e repentino, atravessei a rua e bati à porta. Talvez soubessem explicar algo, apesar de tudo. Eram uns vizinhos pouco simpáticos, com quem dificilmente convivíamos, desde uma disputa por uma bola de futebol dos filhos ter partido o vidro do meu carro, mas a insólita situação justificava qualquer aproximação, mesmo às duas da manhã. E depois, que se lixasse, eu estava maluco e os malucos não precisam de dar explicações. Enquanto esperava a resposta, pensando idiotamente que o melhor teria sido pressionar a campainha elétrica, arrependi-me. Queria lá saber o que tinha verdadeiramente acontecido na cidade, se enlouquecera... Reflexos condicionados, provavelmente. Não houve resposta e toquei desta vez à campainha. Com insistência. Nada. Havia uma outra casa iluminada a uns cem metros e para ela me dirigi, embora me reprovasse a teimosia estúpida. Um mosquito ferrou-me o pescoço, para me trazer à realidade. Ainda não tinham conseguido inventar vacina contra a malária, doença de pobres e portanto pouco rentável para o altruísmo tão propalado dos grandes laboratórios farmacêuticos dos países ricos. Suspeito que agora é que nunca mais vão inventar nada disso. Toquei à campainha e bati à porta, várias vezes. Inutilmente. Fui andando pela rua e batendo em todas as portas onde havia luzes. Se as luzes destas casas estavam ateadas antes de os seus moradores desaparecerem é porque eles eram gastadores inveterados de eletricidade, deixando lâmpadas acesas em pleno dia, um esbanjamento escandaloso. Também eu e todos os meus amigos fazíamos isso, lembrei, por isso nos chamam de irresponsáveis e desplanificados, merecendo a miséria em que vivemos.

Até que cheguei às imediações do posto de polícia, claro, como não tinha pensado logo nisso, havia mesmo uma esquadra na rua. Avancei para ela, compondo já um discurso, sei que enlouqueci, mas estou com a impressão que todas as pessoas desapareceram, podem explicar-me onde está a minha família e as outras?

O posto estava às escuras, mas o portão de fora aberto. E também a porta principal. Antes de entrar, carreguei no interruptor e a luz da entrada acendeu. Neste caso não era esbanjamento, era apenas prudência. Podia haver polícias à espreita e os polícias têm armas, que na minha terra usam com a maior das facilidades. Afinal, armas havia no posto, até espalhadas por todos os lados, polícias é que não. Revistei a esquadra inteira, literalmente vazia. As fardas estavam atiradas por todos os lados, com aspecto de terem sido usadas e despidas ao mesmo tempo. Confesso ter sentido a tentação de ir descobrir segredos judiciais, procurar relatórios de inquéritos em curso, saber os nomes de suspeitos, mas achei ser banal demais para momento tão transcendente. Vi o telefone em cima de uma secretária e lembrei, talvez os telefones funcionem. Não me tinha sequer ocorrido a ideia de usar o meu telemóvel, nem o de casa, doido varrido. Bem, este telefone é do Estado, sempre poupo alguma coisa, vai na conta dos impostos que me extorquem. Pus-me a teclar para vários números que conhecia, primeiro da cidade, depois do país. Tocava, tocava, e ninguém atendia. Num computador encontrei uma série de números interessantes, um deles era da seção da Interpol da Noruega. Não custava nada tentar, mesmo se não sabia o que dizer nem em que língua. Interessava era tentar. Ninguém atendeu também. Havia outro número e era da China, supostamente da Interpol. Também não responderam.

– Não há dúvida, enlouqueci de vez.

Dispus-me a voltar para casa, pegar no carro e ir para o hospital, entregar-me aos cuidados do velho Paul. Nem tive dúvida sobre a realidade física dele. Para um maluco, o psiquiatra tem de existir, mesmo que o mundo tenha acabado, é óbvio. Mas misturava períodos de lucidez à demência avançada. Pensei, se os polícias desapareceram, quem me defende se for atacado? Não era particularmente adepto de armas, mas tinha feito treino militar. Escolhi uma *kalashnikov*, quatro carregadores, e uma pistola *makarov* com uma caixa de munições, eram as marcas mais comuns no meu território. Só a existência dessas armas nas mãos me dava já mais segurança. Enfrentei a rua, de regresso a casa, atirei as armas para o banco de trás do carro. Imaginei a cara do Paul ao me receber, todo armado, gritando estou maluco, interna-me de urgência. Ia mesmo acreditar, é claro. E enfiar-me no tal colete de forças até confirmar que a fase de loucura assassina tinha passado.

Mas não cheguei ao hospital. Ia a caminho dele quando lembrei, avistando a sucursal de um banco, que estava para levantar dinheiro ao regressar à cidade e ainda não o fizera. Por isso parei à frente da agência. Se a esquadra de polícia estava aberta, também o caixa Multibanco podia funcionar. Empurrei a porta, pois nesta agência o caixa ficava dentro das instalações, e ela estava aberta. Tinha comigo o cartão mas reparei que parecia também aberta a porta dando acesso ao banco propriamente dito. Empurrei a porta e ela cedeu, diria, alegremente cedeu. Gritei, está aí alguém? Claro que não estava ninguém. Sentei-me numa cadeira da sala de espera, matutando. O banco aberto e ninguém lá dentro, nem um segurança. E eu com necessidade de dinheiro. Para que usar o cartão e sacar dinheiro da minha conta, se certamente nos caixas havia muito mais, agora abandonado? Como classificar um levantamento de dinheiro não autorizado num banco deserto: roubo, furto, desvio? Crime, em todo o caso. Sempre fui um cidadão exemplar e, de toda a minha vida, só me lembro de ter levado um livro sem pagar. Era estudante, precisava urgentemente desse livro para um exame e não tinha dinheiro para o comprar. Suando e tremendo, meti o livro na pasta, saí da livraria ouvindo imaginárias campainhas a avisarem o pessoal de que um livro tinha sido roubado, vi polícias esbaforidos a correr para mim, tudo fruto do medo, claro, pois afinal ninguém reparou. Foi o único crime consciente que cometi, a menos que a memória esteja a pregar partidas ou a fazer-se de amiga para as emergências. Agora era diferente, a vida tinha desaparecido da cidade, não havia senão eu, ou então estava louco. Em qualquer dos casos, aproveitar dinheiro abandonado deixava de ser crime.

Entrei num compartimento e nem foi preciso abrir gavetas, o dinheiro estava ali, uma quantidade considerável. Disse como o outro da anedota, sou maluco mas não sou burro. Apanhei todo o que andava por ali e fui ao outro caixa onde ainda apanhei mais. Tive um reflexo dos meus anos de juventude revolucionária, recordei as frases com que então nos entusiasmávamos, isto é apenas recuperação do dinheiro sonegado ao povo pelos maiores vampiros do mundo, os banqueiros, os que enriquecem com as crises dos outros. Senti-me mais reconfortado, mas deixa para lá, sou louco, inimputável. Meti todo o dinheiro que pude num saco de plástico, depois abandonei a ideia e aproveitei uma pasta de cabedal pousada em cima de uma secretária em cuja cadeira repousava um casaco, camisa, gravata, enquanto calças, meias e um par de sapatos estavam no chão. Pelo estilo, parecia a secretária e a roupa do gerente. Foi só então que me lembrei de uma coisa em que não tinha reparado desde que vinha na estrada no regresso à cidade: havia muita roupa deixada por todo o lado, as ruas estavam cheias de peças de roupa que eu tinha constantemente atropelado, mesmo na esquadra as fardas abundavam atiradas pelo chão. Ali, no banco, além das roupas e do dinheiro, também havia fios de ouro, relógios, malas de mão, telemóveis, lenços, chaves e toda a quantidade de tralha que as pessoas usam consigo. As pessoas desapareceram e foram nuas? Parecia. Não gostei da ideia de pensar na minha mulher andar nua não se sabe por onde. Nem a Sarah, apesar de ela só ter dez anos. Ora, para que preocupações? Eu estava a ver essas coisas todas, mas é porque enlouquecera, a esta hora a minha mulher estava vestida, muito certamente de pijama, pois era noite bem avançada. E não tinha deixado o relógio e as pulseiras na rua. Óbvio.

Fiquei masé a olhar para um grande cofre na parede do fundo do gabinete do gerente. Aí devia haver dinheiro a sério, muito mais que o apanhado nos caixas de pagamento, até talvez barras de ouro. Mas nunca fui arrombador de cofres, nem forte sequer em combinações matemáticas. Também era evidente que na secretária o gerente não tinha escrito o código para abrir o cofre, sabia-o de memória apenas. Decidi não perder tempo com isso, até porque devia internar-me no hospital o mais depressa possível. Apanhei apenas o Rolex do gerente. Amigos novos-ricos exibiam iguais para tentarem provocar-me inveja, o que conseguiam facilmente, pois médico generalista nunca pode comprar um daqueles de ouro. Pareceu-me justo levar o relógio como recordação do meu primeiro assalto a um banco, uma data memorável na vida de qualquer cidadão, sobretudo se tiver sido exemplar até então. Acendi um cigarro e sentei na poltrona do gerente, a deixar os neurônios trabalharem. Vejam lá como a vida é bizarra. Há ladrões profissionais e muito competentes que não ousam roubar um banco, dada a dificuldade e o risco. Eu começava logo pelo mais difícil, sem me importar se todos os dispositivos de alarme tocavam ou não. Merecia mesmo o Rolex, era um troféu glorioso. Com ele no pulso, sentia-me indubitavelmente mais importante.

Regressei ao carro, enchi um bolso das calças com notas e o resto pus na mala do veículo, dentro da pasta. Aproveitei guardar aí também a *kalash* e os carregadores, pondo a *makarov* entre os dois bancos da frente, escondida mas fácil de apanhar. O hospital ficava quase do outro lado da cidade e para lá me dirigi. Mas, bolas, o anúncio luminoso de outro banco chamou-me a atenção. De porta aberta, claro. Estacionei à frente, entrei no edifício, dei uma volta para me certificar que não havia ninguém, esvaziei os caixas, fui ao gabinete do gerente procurar uma pasta maior, o que de fato encontrei. Mas havia um vestido, sutiã, cuecas de mulher, etc. Era uma gerente, claro. Na pasta grande, que esvaziei para a encher com dinheiro, encontrei vários preservativos e de tamanhos e sabores diferentes. Caramba, esta gerente andava prevenida. E, pelos vistos, nunca sabia o que ia encontrar pelo caminho, daí o andar já acautelada com todos os tamanhos possíveis. Mulher prudente, certamente também uma gerente competente, para onde terá ido? Outra dúvida: usaria o dinheiro do banco para atrair homens, por isso a variedade de preservativos?

Para seguir o ditado de que não há duas sem três, fui assaltar o terceiro banco e se tratava de uma agência enorme, com muitos caixas e portanto dinheiro para encher a mala do carro e ainda sobrar. Teria de escolher apenas as notas de maior valor facial, nada de trocos. Entrei todo confiante, só faltava assobiar, e nem inspecionei o local, dirigindo-me diretamente para os caixas. Aí apanhei um susto tremendo. Penso ter sido nesse momento que me convenci que afinal não estava nada doido.

Uma mulher de meia idade se antecipara ao que eu tencionava fazer. Mas ela devia ter pensado antes no golpe, pois arrastava um saco enorme que ia enchendo com o dinheiro dos caixas. Afinal não estava sozinho na minha cidade, havia pelo menos outro sobrevivente. Foi um choque do camano, podem crer. Para ela também, que deu um grito agudo. E apontou logo uma pistola contra o meu peito, toda nervosa. Eu só via a pistola tremer na mão dela, o que era muito perigoso, o dedo pode carregar involuntariamente no gatilho.

– Calma, calma – consegui proferir. – Não lhe quero fazer mal.

Ela pareceu não perceber. Continuou a apontar a arma tremebunda, enquanto recuava para fora do compartimento. Tinha lido muitos livros, até mesmo alguns de psicologia, por isso sabia, tinha de conversar, manter o contato, até a tranquilizar. Nesses momentos, a falta de comunicação pode ser fatal, como nos casamentos.

– Não quero o seu dinheiro, pode ficar com ele, com todo. Já apanhei bastante noutros bancos, não tem importância. Mas é a primeira pessoa que vejo... estava fora da cidade, cheguei e não encontrei ninguém, nem sei onde a minha família está. Pode dizer-me alguma coisa sobre isso? Sabe o que se passa, houve alguma informação?

Os médicos devem ter qualquer coisa na cara, ou na maneira de falar, que ajuda as pessoas a confiarem neles. Creio nisso. E dessa vez funcionou mesmo. A mulher baixou a arma, embora olhasse muito atenta para as minhas mãos e se afastasse um pouco mais.

– Também não sei o que se passa. Desapareceram todos. Ou quase. No fim da tarde vi uma pessoa a correr na rua, chamei, mas ela continuou a correr atrás do cão.

– Há outros, então.

– Não saí daqui do bairro, onde mora toda a família. Depois vi este banco e pensei, está aberto? Entrei. Havia tanto dinheiro à minha disposição... Fui à esquina buscar este saco que estava cheio de roupa usada, deixei lá a roupa e voltei encher o saco de dinheiro, nunca se sabe o que pode mais acontecer.

– Fez muito bem. Se todos foram embora, o dinheiro agora é nosso, dos que ficaram.

– Tem razão, senhor.

– Não vale a pena lutarmos por ele, há que chega para todos – disse eu, convencendo-me definitivamente que não enlouquecera.

Que se lixasse o Paul Michaux, neocolonialista de um raio como todos os europeus falantes de francês, dizendo sempre com falsa mágoa, os africanos escolheram o seu destino miserável e portanto têm o que merecem. Já não o ia procurar, provavelmente também tinha desaparecido e eu não precisava mais dele.

A mulher mudou de compartimento e, embora ficasse de olho em mim, lá foi enchendo mais o saco com o dinheiro do caixa. Havia ainda outros caixas, era realmente uma grande agência, mas eu preferia não a afrontar. E, ainda por cima, a minha *makarov* ficara no carro. Tinha que começar a usá-la à cintura, como nos filmes. Esta cidade estava a

ficar perigosa, pois até uma senhora de meia idade, com ar de mãe de cinco filhos, passeava com uma pistola na mão e assaltava bancos.
— A sua família também desapareceu, senhora?
Ela soluçou quase imperceptivelmente. Mas se conteve, conseguiu responder audivelmente, sem parar o que estava a fazer.
— Todos. O meu marido, os meus quatro filhos, os meus irmãos e irmãs, os filhos deles. Todos. Fui de casa em casa procurá-los, moramos perto uns dos outros. Só encontrei as roupas deles, as coisas deles, algumas ainda a cheirarem a perfume que usavam.
— A minha família também desapareceu. Até o gato da minha filha.
Fiz um esforço enorme para não soluçar, eu também. Para cenas melodramáticas, bem bastava a mulher, o que vinha mais a propósito na nossa sociedade machista. Tentei usar um tom ligeiro na fala para não encorajar demasiado a senhora a entrar na fase do komba antecipado, tão vulgar na nossa cultura. Disse:
— E estou com uma fome danada. Vamos procurar comida num restaurante? Devem estar a abarrotar. Entre no meu carro, está ali no passeio. Pomos o saco no porta-bagagens.

A senhora hesitou. Deve ter achado que era uma maneira elegante de lhe roubar o dinheiro. Mas também devia ter fome, ou não sabia o que fazer, provavelmente tão desorientada como eu. Acabou por aceitar silenciosamente, encorajada pela pistola que tinha na mão. Saímos do banco, abri a mala e ela meteu lá o saco. Para a tranquilizar, falei:
— O saco fica ao lado das minhas pastas, cada uma delas com o dinheiro dos bancos por que passei antes.

A *kalashnikov* e os carregadores eram bem visíveis no fundo da mala.

Percebi o estremecimento de medo na minha companheira. Afinal eu também estava armado e com uma pistola-metralhadora, deve ter ela pensado. Disse, no gozo:
— A arma estava na esquadra da polícia onde fui para saber o que se passava. Havia muitas pelo chão, escolhi a mais brilhante. Se quisermos, hoje arranjamos armas para um exército inteiro.

Fechei a mala e abri as portas do carro. Sentei-me tranquilamente ao volante e convidei-a a entrar. Pensei na *makarov* que tinha escondida ao lado do banco. Talvez ela não reparasse e assim continuasse a achar que eu continuava desarmado, pelo menos demasiado longe da *kalashnikov* para poder constituir perigo. Ela sentou ao meu lado, acomodando a bunda cuidadosamente, e arranquei.

– Lembrei-me que aqui perto há o melhor restaurante da cidade, se não do país. Nunca lá entrei, demasiado caro. Sempre tive a esperança de curar algum paciente de morte certa e ele me convidasse para jantar no dito restaurante em sinal de gratidão. Até hoje nunca conheci um paciente tão agradecido assim. Não devo ser grande profissional.

– Afinal é médico? Até pode ser bom. As pessoas é que já esqueceram a gratidão há muito tempo, todas umas interesseiras. Por isso aconteceu o fim do mundo.

– Acha mesmo que é o fim do mundo? O anunciado na Bíblia? Olhe, já pensei nisso, há semelhanças indubitáveis. Mas se fosse o fim do mundo, nós não estávamos cá.

– Ninguém tem de saber os desígnios do Senhor.

Pronto, estava tramado, ligado pelo acaso a uma fanática qualquer. Restava saber qual a religião dela, mas com cuidado pois há umas religiões perigosíssimas. Melhor esconder que eu não acreditava nessas balelas, ela podia virar uma fúria com uma arma na mão. Talvez convenha explicar já a minha posição em relação às crenças religiosas. Educado desde muito novo no materialismo ateu, como costumávamos chamar à nossa doutrina de juventude, mais tarde seguindo estudos de medicina, vi muita miséria e dor neste mundo e nunca o dedo de Deus. Pelo menos para diminuir um pouco que fosse essa torrencial dor humana, que parecia sair em borbotões das entranhas da terra. Se senti o dedo de Deus foi, pelo contrário, para espalhar e agudizar ainda mais o sofrimento dos inocentes, com guerras feitas em nome d'Ele. Por isso preferia repudiar o sobrenatural, considerando essas crenças uma forma primitiva e desajeitada de uma pessoa fugir da realidade dura e sem sentido da vida. E quando falo de crenças, estou mesmo a falar de todas, pois também traía as minhas raízes africanas, não acreditando em feitiços, espíritos e assombrações. Esgotado este tema rapidamente, tentei imediatamente pensar em outro dos numerosos dilemas da pobre humanidade, mais

um, qualquer coisa que fosse, todavia me obrigando à concentração num assunto. Tudo servia naquele momento. Só não queria cair em mim, na realidade, para não constatar definitivamente que tinha perdido a família e o passado. Por isso, para pura distração, inquiri:
– A senhora acha que nós fomos poupados ao fim do mundo? Nós e aquela pessoa que viu a correr atrás de um cão? A senhora não sei, pode haver razões para isso, mas por que raio de razão seria eu poupado? Não entendo.
– Já lhe disse. Ninguém conhece os Seus desígnios. Talvez nunca perceberemos, mas fomos poupados ao flagelo que Ele há muito ameaçava enviar-nos.
– Qual é a sua religião? Católica?
– A dos Paladinos da Coroa Sagrada.
Nunca tinha ouvido falar nessa tribo, embora sugerisse uma sonoridade realmente religiosa. Dura, inflexível. Evitava sempre o termo "fundamentalista", demasiado usado nos tempos atuais, mas foi isso mesmo que pensei. Se fosse católica, usando códigos por mim melhor conhecidos, a senhora devia ser daquelas de todos os dias ir varrer a sacristia e tomar a hóstia. Sendo Paladina da Coroa Sagrada, não imaginava que cultos poderia seguir, embora o livro de referência parecesse ser também a Bíblia, pois usava uma linguagem semelhante à dela.
– A sua religião não tem muitos crentes cá, pois não? Desculpe a minha ignorância, mas nunca ouvi falar.
– Ainda não tem muito. Mas estamos a crescer.
– Estavam... Agora terão bem menos, não é verdade? De repente, têm crescimento negativo... por causa do fim do mundo...
Se eu procurava um sorriso ou uma réplica mais ligeira, podia me desiludir à vontade. Aquela senhora falava sempre a sério. E com voz vinda do fim dos tempos ou de algum túmulo ambulante. Perorou enfaticamente, como o sacerdote no púlpito ou o político num palanque de comício:
– Basta eu estar viva, para a Igreja estar viva.
Era sem dúvida uma frase impressionante. Um arrepio percorreu-me a coluna, como se estivesse perante o próprio São Pedro, hirto, barbas selvagens ao vento, de pé sobre os cabouços da sua igreja.

– A propósito, tentou encontrar algum pastor? Os seus conselheiros espirituais chamam-se pastores?
– Não. São apóstolos.
– Vai dar no mesmo. Procurou algum apóstolo?
– A Igreja fica longe daqui. No outro lado da cidade.
– Pode ter sobrado algum. Só têm um templo?
– Aqui na cidade só um. Mas há muitos espalhados pelo mundo.

A senhora parecia irremediavelmente convicta. E não muito preocupada em procurar um apóstolo do seu culto, aposto que nem se tinha lembrado disso antes. Havia certamente outras prioridades, tal como encher um saco com dinheiro. E uma outra prioridade era certamente a fome. Que estava a terminar, pois tínhamos chegado ao restaurante, único do país a merecer recomendação, embora sóbria, do guia Michelin para restaurantes mundiais, passe a publicidade gratuita à célebre marca de pneus. Os letreiros luminosos piscavam em arco-íris e a porta estava escancarada, como é óbvio. Parei o carro, tirei a pistola do esconderijo e encaixei-a na cintura, como vira fazer milhares de vezes nos filmes. Olhei então para a minha companheira, a qual só mirava a *makarov*. Como se de repente tivesse tido consciência do perigo que corria. Não a queria assustar nem entrar em nenhuma forma de competição, mas sentia-me muito mais seguro com a arma à cintura. Por que só ela tinha direito a usar uma, e logo na mão? Avancei para o restaurante sem esperar pela senhora, entrei. Ela hesitou, mas acho, a fome falou mais alto, veio a seguir. Fui diretamente para a cozinha e além das fardas vazias do pessoal espalhadas por todo o lado, bem como sapatos, porta-chaves, documentos etc., havia montes de comida. Já fria. E descobri esta coisa fantástica: todas as bocas dos fogões estavam abertas mas apagadas. Tive um breve lampejo de inteligência e corri para as janelas, abrindo-as de par em par.

– Cheira muito a gás, não é? – perguntei para a minha companheira.

Ela saiu da cozinha, concordando. Foi abrir as janelas do salão e estabelecer assim uma boa corrente de ar. Fui ter com ela à sala, esperando que o gás se dissipasse na cozinha.

– Foi a meio da tarde que isto aconteceu, eu estava a regressar à cidade e vi uma luz fortíssima. Eles deviam estar aqui a preparar

o jantar. Nas bancas estão muitos legumes e carnes e há panelas nos fogões, muitas. Quando as pessoas desapareceram, também os diferentes fogos se apagaram. Será que no resto da cidade também?
– Certamente – disse ela. – Já imaginou a quantidade de incêndios que haveria? As pessoas desaparecem, as panelas continuam no fogo até a água acabar e derreterem. Isso provoca incêndio.
– Sim, devia haver muitos incêndios. E não vi nenhum.
– Os bairros populares deviam estar todos a arder – insistiu ela. – Muitas casas são de madeira, algumas até de papelão. Usam lenha ou carvão, menos gás, mas mesmo assim dava para provocar bué de incêndios. Se via daqui.
– Curioso – disse eu. – Se fosse o fim do mundo, o fogo divino queimava tudo. Não é o que vem na Bíblia? Pelo contrário, aqui apagou os fogos.
– A Bíblia não afirma que o fim do mundo é provocado pelo fogo divino. Ou, se diz, é preciso saber interpretar, o fogo divino até pode ser água. Interessa é a ideia.

Se estivesse com outra disposição e não perante uma senhora, certamente fanática, de pistola nervosa na mão, teria provocado uma acalorada discussão, no gênero, pois é, vocês, religiosos desvairados, interpretam liberalmente quando convém e quando não convém dizem que se deve tomar à letra tudo o que vem no livro sagrado, sem mudar uma vírgula. Mas era a última das minhas intenções polemizar teologia, queria apenas não pensar na perda imensa que sofrera. E encher a pança, a qual reclamava, pois desde a manhã do dia anterior não tinha comido nada. Olhei para o relógio, cinco horas, em breve nascia o sol. Não engolia nada quase há um dia, acreditam? Já devia dar para enfrentar os restos de gás da cozinha, não podia esperar mais. Havia comida pronta, embora fria, carnes, peixes, legumes, pão de todos os tipos, vinhos das melhores castas, tudo o que precisávamos. Comemos e bebemos de pé na cozinha, quase com as duas mãos, reduzidos à condição de pré-humanos, mas não era a isso mesmo que estava reduzida a mísera humanidade? Claro, se partíssemos do princípio que a nossa cidade não era exceção, que "a coisa" tinha acontecido igualmente no resto do globo. A senhora não era requintada, percebia-se logo, e não tinha desses pruridos, pelo menos hoje. Certamente para ela o fato de comer mais com a mão que com colher ou garfo não significava marca de atrasado. Mas eu era um médico, estudara na Europa, já tinha até andado por outros sítios, e por isso só a fome desbragada justificava não me ter sentado a uma mesa do restaurante mais famoso da zona e degustado com calma e requinte uma excelente refeição. De repente ouvi a voz da minha mulher, a Íris, me chamando de pretensioso, como em muitas ocasiões. Lá por teres um curso superior num país de fraca escolaridade já te crês uma estrela, és mesmo pedante, irremediavelmente pedante. Senti uma dor no peito, mudei de assunto. Para o caminho, levei uma garrafa de vinho, um *merlot* chileno de muito respeito que olhava insistentemente para mim da fila de tintos com o seu rótulo amarelo. A minha companheira resmungou qualquer coisa e adivinhei a reclamação por causa do vinho. De fato só aceitara beber água, devia ser imposição religiosa. Fingi que não percebi a recriminação e voltamos para o carro.

– Afinal, qual é o seu nome? – perguntou a senhora.
– Simba Ukolo.
– Eu sou Geny.
– Geny é um nome fácil – disse eu um pouco ironicamente, já que ela nem o apelido me dava.
– O meu marido também achava – soluçou ao usar o passado.

Não podia invocar a família sem soluçar. Se eu pensasse neles, também me aconteceria. Portanto, treinado pela profissão a estar alheado quando me deparava com a dor, mudei logo de registro, tentando adivinhar se no resto do mundo também tinha acontecido aquilo. Não havia televisões a funcionar, nem rádios, nem telefones, portanto "a coisa" tinha ocorrido em todo o lado, não dava para duvidar. A "coisa" teria provocado a falta total de comunicações com o resto do planeta, parecia evidente. Mas seríamos só nós os que sobraram? Essa era a questão, mais importante do que por que tinha acontecido. Se realmente houve um cataclismo universal, não será a minha geração a descobrir as causas, pensei, nem talvez a seguinte, mesmo se conseguirmos criar alguma geração, dúvida minha. Não me estava a ver gerar uma prole com a Geny, demasiado gasta e desinteressante para me excitar. Olhei de lado. Estava de fato acabada pelos partos e vida difícil, pesadona, relaxada, cabelo com pontinhos brancos e mal cuidado. Eu tinha 35 anos. Quem sabe, ao fim de algum tempo e com a necessidade... uma pessoa fecha os olhos e avança. A primeira mulher com quem tive relações, aos quinze anos, não seria muito mais nova nem mais interessante que a Geny. E no entanto, até hoje não esqueci aqueles momentos de descoberta. De qualquer modo, daí até criar uma prole vai um salto de onça. Podia ser que, além do homem a correr atrás do cão, outros sobrevivessem. Sobretudo mulheres, sobretudo elas. Já os demógrafos explicaram, o que conta para a reprodução das espécies é um número mínimo de fêmeas. De machos basta um. E, do que eu sabia, na minha cidade tinham sobrado dois homens e uma mulher escaqueirada. Manifestamente insuficiente. Também não percorremos a cidade toda, pode haver outros. Nessa esperança, arranquei com o carro, andando pelas ruas desertas. Nada. Quando saí de casa notei a presença de um mosquito, que me ferrou. Mas agora nem se via um daqueles insetos alados que andam a noite inteira à volta de um poste de luz.

– Onde está a ir? – perguntou a minha companheira, depois de muitas voltas sem conversa.

– Procuro outros sobreviventes.

Ela resmungou, está a amanhecer, queria ir para casa. Deu-me as indicações e levei o carro para lá. Pediu para lhe abrir a mala do carro, pegou no saco do dinheiro, avançou em silêncio para o imóvel de apartamentos.

– O elevador funciona? – ainda lhe perguntei.

– Moro no primeiro andar.

Não se despediu, não agradeceu, talvez desesperada por ter de enfrentar uma casa vazia. Levava o saco às costas, seguro por um braço, e na outra mão a eterna pistola. Paguei-lhe na mesma moeda e não lhe disse nada, gênero, passo então para a apanhar à hora do almoço, ou descanse bem, sonhe com anjos. Arranquei para o meu cubico, desesperado. Tinha chegado a hora de chorar.

2

Os habitantes de Calpe, depois da "coisa", eram de fato quatro: os nossos já conhecidos Simba Ukolo e Geny; o homem que fora avistado a correr atrás de um cão e se chamava Kiari (foi pelo menos o nome que disse quando conheceu os outros, no dia seguinte ao holocausto, mas já veremos que dá para desconfiar do nome); e a menina Jude, de dezesseis anos de idade, aparentemente tímida e chorona (o que era perfeitamente normal nas atuais circunstâncias). Além destas pessoas, haveria o cão, desaparecido desde então, e um mosquito que picara Simba Ukolo. Nenhum outro ser vivo era notado, nem uma formiga, nem uma barata, bicharada anteriormente muito abundante na cidade. Kiari percorria as ruas, andando a grande velocidade e fazendo com a boca o ruído de um carro. Falava sozinho quando quase esbarrou com Ukolo e Geny, perto da casa desta. O médico tinha ido lá no dia seguinte, depois de ter chorado tudo o que tinha para chorar e se convencido que em todos os sítios com os quais tentara comunicar nada nem ninguém respondia. Não estava maluco, mas estava sozinho no mundo com Geny, se convenceu. Foi a casa dela saber se queria ir comer a algum lado, já eram quase cinco da tarde do dia seguinte. Buzinou da rua e o barulho pareceu-lhe descomunal, agora que o silêncio tinha invadido a cidade e provavelmente o mundo. Ela apareceu à janela, fez sinal que acedia em descer. Veio com a arma na mão. Ele também tinha a *makarov* à cintura. Saiu do carro para a cumprimentar e foi então que Kiari apareceu em grande velocidade, gritando "deixem disso, leprosos, quem tem lepra não tem palavra, ora já viram". Quase chocou com eles, estacou diante do carro, aturdido.

– Era ele que ontem andava a correr atrás do cão – disse Geny, apontando com desprezo.

Ukolo perguntou se ele estava bem, se tinha visto outras pessoas, se achava mesmo que era o fim do mundo, se antes tinha reparado numa luz muito forte, mas Kiari estava apenas preocupado com a saúde, pois respondeu, leprosos, leprosos, não têm a palavra. Não se lhe conseguia arrancar mais nada de válido. Só respondeu com precisão quando lhe perguntaram o nome e ele disse, Kiari. Iriam descobrir que a cada dia ele dizia um nome diferente, por isso ficaremos com este, tão bom como outro qualquer. De fato, o nome só interessa se os outros falam com ele, têm vontade de o chamar para uma conversa agradável e instrutiva, mas com este sobrevivente não havia diálogo possível. E imaginei eu que estava maluco ontem, até queria ir à psiquiatria, pensou Simba Ukolo. Este é que precisava do Paul Michaux, e de certeza ainda nem reparou estar numa cidade vazia. Antes pelo contrário, parecia feliz da vida, a discursar sobre a lepra e a guiar como um louco o carro imaginário, sem concorrentes para criarem engarrafamentos e o ultrapassarem por todos os lados, como habitualmente o fazem nesta terra de doidos. Na realidade, Kiari ficou ali pouco tempo, nada sensibilizado com a companhia humana. Arrancou, imitando com a boca um carro a acelerar como num circuito de Fórmula 1 e de vez em quando gritando para se calarem os leprosos que abundavam na sua imaginação.

– Vamos a um restaurante mas hoje eu faço a comida, quero coisas quentes – disse Geny.

Ukolo concordou e entraram no primeiro que encontraram. Havia quantidade de carne nas geleiras, bifes já temperados e batatas cortadas, só faltando fritar. Foi o que ela fez, enquanto preparava também os bifes. O que havia demais eram frigideiras para bifes e fritadeiras de batatas, a cozinha toda para ela. Ukolo preparou uma salada. E escolheu o vinho, o mais caro que encontrou. Ao menos nisso agora eram privilegiados, comiam e bebiam do melhor à borla. Quem tem o direito de uso de uma cidade inteira de dois milhões de habitantes, mesmo que numa região subdesenvolvida do planeta, pode comer e beber muito bem, durante algum tempo. A vida inteira?, se perguntou o médico. Por enquanto havia as coisas, mas um dia acabariam, tinha de ser. Não havia gente para produzir o que quer que fosse. E a eletricidade até quando ia existir? As falhas de corrente eram constantes nos últimos anos, diziam não chegava para tantos utentes e as sobrecargas destruíam os sistemas. E agora? Se houvesse uma avaria, quem ia consertar? Não ele, que apenas percebia alguma coisa de medicina e mudar uns simples fusíveis ou pregar um prego numa parede. Certamente não Geny. E muito menos o Kiari. Sem energia, as geleiras e arcas frigoríficas deixariam de funcionar e a comida estragar-se-ia rapidamente. Ficariam reduzidos à pouco saborosa comida em lata, em enormes quantidades, é certo, mas também com prazos de validade relativamente curtos.

Ele tinha dormido toda a manhã. Tomou um nostálgico café em casa, e depois deambulou pela cidade, à procura de outros seres vivos. Não encontrou ninguém mais, nem uma mosca. A gasolina do carro estava a acabar e foi abastecer numa bomba sem precisar de pagar, evidentemente. Andou, andou atoamente pela cidade. Foi ver a escola da Sarah, encontrou apenas muitos uniformes, talvez entre eles o da Sarah, sapatos, carteiras, livros, giz, etc., tudo o suposto existir numa escola. Lagrimou perante a sala vazia que sabia ser a da filha. Sem coragem de procurar a pasta dela, que talvez pudesse reconhecer, comprada numa viagem ao estrangeiro. A cada vulto numa esquina pensava ver a mulher ou Sarah, mas não eram vultos, apenas sombras móveis, normalmente de árvores. Essas ficaram, e o capim, e as plantas das varandas. Os vegetais não foram exterminados, só os... como é que se chamam os seres vivos não vegetais, desde os mamíferos até aos insetos ou protozoários? A Biologia tinha ficado muito para trás no curso, nem conseguia lembrar isso. Também não tinha importância, percebia o que queria dizer. Que raio de fenômeno, deixava as coisas e vegetais intocáveis, montes, rios e casas, e eliminava o resto! Os americanos tinham inventado, muitos anos atrás, a chamada bomba de nêutrons, que matava as pessoas e deixava as propriedades intactas. Também mataria os bichos, até os minúsculos? Foi na altura da Guerra Fria, para assustarem os soviéticos. E conseguiram de fato assustar o mundo inteiro, pois houve uma série de manifestações pacifistas contra a bomba de nêutrons, não se sabe com que resultados. O mais certo era os americanos ficarem como sempre muito comovidos com tanta unanimidade contra o seu projeto e terem avançado com ele na mesma, só que escondidamente. A "coisa" devia ser uma espécie dessa bomba, mas lançada à escala universal. E só eles escaparam? Só três pessoas e logo na sua cidade? Raio de coincidência. Por que tanta indulgência para consigo? Já tinha perguntado à Geny e ela respondeu sem explicar, ninguém pode compreender os desígnios de Deus. Ele não encontrava outra explicação melhor, mas procurava. Foi aquela luz silenciosa, espécie de explosão longínqua? Os habitantes de cidades suficientemente perto de Hiroshima e Nagasaki devem ter visto uma luz parecida. Pode ter sido uma bomba de nêutrons ou coisa semelhante, sim. Mas quem era suficientemente maluco para a lançar? Devia haver mais gente em outros pontos do mundo, não admitia ser o novo Noé, o escolhido para refazer a marcha da humanidade. Ainda por cima com uma Geny! Ao menos escolhessem uma mulher mais nova e interessante. A nova humanidade começava mal com tal mãe. Mas se havia gente em outros sítios, estariam como ele, incapazes de contato, talvez muitos mesmo sobrevivessem mas dispersos. Sempre que pensava no assunto, e esforçava-se por lembrar a intervalos, sentia tonturas, verdadeiras tonturas, como se estivesse sem comer durante três dias. E não era só por ter perdido a família e os amigos, isso provocava outro tipo de náusea. Vontade constante de se abandonar ao destino, deixar-se definhar num canto da casa, nada vale a pena. Mas tinha conseguido dormir, é certo que com ajuda de uísque e comprimidos. Tinha saído logo depois na busca. Sabia, era forte. Geny também, não se tinha deixado abater pela dor. Sem dúvida, a religião ajudava-a. Antes assim. Por causa dessa constatação resolveu ir chamá-la para comer. A solidão pesava. Mais que o silêncio.

O silêncio. Só tinha sentido o verdadeiro silêncio no lago perto da cidade, debaixo de água, como gostava de nadar. Se não houvesse nenhum barco a motor nas paragens, o silêncio parecia absoluto. E era um descanso. As pessoas não se apercebem, mas estão constantemente a ser agredidas pelo ruído. Nas cidades é pior, mas mesmo no mato mais deserto há vozes, sussurros, gritos, lamentos, de insetos, do vento, de bichos, de qualquer coisa. Nas cidades é constante, zumbidos, tiros, música, brados, suspiros, urros, explosões abafadas, choques, raspar de pés. Por isso notava agora esse silêncio igual ao do fundo do lago ou do mar. No entanto não era repousante, pois provinha do apagamento da vida. Antes sinistro, tumular.

Geny trouxe as batatas e os bifes, ele encheu o copo dele com vinho e com água, o dela. Não falaram enquanto comeram.

Empanturraram-se, na realidade. Mesmo assim sobrou muita comida, Geny não poupava nas despesas dos outros.

— Se o maluco aparecer... — disse ela, guardando a travessa num armário.

Simba Ukolo não acendeu um cigarro, como habitualmente fazia quatro ou cinco vezes por dia, não mais. Decidiu nesse momento, deixo de fumar. Por quê? Talvez esse gesto lhe lembrasse a mulher desaparecida, grande fumadora. Muitas discussões tinham tido sobre o assunto. Ela acusava-o de não ser santo nem merecer medalha alguma por fumar menos que ela, pois como médico até devia dar o exemplo. Raramente cumpria promessas e quando fez esta última não sabia se tinha mesmo vontade de a cumprir ou se era só resultado do desespero. O certo é que nunca mais fumou na vida, como veremos.

Saíram dali, começava a anoitecer. Entraram no carro, apesar de não terem para onde ir. Ele conduziu para a parte elevada da cidade e subiu mesmo ao mais alto morro, com casas só do lado esquerdo da estrada. No cimo havia um miradouro onde parou o carro. Lembrava ir muitas vezes para aquele miradouro namorar a Íris, antes de casarem. Tinha estado ali à tarde, procurando ver alguma coisa a mexer lá em baixo, mas agora queria apenas apreciar a cidade iluminada. Não estava muito iluminada, porque lhe faltava a rede pública, apenas uma minoria de casas e os letreiros luminosos do comércio. A noite caiu ao estacionar o veículo, pois estavam quase na linha do Equador, onde o pôr do sol é breve, como a felicidade. As montanhas recortavam-se no horizonte, a toda a volta da cidade, e o lago já tinha desaparecido na escuridão. Sempre considerara um privilégio ter nascido naquele sítio, talvez um dos mais belos do mundo, com temperaturas suaves por causa da altitude, apesar de situado na zona equatorial, provido de chuvas regulares, solos bons para a agricultura e muito capim para o gado. Infelizmente condenado a conflitos permanentes pela rivalidade entre grupos étnicos opostos, invenção astuciosa dos colonizadores. Agora esta bela região parecia vazia de gente, como se tivesse sofrido de uma guerra mil vezes mais mortífera que todas as outras. No entanto, custava acreditar que naqueles morros todos, à beira dos lagos, nas casotas dos pescadores, nas planícies que se viam em dias luminosos correndo por milhares de quilômetros até ao Índico, pejadas de manadas de animais selvagens, a vida tivesse totalmente desaparecido. Tal como eles estavam ali, haveria outros, tinha de ser. Era preciso procurá-los.

— Amanhã vou dar uma volta pelo lago pequeno. E talvez vá até ao Grande Lago, mais longe. Procurar gente. Tem de haver mais alguém. Quer vir?

— Fico mesmo aqui. Mas arranjo comida para levar, se quiser.

— Vou mudar de carro, as estradas fora da cidade não são nada boas. Vou escolher um jipe.

— Há por aí muitos. Não vai ter dificuldade em encontrar um que lhe convenha.

— Certamente.

Desceram para a cidade, mortificados por não encontrarem nenhum sinal de vida. Foi então que a viram. Apareceu subitamente de uma esquina, assustou com as luzes do carro, começou a correr à frente dele, como desvairada. Simba Ukolo estacionou o veículo com medo de a atropelar. Ela continuou a correr, no entanto. Ele saltou para fora, correu atrás dela a velocidade moderada, espere, espere. Mas ela estava verdadeiramente apavorada e virou para uma rua lateral. Ele foi no encalço, sem se aproximar. Se continuasse a persegui-la é que a moça se amedrontava ainda mais, preferiu parar até ela perceber que não tinha más intenções. Pelo vulto parecia uma menina, pouco mais velha que a sua própria filha. No primeiro relance ainda teve esperança mas logo se tinha desiludido, Sarah era mais pequena. Ela voltou a dobrar uma esquina e desapareceu da vista. Regressou para o carro.

— Então?

— Estava demasiado assustada e desisti de lhe correr atrás. Ainda seria pior. Vamos até lá. Se vir a senhora, talvez perca o medo. As mulheres sempre se entendem melhor.

— Que lhe terá sucedido para ter tanto medo de gente?

— É uma miúda, pelo menos parece. Ponha-se no lugar dela. De repente fica sem família, numa cidade vazia. Vai na rua, aparece-lhe um carro. À noite. Há dois dias que está aterrorizada, sem entender o que lhe aconteceu, morta de medo por estar sozinha. Mais ainda do que nós. Que queria? Claro que fugiu. Eu também teria essa reação.

– Só se alguém lhe fez mal. E anda a fugir das pessoas.
– Que quer dizer? Alguém lhe fez mal? Agora? Há ainda mais alguém?
– Não sei nada, só estou a pensar. Devia ficar muito contente por encontrar pessoas, não acha? Mas se lhe fizeram mal... ou tentaram... agora foge de todos.
– Pode ser.

O carro ia o mais lentamente possível, para esquadrinharem todos os sítios. Se a menina (ou o que fosse) quisesse esconder-se, bem podiam dar voltas toda a noite sem sucesso. Mas à terceira vez que rodeavam o quarteirão ela apareceu no feixe de luzes. Estava parada, tremendo. Foi a vez de Geny sair do carro e se aproximar da miúda. Teria uns dezesseis anos, confirmados mais tarde.

– Estás sozinha? – perguntou a mulher.

Ela aquiesceu com a cabeça, os braços rodeando o tronco, como em proteção muda.

– A minha família desapareceu. E a daquele senhor também. Não está mais ninguém na cidade. Ah, tem também por aí um maluco, sempre a correr.

A menina confirmou em silêncio. Geny perguntou, viste o maluco?

– Sim. Meteu-me medo. Fazia barulhos com a boca e gritava.

Entretanto, Simba Ukolo tinha se aproximado das duas. Imitou Kiari:

– Leprosos, leprosos.

Jude não resistiu e riu e ele também riu. O riso da miúda era um esgar nervoso, aos solavancos, mas era finalmente um riso. Geny continuava séria, quase severa. Aquela boca não era feita para rir, decididamente, pensou Ukolo.

– Se estás sozinha, é melhor vires conosco – disse o médico. – Temos bifes com batatas fritas e salada. Não tens fome?

Ela abanou a cabeça, negando. Claro, ninguém tinha fome naquela cidade, bastava poder andar. Os mais sofisticados ou mais pretensiosos até se alimentariam exclusivamente de caviar e salmão, regados a champanhe francês se o desejassem, escolhendo os sítios convenientes.

– De qualquer modo, é melhor ficares conosco que sozinha –

insistiu Ukolo. – Se quiserem podem vir para minha casa, é uma vivenda grande. Tive direito a ela por ser médico do Estado.

– Não – disse Geny, levantando a voz. – Não gosto dessas facilidades que depois acabam mal, com pouca vergonha. Ela vem para minha casa, tenho quartos suficientes. O senhor fica na sua. Assim é que deve ser.

Ele levantou os dois braços em gesto de paz. Jude voltou a sorrir, agora sem o *rictus* nervoso. E aceitou entrar no carro. Não havia nada para fazer e Geny não era grande conversadora. Por isso Simba Ukolo aproveitou para conhecer alguma coisa sobre Jude. Sempre se distraíam enquanto andavam pelas ruas vazias e desordenadas. Ficou assim a saber que os pais da miúda moravam no centro, não muito longe da casa dele, sendo o pai professor de uma escola secundária e a mãe cabeleireira. Disse Jude que a mãe se considerava uma artista, pois inventava penteados. Infelizmente os clientes não arriscavam experimentar muitas vezes coisas novas e ela não tinha oportunidade de praticar amiudadamente as suas invenções. Uma noiva, estrangeira, foi a única a aceitar o risco de ser penteada para a cerimônia nupcial com um corte e penteado novos. Ela viu, o cabelo parecia uma árvore enrolada sobre si própria, com as raízes para cima. Achou lindo, mas só a noiva apreciou. A família e os convidados criticaram sem rebuço o gosto duvidoso do penteado, que retirava importância à coroa de brilhantes falsos. Podiam não compreender, mas a mãe não era uma cabeleireira qualquer, era uma artista. Jude tinha três irmãos, todos rapazes, mais novos que ela. Tudo tinha desaparecido. O cão dela também. E o papagaio do irmão mais novo, comprado pelo pai de um negociante que o trouxe do Congo. Essa era a sua família, toda sumida de repente, enquanto ela fazia os deveres da escola. Não viu luz nenhuma, não reparou em nada, estava atenta ao estudo, no quarto. Quando teve sede e foi à cozinha beber água, notou estar só. E as roupas da mãe e dos irmãos atiradas pela casa. Durante dois dias andou pelas ruas a procurar. Mas ficava mais tempo em casa, porque tinha muito medo e vontade de chorar. De noite mal dormia, com o terror. Se ao menos o cão tivesse ficado... Neste fim de tarde, resolveu sair para procurar gelados numa sorveteria perto de casa, mas depois andou um pouco mais e viu o carro. Assustou. O resto conheciam. Não, de fato ninguém lhe tinha feito mal.

Foi a vez de Simba Ukolo se apresentar e como tinha descoberto estar sozinho no mundo. E como sabia que a senhora era frugal nas palavras talvez mais do que devia, adiantou apresentar ele próprio Geny, mas muito brevemente, como convinha. Ela que depois acrescentasse detalhes à vontade, sobretudo religiosos.

– Amanhã vou procurar traços de pessoas à volta dos lagos. Queres vir comigo? A Dona Geny não quer.

– Não acho muito bem, doutor – disse a senhora, vigilante dos bons costumes.

– Gostava de ir passear – disse Jude.

– Eu vou buscar-te de manhã a casa da Dona Geny. Mas agora vamos escolher o carro.

Ele já tinha a ideia bem assente. Dirigiu para um *stand* de vendas de carros novos, muitas vezes passava ali e invejava aquele jipe em exposição que nunca teria dinheiro para comprar. Era o momento de o obter sem custos. O *stand* estava aberto, obviamente. O carro também não tinha as portas trancadas, mas as chaves não estavam dentro.

– É muito bonito – disse Jude.

– Demasiado luxuoso – disse Geny. – Eu nunca entraria num carro destes.

Simba Ukolo estava ocupado procurando chaves por trás do balcão de vendas e não se dignou responder. Finalmente, num quarto ao lado do balcão encontrou um chaveiro. Cada molho de duas chaves iguais tinha uma etiqueta com o número de matrícula e ele recolheu a que lhe interessava. Depois até poderia experimentar outros carros, eram todos de sua propriedade. E os dos outros *stands* também. E os que estavam nas ruas, abandonados.

O jipe era cinzento prateado, com o volante e o tabliê em madeira castanha. Tinha uma quantidade enorme de manômetros e instrumentos que ele desconhecia, artilharia pesada para safaris. No porta-luvas havia um manual de instruções, ia estudá-lo à noite, o que até tinha a vantagem de o entreter. Por enquanto os seus conhecimentos bastavam para o conduzir até a casa. Só que Geny era mesmo teimosa. Jude já estava no banco de trás, ansiosa por experimentar o carro, mas a mulher recusou-se a entrar. E gritava para a miúda, sai já daí, é uma tentação do Diabo, fica aqui comigo.

– Vou deixar o meu carro aí mesmo na rua e vou levar este – disse Ukolo. – O melhor é entrar.

Ela não mudou de opinião. Simba pôs o motor a trabalhar e saiu do *stand* com muito cuidado, não fosse riscar o carro logo na primeira vez que o usava. Jude por um momento perdeu o ar triste e até bateu palmas de gozo, não é todos os dias que se pode estrear um veículo daqueles. Geny, porém, teimava em não entrar. Depois de algumas insistências sem resultado, ele estacionou ao lado do carro velho. Foi buscar a *kalashnikov* e as munições ao cofre e ainda as duas pastas com o dinheiro do banco. Pôs tudo no cofre do jipe.

Jude olhava para a arma, fascinada, e ele disse-lhe onde a arranjara, se quiseres também consigo uma para ti, ao que ela riu, agradada com a brincadeira. Entretanto, a mulher estava parada ao lado do carro velho, sem ousar entrar.

– O seu lugar está ali reservado – Ukolo apontou para o assento ao lado do motorista. – A sua casa ainda é um bocado longe para ir a pé. Entre lá. Hoje disse-lhe que ia escolher um jipe e até me afirmou que tinha fartura de escolha, não percebo por que agora...

– Nunca pensei que ia escolher o mais luxuoso. Isto é pecado de luxúria.

– Não escolhi o mais luxuoso, senão apanhava uma limusine. Arranjei o melhor jipe que conheço, é tudo. Para andar por todo o lado, nesta altura e nesta situação, é o modelo ideal. Esteja descansada, ainda não tenho a alma perdida.

Ela acabou por entrar no carro. Mas não parou de resmungar, baixo, talvez para que Jude não ouvisse.

– A salvação da sua alma não me interessa para nada, já se perdeu há muito. Mas tem aí atrás uma inocente que deve ser educada de outra maneira.

Era isso então. A pobre da Jude ia apanhar com todo o zelo professoral da piedosa e santa Geny. Ele tinha de proteger a criança dos exageros religiosos da mulher. Não se sentia com prerrogativa nenhuma sobre a menina, mas ela também não tinha o direito de lhe meter aquelas crenças na cabeça, de tentar fazer dela mais uma Paladina da Coroa Sagrada. Que a quisesse em sua casa, estava certo, se faziam companhia. E, embora chegasse a ser ofensivo, até compreendia que a mulher suspeitasse de intenções libidinosas da parte dele, pois de fato só o tinha conhecido na véspera e em circunstâncias muito particulares. Eram todos estranhos, a desconfiança quase normal. Mas querer abusar na santidade só para servir de exemplo para a menina, isso era demais, hipocrisia pura. A humanidade estava condenada a desaparecer, se dependesse dos filhos feitos com esta mulher, nem por tão nobre causa aceitaria o sacrifício.

– Não sei se assaltar bancos será boa educação – disse entre dentes, de modo que só Geny ouvisse.

Ela fechou a cara, o que reconheço ser uma redundância pois a tinha permanentemente cerrada, como já sabemos, mas engoliu prováveis vitupérios. Ele arrancou com o jipe para a bomba abastecedora mais próxima, porque o depósito estava quase vazio. Enquanto atestava o jipe de gasóleo, ouviu Geny dizer para a menina, é preciso ter cuidado com ele, mau homem. A luz não lhe permitiu ver a reação de Jude. Disse, logo que voltou para o carro:

– Querem passear mais ou ir já para casa?

– Casa – respondeu Geny.

– Preciso ir à minha apanhar umas roupas e a escova de dentes – replicou Jude.

Simba Ukolo sorriu, malandro. Normalmente os adolescentes ficam muito impressionados com avisos sobre a maldade dos adultos e demoram a digeri-los. Se ela tivesse acreditado piamente na mulher, não responderia tão pronta e claramente à sua pergunta, hesitaria, balbuciaria a resposta, perguntando-se se devia falar com uma pessoa assim tão má. Já sabia com o que contar daí para a frente, a fanática a instigar a moça contra ele para minimizar qualquer observação sua podendo gerar dúvidas sobre as virtudes dos Paladinos da Coroa Sagrada, a única fé verdadeira. Haveria uma luta de morte pela alma da menina entre uma fundamentalista religiosa e um ateu. Adivinhavam-se golpes baixos. Não da parte dele, pensou, achando-se livre de hipocrisias e incapaz de traições, mas isso era julgamento em causa própria.

— Depois de vos depositar em casa ainda vou procurar comida num restaurante. Mais logo vou ter fome. Não acham melhor levar alguma alimentação para casa?
— Lá em casa tem o suficiente — respondeu Geny.
— Ah, vejo que já se abasteceu hoje... Como sempre metódica e eficaz. Eu nem tive cabeça para isso.
Ela não percebeu ou fingiu não perceber a ironia. Ficaram em silêncio, interrompido de vez em quando pelas breves indicações de Jude sobre o caminho para casa dela. De fato, era relativamente perto da vivenda de Simba Ukolo. E também não era muito longe da de Geny. Afinal a zona deles era a da classe média, com algumas ligeiras diferenças que só os sociólogos distinguem. Esperaram os dois em silêncio pela moça, que entrara em casa empurrando apenas a porta. Era uma vivenda pequena, própria de um professor de salário baixo, mas decente. Jude voltou com um saco. Não se preocupou em fechar a porta de casa com uma chave. Isso já ela tinha percebido, havia casas a mais e algumas ricas, por que a sua iria atrair um ladrão?
— Amanhã apanho-te às oito horas para irmos ao lago. Não é cedo demais para ti, pois não?
— É boa hora — disse Jude.
— Acho má ideia — disse Geny.
— Temos de procurar mais pessoas, não vamos ficar isolados do mundo assim como estamos — disse Ukolo.
— Devemos é rezar pela Graça que nos foi conferida.
— O doutor tem razão, devemos procurar outros — disse Jude.
Simba Ukolo não viu, porque estavam a sair do carro para entrar em casa, mas supôs que a fanática teria lançado um olhar mortal à moça. Ia ser um magistério religioso difícil, sorriu ele para dentro, partindo. Foi diretamente ao primeiro restaurante em que tinham estado, o referenciado no guia já publicitado. Escolheu iguarias caras e pão tostado, o que resistia melhor ao tempo. Carregou também uma caixa do vinho mais caro. Ia ter um jantar sozinho, melancólico, mas requintado. Felizmente podia pôr música em casa, tinha a aparelhagem suficiente, e se fosse preciso ia a casa dos vizinhos da frente abastecer-se de CDs. Agora que não havia televisão nem rádio, a música e os livros seriam a única companhia noturna. E

estava fornecido de quantidade apropriada de comprimidos para dormir a horas decentes, de modo a acordar com o sol.

O que realmente aconteceu. Foi a primeira noite bem dormida desde que ficara sozinho. Às oito horas estava a buzinar em frente da casa de Geny. Como havia demora e pela janela do primeiro andar saíam vozes um pouco elevadas, saiu do carro para ouvir. Só percebeu vou e vou mesmo, depois uma porta a bater. Bem, pelos vistos a guerra já tinha começado, com a mulher tentando impedir Jude de ir ao lago. Mas esta vinha já quase a correr, portanto deixemos um espaço de respiração que ela vai certamente contar. Ukolo nunca perderia a oportunidade de coscuvilhar e por isso lhe perguntou logo:

– Ouvi bem? Parecia-me que a Geny te mandava ficar...

– Que era perigoso ir consigo, tudo pode acontecer.

– Tudo quê? Não há ninguém que nos queira fazer mal num momento destes e de qualquer maneira estou armado. Se quiseres, vamos buscar uma arma para ti.

Ela riu. Ainda não narrei isso, Jude era realmente bonita, sobretudo quando ria, com uns dentinhos muito certos e brilhantes de tão brancos. O corpo ainda era de adolescente, com poucas formas, embora se notassem já os mamilos a querer furar a blusa.

– Não fazia nada com uma arma. A Geny não falava do perigo de outras pessoas... O perigo é o doutor, acha ela.

– Eu? Sou um perigo para ti?

– Ela acha. Só fala de inferno e fim do mundo. Que me posso perder consigo. Está a compreender?

– Claro. Não sou ingênuo. Compreendi que essa era a preocupação dela, desde que te encontramos. É uma Paladina da Coroa Sagrada. E certamente das da linha dura, se na igreja dela há alguma linha mole. Sabes o que é isso de Coroa Sagrada?

– Fiquei a saber, começou a explicar-me ontem à noite e deu-me uns papéis para ler. Diz é a única religião verdadeira. Fui logo dormir, nem toquei nos papéis, claro.

– E tu, tens alguma religião?

– Os meus pais eram metodistas... Acho que sou também.

– Essa é uma religião séria. Eu não sou crente, mas sei distinguir as coisas. Esses Paladinos devem ser daqueles sectários, só eles é que se salvam, mais ninguém tem razão nem futuro, estão todos condenados ao fogo do inferno, sabes como é. E viste como se veste? Toda tapada, nem o pé pode mostrar. Aposto que toma banho vestida. Jude riu de novo. Uma gargalhada pura.

– Há seitas assim, acredita, as mulheres não podem olhar para o próprio corpo. Bem, mesmo na igreja católica, há algumas freiras que fazem isso. E os primeiros franciscanos, li num livro qualquer, nunca tomavam banho, para não sentirem a mão a esfregar o corpo, pois qualquer contato com o corpo humano era demoníaco. Eles é que deviam cheirar ao diabo, sem nunca se lavarem, mesmo pior que enxofre... Quando Geny me disse o nome da fé dela, fiz esforço para não rir. Mas ela deve ter notado que não levei muito a sério, ou que estava com cara de gozo, por isso desconfia que sou um verdadeiro diabo à solta. Devia estar horrorizada quando pensava que tínhamos ficado no mundo só os dois e o maluco, se sentia em péssima companhia. Agora que apareceste, deve ter ganho alguma confiança, já se sente mais assistida. E então torna-se ainda mais dura e convicta. Podes ter a certeza, vai tentar converter-te à verdadeira fé, a dela. Ainda por cima és uma menina ingénua, portanto na idade certa para ser pescada. Porque esses crentes fanáticos acham sempre que a missão deles é pescar, não corpos ou peixes, mas almas.

– Bom, outros também eram pescadores, pescadores de verdade. Alguns dos que andavam com Jesus, por exemplo...

– Desculpa, esquecia que tens formação religiosa... Não quis ofender.

– Não ofendeu nada. Mas a Geny está um bocado enganada em relação a mim, não sou assim tão ingénua...

– Hoje já não há crianças ingénuas...

– Pois não. E parece que nem há crianças. Porque eu não sou...

– Já és uma moça.

Tinham saído do centro da cidade e avançavam por uma rua suficientemente larga para dois carros cruzarem, entre os casebres do Bairro Verde, assim chamado porque no começo do bairro havia uma casa comercial pintada dessa cor e que acabou por atrair outros habitantes a construírem perto. Ficava para leste da cidade, em oposição ao Bairro Amarelo, no lado ocidental. Simba Uḳolo nunca descobriu por que este se chamava Bairro Amarelo, mas talvez fosse pela mesma razão que o outro era verde. Os dois bairros assemelhavam-se em tudo, constituídos de casas cor de tijolo bem vermelho, porque o adobe era feito da terra argilosa da região e as casas não eram pintadas, só as portas e janelas. Os telhados estavam normalmente cobertos de chapas de zinco com capim por cima, para diminuir o calor provocado pela incidência vertical dos raios solares na chapa, qualquer que fosse a estação do ano. E também com pedras para evitar que chapas e capim voassem com o vento, quando aconteciam tempestades, aliás frequentes.

Simba Ukolo apontou para um aparelho existente no painel de madeira castanha envernizada.

– Este carro é tão moderno que até tem GPS. Ontem à noite estive a estudar o manual de instruções. Aqui não funciona, mas em muitos países esse aparelho serve para orientar o condutor. Inscreves o nome da rua e da cidade para onde queres ir e ele indica-te quais os caminhos mais diretos que deves apanhar. E neste pequeno painel vais vendo as ruas com os seus nomes e uma seta a indicar-te como fazer as manobras. Parece incrível, não é? Não sei se em alguns países africanos isso já funciona, no nosso ainda não. Mas o outro aparelho ao lado conheces, é uma bússola, a agulha indica sempre o norte magnético. E esta está certinha. Repara como indica que vamos para leste, o que é verdade, o sol bate-nos na cara. Como agora é de manhã...

– ...e o sol aparece pelo oriente... O meu pai é professor, esqueceu?

Ele não olhou para ela mas adivinhou a tristeza súbita, caindo em cima da ironia. Ainda usa o presente para falar do pai desaparecido, ainda não se convenceu da perda definitiva, coitadinha. Talvez até nem tenha compreendido todas as implicações de viver um fim de mundo ou quase. Deveria explicar-lhe? Deixemos o tempo fazer o seu papel e se ela perguntar ir respondendo. A verdade é sempre preferível às mentiras piedosas. E não vai ser a Geny a desvendar-lhe as causas desconhecidas e o futuro, só lhe dirá não há nada para compreender por se tratar dos desígnios sempre ocultos de Deus, qualquer que seja o dela. Se a miúda entrar por essa conversa, vou falar da arma de nêutrons e especulações semelhantes, pois a minha cabeça não para, está super ativa. Mas só se ela perguntar.

— Agora vai acabar o asfalto e o passeio suave também. Prepara-te que vamos saltar um bocado.

Disse aquilo mais para a distrair das recordações dolorosas, procurando retirar a névoa que adivinhava nos olhos dela. No entanto era verdade: o asfalto acabava subitamente e a rua continuava entre as casas, mas só sobre terra batida. Com a chuva havia buracos fundos. Mas a suspensão do jipe era notável, o carro passava sobre os buracos quase sem se reparar. Estes carros modernos!, pensou Ukolo, maravilhado. O seu velhinho já estaria a sacolejar por todos os lados e a bater as portas e as ferragens, à velocidade a que iam. Quem diria que eu, Simba Ukolo, médico subdesenvolvido, ia guiar um carro destes, considerá-lo mesmo meu? E trocá-lo por um novo sempre que quisesse? Na vida, o que é mau traz o bom. Não poderia dizer isso à Geny, pois consideraria um horrível sacrilégio. E, no fundo, talvez a dialética fosse sacrilégio para qualquer religião, significava considerar que um santo trazia consigo sempre um diabo e vice-versa. Mas que raios, agora passo a vida a pensar em religião, vou virar crente de alguma ou crio a minha própria? Era sem dúvida resultado do desaparecimento das pessoas, a mente estava perturbada. Ou seria nefasta influência de Geny, com quem um deus qualquer lhe reservara a missão de refazer a humanidade? Deu uma gargalhada. Jude olhou para ele, admirada, que foi?

— Nada, nada, estava aqui a pensar numa coisa. Uma coisa de adultos, não dá para te contar.

— Um dia hei de mostrar-lhe que não sou tão criança assim. Para começar, quer que lhe conte umas anedotas indecentes?

— Ora, isso não prova nada. E ainda não passaste nos rituais de iniciação, portanto não és adulta.

— Rituais de iniciação? Acha que o meu pai deixaria?

— Eu também já não os fiz e sou mais velho que tu, os meus pais não quiseram. Mas olha, não julgues apenas de um ponto de vista tão negativo. Havia ensinamentos úteis que os jovens aprendiam nesses rituais. É claro que não estão muito adaptados aos novos tempos, eram feitos para as sociedades rurais.

— Os rapazes talvez aproveitassem alguma coisa. As meninas...

— Aprendiam a cuidar da família, a cozinhar, a resolver conflitos. Isso era útil...
— A ficarem subjugadas aos homens, isso sim.
— Bolas, Jude, não sabia que já tens ideias tão assentes sobre a igualdade do gênero.
— Talvez a sua filha também as tivesse, você é que nunca falou com ela sobre essas coisas.
— Como sabes que eu tinha uma filha? Ah, pois, a boa da Geny...
— E só uma filha. Um degenerado que obrigava a mulher a tomar a pílula para não terem mais filhos, indo contra as tradições africanas e os ensinamentos de Deus.
— Foi o que ela disse?
— Eu ia adivinhar?
— Raio de mulher. No entanto ela só teve quatro filhos, segundo me disse. Devia seguir os ensinamentos de Deus e a tradição africana e ter pelo menos oito. Já tem idade para isso.
— Não julgue para não ser julgado. Quem lhe disse que não era deficiência ou vontade do marido dela?
— Pode ser. Ou morreram alguns na infância.
Ukolo olhou disfarçadamente para a jovem que levava ao lado. Os miúdos de agora realmente sabem coisas, apesar de acharmos não terem cultura nenhuma. E argumentam sem balbuciar. Deve ser da televisão. Os sábios de todas as ciências dizem constantemente, a televisão só traz mal ao mundo, embrutece as pessoas e manipula as vontades, mas afinal também abre as mentes. Caramba, raio de miúda, como ela é esperta. De fato nunca tinha tido conversas destas com a Sarah, mas ela também só tinha dez anos. Talvez a Sarah as tivesse com a mãe, nunca perguntou. Nunca se interessou? Interessava-se pela filha, é claro, mas talvez não lhe tivesse dedicado o tempo suficiente, assoberbado pela profissão, por outras preocupações, pelo futebol na televisão e até mesmo pelos amigos, alguns apenas calculistas. Quem sabe dizer se fora um mau pai, um pai ausente, apressado e estressado quando a filha mais precisava dele? E agora como lhe sentia a falta! Tarde demais. A Jude ia substituir a filha dele, procurava isso nela? Talvez. Ainda era cedo demais para dizer, mas sentia uma atração e um carinho grandes pela miúda, era evidente.

Sem nenhuma concupiscência, precisou de acrescentar. Aliás, nas circunstâncias atuais, teria mesmo de ser o pai que Jude tinha perdido. E Geny a mãe, embora o pensamento fosse quase repugnante. Saíam da cidade e a estrada piorava. Teve de abrandar. Mesmo que a suspensão fosse uma maravilha, não queria ir contra uma árvore só porque não sentia muito os buracos. Avisou a Jude para pôr o cinto de segurança. Ele próprio apertou o seu, mesmo com o carro em andamento. Não tinha o hábito, apesar de reconhecer a sua utilidade. Falavam em tornar o uso do cinto obrigatório em África inteira, mas havia países que ainda não tinham tomado a medida. E ele esperava a decisão para passar a usar, quando não tivesse mais ponto de recuo. O cinto era incômodo, enjaulador. E, sobretudo, amarrotava as camisas. Simba Ukolo, apesar de aparentar modéstia, pelo menos nas palavras, era um médico vaidoso. No hospital exigia sempre batas impecáveis e qualquer vinco nas calças o tirava de si. Os dez fatos que mandara fazer, pois nunca aceitou comprar já feitos, estavam sempre envoltos em sacos de plástico no armário, com distância suficiente entre eles para não se amarrotarem uns aos outros. As camisas e calças também mereciam cuidados especiais. A mulher muitas vezes protestava, pareces um lorde inglês, foi só isso que aprendeste com eles, meu pedante. Ele não se zangava, até admitia ser verdade, mas ia fazer mais como se nascera assim? Bem, para contar o mambo todo, não nascera em berço de ouro, nem berço teve, apenas uma esteira onde dormia com a mãe, ouvindo a trovoada e a chuva bater no zinco do telhado de uma cubata. Na outra cubata dormia a segunda mulher do pai e os seus filhos pequenos. Os filhos mais crescidos das duas mulheres dormiam em cubatas separadas. O pai não tinha uma casa própria, ora dormia com uma mulher, ora com a outra. O lar de Ukolo fora portanto o conjunto de cinco cubatas circulares num recinto cercado de espinheiras e paus, contíguo a um outro, mais resguardado, com cercado mais alto para proteção contra leões e onças, onde dormia a manada de bois. Não muito longe de Calpe, apenas três horas de marcha a pé. Íris tinha razão, a vaidade não nascera com ele nem com o leite de vaca que a mãe lhe esfregava no corpo para tornar a pele mais sedosa e brilhante, hábito de criadores de gado. A vaidade vinha dos lordes ingleses? Talvez. Nem precisavam ser lordes, bastava serem ingleses.

3

Chegaram ao lago pequeno. Como Ukolo tinha calculado, estava deserto o restaurante situado na margem, onde desembocava a estrada, com uma carrinha e um pequeno turismo estacionados ao lado. Saíram do jipe para fazer uma inspeção e encontraram a roupa do dono no chão e alguns panos e vestidos, provavelmente da mulher e filhas do dono, pois todos viviam ali e ajudavam a manter o restaurante. Mas também roupa de mais dois ou três homens e os respectivos haveres. Tudo aberto, mesmo um frigorífico, cuja porta apresentava já comida estragada. Ao lado da porta, uns calções e uma camisola de criança. Devia ser ele que tinha aberto a porta do frigorífico quando aconteceu a "coisa". Ukolo tentou explicar a Jude, mas ela já tinha percebido, sim, são as roupas do filho mais novo deles, lembro-me bem de o ver sempre aqui quando vínhamos comer no fim de semana, era um miúdo muito esperto.

Voltaram para o jipe e partiram para o bar-esplanada situado a duzentos metros, onde a mesma solidão os esperava. E no restaurante a seguir, o que tinha bancos e mesas de madeira ao ar livre sobre uma plataforma assente por pilares no lago. As mesas ainda tinham toalhas vermelhas e brancas aos quadrados, algumas com pratos e travessas de comida estragada. A água batia nos pilares da plataforma. Agitada por alguma coisa diferente, ou apenas o vento?

– Deve ser o vento – concluiu Ukolo à pergunta não formulada pela sua companheira. Ela assentiu em silêncio, embora insistisse em olhar para o lago na vã esperança de descobrir algum barco capaz de provocar a ligeira ondulação.

Foram avançando à volta do lago, no caminho traçado pelos excursionistas de fim de semana e os turistas que o inundavam por acharem o canto muito pitoresco. Era, de fato. E os restaurantes tinham sempre bastante frequência de nacionais e estrangeiros, pois o peixe apanhado no lago e grelhado imediatamente merecia a fama conquistada. Depois terminavam os restaurantes e também o caminho de terra batida.

Ukolo continuou a rodear o lago, agora a corta-mato, passando por cima do capim e arbustos. De vez em quando havia uma ravina ou uma cratera e o carro mostrava então a potência do motor.

– É uma maravilha, até podia escalar o próprio Kilimanjaro – o entusiasmo de Simba Ukolo não tinha limites.

– Até ao topo? – gozou Jude com a vaidade dele.

– Quase até ao topo. No topo não, porque a neve é alta demais e ele afogava-se nela.

Riram os dois. O Kilimanjaro não estava tão longe assim, embora fossem precisas muitas e muitas horas para o atingir, no caminho do sudeste, depois de ser rodeado o maior lago de todos, um verdadeiro mar interior, bem mais largo que o Grande Lago. Não se via o seu cume de neves eternas, nem sequer se adivinhava o porte altivo elevando-se na savana. No entanto, o Kilimanjaro estava na imaginação de todos e era uma referência mítica na família de Jude, o senhor B é quase tão alto como o Kilimanjaro, está hoje a fazer mais frio que no topo do Kilimanjaro, os espíritos que nos perturbam só encontram o seu descanso nas neves do Kilimanjaro. Era provavelmente uma referência em todas as famílias, embora a maior parte das pessoas da terra deles nunca tivessem sentido a sua sombra, pairando longe demais. Cientistas afirmavam que as neves da montanha iam desaparecer por causa do efeito estufa, uns davam dez anos, outros vinte. Nada seria eterno então, nem os mitos ouvidos desde a infância? Ukolo não conseguia imaginar, simplesmente ofensivo. Mas, hoje, o efeito estufa derreter as neves do Kilimanjaro parecia catástrofe pequena. E se o que ameaçava ter de facto acontecido era real, o efeito estufa iria diminuir rapidamente com a falta de pessoas para o provocarem. Desapareciam as pessoas, salvavam-se as neves eternas do Kilimanjaro.

Encontraram uma mata que chegava mesmo até à água e tiveram de a rodear. A mata só terminava a meio de um morro e Simba Ukolo desconfiou que talvez tivesse de voltar para trás e dar a volta ao lago pelo outro lado, começando pelo norte. Mas o jipe aguentou a subida, com o reforço metido. Desceram em seguida por um vale bastante íngreme. Jude já não ria. Agarrava-se agora com as duas mãos à pega por cima da porta, pois balançava mesmo com o cinto de segurança fortemente apertado. Ukolo não queria mostrar, mas também estava com medo. Era uma chatice se o carro capotasse. Podia não haver feridos graves, pois a velocidade era muito reduzida, mas teriam de voltar a pé para a cidade, incapazes de voltarem a pôr o carro em posição de marcha, e ainda significavam uns bons quilômetros. E pensou na alegria selvagem de Geny, guinchando para Jude, eu bem te tinha avisado que esse homem é perigoso, não te avisei mesmo? Para cúmulo, a culpa seria inteiramente dele se acontecesse alguma coisa à menina. Se aventurou naquele campo acidentado sem nenhuma experiência. De fato sempre conduzira turismos pequenos em estradas relativamente planas. Tinha amigos malucos por safaris e caçadas, que se metiam no mato e avançavam por terrenos como este ou piores. Mas tinham prática. Ele era um médico pouco desportista, pouco aventureiro, um sedentário. O seu desporto preferido era um ou outro jogo de xadrez e ver futebol pela televisão, no bar em que encontrava os amigos para discutir as jogadas. Não devia ter atacado o morro. Mas já não podia voltar para trás. Calado, agarrado ao volante com toda a força, ia deixando o carro descer pela gravidade, tentando equilibrá-lo, metendo as rodas de cada lado de uma ravina, inclinando o corpo para Jude ou no sentido contrário, no intuito de equilibrar o jipe nos declives, enfim, era apenas truque psicológico, sabia, não adiantaria de nada se estivesse na realidade para capotar. Mas desceu enfim o morro e acabaram de novo na planície, embora afastados do lago. Para ele voltaram, a velocidade reduzida, sem poderem evitar os contínuos suspiros de alívio.

– Esteve feio, não? – perguntou Jude, olhando seriamente para ele.
– É, com efeito. Mas safamo-nos, não é? Isso é que interessa.
– Parece que temos de desistir do Kilimanjaro – disse Jude, fingindo desilusão.

Riram de novo. O ambiente perdeu densidade, embora a adrenalina ainda pairasse no ar. Ele parou o carro à beira da água, para recuperarem do susto forte. As respirações em breve regularizaram. Olhou para ela e sorriram. Então, os olhos ficaram presos. Lentamente, muito lentamente, ela foi ficando séria, sem deixar de o contemplar. As preguinhas da pele desapareciam à medida que ela parava o riso. Ele também deteve o sorriso, virado para ela. Teve vontade súbita de lhe fazer uma carícia e largou o volante para levar a mão à cara dela, a qual de travessa passava a meiga mas ao mesmo tempo confusa. Estacou a mão a tempo. Deu uma palmada no volante, se virando para a frente, tive um bocado de medo na descida, confessou. Fez o jipe arrancar, sem olhar mais para a bonita cara dela, sem tentar saber se nela leria desilusão. No entanto, o ambiente voltara a ficar denso, diferente embora. Ia tocar-me? Ia puxar-me para ele? Não entendi a luz dos seus olhos. Brilhavam como o sol da manhã nas gotas de orvalho. Depois ficaram baços, mortiços, fixos. Foi quando senti um calor a subir para a barriga. Era bom mas metia medo, enfim, um pouco. Não podia deixar de o fitar e ao mesmo tempo queria desviar a vista. Então ele bateu com a mão no volante e virou a cabeça, quebrando essa estranha impressão. Foi rápido, mas muito forte. E agora dói-me o fundo do ventre, lá onde nasceram há tempos aqueles pelos que gosto de enrolar pensando em rapazes. Vou a partir de agora só pensar nele?

O caminho tornou-se mais fácil e Simba conduz mais à vontade. Mas calado. Estamos exatamente no lado oposto aos restaurantes e em breve apanhamos a picada que o meu pai usava quando íamos espiar animais na savana. Chegamos à picada e o meu companheiro continua calado. Sentiu o mesmo que eu e ainda está incomodado? Antes me tivesse beijado e ficava tudo mais claro. Ou os olhos dele encheram-se apenas da saudade da filha perdida? Posso ter confundido as reações, ter tomado por desejo o que foi apenas ternura. A mãe sempre dizia que eu era demasiado rápida a julgar os outros e me enganava frequentemente. Mas sou só uma menina de dezesseis anos, embora saiba mais da vida do que os adultos acham. Os meus amigos sempre diziam, os adultos pensam que somos o que foram na nossa idade, deixem-nos pensar, até é conveniente se soubermos tirar partido dessa ignorância. Coitados, para onde foram os meus colegas e amigos? Tínhamos um grupo bué fixe, uma turma a sério. E eu tinha uma boa família, embora estivesse sempre a reclamar. É normal que os jovens reclamem, nunca nos deixam tomar as liberdades que sentimos necessárias. Os meus pais tinham uma síncope se nos vissem namorar e fumar charros, quando a turma fugia para o mato perto da escola. Nem compreenderiam que isso hoje é normal. Suspeitavam? Não creio. Tinham medo de pensar nisso. Imagino que nem perguntavam um ao outro sobre a possibilidade, com medo de a pergunta subitamente se concretizar no que temiam. Bem, estou a ser má companhia, devia alimentar a conversa para ele não adormecer ao volante.

– Vamos para o Grande Lago?
– É isso. Já estamos no caminho. Aqui não há mesmo ninguém.
O Grande Lago não se vê de nenhum ponto da cidade, ao contrário deste que agora deixamos. Fica mais distante, mas sobretudo tem as montanhas a tapar a vista. De fato há montanhas por todos os lados, montanhas perpetuamente cobertas de névoa, nunca deixei de as ver e nem posso imaginar viver sem elas. Que é a vida sem se estar rodeado por montanhas? Gosto mais do lago pequeno, a cor da água é única, não é tão azul como a do Grande, talvez por ter um fundo diferente, mais barrento, não sei, mesmo o meu pai desconseguia explicar. Ele era como toda a gente, preferia o Grande Lago. Nunca conheci alguém que gostasse tanto do lago pequeno como eu. Para ser original? Quem sabe, não nego ter por vezes essas tentações de ser diferente. Bolas, eu sei que sou diferente, sempre fui. E percebi isso antes dos outros. Quando a minha mãe começou a dizer às pessoas, a Jude tem coisas estranhas, é diferente, não só dos irmãos como também dos amigos, eu achei natural e como um cumprimento, sabia ser diferente talvez desde o nascimento. Não sei explicar a minha diferença. É isto, gostar mais do lago pequeno porque a sua água não é tão azul, quando toda a gente gaba a cor celeste e celestial do Grande Lago. Não achar piada nenhuma ao céu com os milhões de estrelas que todos ficavam a apreciar e a exclamar oh, oh, oh, quando íamos acampar perto do Grande Lago. Nunca fui atraída pelo céu, sempre o achei uma seca. A minha irmã mais nova ficava extática, suspirando, que beleza, enlevada como quando ouvia os coros da nossa igreja. E eu dava-lhe beliscões para se calar, porque me incomodava ver a boca dela aberta e um fio de saliva correr pelo lado dos lábios. Literalmente, ela se babava por uma coisa tão natural como um céu com estrelas, francamente! Fico muito mais encantada em ver animais, o simples chão que se pisa, esta terra vermelho-ocre que nos rodeia, só escondida pelo verde poderoso do capim que a fura.
Falava de montanhas. A única vez em que estive longe das montanhas foi quando passamos férias em Mombaça, no Índico. Pelo caminho, descobri extensões imensas de planície, a tal ponto que os morros ao longe ficaram azuis e depois desapareceram mesmo. Gostei de nadar no mar, a água quente, muito mais que nos nossos lagos.

Gostei de mergulhar e procurar búzios e corais partidos nos fundos de areia branca, areia muito mais branca que no Grande Lago. Gostei das brincadeiras que fizemos e das comidas diferentes, algumas super picantes, que provamos, sabores trazidos pelos orientais fixados há muitos séculos na costa. Mas sentia falta das montanhas. Não, a vida não tem sentido sem montanhas enevoadas. Não nos podemos medir sem elas e acho as pessoas devem medir-se constantemente para evitar sentirem-se mais pequenas. Não falo em medidas físicas, é claro. Uma vez expliquei isto tudo ao meu pai e nos olhos dele consegui ler, não tinha percebido nada. Se fosse numa prova oral, até era capaz de me chumbar, mas ele é que devia ser reprovado se não entendia o que lhe explicava. É tão óbvio!

Provavelmente não sou diferente dos outros por gostar de viver entre montanhas, todos vivemos assim. Mas nunca ouvi os outros referirem-se ao fato como uma bênção, talvez a maior de todas. Imaginaram já o que é poderem sempre ver extensões imensas à frente e atrás, como são as savanas africanas, sempre, todo o tempo? Morria de tédio. Li que é esse o fato que nos faz ter uma noção particular da distância e de nos sentirmos mal quando vivemos numa cidade superlotada, onde nos encurtam a visão. Não tenho esse problema, talvez por já ter nascido numa cidade cheia de gente e rodeada de montanhas. Não tenho essa noção das distâncias, para mim aquilo que é longe parece mesmo longe, como dizem acontecer com os europeus, sempre a chocarem uns contra os outros, por isso de espírito pequenino. Nem acredito que seja verdade, pois eles vieram de muito longe e nos ocuparam os espaços e as distâncias todas, mesmo se não tinham a noção delas antes. Deve ser isso, passavam a vida a medir-se, mesmo se não tinham montanhas, tinham-se uns aos outros, por cima e por baixo. Bem, estas são ideias talvez um pouco parvas mas é só para dizer como gosto de montanhas. Basta recordar quando era pequena e subia o morro mais perto de casa, onde havia uma gruta. Ficava lá escondida horas e horas. Para sonhar. Com os mais bonitos rapazes. Com o futuro. Com a minha imagem de mundo e como eu me movia nele, majestaticamente, colhendo infindáveis reverências. As maiores montanhas da região estão agora à nossa frente e vamos entrando numa espécie de funil. Em breve teremos pedregulhos enormes por todos os lados, o carro subindo uma estrada cada vez mais íngreme, até chegarmos ao Grande Lago.

– Se o Grande Lago ficasse mesmo no cimo das montanhas seria mais interessante, embora difícil de lá chegar – disse Simba, parecendo adivinhar os meus pensamentos.

– Por acaso não acho.

– Não achas?

– Seria ainda mais azul e mais frio.

O meu companheiro olhou de lado. Surpreso? Fez com cuidado uma curva para a direita, evitando um buraco com água da última chuvada, e só depois replicou:

– Concordo com o frio. Mas não gostas que ele seja azul?

– Não muito. Por isso prefiro o pequeno.

Tinha marcado a diferença. Foi evidente, ele ficou admirado, sem palavras, só lhe faltou engolir em seco. Mas não ia explicar-lhe as minhas teorias, preferia deixar que desembrulhasse as suas, ele gostava de fazer de professor. Para mim era normal ser aluna, pois além da escola, sempre o tinha sido em casa. Se lhe dava gozo, então que fizesse experiências didáticas, não é o que os grandes dizem sempre?

Vencemos as brumas e chegamos finalmente ao Grande Lago, cada um entregue aos seus pensamentos. Sabia estar a ser pouco colaborante, não alimentando conversa. De fato, também não havia o perigo de ele adormecer ao volante, pois a estrada sempre às curvas e a subir obrigava o motorista a estar desperto, mesmo tonto com o cansaço de uma vida inteira a vencer distâncias e sacudidelas. Não me apetecia falar, apenas por estar dentro das montanhas, rochas negras ou cinzentas de cada lado, algumas brilhando por causa da mica fustigada pelo sol, recebendo as mensagens pétreas delas. Uma bela palavra esta, tinha-a aprendido na geografia, gostaria de pôr o nome Pétrea a uma filha. Sentia-me ali bem, aconchegada, como num berço, com os rochedos ora do lado direito ora do esquerdo a murmurarem-me frases profundas, incompreensíveis mas carinhosas. Num berço alguém pode falar muito? Os bebés balbuciam uns sons misturados a baba, mas é difícil chamar a isso uma fala. E para arrumar de uma vez a questão, também acho que os bebés ainda não são alguém, apenas promessas. Ou ameaças.

Como o lago ficava no meio de montanhas, a água não estava agitada pelo vento. Era imenso, perdia-se de vista para o sul. Diziam que tinha mais de trinta quilômetros de comprimento e em certos sítios chegava aos cinco de largura, embora mais para sul houvesse um outro com cerca de quinhentos quilômetros de comprimento. Do Grande Lago partia um rio para leste, mas não se via daqui, era do outro lado. Para lá deste havia muitos lagos, mais pequenos uns e dois ainda maiores que o Grande Lago, para não falar do outro, que parecia um mar e de que já falei, o qual uma vez atravessamos de barco, gastando um dia para ir de um lado ao outro. Era uma região com muita água, pois além dos lagos os rios não faltavam, uns indo parar ao grande Congo, outros ainda ao enorme Nilo. Por isso há ou havia, já nem sei como dizer, um povo que tinha a lenda chamada a Mãe dos Rios. O meu pai gostava de a contar como estória moral. Era sobre uma mulher muito linda e vaidosa que passou dias com um ferro aquecido nas brasas a desfrisar os cabelos compridos. Era alta e elegante, cortejada por todos os homens da região. Usava os cabelos em tranças compridas e duras, separadas umas das outras, apontando para todas as direções, chamando a atenção por causa da sua altura, ainda maior que o normal, a sua beleza e o penteado extravagante que ocupava uma esfera de mais de um metro de diâmetro. Não se podia deixar de reparar nela e onde chegasse era o alvo de todos os olhos. As outras mulheres morriam de inveja e tinham medo pelos maridos, apaixonados por ela. Por isso um dia pagaram muitos cabritos e bois ao feiticeiro mais poderoso e temido da montanha. Ele fez um feitiço e a mulher acordou um dia com a cara cheia de bolhas que estouravam constantemente e se voltavam a formar, jorrando água pestilenta de cada vez. Chorou, chorou, quando viu no que se tornara a sua beleza. A água das lágrimas e a das bolhas rebentando corria pelas tranças, para todos os lados, formando jatos líquidos, dando origem aos rios. Não é uma lenda nada bonita e muito falsa, pois as lágrimas são salgadas e deveriam então dar origem aos mares. E o líquido das bolhas não deve ser tão puro como a água dos nossos rios, sobretudo quando eles nascem. Sinto pena e ao mesmo tempo nojo ao evocar a lenda da Mãe dos Rios. Mas servia ao meu pai para nos ensinar o perigo da vaidade exagerada, coisas da religião dele. E já que falo de rios, também posso chamar

a atenção para a relação entre Calpe e a origem de três dos maiores rios do mundo. Se estabelecermos um triângulo entre a nascente do Nilo, a qual por vezes ainda é discutida, a do Congo e a do Zambeze, vemos que Calpe fica mais ou menos a meio do triângulo. A cidade das nascentes, podia ser chamada. Ou a cidade de Todas as Águas. No entanto, só tem um regatozinho que logo desaparece no lago pequeno, um dos riachos menores do mundo! Ironias da geografia?
– Vamos até à aldeia de pescadores – disse Simba.
Era a única aldeia que existia deste lado do lago. Do outro lado, onde começava o rio, havia duas aldeias, separadas por cinco quilómetros. No meio das montanhas, perdidos dos bens e males do mundo, talvez os habitantes tivessem escapado. Simba tinha razão, valia a pena procurá-los.

Mas quando chegamos à aldeia, ela pareceu abandonada como os nossos bairros e os restaurantes do outro lago. Saímos do carro, fomos olhar por ali, vasculhando nas cubatas e casas de portas abertas, algumas construídas com pedra, onde as roupas se dispersavam como já conhecíamos, de qualquer maneira, em molhos estranhos, os sapatos no centro, vestidos ou calças à volta, blusas ou camisas por cima, relógios, brincos, pulseiras, colares pelos lados. Como se de repente a pessoa voasse das roupas, despojando-se de tudo. O meu companheiro, subitamente, fez uma exclamação abafada. E eu vi.

Sentado numa pedra, mirando as águas paradas, estava um homem, só com um calção e uma camisa suja, a cabeça entre as mãos, cotovelos assentes nos joelhos, costas curvas, um pensador. Os olhos fixos no lago. Ao lado dele havia uma canoa com um pequeno motor na popa. Da canoa saía uma ponta de rede. Era pescador. Parei com medo. Era estúpido, eu sei, mas senti medo. Simba, pelo contrário, quase correu para ele. E foi logo falando, embora contendo o entusiasmo para não gritar e o assustar. Venci o sentimento inicial e avancei também, porém devagar. Mas dava para ouvir Simba perguntar:
– Está bem? É a única pessoa aqui? Onde estão os outros?

Tantas perguntas! Como se o outro pudesse responder a tudo isso de uma vez. Será que ele podia mesmo responder? Ficou como se não tivesse ouvido, nem virou a cabeça, nem teve um sobressalto. O meu companheiro já estava ao lado dele e pôs-lhe a mão no ombro.

Nada. O outro parecia petrificado, como as rochas das montanhas em volta. Voltara ao seu elemento de origem? Tive de novo medo. Lembrei num repente da estória do Homem Rocha, que engolia tudo que mexia, transformando os seres vivos em minérios, ou melhor, reconstituindo os minerais de que os seres vivos eram formados, assim diria uma menina que já tinha estudado química e alguma geologia. Mas Simba não se transformou em rochedo, daria um quartzo negro magnífico, aproveito dizer. Voltou a insistir com o homem. Como ele não reagia, voltou-se para mim e disse, está em estado de choque. Eu sabia o que era isso, também tinha ficado ao notar o desaparecimento dos meus, embora tivesse conseguido superar, fazendo força, muita força, para chorar. Pelos vistos, o pescador desconseguia de chorar, o que era a pior maneira de ficar em choque.

– Espera aqui – disse Simba.

Foi na direção do jipe. Da parte de trás tirou uma pasta preta de médico. Afinal vinha prevenido. Nem me ocorrera perguntar-lhe se estava preparado para enfrentar situações complicadas. Estava. A arma era visível à cintura e a grande devia dormir no cofre. Afinal também estava preparado profissionalmente. Admirei-o ainda mais. Veio com a pasta, tirou de lá uma seringa e uma ampola, aplicou a injeção no braço do pescador. Sentou-se numa pedra e disse-me para fazer o mesmo, temos de esperar um bocado, mas a reação deve ser rápida. E foi. Minutos depois o homem pareceu despertar. Olhou para todos os lados e viu-nos. Tentou levantar-se de repente, provavelmente com o susto, mas desequilibrou-se ou não tinha força nas pernas, caiu. O médico foi ajudá-lo mas ele fez um gesto, para, de susto. Soergueu-se, no entanto, e ficou sentado no chão, continuando a recusar a mão estendida para o levantar. Esfregava insistentemente um joelho.

– Viemos da cidade. Andamos à procura de pessoas por aqui.

Ele olhou então para mim. Como se me visse pela primeira vez. Depois mirou Simba inclinado para ele. Já sem medo.

– Há mais alguém da aldeia vivo? – voltou o meu companheiro a perguntar.

Ele abanou simplesmente a cabeça. Era o único? Este mundo estava cheio de pessoas únicas. Reconheci o disparate, saber de cinco pessoas e dizer que o mundo estava cheio era de fato um tremendo disparate. Simba voltou a meter a mão no seu saco e tirou de lá um frasquinho de metal, achatado. Já tinha visto aquilo em filmes, os americanos usavam muito para pôr uísque e o esconderem no bolso de trás das calças ou nos casacos. O pescador hesitava em beber e o médico insistiu por gestos.

– Beba, que lhe faz bem. Sou médico, pode confiar. É do melhor uísque que há.

O outro lá bebeu um gole, fez uma careta, só faltou cuspir. Mas depois bebeu mais. Tomou-lhe o gosto, porque foi preciso Simba tirar-lhe o frasco da mão se não ele acabava com todo o líquido. O meu companheiro sentou-se no chão ao lado dele, as costas apoiadas no rochedo, que se passou então?

E ele contou, primeiro quase por monossílabos gaguejantes, depois mais fluentemente, estava em casa a dormir, depois de vir da pesca e deixado o peixe com a mulher para ela o vender ao dono do restaurante que vinha com a carrinha comprá-lo. Acordou e não viu ninguém. Nem a mulher, nem os filhos, três, um rapaz e duas meninas, nem os outros habitantes da aldeia, nem os cães, os cabritos, as galinhas, nada mexia no kimbo. Apalermado, vagueou por ali à procura deles. Veio a noite e sentiu-se mesmo sozinho. Não havia barulho nenhum, só o lago, as estrelas lá em cima, e ele. No dia seguinte procurou por ali à volta, até onde as suas pernas o podiam levar. Depois foi de barco ao outro lado do lago e encontrou a primeira aldeia vazia. Foi à segunda. A mesma coisa. Deu umas voltas até ao fundo, mas não tinha combustível suficiente e voltou para casa. Tinha fome e nada para comer, apenas alguma fuba de milho. Precisava de um peixe para acompanhar o funje de milho. Tentou pescar com tarrafa mesmo da margem, como fazia quando lhe bastava apanhar alguma coisa para casa. Nem um peixe. Foi com o barco para o largo e atirou a tarrafa várias vezes. Sem sucesso. Então experimentou a rede de profundidade. Igualmente sem sucesso. Nunca lhe tinha acontecido. Voltou para casa, lembra-se. Percebeu então que o lago estava vazio, os peixes tinham ido embora, como as pessoas. Deu-lhe uma dor de cabeça incrível mas não podia parar de olhar para o lago. Ele era pescador, como o pai e o avô e o avô do avô, lembra-se de ter pensado, como podia ser pescador se não havia peixe para pescar? A dor de cabeça era insuportável. Não se lembra de mais nada.

— Aí entrou em estado de choque – disse Simba para mim. – Pode ter ficado naquela posição dois dias. Deve estar muito fraco, precisa de comer e ser medicado. Vamos tratar já disso. Vem ajudar-me, está bem?

Voltamos ao jipe. O médico tirou de lá um saco com comida e bebidas e deu-me uma esteira enrolada. Havia um pequeno fogão a gás, mas deixou-o ficar. Ia ser uma refeição fria, pelos vistos. À beira do lago ele tirou as coisas do saco e havia bolachas de água e sal, salame, queijo, pão integral em fatias, frango assado, manteiga, patê, um pequeno estojo com colheres, facas e garfos que espalhou por cima da esteira. As bebidas eram refrigerantes, já não estão muito frescos, mas servem, se desculpou Simba. Preparou duas fatias de pão com salame e queijo no meio, deu para o pescador. Ele começou a comer maquinalmente, olhando teimosamente as águas do lago. Nós servimo-nos, estávamos cheios de fome. E, ora o médico ora eu, íamos preparando as sandes para o pescador. Que comia tudo o que lhe púnhamos na mão. Depois bebeu a garrafa de refrigerante de uma só vez. Continuou a comer e bebeu mais uma garrafa. Quando achamos que tinha terminado, ele perguntou, não tem cerveja?

Simba Ukolo sorriu, se desculpando, infelizmente não. Eu só pensei, grande gajo, já está recuperado. O pescador abanou a cabeça, então também serve aquela aguardente que me deu há bocado.

O médico voltou a sorrir e puxou do frasquinho metálico. O pescador deu cabo do conteúdo. Virou o frasco para mostrar que nem uma gota sobrara. Que grande gajo, pensei eu de novo, olha só que gajo nos saiu na rifa. Estava claro, preferia cerveja, mas à falta de cerveja, até podia condescender em beber o uísque excelente, segundo a opinião de Simba, o melhor que há, não foi assim que ele disse? E deve ser verdade, os médicos percebem de bebidas fortes, então não andam sempre a mexer em álcool?

— E se fôssemos às aldeias do outro lado? – perguntou Ukolo. – Pode ser que tenha regressado alguém. De carro é muito complicado chegar lá, mas na canoa é fácil.

— Não tenho combustível – disse o pescador.

— Tenho no jipe. Um jerricane cheio de gasóleo.

Dava a ideia que depois de sair da prostração e comer, o pescador queria apenas dormir, pois os olhos de vez em quando fechavam. Mas acedeu sem dificuldades ao pedido do médico. Abasteceram o depósito do barco e ele pôs o motor a trabalhar. Fazia um barulho danado e parecia que se ia desfazer a qualquer momento. Pudera, uma parte estava amarrada por barbantes. Saltei lá para dentro e Simba seguiu-me. O pescador sentou-se à popa, para dirigir o barco. E atravessamos o lago facilmente, não eram as ondinhas delicadas que nos iam complicar a viagem. Abordamos o primeiro kimbo, não havia ninguém. Partimos para o segundo. Andamos pelas cubatas, pisamos as redes dos pescadores, subimos a um morro para gritar. Nada. Quando regressávamos à aldeia, uma abelha pousou na manga esquerda da camisa de Simba Ukolo. Aquelas abelhas, raras na região, como aprendi mais tarde, que têm o abdômen preto e amarelo, às listas.

– Uma abelha – gritou o médico, todo excitado. Ficamos a olhar para o bicho, extasiados. Mais uma forma de vida se manifestava. Que encontrasse um par para se reproduzir, rezei eu. Um dia fariam mel.

Voltamos para o kimbo do pescador. Já tinha passado muito para lá do meio-dia e era altura de regressarmos à cidade.

– Acho que é melhor vir conosco – disse o médico para o pescador. – O lago não tem peixe e ninguém viria comprar. Aqui fica sem comida. A cidade está vazia de gente e cheia de comida. Aconselho-o a viver na cidade. Pode ficar na minha casa, fazemos companhia um ao outro.

Ele não disse nada. Deu dois passos em direção à casa. Virou-se para o lago, ficou a olhar. Em gesto de despedida? Foi da casa ao lago, parou na beira, foi do lago à casa. Indeciso.

– Não quer dizer que seja para sempre. Pelo menos por enquanto, estamos todos confusos e sem saber o que fazer. Acho melhor ficarmos perto uns dos outros, para compreender o que se passou. De qualquer maneira, aqui não tem comida e ninguém lhe vai trazer.

Era um argumento de peso e se via, o pescador estava a pensar a sério nele. Devia lhe custar deixar as suas miseráveis coisas, o barco e, sobretudo, as recordações ligadas ao lago. Talvez também a esperança que a família voltasse. Mas estava sem saída, ficar significava suicídio. Não era a hortinha ao lado de casa que ia resolver o problema dele, era evidente. Não me admirei quando aceitou. Mas antes ainda pediu:

– Me traz daqui a três dias? Para ver como estão as coisas...

– Até pode vir sozinho. O que há mais na cidade são carros sem dono. Pode escolher à vontade.
– Não sei guiar carro.
– Eu ensino-lhe. Se andar com cuidado, não há perigo de acidente, não há outros para chocarem.

Pensei, era estranho haver uma cidade sem acidentes de carro, sobretudo a nossa, em que antes isso acontecia a qualquer momento, mas era verdade, agora não havia perigo de choques. Se o pescador andasse num carro, seriam apenas dois a circular na cidade inteira. A probabilidade de um choque era ínfima. O pescador insistiu em levar com ele o cobertor com que dormia, apesar de Simba dizer, lá tem tudo novo e da melhor qualidade, é só ir a uma loja e escolher, mas ele estava habituado àquele, devia ter ainda o cheiro da mulher, quem sabe as ideias que passam na cabeça de um pescador sem peixe para pescar?

O médico foi buscar um frasquinho que estava num saco de plástico e recolheu água do lago.

– Vou colher também no lago pequeno. Para analisar no laboratório do hospital. Quero saber se há vida, mesmo microscópica, nestas águas.

Ena, o meu médico era um verdadeiro cientista, pensei, cheia de orgulho. Como podia ele preocupar-se com tais coisas numa situação tão estranha? Claro que tinha razão, percebi logo, era importante saber se havia vida na água, como havia a abelha no ar e nós na terra. Pássaros é que, decididamente, não se viam.

– E pensar que este lago estava cheio de tilápia – disse Simba.
– Havia outros peixes, mas esse era o principal, cada vez mais – disse o pescador. – Podia dar cabo dos outros, mais um tempo.
– Uma vez estive em Angola, do outro lado do Congo, e lá chamam-lhe cacusso – disse Simba.
– Cacusso? É um bom nome para esse peixe.

Simba fez exatamente o que prometeu. Paramos de novo no lago pequeno e recolheu mais uma amostra de água num frasquinho diferente, também esterilizado. E ainda no riacho que corria à entrada da cidade, o qual se metia ao lado do morro que o povo chamara dos leões, descendo na direção do lago pequeno. Voltamos à nossa cidade. Pelo caminho, o pescador falou muito pouco, apesar das insistências de Simba. Ele tinha recomeçado o interrogatório sobre a "coisa".

— Disse que estava a dormir. Então não notou a luz...
— Estava a dormir... — respondeu pacientemente o pescador.

Simba perguntava a toda a gente pela luz que só ele vira? A mim perguntou e a Dona Geny também, ela contou. Escandalizada, diga-se de passagem. Como se interessasse se tinha sido uma luz ou um trovão! Tinha sido a vontade de Deus, isso é que contava, e não a forma como se manifestou. O herético (foi esse o termo, perguntei o que significava, ela não explicou muito bem, mas era evidente ser uma ofensa religiosa) queria saber dos detalhes pequenos, do exterior das coisas, não se preocupava com o conteúdo da mensagem divina. Assim tinha falado ela a propósito do fato de Simba dizer que tinha visto uma luz muito forte e mais tarde se apercebido que as pessoas tinham desaparecido. O pescador também não tinha confirmado a visão do médico. Eu compreendia, devia ser frustrante. Simba ficou encerrado nas suas ideias, eu estava cansada e com sono, o pescador não era muito falador. A viagem passou-se em silêncio, portanto. Mas despertamos dos nossos pensamentos pouco depois de entrarmos na cidade, porque o maluco atravessou a rua à nossa frente, guiando um carro imaginário. Simba estacou de repente e como eu não ia com o cinto apertado, quase fui projetada contra o vidro. Com a atrapalhação e a travagem brusca, o motor foi abaixo.

— Seria o máximo dos azares se o tivesse atropelado. Não há mais ninguém na rua e logo calhava atropelar a única pessoa que estava.

Simba nem disse, mas eu pensei, cúmulo dos cúmulos era ele como médico matar uma pessoa, uma das cinco existentes. Cinco? Os gritos não eram do maluco, nem da abelha que tínhamos encontrado no lago. Vinham da direita. Fui eu a primeira a ouvir.

— Alguém está a gritar.

Simba saiu do carro e eu também. O pescador não se dignou mexer, estava demasiado cansado ou demasiado confuso pela assustadora cidade vazia. Olhamos para todos os lados e não sabíamos de onde tinham vindo os gritos.

— Tens a certeza que eram gritos de gente? — perguntou o médico.
— Tenho.

Os gritos fizeram-se ouvir de novo, quando eu já duvidava das minhas sensações. Simba olhou para um edifício ligeiramente afastado da estrada, numa espécie de praceta. Era uma cadeia, a chamada cadeia velha, conhecia-a muito bem, porque se passava por ela sempre que se saía da cidade para ir para os lagos. Muitas vezes víamos os presos nas janelas gradeadas a fazerem gestos obscenos para quem passava na rua. O meu companheiro de jornada começou a correr nessa direção e eu fui atrás. Ele parou à frente da pesada porta, agora aberta. Perguntou aos berros:

– Está aí alguém? Está aí alguém?

– Aqui, aqui.

Vimos uma mão a agitar-se no meio das grades de uma janela do primeiro andar.

– Não pode sair? – perguntou Simba, um pouco estupidamente, devo confessar, pois se o outro pudesse sair não precisava de gritar para um carro que passava na rua, a cinquenta metros de distância.

– Estou preso – gritou o outro.

Entramos na cadeia. Eu estava com algum receio, nunca tinha entrado numa cadeia, sítio onde só havia bandidos e polícias, os dois me assustando sempre. Se dizia na nossa cidade (e talvez em muitas partes do mundo) que só se distinguiam pela farda. E às vezes nem pela farda, pois os bandidos muitas vezes as usavam também. Mas Simba estava armado e eu tinha confiança nele, à falta de melhor herói. Subimos as escadas para o primeiro andar, viramos à direita, batemos nas portas, onde está, onde está? Numa porta mais à frente alguém bateu e gritou numa voz muito rouca, é aqui. O médico abriu um postigo e olhou lá para dentro. Falou para ele:

– Tenho de descobrir onde estão as chaves.

– No fundo do corredor há um quarto, estão lá as chaves. Traga todas, pois cada porta abre com uma diferente.

Fomos os dois e eu ajudei a trazer as chaves. No tal quarto estava uma farda de carcereiro por cima das botas. Havia uma arma encostada à parede. Só à oitava tentativa a porta abriu. O prisioneiro estava todo mal amanhado, com a carapinha despenteada, a fazer tufos de desespero e com bolas de algodão nos cabelos, os olhos esbugalhados.

– Deixaram-me aqui, foram todos embora e deixaram-me aqui – queixou, com muita dificuldade em falar.

– Não foram embora de livre vontade, pode crer – respondeu

Simba. – Em todo o lado é assim, as pessoas desapareceram, não sei como nem por quê.

Descemos as escadas, o preso atrás. Pensei, será correto trazermos o criminoso conosco, então lugar de bandido não é na cadeia? Mas aparentemente Simba nem se colocou a questão, libertou-o e disse-lhe para vir junto, acabou, estava resolvido.

– Há mais alguém na prisão?

– Não. Há três dias que grito e ninguém respondeu. Anteontem e ontem ouvi um carro passar na rua, uma vez, duas vezes, não me ouviu ou não parou. Hoje de manhã ouvi um carro de novo e agora ouvi e gritei...

– Era sempre eu – disse Simba. – Como é que ia ouvir os gritos com o barulho do motor? Foi muita sorte agora porque travei por causa de um maluco e aqui a Jude é que ouviu os seus gritos. Nem tínhamos muita certeza se eram mesmo gritos de gente.

– Nem sei se ainda sou gente – disse o preso, ofegante, sem força para se fazer ouvir a três metros. Concordei com ele, na dúvida de ser gente. Ele ainda não percebera bem o que acontecia, tenho a certeza, haveria de entrar também em estado de choque.

Viemos para o carro e Simba deu-lhe logo o que restava da nossa refeição. Engoliu tudo num segundo, mesmo o pacote de manteiga sem pão nem bolachas, estava em jejum forçado há três dias. Realmente devia ser uma situação assustadora, imaginem, um tipo está fechado atrás de uma porta pesada, de repente não lhe trazem comida à hora devida, não lhe abrem a porta para limpar a cela ou para ele passear, não ouve barulhos dos outros presos, grita uma vez, ei!, o que é que se passa, ninguém lhe responde, grita com mais força, nada, depois apercebe-se que o silêncio é mortal, nem um pássaro, nem um grito, nem um carro a passar na rua, nem crianças a brincar, nada, tudo parado, silencioso, força a porta e esta não abre, claro, está bem trancada, grita que se farta e ninguém responde nem lhe vem acudir, pensa que mudaram de cadeia, todos, e o deixaram ali para morrer de fome, então não é de um tipo ficar desesperado? Pela primeira vez tive pena do prisioneiro, eu que não gosto nada de bandidos, estou farta de os ver a morrer nos filmes e nos jogos eletrônicos, aliás, o gozo desses jogos é mesmo matá-los... Apesar da pena, não gostei quando ouvi o médico dizer para

ele entrar no carro, então ia conosco? Foi mesmo, no caminho Simba explicou que o levava para casa dele, podia ali tomar banho e escolher roupa limpa. Ele e o pescador cheiravam mal que se fartavam, com a falta de banho. Enquanto era só um, ainda passava, desde que a janela do meu lado estivesse aberta. Agora dois? Ainda escandalizada e para fazer compreender ao meu amigo o perigo que corria, perguntei ao ex-prisioneiro, como quem não quer a coisa:
– Por que é que o prenderam?
Ele parecia não ter vergonha nenhuma, pois respondeu com a maior das calmas, na sua voz muito cansada:
– Sou ladrão. Apanharam-me dentro da casa de um militar, só compreendi quando estava lá dentro e vi as fotografias. O oficial chegou com dois amigos, todos fardados e armados, viram que as coisas não estavam no sítio, sinais de alguém em casa, bem tentei esconder-me mas descobriram-me. Como sou pacífico, não uso armas, foi fácil apanharem-me. Condenaram-me a dois anos de cadeia, porque nunca tinha sido condenado antes e confessei ser a primeira vez, sabem como é, um tipo está desesperado com fome, vê uma casa onde parecia fácil entrar... Já cumpri um ano da pena.
– Foi a primeira vez que entrou numa casa alheia? – perguntei.
– Não fiz outra coisa na vida – riu com orgulho. – Sou muito bom a abrir portas e janelas.
– A da sua cela é que não conseguiu abrir – disse eu, com raiva porque o tipo não estava nada arrependido da vida que levava.
Ele aproximou a cara dele da minha nuca, pois eu estava no banco da frente. Pensei que ia ameaçar-me, insultar, sei lá, já pensava que tinha exagerado na minha indignação, mas não, só disse baixinho, como se desculpando:
– Não tinha nenhum instrumento da profissão na cela, menina.
Simba perguntou-lhe o nome e respondeu Joseph Kiboro, de vinte e oito anos de idade, roubando há vinte e dois, com estudos secundários a meio, natural de um kimbo perto da cidade, não muito longe da terra natal do médico, como viria a saber em seguida, pois quando o ladrão desfiou o seu currículo, logo o outro exclamou, alegre, sou de aí perto, somos patrícios. Não gostei que o meu herói se sentisse tão identificado com um criminoso que acabara de livrar da cadeia. Ainda

por cima um criminoso que começara na profissão com seis anos de idade, se estava mesmo a falar verdade e as contas estavam certas. Certamente perigoso, apesar de afirmar não usar armas, pois só foi apanhado em casa alheia por puro azar. Quando estivéssemos sozinhos havia de chamar a atenção do Simba, então ele nem hesitou em descumprir a lei, libertando o outro quando ainda lhe faltava um ano para completar a pena? E que fariam?, havia ele de perguntar. Continuava na cadeia e levavam-lhe comida todos os dias. E quem tomava conta dele para ir para o recreio apanhar ar, perguntava Simba. É, ficava complicado, um deles tinha de se tornar carcereiro e parece que ninguém tinha vocação. O melhor era mesmo não criticar o meu amigo, talvez ele tivesse feito bem. Mas levá-lo para casa é que nunca...

Foi o que lhe disse quando me levou, depois de deixar os hóspedes na sua própria casa, a tomarem banho e acomodarem-se.

– O pescador tudo bem. Mas o ladrão...vai roubar-lhe a casa toda, não ouviu o que ele disse? É a profissão dele, assaltar casas...

Não é que Simba riu na minha cara? Com todos os dentes de fora. O ar bonito desapareceu, por estar com a fronha arreganhada de gozo. Até então nunca o tinha visto rir a sério.

– Minha querida, para que vai roubar? Tem uma cidade inteira à disposição dele, as casas abertas e recheadas. Por que irá roubar-me a mim, que o libertei e tenho uma casa relativamente modesta, se pode roubar... roubar nem é o termo correto... se pode apoderar-se do que quiser e do melhor em qualquer lado? Já reparaste? Há profissões que a partir de agora desapareceram. O pescador deixa de ser pescador, pois não tem mais peixe para pescar. Aliás, o pescador ainda não assimilou muito bem que deixou de ter profissão. E também acaba a profissão de ladrão, perdeu o sentido de existir, mas podes ter a certeza que o senhor Joseph Kiboro o vai entender num instante, embora lhe falte um ano para completar a pena.

Deixou-me em casa de Dona Geny, com muito para pensar. Claro, ele estava com toda a razão, ninguém mais seria assaltado, a menos que possuísse um bem muito raro e especial. Existiria um bem assim tão precioso? Já tinha assunto para a noite. Se lhe falasse nisso, e teria mesmo de falar, Geny diria que o ladrão se reconverteria num bom cidadão se sentisse naquilo a mão de Deus, só podia afirmar uma coisa parecida. Eu não tinha coragem de discutir com ela, ia concordar, claro que em tudo estava a mão de Deus, embora para ser sincera não a sentisse em lado nenhum, antes pelo contrário. Se fora para castigar os pecados das pessoas que ele provocara este holocausto, então por que fazer desaparecer a minha mãe, que era uma santa, tendo de aturar as birras alcoólicas e pedagógicas do meu pai, e não a mim, que sempre fui uma pecadora?

4

Simba Ukolo voltou para casa, depois de depositar Jude e de combinar com as duas mulheres irem jantar ao restaurante de sempre, o melhor da cidade. Forma de apresentar a Geny os dois novos conhecidos. Ela não mostrou emoção especial pelo fato de serem agora mais numerosos. Seria indiferença pelo resto do gênero humano ou desconfiança por aquele fim do mundo se anunciar populoso demais? Muxoxou mas disse, ainda bem, obviamente contraditório com o muxoxo, mudou de assunto. Nem uma pergunta, que idade têm eles, qual o aspecto, nada. Também não se ofereceu para fazer o jantar. Mas isso constituía o menor problema, ele próprio poderia se encarregar de o confeccionar. Por outro lado, chegada a hora, as mulheres do grupo iriam tomar a iniciativa ou pelos menos ajudar. Geny era o tipo de mulher que podia dizer o contrário mas não admitia homens na cozinha, sobretudo se já a tinha utilizado uma vez e portanto se apossado dela, como o cão urinando para marcar território. Íris era assim: ciumenta do seu espaço, não deixava que ele tomasse nenhuma iniciativa nas partes da casa que considerava suas. E se por acaso ele assumisse uma diligência doméstica sem a consultar, mesmo se reputada excelente, ela imediatamente contrariava a iniciativa ou encontrava defeito. Depois queixava-se da triste sina das mulheres para quem estava sempre reservada a cozinha e as lides caseiras numa sociedade patriarcal como era a deles, no que aliás tinha razão. Mas ai dele se pegasse numa vassoura para limpar qualquer coisa, passa para cá isso, vais demorar imenso tempo e não vais varrer bem, além do mais tens aquele trabalho urgente para terminar, enfim, desculpas para que ele abandonasse o projeto, o qual tinha o único e irremediável defeito de não ter nascido da vontade dela. Geny nisso era parecida com Íris, talvez só nisso. Felizmente.

Esperava encontrar a casa em enorme balbúrdia, pois com a pressa de levar Jude à residência de Geny, não tinha orientado suficientemente os outros dois. Deviam ter sujado as casas de banho, remexido tudo para encontrar roupa limpa, como ele lhes dissera para fazerem sem explicar onde a encontrariam. Oh, tinham certamente resolvido os problemas a contento, o pescador talvez não, mas Kiboro certamente, o qual já teria encontrado tudo do que precisava, então não era um especialista em avaliar as casas e encontrar as coisas mais preciosas? Logo que lhe deixassem água suficiente para tomar banho, tudo estaria bem. Ia instalar o ladrão no quarto de hóspedes e o pescador no quarto da Sarah. Não sabia por que, mas achava que ele se sentiria melhor ali e ela também não se importaria que ele usasse e visse as suas coisas. Já quanto a Kiboro não tinha a certeza de Sarah apreciar o fato de ele dormir na sua cama, Sarah sempre fora muito ciosa dos seus pequenos segredos. Pelo menos ele, Ukolo, ficava incomodado. Pensou também, não era muito prático estarem as senhoras lá na casa de Geny. O bairro onde ele morava e onde Jude tinha morado era melhor, as casas maiores e mais confortáveis. A vivenda mesmo à frente da dele, a tal dos vizinhos com quem entrara em maka, seria o ideal para elas morarem. Ficavam perto, protegidas, e com facilidade de se juntarem numa emergência. Mas quem ia convencer Geny a sair do seu apartamento, certamente onde passara a maior e melhor parte da sua vida? Tentaria abordar o assunto ao jantar. Cautelosamente. Aposto, vai ser um combate muito duro e de fim imprevisível, mas terei o apoio de Jude, é a única capaz de convencer a senhora.

Afinal enganou-se, a casa não estava muito desarrumada. Os dois hóspedes tinham tomado banho e usaram apenas uns calções dele que estavam à mão. Portanto, não tinham praticamente mexido em nada. Mostrou-lhes os quartos onde iam dormir e depois disse, vamos jantar num restaurante, o melhor da cidade.

– Melhor que aquele que acabo de abandonar? – perguntou Joseph Kiboro, com uma gargalhada.

– Melhor, melhor. Mas se tem fome, vá à cozinha comer qualquer coisa, pois ainda é muito cedo. Sirva-se à vontade, que amanhã vamos aí a uma loja abastecer bem a cozinha.

Mostrou também onde estavam as bebidas, bebam quando quiserem. O pescador ficou entusiasmado ao encontrar cerveja gelada.

Tirou logo uma para si. Joseph, com jeito de desculpa, não bebo, ao que perguntou Ukolo, por causa da religião? Afinal era apenas por prudência, conforme justificou o avisado ladrão. Simba ia tomar banho mas até esqueceu a diligência urgente. Sentou numa cadeira da cozinha e convidou o outro a fazer o mesmo. A cozinha era a melhor parte da casa, adaptada segundo uma revista de interiores americana, com espaço para tudo e até uma mesa onde podiam comer quatro pessoas. O pescador abria as gavetas dos armários à procura do descapsulador, até Ukolo lho indicar com um gesto.

– Explique melhor isso da prudência, já agora – pediu o médico ao ladrão.

– A minha profissão é arriscada, não admite facilidades nem erros. Veja, cometi um único erro, o de pela primeira vez não fazer um reconhecimento sério ao objetivo, e logo me lixei, fui parar à kionga. Sempre soube isso, desde criança sentia o risco da profissão, vivemos sobre o fio da navalha, como diria um famoso escritor inglês. Ora o álcool faz perder reflexos e sobretudo provoca atitudes irrefletidas. Sei por experiência dos outros e por ter lido bastante sobre o assunto. Você admite um cirurgião que beba uma garrafa de qualquer coisa antes de ir operar alguém? Se for um cirurgião consciente, como esperamos, não o faz. Pois bem, desde miúdo decidi ser um ladrão profissional e competente. Não só competente, mas consciente. Por isso desde cedo me convenci que não devia tocar em álcool. Para lhe dizer a verdade, nunca bebi uma gota de bebida alcoólica, nunca. Se beber meio copo de vinho, morro por aí a estrebuchar e a agoniar.

Era uma afirmação impressionante e Joseph Kiboro sabia o efeito que provocava. Suspendeu a fala para dar mais ênfase ao discurso. O pescador sentou-se também à mesa da cozinha, a garrafa de cerveja na mão e a boca aberta. Ukolo abanou inconscientemente a cabeça para cima e para baixo, concordando com a sapiência do outro assim demonstrada.

– Uma pessoa deve fazer as coisas bem feitas e ter orgulho nelas ou então nem as tenta – continuou o ladrão. – Médico, ministro, polícia ou criminoso, pouco importa, cada um deve ter brio naquilo que faz, deve dar prestígio à sua profissão, praticá-la com a máxima seriedade. Para isso deve estar sempre consciente. A bebida diminui o raciocínio, diminui a capacidade de julgar, diminui até algumas percepções. Veja, estou a utilizar uma linguagem erudita porque estudei muito, tenho alguma instrução apesar de ter andado na escola só durante nove anos. Eu sou o melhor ladrão da cidade, tenho certeza disso. E certamente também o mais culto. Claro que é difícil fazer certas comparações, sobretudo quando não há concursos ou campeonatos abertos, pois estamos a falar de uma atividade mais ou menos clandestina. Outros terão pensado serem os melhores. Mas tenho a certeza que nenhum leva tão a sério a sua arte como o faço e não conhece Shakespeare como eu. Por isso os que se gabavam de melhores estavam sempre a fugir da polícia, com fichas imensas, deixando rastos e pistas por todos os lados. Quando cometi um erro, e todos os dias me penitencio por esse tremendo erro, apanhei apenas dois anos. E por quê? Porque quando disse que era a primeira vez que caíra em tentação, eles acreditaram, por não terem nenhuma outra evidência. E, no entanto, já roubava há vinte anos. Sem deixar pistas. Se isso não é ser excelente, então não sei o que é a excelência. O meu zelo para deixar limpo o nome da profissão era tal que evitava estragar ou sujar a casa que ia roubar, melhor dizendo, aliviar. Nunca parti nada, não sujava nada e evitava mesmo deslocar objetos, apenas os necessários. E também só levava aquilo que de fato me interessava, não era como outros que apanhavam tudo e metiam num saco, sem escolher o bom do mau, o útil do supérfluo. Se queria dinheiro e não o encontrava, procurava joias ou objetos preciosos, mas escolhia o que me parecia verdadeiro, deixava o resto, a quinquilharia. Nem queria imaginar a cara do tipo ao descobrir o roubo feito por mim e dizer, ironicamente, felizmente só levaram coisas falsas, miçangas e bugigangas. Morreria de vergonha se levasse como joia uma droga qualquer ou como dinheiro uma ficha do jogo Monopólio. Creio que a isso se chama consciência profissional.

Ukolo, como intelectual, ouvia perturbado o discurso do outro, evitando mesmo mexer-se para não o interromper. A transparente vaidade na sua excelência tornava o ladrão um caso raro de brio na carreira, difícil de encontrar nos seus conhecidos e amigos, sobretudo numa profissão como era a de médico, em que essa qualidade devia ser uma exigência de primeira ordem, infelizmente pouco cumprida. Mas o pescador não parecia impressionado, para ele ladrão era ladrão, da mesma maneira que um peixe de tal marca não era o mesmo de outra mais distinta.

– Nunca roubaste um peixe? – desfechou, a seco, exatamente por essa ordem de valores.

Kiboro olhou para ele, perturbado. Talvez pelo tom agressivo ou por parecer uma pergunta pouco apropriada, quando estavam a falar a um nível mais elevado. Mas encolheu os ombros. Viu o outro levar a garrafa de cerveja à boca e engolir o resto.

– Roubei... no princípio, quando era miúdo.

– Conte lá desde o princípio então – disse Ukolo.

– Não tem muito para contar. Como disse, nasci num kimbo perto do seu. Aos seis anos o meu pai meteu-me na escola de Inzulu...

– Também eu estudei lá...– se encantou Simba.

– A escola era longe do meu kimbo, tinha de andar duas horas para lá chegar. Logo no primeiro ano, perdi o lápis no caminho, suponho. Tinha de fato a mania de escrever com o lápis nas árvores, como um perdido nos bosques para se orientar. Era uma estória da minha infância, que todos certamente conhecem...

– O herói não usava lápis, eram feijões – disse Ukolo, sorrindo à lembrança da estória que aparecia em todos os manuais de iniciação.

– Seja. No início das aulas, o meu pai tinha comprado os lápis, cadernos, livros, enfim, o material todo, e disse que não tinha dinheiro para mais nada e que, portanto, tinha de tratar bem de tudo. Não tinha coragem de lhe pedir dinheiro para comprar um novo lápis. Como ia explicar que tinha desaparecido aquele? Claro, um lápis não é nada, dizem vocês agora. Mas para um miúdo de seis anos era muita coisa, era um desastre. Numa turma mais avançada havia um tipo gordo, filho de um ricaço, talvez o único tipo mesmo rico da região. No intervalo das aulas, quando estavam todos a brincar no recreio, fui à carteira dele e fanei-lhe um lápis. Como era de outra turma, ninguém conseguiu descobrir. Ao fim de uns meses, o caderno estava todo cheio. Os colegas tinham cadernos novos, compravam-se na cantina da escola. Tive medo de dizer ao meu pai que precisava de um novo. Pronto. Fui a outra turma, roubei um que tinha poucas folhas escritas, rasguei essas, rasurei o nome que lá estava... devo dizer que entre as várias alternativas de cadernos com poucas páginas escritas que encontrei escolhi aquele cujo nome seria mais parecido com o meu. Aí já demonstrava talento para a arte, acho eu hoje, os senhores o dirão com mais propriedade, pois são neutros. Assim fui agindo sempre que precisava de alguma coisa. Eu queria muito estudar, compreendia a importância do estudo, mas sabia também que a minha família era demasiado pobre para tanta ambição. Quando tive de mudar para uma escola mais avançada, numa pequena cidade que devem conhecer, Imbala, a coisa era mais complicada. O meu pai aceitou, deixaria de o ajudar no campo para continuar os estudos, mas ficava por minha conta, ele não investia mais, muito já tinha feito. Estava com doze anos e era obrigado a desembaraçar-me para viver e estudar. Alarguei as minhas atividades, ia fazer mais como então? Arranjava comida roubando o que houvesse, peixe por exemplo – se virou para o pescador, confirmando com a cabeça – mas também livros na única livraria da cidade. Como se admitia que a escola obrigasse os alunos a lerem certos livros e não os fornecia nem emprestava? A biblioteca da escola era mais pobre de livros que um doutor de leis o é de escrúpulos. Que fazer se não há dinheiro para os comprar? E obtinha as outras coisas da mesma maneira. Fui sobrevivendo até aos catorze anos de idade. Foi nessa altura, ao completar o nono ano de escolaridade, que disse para mim mesmo, já tenho alguns conhecimentos, não vou mais poder conciliar eternamente as duas atividades, antes ser bom só numa do que razoável nas duas. Abandonei a escola e comecei a aperfeiçoar a tempo inteiro a minha arte. Especializei-me em casas. Casas de ricos, evidentemente. Devo dizer que investi muito tempo nisso. Tinha ficado com o vício da leitura e até já vi que o doutor tem aqui livros interessantes, parabéns pela biblioteca, rara na casa de um médico, onde normalmente só se veem tratados de anatomia e coisas do gênero e revistas pornográficas escondidas atrás dos sérios livros de medicina... Para conhecer a fundo a minha profissão, li muita coisa sobre arquitetura, telhados, a história da evolução das portas e janelas, a consistência das paredes secundárias, os sistemas de alerta, a solidez dos cofres etc. Li coisas

de mecânica e eletricidade, evidentemente, mas também a fundamental química, até um pouco de cosmografia para compreender certas coisas à noite sobretudo, enfim, li aquilo que podia ajudar-me a fazer planos sérios e limpos. Sobretudo isto, planos limpos. Andei, por exemplo, muito tempo no arquivo do Município a tentar descobrir a rede de esgotos, mas não encontrei documentos em lado nenhum. Parece, esta cidade não tem rede de esgotos ou, se tem, não está desenhada, o que acho espantoso. Os funcionários sempre negaram a existência dela e não se preocupam minimamente com isso. Não sei se estão a ver a gravidade da situação... claro, o doutor está a ver as consequências para a saúde pública...
– Não se preocupe, as casas têm fossas – disse Simba. – Claro, tudo isso ou pelo menos uma parte vai parar no lençol freático. Uma outra parte deve ir ter ao lago pequeno, daí aquela cor da água...
– E o bom sabor dos peixes – riu Joseph Kiboro. – Mas eu estava interessado nos esgotos, já perceberam por que...
– Para entrar num banco – disse Ukolo.
– Com efeito. Era um bom plano, não era? O doutor tem alma de ladrão, percebeu logo o que eu queria dizer.
– Podia ser bom, mas não era limpo, tinha de andar pelos esgotos – riram os dois. – Mas vou dar-lhe uma notícia e não sei como a vai tomar, se a aceita como boa ou como má. Agora, se quiser ir buscar dinheiro a um banco, não precisa de esgotos para nada, é só entrar. Eu tenho na mala do meu carro duas pastas cheias de dinheiro que apanhei em dois bancos. E as pastas eram dos gerentes, vejam a ironia da situação. E a senhora com quem vamos jantar encheu um enorme saco de plástico com as notas de uma sucursal. Deixou de ser roubo ir a um banco e esvaziá-lo, eles estão totalmente abertos e a convidar-nos. Como qualquer casa, aliás.
O ladrão ficou embasbacado, sem reação. Ainda não tinha tido tempo de compreender todas as implicações da "coisa". De fato, tinham-lhe explicado sumariamente o que acontecera e ele digeriu primeiro a sua liberdade recente, quando já atingira o desespero de acreditar ter sido esquecido na cadeia, poucas coisas para além disso lhe tendo chamado ainda a atenção. Notara na cadeia, para além do silêncio e da falta de pessoas e carros nas ruas, o desaparecimento

das aves. Da sua cela, com a janela mais alta que as das restantes celas, o que não constituía bom indicativo da qualidade da obra, era incômodo empoleirar-se, podia ver o céu, mas muito dificilmente a rua. Para isso tinha de fazer verdadeira ginástica e nem sempre estava disposto a isso. Além do mais, aguentava um pouco agarrado às grades, mas depois cansava-se. E a rua apresentava poucos motivos de interesse. Observava muito mais o voo dos gaviões ou dos pombos, assistia mesmo à passagem dos bandos migratórios. Por vezes uns passaritos paravam na janela e cantavam para dentro. Às vezes até cagavam, o que demonstrava pouco respeito pela autoridade. De repente, o céu ficou vazio e os passaritos nunca mais foram cantar para ele nem os gaviões o cumprimentavam lá das alturas em que planavam.

– Viu uma luz brilhante, foi?

Não tinha notado nada. Dormia no seu catre e acordou com o súbito silêncio. Até imaginou ter ficado de repente surdo. Foi ao entardecer, hora a que o carcereiro lhe trazia o jantar, que estranhou. Nem carcereiro, nem jantar, nem o habitual barulho dos outros presos a protestarem com a porcaria da comida ou se insultando de cela para cela. Como passava o tempo e ficou escuro, entrou em pânico. Gritou. Ninguém lhe respondeu. Por vezes trocava mensagens com os parceiros da cela do lado, onde estavam quatro assassinos perigosos. Bateu, bateu na parede, nenhuma resposta. Aí fundiu os fusíveis, acha. Passou a noite em claro e de vez em quando gritava. Até o terem encontrado, dois dias depois.

– Mas por que estava numa cela individual? – perguntou Ukolo. – Era considerado perigoso?

– Não sei. Naquele corredor, todos os presos eram assassinos, menos eu. Todos estavam aos três ou quatro nas celas. Talvez porque a minha era pequena, embora desse para dois reclusos, puseram-me ali. Não devem ter querido misturar-me com os perigosos. Ou então...

– Ou então? – perguntou o pescador, indo buscar outra cerveja à geleira, agora que tinha aprendido o caminho e já lhe tinham dito que não precisava de pedir.

– Como eu tinha mais estudos e reclamava sempre por livros... pode ser que me respeitassem, sei lá, nunca tive oportunidade de perguntar a quem tinha o poder de decidir. Os guardas não sabiam responder a questões tão confidenciais como essa.

– E davam-lhe livros? – perguntou Ukolo.

– Não havia livros na cadeia. Mas deixavam que um amigo me levasse alguns de vez em quando. Um guarda disse-me que o diretor estava a pensar em arranjar uma biblioteca, mas faltava sempre espaço ou dinheiro. Eu teria proposto de boa vontade tomar conta dela gratuitamente, se a fizessem. Infelizmente, nunca arranjaram espaço ou interesse.

– Esse seu amigo também era ladrão? – perguntou o pescador.

– Não tenho amigos ladrões, os ladrões que conheço são todos uma vergonha, desonram a profissão com a sua falta de caráter. Não, esse meu amigo era jogador de futebol. E bom. Estavam a considerar mandá-lo para a Europa, para um clube importante.

– E ele sabia que você roubava? – perguntou Simba Ukolo. – Antes de você ser apanhado, quero dizer.

Kiboro barrou um pedaço de pão com queijo que o médico tinha posto à sua disposição na mesa. Abanou a cabeça, mostrando alguma tristeza ou talvez arrependimento.

– Não, ninguém sabia. Eu sempre me apresentei como homem de negócios, o que justificava as minhas roupas, de qualidade, e os sítios elegantes que frequentava. Não podia revelar as minhas atividades, mesmo aos amigos. Imagine que algum dava com a língua nos dentes, não forçosamente para me fazer mal mas para alimentar uma conversa, dar um exemplo, sei lá, coisas que se dizem para preencher conversa e no instante seguinte nos arrependemos de ter revelado... Não podia criar tentações dessas aos meus amigos. Nem às namoradas. Muito menos aos meus pais, evidentemente. Eles tinham muito orgulho no homenzinho importante em que me tornara, feito sozinho.

– Tinha carro? – perguntou o pescador.

– Não, ainda não tinha chegado lá. Os meus furtos davam para viver razoavelmente bem, mas não davam para tudo. Se a cidade tivesse uma rede de esgotos, ah, teria alcançado o carro e muito mais. Até teria deixado de assaltar casas.

– No fundo, a culpa de você ter sido preso é da cidade – disse Ukolo, querendo ser engraçado.

– Evidentemente. Da falta da rede de esgotos.

O médico esperava a gargalhada do ladrão, o qual já em outras ocasiões mostrara ter bastante sentido de humor. Desta vez não. Ele levava mesmo a sério aquilo de culpar a cidade pelo seu desastre pessoal, estava visto. Apesar de antes admitir ter cometido um execrável erro de negligência provocado pela rotina, sendo a rotina o pior perigo para um ladrão, como afirmara. Ninguém era perfeito na coerência, pensou Simba Ukolo. Aproveitou o momento de silêncio e melancolia para ir tomar um banho de imersão, relaxante. Foi um demorado banho até a água arrefecer, em que tentou pôr as ideias em ordem. Reconheceu ao fim de algum tempo que era impossível ter sucesso, a sua cabeça parecia um remoinho de vento. A situação tinha melhorado com o aparecimento de mais duas pessoas, devia admitir. Mas não passava muito para além disso. Dava alguma esperança que em vários outros pontos do país e do mundo mais pessoas tinham sobrevivido. Talvez juntando todas as forças e vontades... Foi o que tentou intuitivamente, mais por medo do isolamento que por outra razão qualquer. Mas agora tinha de ser tentativa consciente, um projeto. Juntar as pessoas sobreviventes, esse era o projeto, só podia ser. O procedimento é que lhe parecia mais complicado. Haveriam de falar nisso ao jantar. Contava com esse primeiro jantar da nova tribo para acertar ideias.

Deu roupas aos outros dois, mas o problema eram os sapatos. Kiboro tinha o pé mais pequeno que o seu e o pescador tinha uma pata a que dificilmente se ajustaria sapato conveniente. A primeira coisa a fazer era portanto irem a uma sapataria ou loja semelhante. Partiram com essa intenção, já a noite caía. E afinal não foi tão difícil assim arranjar uns sapatos italianos, de marca, para o pescador, embora ele se queixasse, vão magoar. Tinha sempre usado sandálias de sola de pneu, mas elas ficaram no lago e não podia ir descalço jantar ao mais fino restaurante da cidade. Ainda por cima iria ser apresentado a Geny e o médico queria que ele causasse boa impressão, seria um par muito conveniente e talvez resolvesse o problema do mau humor constante da senhora. Contentar Joseph foi mais fácil, ele estava habituado a produtos finos e sabia exatamente o que queria. Entretanto, o ladrão preferiu também trocar as roupas emprestadas por Ukolo por um fato amarelo que encontrou numa loja. A gravata lilás a condizer fazia dele um espécime aproximado de lorde inglês extravagante. Decadente, como todos os lordes ingleses, pensou Simba Ukolo, embora a maior parte deles não fosse extravagante, deixando isso sobretudo para os turistas americanos em zonas tropicais. Kiboro apresentava uma metamorfose espantosa. Já não era o mesmo homem que saíra da cadeia um par de horas antes, atordoado, sujo, vestido com uns calções indigentes e uma camisa velha e aos farrapos, o cabelo com tufos de mal lavado sem ver pente desde o milênio anterior, e a barba a crescer às três pancadas. Parecia muito mais novo e, sobretudo, mais confiante. Exagerado na combinação de cores, porventura, fato não destoando das novas gerações africanas em fase de afirmação social, mas indesmentivelmente elegante. Um homem bonito, poderia dizer. Partiram para o restaurante, onde as senhoras já se deviam encontrar. Kiboro, que ia à frente no jipe, não parava de lançar exclamações de pasmo perante o vazio das ruas e das lojas. Parecia só agora medir verdadeiramente a catástrofe.

– Sabe guiar? – perguntou-lhe às tantas Simba Ukolo.

– Sei, embora sem muita prática. Não tirei carta de condução, se quer saber a verdade inteira. Por vezes guiava os carros dos meus amigos, lá me iam ensinando.

– Se quiser, escolha um bom carro. Agora tem ocasião para praticar. E não deve haver nenhum polícia para o multar por conduzir sem carta

– É uma vantagem da situação, desapareceram os polícias. Sim, vou escolher um carro. Quero ir ao kimbo saber da família.

– Espero que tenha sorte e eles estejam lá todos bem – disse o médico.

Encheu a voz com a máxima sinceridade, embora descrente das suas próprias palavras. Seria uma tremenda coincidência, mas a vida estava cheia delas. Ele, pelo contrário, não pensara em ir ao kimbo tentar descobrir se algum parente tinha sobrevivido. Quase lhe parecia normal, bem vistas as coisas. Nunca teve makas com os pais nem com os irmãos, cunhados, sobrinhos e outros familiares. No entanto, foram-se afastando, à medida que as carreiras se iam definindo e ele subindo na escala social. É triste, pensou. Em dias de festa familiar, os que ficaram na terra ainda se encontravam no kimbo, mas os irmãos também tinham partido para outras cidades, o mais velho para Liverpool, na Inglaterra, o mais novo para a Austrália, Perth, e só as duas irmãs tinham ficado no kimbo, casadas com agricultores e criadores de gado. A família foi afrouxando os laços, sobretudo depois da morte da mãe, o verdadeiro cimento dela. Para ele, nestes dias depois da "coisa", a família tinha-se resumido unicamente a Íris e Sarah. A mulher tinha razão, estava um verdadeiro pedante inglês, até já adotava os modelos europeus de família. Amanhã iria ao kimbo, pelo menos para calar remorsos. Até podia ir com Joseph Kiboro, era muito próximo um sítio do outro.

Como calculara, Geny e Jude estavam às voltas com as panelas. Apresentou os dois novos convivas à senhora, a qual resmungou um cumprimento e continuou mais preocupada com o trabalho, uma jardineira de borrego, como se apercebeu Ukolo. Jude tinha mudado de vestido, usando um de tecido azul profundo, mas com o avental do restaurante por cima para não se sujar. O vestido parecia novo, assim como os brincos, resultado provável de alguma ida a uma loja da rua. Ukolo pensou em lhe perguntar ali mesmo se tinha adivinhado a proveniência do vestido, mas depois travou a fala, pois poderia ter sido motivo de discussão com a severa Geny e não queria envenenar ainda mais o ambiente entre as duas. No fundo, tinham todos de se entender, até mesmo com a fanática senhora. Não escapou ao médico o longo olhar apreciador que a rapariga lançou ao ladrão. Este, além de estar de fato novo e vistoso, tinha também aparado o cabelo e feito a barba, usando abundantemente o desodorizante de Ukolo. Mais apropriado para ir a uma discoteca da moda que para um simples jantar entre conhecidos, achou ele, com uma pontinha de raiva. O pescador, entretanto, foi vascular nas geleiras sem pedir autorização a ninguém e sacou de lá de dentro uma cerveja, sentando-se com ela na comprida mesa da cozinha, onde se preparavam as refeições. Ukolo achou boa ideia e foi preparar um uísque para si próprio. Só depois se virou para Geny e lhe perguntou, tentando parecer amável:

– Quer alguma bebida, Dona Geny?
– Sabe muito bem que não bebo álcool, não tenho desses vícios – foi a resposta mal-humorada.
– Mas não me referia a bebidas alcoólicas... Há refrigerantes.
– Eu quero um – disse Jude.

Mas antes que o médico acabasse de preparar o seu uísque, já Kiboro se tinha precipitado para um frigorífico e escolhido refrigerantes para Jude e ele próprio. A miúda agradeceu o gesto com olhos sorridentes. Ninguém pareceu reparar, Geny tinha ficado muda. Só o pescador, aparentemente mais preocupado com a sua cerveja. Perante a insistência do pescador, a senhora aceitou um refrigerante e ele foi buscar. Fez até questão de o servir num copo alto. Ela sorriu fugazmente e agradeceu. O sorriso dela deixou a boca de Simba Ukolo paralisada de espanto. Pela primeira vez, a austera senhora tinha esboçado alguma coisa diferente de um esgar. Com Jude, preparou a mesa. Foi preciso juntar duas, o grupo crescia. Quem me dera ter de arranjar as mesas todas do restaurante e as do restaurante do lado, isso sim, era um bom sinal. Guardou para si as frustrações, porque Jude não parava de elogiar o aspecto de Kiboro, nem parece a mesma pessoa que libertamos da cadeia hoje, nem parece ladrão.

– Há ladrões muito elegantes, basta vê-los nos filmes. Mas não deixam de ser ladrões.

Simba Ukolo sentiu que estava a ser injusto e cruel. Ela não disse nada mas olhou-o de forma estranha. Não chegava a ser uma repreenda no olhar, mas havia qualquer coisa, talvez apenas surpresa. Afinal, tinha sido o médico o primeiro a tratar Joseph como uma pessoa que merecia cuidado e atenção, até o convidou para casa dele e tinha acalmado os temores dela explicando que o fato de ser ladrão tinha certamente sido causado pela necessidade, uma forma de o desculpar, pelo menos justificar. Agora havia uma certa acrimônia que nada parecia explicar. Seriam ciúmes? Porque ela gabou o porte de Joseph? Era isso, Simba estava com ciúmes. Ajeitando melhor a toalha e os copos, Jude sorriu, malandra. Reprimiu a natural tendência para gozar a cena, preferiu guardar para si, analisar no escuro do seu quarto mais tarde, enquanto o sono não vinha.

Os aperitivos foram bebidos, com o pescador matando a sede de três dias com um número correspondente de cervejas. Os outros foram mais moderados nas bebidas. E o jantar foi servido em terrinas de luxo. A jardineira de borrego estava divinal, Geny era uma cozinheira de mão cheia. E o vinho, um caríssimo vinho que Ukolo foi descobrir numa espécie de adega embutida na parede, estava a condizer. No vinho não tinha companhia, pois todos eram abstêmios exceto o pescador, mas este preferia cerveja. Tanto melhor, as garrafas seriam para ele. E tinha de beber as mais antigas, antes que passasse o prazo de validade. Sabia alguma coisa de vinhos, uns eram melhores com o tempo, mas havia os que resistiam pouco à passagem dos anos. Tinha de se informar melhor, para não estar a deixar estragar aquela riqueza incomparável que era ter garrafeiras inteiras à sua disposição.

– Que carne tão boa é esta? – perguntou Kiboro. – Uma maravilha.

– Borrego – disse Jude, pois Geny nem se dignara responder. – A Dona Geny é uma grande cozinheira.

– De fato – concordou o ladrão, procurando as boas graças da amarga senhora. Sem sucesso, pois ela não levantou os olhos do prato nem fez um gesto com a cabeça.

– Esperem lá – gritou de repente Simba Ukolo, todo agitado. – Coisa estranha, reparem...

Todos olharam para ele, estupefatos pela sua agitação. Tinha sido mordido pela mosca do sono ou quê? Mas o médico não demorou muito a tentar explicar o que o incomodava.

– Só agora me veio a ideia. As pessoas e os animais desapareceram. Mas a carne que está nos congeladores não desapareceu, nem o peixe. O que está morto não desaparece? Pensava ser um problema de proteínas que se volatilizavam, embora os seres tenham mais que proteínas. Os corpos dos mortos que estão nos frigoríficos das morgues ainda lá estão mesmo? E os que estão nos cemitérios?

– Que raio de ideia! – disse Kiboro. – Estamos à mesa, a comer um ótimo borrego tão bem preparado... e vem falar da morgue e dos mortos.

– Tenho de ir ao hospital. Andava a procurar outras coisas, seres vivos, trouxe água dos lagos para a examinar. Quem estudou alguma coisa de biologia ou química? Já sei, o Joseph estudou. Jude?

— Nunca fui uma aluna brilhante em ciências, mas alguma coisa devo saber. Pelo menos reconheço um microscópio...
— Vamos amanhã os três ao hospital.
— Quero ir ao kimbo, já lhe tinha dito — protestou Kiboro.
— Também decidi ir para essas bandas. Vamos juntos amanhã, depois do hospital. Há coisas muito importantes que têm de ser esclarecidas.
— Mais importantes do que saber se ainda tenho família?
— Não disse que umas coisas eram mais importantes que as outras — se desculpou Ukolo.
— Vaidades inúteis, querer saber o que passou — disse Geny. — Ele sabe o que faz e temos apenas de aceitar — apontou para cima.
— Não é vaidade nenhuma — replicou Ukolo. — Nem tenho muita esperança de descobrir realmente o que aconteceu. Mas sempre é bom ter uma ideia de como vai ser a nossa vida futura...
— Será o que Ele quiser...
— Será muito o que soubermos fazer e quisermos. Mas para isso temos de saber como está o mundo. Hoje saímos da cidade. E veja, encontramos duas pessoas. Quantas haverá por aí espalhadas pelo mundo? Temos a obrigação de descobrir.
— E vai andar pelo mundo a procurar pessoas? — replicou ela. — Nem sei como pode fazer isso.
— Também não sei o que fazer nem como fazer, Dona Geny. Mas é minha obrigação tentar saber. Não sou um bocado de pau, que não pensa, que aceita todos os ventos que batem nele, só porque é vontade de um deus qualquer que haja vento. E se outro deus não quiser que haja vento, lutam os dois e eu no meio?
— Só há um Deus — os olhos de Geny pareciam incandescentes de fúria sagrada.
— Pode ficar com o seu deus único, não me incomoda nada. Os gregos e os romanos acreditavam em muitos deuses, que ainda por cima no caso dos gregos parece que se odiavam e pregavam partidas constantes uns aos outros e não foi por isso que as suas civilizações murcharam. Nada impede que eu vá pensando nas possíveis causas do que aconteceu e nas consequências. Só sabemos que seres vivos, animais, desapareceram, e os vegetais ficaram todos,

pelo menos aparentemente. Os peixes sumiram do Grande Lago. Mas outras formas de vida animal? Vimos uma abelha, um cão e um mosquito. Talvez algum de vocês já viu uma formiga mas nem reparou, tão habituados que estamos a pisá-las.

– Os pássaros desapareceram, não vi nenhum da janela da cadeia – disse Kiboro. – Compreendo, é preciso procurar. Espero é não encontrar um sacana de um polícia, é um tipo de ser que pode sumir para sempre.

– Porque você é um pecador – disse Geny.

– Somos todos, não é, Dona Geny? A propósito... Ouvi dizer que a senhora tem um saco cheio de dinheiro em casa, um grande saco. Que não recebeu por herança... Somos todos pecadores, mas eu agora assumo que fui ladrão, não tenho vergonha de o dizer. E a senhora sente vergonha de ter roubado um banco?

A fanática lançava olhares mortais para Simba Ukolo, que ela acusava de ser a fonte de informação sobre o roubo do banco. Acusação justificada, como já sabemos. Levantou bruscamente da mesa, recolhendo o prato, não queria mais conversa com tal corja de hereges. O pescador ajudou-a, sem uma palavra. Recolheram os pratos sujos, mas deixaram o copo de Ukolo, que continuou a beber o seu vinho. Jude lembrou, foi buscar gelados a um congelador e taças, servia de sobremesa. Fora um bom jantar, tinham todos de reconhecer. Mas o ambiente ficara pesado. O médico começava a se habituar ao ambiente denso sempre que se manifestava a presença divina de Geny e depressa o esqueceu. Começou a explicar a Kiboro tudo o que descobrira sobre o fenômeno de que eram vítimas. O outro olhava muito sério, assimilando tudo. Em silêncio. Jude foi buscar mais refrigerante e beberam os dois. O pescador e Geny lavaram a louça e limparam-na com as toalhas. Havia tanta louça não utilizada no restaurante que era perfeitamente desnecessário ocuparem-se com isso, bastava irem empilhando a suja num canto ou mesmo atirando-a para o lixo, mas talvez fosse mesmo a maneira de entreterem o espírito. Não deixavam porém de ouvir as explicações de Ukolo. Por fim Kiboro disse:

– Pode haver mais gente espalhada pelo mundo e pode não haver.

– Por que razão íamos sobrar só nós?

— Haverá sempre uma razão para as coisas? Sei lá. Se houvesse gente na América ou na Europa, já tinham entrado em contato conosco. Eles lá têm outros meios...
— Se estiverem nas nossas condições, não podem entrar em contato conosco – contestou Ukolo. – Só se por acaso alguém souber muito sobre telefones ou computadores ou rádio ou qualquer coisa que permita o contato. E era preciso que deste lado alguém estivesse atento aos sinais emitidos. Veja o telefone. Qual é a probabilidade de eu acertar num número que possa ser atendido por alguém no universo, se do outro lado só houver meia dúzia de pessoas? Probabilidade quase zero. Porém, isso não significa que não exista alguém do outro lado, apenas não está acessível. Isso é o que quero dizer. Se houvesse entre nós alguém com muitos conhecimentos de Internet, talvez conseguisse saber de coisas que se passem noutro lado. Mas sou um ignorante, sei apenas usá-la para as coisas mais corriqueiras e temo que qualquer de nós também. Por aí havia uma possibilidade, realmente. Portanto, o que temos a fazer é ir procurando, andando no terreno em raios cada vez mais amplos. E ir procurando nos rádios, quem sabe um dia ouvimos uma pessoa a tentar comunicar.
— Sei alguma coisa de eletricidade e de mecânica, como já contei. Posso estudar mais, se for útil.
— É sempre útil. Sobretudo quando deixarmos de ter esta energia que vem da barragem hidrelétrica...
— Se houver uma avaria na barragem duvido poder remediar – disse Kiboro. – Mesmo estudando a vida inteira.
— Sim, nesse momento estaremos muito mal mesmo. A comida vai estragar toda nos congeladores.
— Pois é, não tinha pensado nisso. Vão-se as geleiras. E a luz à noite. Quanto tempo aguentam as turbinas sem manutenção?
— Esse é um dos problemas. E há muitos mais.
— Temos de procurar pessoas. Um sabe uma coisa, outro sabe outra. Juntos poderemos sobreviver.
— Vê que compreendeu onde eu queria chegar? – disse com ar triunfante Simba Ukolo. – Jude também já tinha compreendido.
Olhou de lado para Geny que certamente ia acusar o toque.

Aquela rigidez que se apoderou subitamente dos ombros dela não era o sinal? Sorriu para dentro. A fanática queria apoderar-se do espírito da miúda? Pois ia constantemente atirar-lhe às amarfanhadas fuças que Jude era muito mais inteligente que ela, que estava mil anos-luz avançada.
– Jude, tens de entrar nisto a sério. Não queres aprender a guiar?
– Se o Joseph pode guiar, é mais um carro a ir a outros sítios procurar – disse Jude. – Um pode ir para ocidente e outro para oriente, depois para norte e sul. Cada vez mais longe. Acho que se me ensinassem também aprendia depressa a guiar. Não em picadas, evidentemente.
Geny não resistiu à afirmação da jovem, tinha de reagir. Para prazer absoluto de Simba Ukolo, a senhora pôs-se à frente da moça com as mãos molhadas nas ancas, fuzilou-a longamente com os olhos para a intimidar, usando certamente técnicas que tinha aprendido com o seu profeta ou apóstolo ou lá como se chamavam na igreja dela. Atirou, sem poder esconder a raiva, que ideias sacrílegas são essas, eu vou deixar? Jude estava também mortinha por uma confrontação, ainda por cima com público a assistir. Deu uma gargalhada zombeteira, se me quiserem ensinar, não vejo ninguém que possa impedir. A senhora? Por que razão? E com que direito?
– As mulheres não devem guiar carros, é contra a moral.
– Em que século está a senhora? Ei, acorde, Dona Geny. – abanou mesmo uma mão à frente da cara da outra. – Já saímos há muito do século dezenove, sabia? Ou da Arábia Saudita, onde era proibido as mulheres guiarem carros – virou-se para Simba Ukolo, ignorando a senhora. – Ensina-me mesmo, doutor?
– É sempre útil aprender a guiar – disse ele. – Sobretudo se fores prudente. Não te meteres a subir morros impossíveis ou o próprio Kilimanjaro.
Riram os dois, cúmplices. Essa era uma estória que dizia respeito só a eles, não a contaram. Geny sentiu-se momentaneamente derrotada, por isso voltou à louça, furibunda. Resmungava coisas impossíveis de entender, nem mesmo para os ouvidos do pescador, mas eram certamente fórmulas de salvação contra o diabo que se apossava dos espíritos fracos. À noite, a sós com Jude, iria

certamente voltar à carga, não vês para onde te estão a empurrar, não vês o abismo em que vais cair? Jude argumentaria com convicção mas aquela cabeça não entendia nada que fosse contra os seus preconceitos. A moça pensou, como podia ter tido um marido a aturá-la tanto tempo? Ou não fora sempre assim? E os filhos, coitados, como devem ter sofrido. Tinha de perguntar a Dona Geny há quanto tempo aderira à tal igreja dos Paladinos. Porque não era difícil imaginar que a adesão à nova fé tinha modelado o espírito da senhora, tinha-a tornado agressiva e amarga. Quem sabe foi a carga negativa gerada na casa dela com os conflitos familiares constantes que provocou o fim do mundo... era energia para derreter este e outros mundos, pensou Jude, deliciada com a ideia. E havia de lhe dizer isso mesmo na cara e com todas as letras, pois para ela, Jude, ainda muito novinha mas nada burra, Dona Geny era a verdadeira culpada do fim do mundo.

5

Não consegui ir imediatamente para o hospital na manhã seguinte, como planeara. Primeiro foi preciso ajudar Kiboro a escolher o seu primeiro carro, um jipe, pois claro, mas dos mais caros que havia. O ladrão não quis saber de marca ou de qualidade, mas sim de preço. Os meus conselhos foram inúteis, havia marcas comprovadas em África, para isso havia o anual *rally* Ponto-de-partida-variável-destino-Dakar. Kiboro queria o mais caro, mesmo se a marca nunca se tinha afirmado no continente. Devíamos ir em seguida apanhar Jude na casa de Geny, mas a diligência ainda demorou um pouco, para meu desespero crescente, porque afinal Kiboro tinha menos conhecimentos de condução do que pretendia e estampou logo o carro no *stand*, partindo a enorme montra de vidro ao dar ao arranque. Esqueceu de carregar na embreagem com o carro engatado em primeira e o automóvel saltou quando ele ligou o arranque, coisa de estreante. Nervoso, carregou no acelerador em vez do travão, foi contra a montra. Teimosia pura, eu bem lhe disse, tiro primeiro o carro e depois na rua você experimenta, quê, nada disso, eu mesmo tiro do *stand*, pensa não sei como se faz? Pelos vistos, não sabia. O carro sofreu algumas amolgadelas ligeiras, não tinha a mínima importância, o que interessava era o motor e as funções vitais, mas ele teimou. Tinha de ser outro automóvel, impecável. Como ia andar com um jipe já amolgado com zero quilômetros? Escolheu um irmão, a cor de salmão não lhe agradava tanto como a do primeiro, vermelho vivo, no resto eram iguais. Com maior prudência, conseguiu tirar o carro e apontá-lo na rua. Só que ficou ao contrário em relação ao meu jipe e fui paciente e delicado, disse apenas, não faz mal, eu vou manobrar, vamos por este lado, é a mesma coisa, a seguir há um sinal de trânsito proibido mas quem vai ligar mesmo a uma proibição de trânsito nesta cidade vazia? Fiz a manobra de maneira a que os carros ficassem virados na mesma direção, embiquei para a casa de Geny, Kiboro veio atrás, numa rua de sentido único ao contrário. Tive de reconhecer, dava um certo prazer conduzir em sentido proibido sem medo de aparecer um polícia ou, pior que isso, um caminhão desarvorado contra mim.

Jude hesitou em qual dos carros entrar, o cor de salmão tinha os seus atrativos, mas depois mandou a prudência e sentou-se ao meu lado. Não esperava tanta hesitação, sempre julguei que ela se sentia mais segura comigo do que com um estranho e de passado duvidoso, é o mínimo a dizer. Aproveitei contar-lhe venenosamente, afinal o ladrão estava um pouco verde nas artes de conduzir, precisava de alguma prática. De qualquer modo já não era mau, nas ruas conseguia andar razoavelmente. E como não havia outro trânsito, não precisava de grandes manobras, marcha atrás, ponto de embreagem, estacionamento entre dois veículos, coisas mais complicadas.

– E o nosso amigo pescador? Ficou a dormir?
– Não, ele acorda com o sol. Preferiu andar a pé. Para dizer a verdade, não percebi por que não veio conosco. Talvez queira fazer umas investigações, sei lá, ir a um banco experimentar a sensação de o assaltar sozinho, procurar coisas em lojas que sempre desejou e nunca pôde comprar. Tem muito para desvendar. De vez em quando vinha à cidade fazer compras. Pode ter algum sítio secreto que quer visitar sozinho. Por exemplo, imagina que existisse algures uma namorada clandestina e tem esperança de a encontrar, ou outra marca do passado – gostei de a ouvir rir com a minha brincadeira, gostava do riso dela, era espontâneo, saía de dentro. – Há coisas que as pessoas têm dentro de si e não revelam facilmente... Ele tem um passado e portanto segredos. Combinei que nos encontraríamos à hora do almoço no mesmo restaurante de ontem, espero que não se perca.

– Podia ter vindo e ficava em casa da dona Geny, parece que se entendem bem.
– Ainda lhe sugeri. Mas foi inflexível, queria andar a pé sozinho, passear à toa, disse ele. Tive de respeitar. À tarde vamos ao kimbo de Kiboro, ele insiste. E ao dos meus pais, já agora. Se quiseres, dou-te uma aula de condução pelo meio.

O hospital estava vazio, como era de prever, vazio de gente, entenda-se, muitas luzes acesas no interior, talvez por haver gritante falta de janelas. Lembrei-me da altura em que foi inaugurado com grande pompa e circunstância, Presidente da República a cortar a fita, discurso do ministro da saúde, do primeiro-ministro e de um trabalhador destacado, para cinco anos depois ser reinaugurado com as mesmas cerimônias por necessitar de uma reparação integral. Não tinha aguentado cinco anos de serviço por erros de projeto, encomendado a um famoso e caríssimo arquiteto inglês, fraudes dos construtores e das empresas de equipamento, conluiados com uma figura importante da nomenclatura estatal. Na altura da reconstrução descobriram que as grandes janelas provocavam desperdício de energia por o sol bater diretamente nelas e aquecer demasiado o interior durante o dia. Já à noite era o contrário, pois fazia frio como no resto da cidade por causa da altitude, mais de dois mil metros, e o calor fugia pelas janelas, diziam os peritos. Para evitarem substituir a central de ar condicionado, nitidamente insuficiente, preferiram reduzir e em alguns casos mesmo eliminar as grandes janelas, retirando a luminosidade do interior.

Fomos imediatamente à morgue, mas só eu entrei, os outros dispensaram o convite malandro, porque queria ver como era o estômago deles. Havia cinco gavetas frigoríficas para guardar os corpos. Era tema habitual de discussão entre médicos e administração, pois se revelava um número insuficiente para o hospital e as ambulâncias tinham de distribuir os corpos pelos outros sítios onde havia morgues, em épocas de epidemias, as quais eram mais frequentes do que se pensa. Abri as cinco gavetas e encontrei dois corpos. Atendendo a que não se estava em época de muita morbilidade, era possível que só houvesse de fato dois cadáveres antes da "coisa". E como previa sem o ter afirmado a ninguém, apenas levantando a hipótese mas guardando a convicção para mim próprio, os dois corpos não tinham desaparecido. Obviamente só desapareceram seres vivos. Fui explicar aos outros dois a descoberta.

– Muda alguma coisa? – perguntou Jude, nitidamente incomodada com a presença próxima de cadáveres.

De fato não mudava nada, pois não sabia como interpretar a descoberta. Em seguida entramos no pavilhão principal, a caminho do laboratório. Levava comigo os frascos com água recolhida nos lagos, riacho e também em dois tanques da cidade, sendo esse o objeto primeiro da visita ao hospital. Numa das alas, sentimos um cheiro muito forte a podre, o qual se destacava do habitual odor a medicamentos e desinfetantes comum nos estabelecimentos hospitalares. Percebi logo, aquilo era um corpo em decomposição. É difícil explicar a emoção que isso me causou, embora possa parecer absurdo a quem não é do ramo.

– Tapem o nariz e corram em frente até ao fundo do corredor, depois subam as escadas e virem à direita. Vão encontrar o laboratório. Fechem a porta. Vou ver qual é a causa deste cheiro.

Jude não esperou mais. Apertou fortemente o nariz e desatou a correr na direção indicada por mim, seguida por Kiboro, mas este corria mais comedidamente, talvez por causa do fato novo, umas calças de ganga davam-lhe muito mais jeito para andar na cidade, mas deixa, ele lá prefere estilar com o seu fato amarelo. Entrei na primeira enfermaria, que ficava à esquerda, mas não encontrei nada que tivesse relação com o cheiro, embora as camas, desarrumadas, apresentassem sinais evidentes de estarem a ser usadas quando os seus utilizadores sumiram. Entrei na segunda enfermaria e vi imediatamente o corpo em decomposição, como se todas as luzes e as correntes de ar indicassem o sítio. Embora o cheiro fosse repulsivo, aproximei-me, respirando por uma compressa de gaze que apanhei na passagem. A pessoa em questão, uma mulher, devia ter morrido pouco antes da "coisa" e já nem houve tempo de a removerem para um frigorífico da morgue. Dominei a vontade de ir embora e pus-me a examinar o corpo, levantando a bata com que estava coberto. A mulher apresentava inúmeras pústulas na pele, onde se podia notar pus e aguadilhas de cores diversas. Difícil dizer a causa de morte. Na cama não havia nenhum cartaz com as indicações da doença, medicação, etc., informações que nos bons hospitais nunca faltavam. Ali nunca houvera nada disso, estava farto de o saber, então não era o meu sítio habitual de trabalho? E também não me interessava fazer uma dissecação só para descobrir qual a doença, de curiosidade morreu o gato. No entanto... Talvez importasse ver se a decomposição tinha trazido à superfície os elementos que ao fim de dois dias começam a aparecer nos cadáveres, vermes e outra bicharada, enfim, usando uma linguagem vulgar. Apesar das pústulas, nada parecia existir à superfície. Procurei numa banca da enfermaria ao lado e encontrei uma lamela. Passei com ela por uma das pústulas, valia a pena examinar o pus ao microscópio. Se nada houvesse, então sempre podia fazer uma autópsia para ver como estavam as coisas lá por dentro, se se desenvolviam microrganismos que levavam à decomposição dos tecidos. Certamente que sim, pois o cheiro indicava decomposição. A caminho do laboratório, lutei contra as ideias que me avassalavam. Não me fazia a mínima impressão ver um corpo naquele estado, encontrara muitos em piores condições, mas também não me agradava muito a ideia de fazer a operação. Embora o problema teórico fosse interessante. A "coisa" levava todos os microrganismos existindo normalmente no corpo humano e que estavam vivos no momento, deixando apenas o corpo morto? Ou deixava também os elementos vivos por o corpo estar morto? Mas o que é exatamente um corpo morto? O que é a morte e a vida? Tema para discutir com Geny, pensei com malícia. Era a primeira vez que me acontecia encontrar alguém morto pouco antes da "coisa", o que permitia várias suposições. Matutava nisto desde o princípio e até já tinha pensado ir ao cemitério abrir algumas campas para ver se os ossos dos mortos tinham permanecido na terra ou também tinham sumido. Era desnecessário agora, os ossos estariam lá e restos de pele, sabia.

De certa forma, era a questão que se punha aos religiosos que há dois mil anos discutiam um assunto delicado: o prepúcio de Jesus Cristo. Se, como era costume nos judeus e aqui em África, lhe cortaram o prepúcio quando era criança e depois da morte o corpo subiu ao céu, o prepúcio ficou na terra, no sítio onde o enterraram depois da circuncisão, ou também subiu ao céu com o resto do corpo? Não havia consenso entre os doutores da Igreja e o mais grave é que, conforme li num livro, havia vários templos católicos reclamando a glória de possuir como relíquia mais sagrada o resto do verdadeiro prepúcio de Jesus Cristo, uma membraninha seca e escura. Agora punha-se um problema parecido, com uma diferença. Eu estava em condições de resolver o meu dilema, por causa daquela pessoa que expirara antes do holocausto e não fora congelada. Sim, tinha de me armar em estudante de anatomia e abrir o corpo, devia isso à ciência, se é que ainda havia deveres e direitos neste mundo virado de pernas para o ar. Os dois estavam sentados à frente das mesas, olhando relutantemente para os instrumentos mais ou menos arrumados. Havia algumas preparações em tubos e pipetas, sinal de que as pessoas cujas roupas estavam por ali espalhadas trabalhavam quando o fenômeno se deu. Deixei os quatro frascos em cima da mesa onde estava o microscópio eletrônico, a joia daquele laboratório. Procurei uma série de lamelas, com uma pipeta deixei cair uma gota de água proveniente do pequeno lago na lamela, ajustei o microscópio, explicando todos os passos e as precauções a tomar. Jude ouvia, interessada, Kiboro nem por isso. Depois de tudo pronto, olhei para o microscópio, sentindo o coração a bater com violência no meu peito. Não é uma imagem literária, sentia-o mesmo a cavalgar. Era um teste decisivo. Pelo óculo do microscópio vi uma série de coisas, mas inertes. Não era microbiologista e nunca precisara de fazer análises. O que sabia vinha do curso, passados muitos anos, mas dava para entender o essencial. E o essencial é que naquela gota de água nada mexia e portanto não havia ser vivo nenhum, animal, entenda-se. Porque se notavam evidentemente muitos filamentos certamente de origem vegetal e cristais. Experimentei deitar uma segunda gota e deu o mesmo resultado. A terceira e a quarta também. Com a pipeta, procurei uma parte do fundo do frasco, onde se podia ter acumulado mais material, mas o resultado foi idêntico. De vez em quando deixava Jude dar uma espreitadela pelo microscópio e mostrava-lhe algum detalhe mais interessante, respondendo às suas questões de estudante aplicada. Kiboro espreitava pela janela, talvez ansioso por pegar no carro novo. Mas nós nesse momento tínhamo-lo esquecido. Convenci-me definitivamente que aquele frasco não tinha matéria viva, desde que fiz a terceira extração de água e nada apareceu, senão os mesmos corpos inanimados de sempre. Escolhi então o frasco do Grande Lago e deitei uma gota numa lamela nova. Espreitei, ajustei e senti um baque no peito, era o coração a quase explodir. Não me contive e dei um grito, não foi *eureka* mas queria dizer a mesma coisa. Uma ameba agitava-se na gota de água.

– Vê, Jude, uma ameba. Está viva!

A moça viu. Kiboro deu dois passos na nossa direção, mas depois encolheu os ombros. Não estava talvez a medir a importância da descoberta. Aproveitei o fato do desinteresse dele e do fato de Jude estar a olhar pelo microscópio para limpar os olhos disfarçadamente, pois a emoção da descoberta tinha provocado uma sugestão de lágrimas. Havia vida no Grande Lago. Era apenas uma ameba arredondada, se assim se podia dizer de um corpo que mudava constantemente de forma, atirando pontas para os lados, envolvendo-se sobre qualquer coisa, mas era um organismo vivo. Fui com a pipeta buscar mais água do fundo do frasco e deitei outra gota na lamela. E desta vez surgiu um protozoário quase cilíndrico e ciliado.

– Já não me lembro do nome deste, mas recordo ter estudado em biologia. Foi há tanto tempo...

– Tem assim uns cabelos ou que – disse Jude.

– São os cílios, filamentos a toda a volta. Servem de proteção. Só um também numa gota. Cada gota devia estar cheia de coisas destas.

Experimentei mais gotas e a maior parte delas estava sem nada. Algumas, raras, apresentavam seres como amebas e outras formas, mas em número extremamente reduzido. Em nenhuma gota encontrei dois protozoários juntos. Feliz com a descoberta, no entanto, examinei as amostras dos tanques da cidade. Sem qualquer rasto de vida. Kiboro já se manifestara, ainda falta muito? Tentei a análise infinitas vezes, até Jude se desinteressar e ir para perto do ladrão, conversando baixo com ele, mirando pela janela o jardim à frente do hospital. Tinha que concluir, só tinha encontrado vida, e muito pouca, no Grande Lago. Era de qualquer modo uma coisa grandiosa. Guardei o frasco de água trazida desse sítio como se de um bem precioso se tratasse. E era, incontestavelmente. Não só havia seres vivos na terra e mesmo no ar, se contássemos o mosquito e a abelha, como na água. Tudo em números muito reduzidos. O tempo e só o tempo permitiriam a sua multiplicação. Tínhamos voltado aos tempos de Noé.

Lembrei-me da lamela com o pus da falecida. Coloquei-a no microscópio, ajustei, olhei. Fiquei verdadeiramente assombrado com a quantidade de vida que se manifestava. Havia de tudo, provavelmente os piores micróbios existentes para a saúde humana, mas enfim, eram seres animados, indicavam vida. Respirei fundo, já nem precisava de fazer a autópsia, ainda bem. O corpo entrou em decomposição exatamente por causa desses microrganismos que não desapareceram por estarem protegidos pelo invólucro morto e ainda não tinham dado origem aos bicharocos maiores que talvez surgissem mais tarde. Haveria de voltar ao hospital para estudar a evolução do fenômeno. O caso encerrava sem dúvida uma contradição, como é que a "coisa" limpava um lago como o pequeno e os tanques da cidade de todo o sinal de vida e não um corpo acabado de morrer? Mas não estava preocupado agora com questões filosóficas. O que me interessava era existir vida, pouco importava a forma e até o grau de periculosidade, a vida sempre encerrou perigo, o bem e o mal. Expliquei aos outros dois a descoberta, provocando neles gestos de repulsa, mas Kiboro não se manifestou para além disso e Jude só perguntou, então? Tentei explicar as implicações, mas sem grande fervor, afinal eles não estavam muito virados para aí.

Partimos para o restaurante, levando eu no bolso o frasquinho com água do Grande Lago. O lago pequeno ficava no caminho para os kimbos que íamos visitar depois de almoço. Ia atirar nele a água do frasco. Assim começaria o processo de reprodução de vida naquela superfície hoje morta. Nem que leve milhões de anos. Continuei a pensar, agora inadvertidamente em voz alta:

— Nos lagos não há peixe. Mas pode ter acontecido que uma fêmea tenha morrido pouco antes da "coisa", com ovas dentro de si e portanto o corpo ficou no fundo do lago. Se assim foi, e a probabilidade é grande de realmente ter acontecido, então os ovos podem dar origem a peixes...

Jude percebeu a minha obsessão. Segurou-me na mão que repousava no manípulo das mudanças em silêncio. Apertei-lhe a sua em retribuição. E deixei ficar assim, a minha sobre a dela, sentindo um calor que vinha do seu corpo juvenil.

— Devo parecer um velho chato. Um professor que nem sou...

— Não — disse ela. — Compreendo a sua preocupação. Deve ser duro para um médico ver tudo desaparecer de repente. O médico foi educado para defender a vida e de repente a vida vai pelo esgoto...

— Não é por ser médico, acho. Mas ainda não recuperei do choque. Não fiquei como o nosso pescador, pasmado e sem vontade de mexer uma pestana, mas talvez tenha sido pior. Fiquei com a minha consciência desperta, o que dói ainda mais. Nem é verdade. No princípio pensei que tinha enlouquecido. Foi a fase menos má, pensar que estava louco. Não enfrentava a realidade, nada me afetava, estava maluco e ia para o hospital, acabou, foi uma fase aceitável. Durou pouco tempo, infelizmente. Quando dei encontro com a Geny, percebi que não estava nada louco e então começou a doer mais. E vai doer enquanto não compreender tudo.

— Cada um reage à sua maneira — disse ela, indo buscar ao baú dos conhecimentos a sua pose de adulta. — Veja o Joseph. Para ele, neste momento, estar vivo e convencer-se disso, é vestir bem. Vestir o que não pôde no último ano, mudar radicalmente. Disse-me há pouco que tinha de ir a uma loja buscar mais fatos e falou-me deles, todos com cores espampanantes. Isso mantém-no vivo. Não sei se já compreendeu o que aconteceu ao mundo...

— Já entendeu tudo, podes crer. Ele é inteligente, mas tem as suas defesas psicológicas. E as tuas, quais foram as tuas defesas?

Jude ficou estranhamente calada. Fixava os olhos no caminho à frente, sem responder. Retirou a mão e só então reparei que continuara a segurá-la, não me digas que ainda não descobriste quais foram as tuas defesas, insisti, para fazer esquecer que tinha retido tempo demais a mão dela na minha. Ela passou a língua pelos lábios, demoradamente, pensativa. Provocante? Não parecia, apenas um gesto maquinal antes de falar, um dia digo, não hoje, ainda não.

Tínhamos chegado ao restaurante e não repeti a pergunta. Como tinha dito antes, todos têm os seus segredos. E Jude queria os seus segredos bem aferrolhados, estava no seu direito, embora eu começasse a suspeitar de alguma coisa, considerou Simba Ukolo, mas mal sabe ele em que estou de fato a pensar. Todas as suas preocupações giram à volta da reprodução de vida. Fica louco só de imaginar que o mundo pode ficar mesmo vazio para sempre. E no que diz respeito ao gênero humano, estamos mal. Parece que a única reprodutora capaz sou eu, porque a Geny já deve ter esgotado o prazo de validade. Ouvi dizer que é muito perigoso uma mulher engravidar com cinquenta anos e deve ser o que ela tem ou está perto. E os filhos, se nascerem, saem fracos, passando essa fraqueza para a descendência. Eu, por outro lado, já estou na idade fértil. Uma luta deve processar-se entre os machos e cada um vai posicionar-se. Claro que Simba está neste momento com a vantagem toda. O pescador é bom para esquecer, cheira a peixe de toda uma vida a pescar e isso não é um perfume agradável para narizes como o meu. O Joseph é giro, tem piada, deve ser um tipo mais que batido, com o dinheiro roubado andava sempre nas putas. Simba é sério e também bonito, talvez sério demais. Não quer, mas tem ar de professor, é inevitável. Quero começar com ele e já lhe dei indicações mais do que suficientes, ele é que finge não perceber. Hoje não estava com interesse nenhum a procurar bicharocos repugnantes no microscópio, mas tive de fazer a parte. Só de pensar que no meu corpo estão milhões de coisas daquelas até me dá um nojo! Mas fingi interesse só para permanecer ao pé dele, para me dar atenção, enquanto o parvo do Joseph se mordia todo de raiva lá na janela a olhar só para o carro novo dele. Vou começar com o Simba, está decidido, basta ele vencer a barreira de escrúpulos. Mas depois não me fico por aí. Também quero experimentar com o Joseph. Se estamos mesmo só nós no mundo, é normal que fique com os dois homens, até podemos entrar num esquema de entendimento, um dia um outro dia o outro, conheci casais assim. Normalmente eram duas mulheres para um homem, o clássico casamento africano. Por que não o contrário? E o pescador que se entenda com a Geny, se para aí estiverem virados. Com o Joseph será fácil, já vi os olhares que ele me manda. E até tentou passar-me a mão disfarçadamente pela bunda ontem no restaurante, fingindo-se de distraído. Mais difícil é o Simba, deve achar que podia ser filha dele. E as pessoas andam muito sensíveis por causa do que chamaram pedofilia. Mas a mãe da minha mãe teve o primeiro filho com catorze anos e as irmãs dela também. Era a tradição nesta terra, bastava que as meninas tivessem a primeira menstruação que podiam e deviam casar. Julgam que não sabemos as coisas, então para que nos ensinaram História? A lei atual proíbe casamentos antes dos dezesseis anos de idade, mas nem é o caso e, se fosse, onde está neste momento quem fez essas leis? E também ninguém aqui falou em casamento. Além do mais, o mundo está de patas para o ar e nada do que era antes se aplica agora, temos mesmo de inventar leis novas, só nossas, de depois da "coisa", como lhe chama o Simba. Se foi possível tirar o Joseph da cadeia, então não posso ter dois namorados ao mesmo tempo? Não, logo ao mesmo tempo não, primeiro vai ser o Simba, só depois o outro, tenho de ser séria. E lá está ele a entrar no restaurante a olhar gulosamente para mim. Nem disfarça, este malandro do Joseph, aposto que até Dona Geny já reparou. Ao meu lado está o pescador com uma cerveja na mão. E a senhora na cozinha. Acho que devíamos mudar de restaurante, ao menos para variar um bocado. Era o melhor da cidade, como disse o Simba, mas isso era antes. Agora quem faz a comida somos nós e é a mesma coisa cozinhar aqui ou algures, será sempre a mesma mão de Dona Geny a pôr os temperos. E pode ser que aqui alguns produtos sejam melhores que nos outros. Mas a maior parte da comida é a mesma. E os tais produtos finos que só aqui existem são para pratos que nem sabemos fazer nem temos gosto em comer. Vou propor isso quando estivermos todos na mesa e espero que ninguém se ofenda, o meu papel devia ser o de criar boa disposição em todos. Fui ver a nossa cozinheira.

– Então, como correu aquilo no hospital? – perguntou ela.

– Na água do Grande Lago encontramos uns bicharocos, há vida naquele lago. No resto, não. Ah, e estava uma senhora morta já a cheirar mal. Isto na enfermaria, porque na morgue havia dois mortos nas geleiras, mas só o doutor é que foi ver. Ele acha que descobriu umas coisas interessantes...

– Feitiçaria! Achar coisas interessantes em mortos...

– Não é feitiçaria, é ciência – tinha mesmo de defender o meu futuro namorado, não é?

– Hum, digo-te, é feitiçaria. Ainda nos vai trazer problemas.

– Mais ainda?

– Isto ainda não é nada, vais ver. Quem se mete a mexer com a vida e com a morte... hum!

Preferi fugir da cozinha, para não ouvir mais coisas que me faziam arrepiar. Para dizer a verdade, ela tinha muito mais o aspecto de uma bruxa que o severo Simba, todo ele um perfeito acadêmico.

Afinal não houve reações negativas quando propus que o jantar se fizesse noutro sítio. O Joseph logo propôs o nome de um hotel que ele conhecia, dizia ter lá estado durante uns tempos alojado, e onde se comia muito bem. Não perguntei como arranjou o dinheiro para se alojar num hotel caro, ninguém perguntou, era inútil. Talvez fosse no tempo das vacas gordas, alguns tiveram uma vez na vida! Fiquei pasmada com Dona Geny que concordou logo, espero que a cozinha lá seja mais pequena, esta é grande demais. Curioso. Todas as mulheres que conheci se queixavam do tamanho das suas cozinhas, demasiado atravancadas, e algumas mais velhas até preferiam usar o quintal como no antigamente, pois quanto mais espaço melhor. Dona Geny, pelo contrário, preferia uma cozinha mais pequena. Senhora complicada!

Depois do almoço, o Joseph convidou-me descaradamente a ir no seu jipe para visitar o kimbo da família, o que levou Simba a intervir, dizendo que com ele eu iria mais segura, pois Joseph ainda não tinha suficiente treino para andar em estradas, se fosse sozinho o desastre seria menor. Dona Geny aproveitou dizer que eu devia ficar masé com ela, o lugar de uma moça era em casa e não a andar como uma maluca sempre de um lado para o outro, mas ninguém lhe ligou nenhuma. E o pescador acabou por se oferecer como companhia ao Joseph, o qual aceitou a compensação com ar contrariado. Estava furioso com o Simba, mas evitou discussão. E assim fomos. Para o primeiro kimbo demoramos menos de meia hora. Eu bem via o carro do Joseph, à nossa frente, a fugir de vez em quando para as bordas da estrada e por duas vezes entrar mesmo na valeta para a água da chuva, o que denotava a sua falta de prática. Felizmente não houve acidentes e chegamos ao kimbo. A paisagem era muito diferente da que rodeava Calpe e parecia muito a da parte oriental mais perto da costa. Era uma espécie de planalto com algumas árvores esparsas, as típicas acácias de troncos tortos e cabeleiras exóticas e desequilibradas, sem mato cerrado, apenas uma ou outra espinheira envergonhada da sua solidão. Montanhas só ao longe.

Não havia ninguém no kimbo. Espera, não é verdade, havia alguém, só que não era gente. Numa capoeira havia uma galinha a chocar os ovos. Quase senti as lágrimas nos olhos de Simba quando se deparou com o quadro, era de fato uma alma sensível. E não deixou que o pescador incomodasse a galinha. O pescador queria levá-la, gostava muito de galinha de cabidela, uma forma rara de comer na nossa região, mas ele disse ter aprendido há muito tempo com alguém da costa ocidental, um pitéu inesquecível. O médico disse, a galinha fica a chocar os ovos e daqui a uns dias vamos voltar para ver se nasceram pintainhos, isso é muito importante. Pôs bastante milho e água ao pé dela para se alimentar, enquanto Joseph percorria as casas como um cazumbi.

— Imaginas a importância disto? – perguntou-me Simba. – Se nascerem mesmo os pintainhos, eles poderão reproduzir-se ao infinito. Esta espécie estará salva, é uma coisa fantástica. Sabias? Dizem que a galinha veio da Ásia para África, não é originária daqui. Diz, não é fantástico termos encontrado uma galinha a chocar ovos?

Era, sim, eu entendia a excitação. Só lhe faltavam umas barbas compridas para ser o Noé da Bíblia, sempre atento a salvar espécies em extinção. Nos dias anteriores seria rotulado com um cognome mais estranho, defensor da biodiversidade, ecologista emérito, mas ia dar no mesmo. Só comigo parecia não estar interessado em provocar reproduções de espécies em perigo. Ou achava ser eu o perigo? Para Dona Geny ele é que era um perigo para mim. Curiosamente, a senhora parecia não se importar muito com o risco que poderia representar o Joseph. Para ela, o diabo era o Simba, não havia dúvidas.

Entretanto, o ladrão resmungava com as pedras que encontrava pelo caminho, remexendo em tudo, à procura da família. O pescador foi ter com ele, é inútil, desapareceram todos. Ele acabou por concordar. Escondeu-se numa sombra cerrada de mangueira e chorou. Fomos dar uma volta por ali, deixando-o à vontade. Todos sabíamos o que significava perder toda a esperança de reencontrar os seus, fora uma experiência comum, que mais tarde haveríamos de comentar e comentar, tentando descobrir diferenças. Havia, cada uma era diferente da experiência do outro e as reações também. Mas a essência era a mesma, a sensação única de perda. O caso de Joseph Kiboro distinguia-se dos outros por não estar sozinho quando se convenceu definitivamente de ter perdido os seus. Nós todos ficamos sozinhos durante algum tempo, mesmo se só foram horas. Ele já estava acompanhado antes. Mas servia de consolo? Duvido. Para deixar o tempo passar pela dor de Joseph com seu efeito cicatrizante, Simba deu-me a primeira lição. Explicou como pôr o carro a trabalhar, ensinou como meter as mudanças e as cautelas necessárias para o automóvel não saltar como o de Kiboro no *stand*. Tentei três vezes e finalmente consegui pôr a máquina a andar. Sentia um fiozinho agradável de medo na barriga. O jipe ia mais ou menos a direito e também não haveria perigo nenhum se não fosse, porque era um terreno sem elevações e de capim rasteiro onde os sulcos faziam de estrada. Consegui dar uma volta ao fundo do terreno plano e regressar ao ponto de partida, com Simba a dar-me palmadinhas de encorajamento no joelho. Estava mesmo vaidosa por ter conseguido guiar o carro. Tão eufórica que uma ideia louca se apoderou de mim e nem respirei fundo para refletir sobre ela antes de agir. Reconheço, fui mesmo muito atrevida. Parei de repente o carro, segurei a mão dele que tinha estado assente sobre o meu joelho e fi-la avançar pelo interior das minhas coxas. Ele deve ter ficado tão admirado que primeiro deixou fazer, senti a mão dele quente bem no meio das pernas. Bruscamente retirou, confuso, que é isto?

– Deu-me vontade que me acariciasses aí – disse eu.

Já me tinha convencido que só eu podia tomar a iniciativa e então por que não ali mesmo, com o pescador a olhar para a galinha, o Joseph na sua sombra de mangueira, a cabeça entre as mãos, e nós os dois no carro, imunes aos olhares do mundo? Ele não respondeu, contemplava o vazio, acho que dentro de si. Voltei a segurar-lhe na mão e orientei-a para o meio das minhas pernas. Ele obedeceu. Mas retirou-a de seguida, com uma exclamação de horror.

– Qual é o mal? – disse eu.

– Não devias ter feito isso, está errado – disse ele.

Mas a voz dele não mostrava zanga, talvez tristeza, pois falou suavemente. Voltei a pôr o motor em funcionamento, em silêncio. Pegou à primeira. Levei o carro para perto da mangueira onde estava Joseph. O meu coração batia muito forte. Tinha estado próxima da felicidade suprema, não fosse a covardia dele. O tipo era de fato intratável, teimoso, armado em virtuoso. É assim que vais povoar o mundo?, me apeteceu dizer. No entanto fiquei calada, quietinha, com medo que ele me pusesse fora do carro e me mandasse ir depois com o Joseph, preferindo a companhia do pescador mal cheiroso. Pensando bem, ele não poderia evitar a minha presença no jipe sem dar nas vistas e se obrigar a explicações. Ia contar aos outros a minha falta? Não, certamente não, era evidentemente um assunto só entre nós. Saí lentamente do lugar do condutor, aproximei-me de Joseph, abracei-o, vamos embora? Ele assentiu docemente, as lágrimas dele a molharem-me o rosto. A dor dele era a minha, mas refrescante, como as lágrimas que corriam dos olhos dele para a minha face acalorada.

Partimos para o kimbo de Simba, mas agora o nosso jipe ia à frente, indicando o caminho. O motor do carro parecia seguir o estado de espírito do condutor, pois rugia como nunca antes e por vezes parecia querer soluçar. Eu olhava de vez em quando para trás, para ver se Joseph conseguia guiar o seu. Um vez vi-o sair da picada e depois a ela voltar. A viagem foi rápida. Sentia a tensão no meu companheiro. Explicava-a não pelo que nos tinha acontecido, mas pelo fato de se aproximar do sítio onde tinha nascido e de se confrontar finalmente com a verdade familiar. Talvez fossem as duas coisas, no fim de contas. Era um grande kimbo, não como o anterior. Tinha muitas cubatas e algumas casas já de construção definitiva, com uma rua principal a que se podia chamar mesmo rua, escola, igreja e outras instituições. Quando entramos no sítio do pai dele, vimos logo a criança encostada a uma parede.

– É o Nkunda – gritou imediatamente Simba, alvoroçado. – É o meu sobrinho Nkunda.

Saltou do carro e correu para o miúdo. Este tardou a reconhecê-lo, esboçou até um gesto de recuo, mas depois levantou-se aconchegou nos braços do tio. Saí do jipe. O pescador e Joseph também abandonaram o carro e se chegaram. O rapaz chorava convulsivamente, agarrado a Simba. Parecia, nenhuma força do mundo poderia afastá-los agora.

– Devia ter vindo logo, devia ter vindo logo – disse o médico, para nós ou para si ou para o universo, quem sabe?

Mais calmo, em seguida, perguntou pelas outras pessoas mas o miúdo só abanava a cabeça, negando. Claro, era o único sobrevivente ali, naquele sítio. Ainda não tinha acontecido terem sobrevivido duas pessoas juntas, nem sequer duas amebas nadando na mesma gota de água do Grande Lago, também elas separadas por inúmeras gotas desertas.

– Tens fome? – perguntei eu ao Nkunda.

Chorando, fez um gesto afirmativo. Começávamos a ter alguma experiência destas excursões, por isso tínhamos trazido um bom farnel e bebidas, por simples medida de prudência. Com uma inovação introduzida pelo pescador, gelo por cima das garrafas e latas de bebidas na caixa frigorífica, pois ele era pescador mas gostava de cerveja gelada, coisa muito pouco habitual na nossa região, onde se bebe cerveja à temperatura ambiente. Fui ao jipe buscar umas sandes de fiambre e um pacote de leite achocolatado. O miúdo devorou tudo num ápice. Se via, não comia coisa que valha há muito tempo.

– É imperdoável – disse Simba. – Como deixei isto para o fim? Devia ter vindo logo. Vejam só a fome que ele passou. Há quanto tempo não comes, filho?

– Tinha comida em casa, mas acabou – disse ele.

Fui buscar mais alimentos. Para dizer verdade, Nkunda deu cabo de todo o farnel, planeado para cinco pessoas, sobraram só refrigerantes e cerveja. Dividimos as garrafas por nós, bebemos e partimos para a cidade. A vantagem da situação, pensei eu, é que nunca havia ninguém para enterrar, pois isso teria dado um trabalho dos diabos, fazer funeral de tanta gente. Embora fosse a verdade pura, reconheço que se tratava de uma ideia muito estúpida e absolutamente a despropósito. Mas foi a única coisa de que me pude lembrar, vendo aquela grande aldeia vazia. Ainda bem que guardei a lembrança só para mim, senão ia ter muita vergonha de expressar tanto egoísmo. Nkunda veio conosco no jipe, entre o tio e eu, todos no banco da frente. O miúdo não queria separar-se mais de Simba, única pessoa conhecida que lhe restava. Filho da irmã mais velha do médico, seria o seu herdeiro natural, no caso de se aplicarem as velhas leis dos povos bantos, isso já tinha aprendido. Era quase mais do que filho, portanto Simba estava feliz de tê-lo encontrado vivo, mas com um tremendo peso na consciência por ter preferido ir primeiro aos lagos. A sua preocupação científica ultrapassou o cuidado com a família. Tinha que estar mesmo contrito, era de fato uma falha imperdoável, sobretudo atendendo à nossa cultura, que colocava a família à frente de tudo. Eu era muito nova, mas já percebia as coisas e por vezes tinha ouvido dessas discussões sobre os estrangeirados, isto é, pessoas que tinham estudado muito tempo no exterior e adquirido hábitos e maneiras de ser das elites dos países onde viveram. O meu Simba era mais parecido nalgumas coisas com um europeu que conosco. Já a mulher dele o dizia, ele contou. E como é que ela lhe chamava? Uma palavra que agora não lembro, mas queria dizer isso, esnobe.

Mas voltemos ao miúdo Nkunda, o qual, como uma premonição, se tinha imposto entre ele e eu própria. Queria dizer alguma coisa, ser mesmo uma premonição? O certo é que Simba no carro só falava para ele. Era normal, tinha de o acarinhar, estabelecer uma relação forte. Mas ignorou-me durante toda a viagem, mesmo quando eu tentava entrar na conversa deles e fazia carícias a Nkunda. Estava mesmo chateado comigo? Ou estava envergonhado com ele próprio? As duas coisas, provavelmente. Tínhamos de ter uma conversa a sério, mas bem longe de olhos e ouvidos estranhos, uma conversa de adultos, pois era isso o que eu era agora ou me sentia, adulta. Aceitaria? Mais uma vez, tinha de ser eu a avançar, a impor as regras. Esse meu futuro primeiro marido era mesmo complicado, tinha de o torcer desde logo. Sabia ser encantadora quando necessário, bastaria usar da sedução que tinha treinado desde sempre à frente do espelho e punha os rapazes loucos. Nem todos, na verdade. Porém selecionava, não usava as minhas artes para quem não valia a pena. E entre os que valiam a pena, um só não tinha sido conquistado. Mas esse... bem, era um tipo estranho, vindo dos campos de refugiados em Moçambique, lá para o sul, onde fora parar com a família por causa das guerras civis na nossa região e depois voltara quando as coisas tinham acalmado um pouco. Um rapaz muito esgalgado, parecia um coqueiro, já com um bigodinho a formar-se. Dizia ter dezesseis anos quando eu tinha treze. Era uma novidade na escola, nunca tínhamos como colega alguém que vivera seis anos num campo de refugiados, ainda por cima tão longe. Só isso, uma novidade. E como o corpo ajudava, destacava-se no basquetebol. Tinha aquela aura de herói de guerra, embora apenas se tivesse afastado dela, e de um pequeno ídolo desportivo da escola. Fiz tudo para lhe provocar baba na boca, menos rastejar aos pés dele, sempre tenho a minha dignidade. No entanto, resistiu a todas as seduções, fez-me passar por parva, humilhou-me como se eu fosse o ser mais repelente da terra, uma lesma de jardim, um gafanhoto no meio de uma tempestade, numa palavra, ignorou-me. E, para aumentar a minha raiva, ainda se enrolou com a estúpida da Dianne, uma gordinha meio atrasada mental que só sabia rir pelos cantos e espreitar nos mictórios dos rapazes para nos contar o que faziam, como se nós não soubéssemos tudo sobre rapazes. E pronto, lá andavam os dois juntinhos a produzirem risinhos idiotas no recreio, enquanto as minhas amigas olhavam de lado para mim e tocavam umas nas outras, no gozo perante o meu fracasso. Esse foi o único que me escapou e dessa maneira tão vergonhosa. Embora, vendo bem, não era dos que valiam a pena, tinha sido apenas uma atração passageira, motivada por aparecer como um falso herói da guerra.

Mas o dia não ia resumir-se no que acontecera até aí e já tinham afinal acontecido muitas coisas. Particularmente importante para mim foi o fato de não poder comparar a sensação produzida por beijos e marmeladas dos rapazes com os de um adulto. Importante e sobretudo frustrante. O dia reservava-nos uma grande surpresa ao chegar à cidade, contava eu. Não foi logo à chegada. Primeiro o Simba levou-me a casa de Dona Geny, a qual já lá não estava. Ele não subiu, deixou-me embaixo. Fui tomar banho e mudar de roupa. Aproveitei a ausência da senhora e tomei um longo e quente banho de imersão, pensando nas sensações que experimentara. Ela estava sempre a queixar-se dos meus hábitos de menina rica, porque usava demasiada água quente. Que seria muito complicado trazer agora outra garrafa de gás até ao apartamento quando a existente acabasse. Tinha razão na dificuldade de a carregar para o primeiro andar, embora houvesse alternativas. A primeira seria pedir a um dos homens para a transportar. A melhor alternativa era mudarmos de residência e irmos morar para a vivenda enorme à frente da casa de Simba, como ele já tinha proposto. Mas ela nem queria ouvir falar nisso, de certeza as paredes deste apartamento estavam cheias de espíritos da família que lhe murmuravam ao ouvido frases quentes. Imagino! Quando terminei o demorado banho, vesti uma roupa qualquer e saí à rua. Na esquina havia uma loja de modas, cheia de modelos europeus, italianos em particular, que já tinha visitado na véspera. Queria surpreender Simba. Escolhi portanto um vestido vermelho, comprido, que me fazia mais velha. Era de um tecido muito ligeiro, se dizia vaporoso, com uma combinação a condizer. Escolhi cuecas e sutiã, tudo vermelho. Infelizmente não havia nenhuma cabeleireira na cidade, por isso tive de me contentar com a habilidade para me pentear sozinha a preceito. Mais dia menos dia tinha de fazer um tratamento ao cabelo, estava a precisar de voltar a desfrisá-lo. Não me parecia que a Dona Geny ajudasse muito nessa diligência, ela usava a carapinha cortada curta, que aliás nunca se via, sempre tapada pelo pano apertado da sua religião. Se lhe pedisse ajuda, o mais certo era ouvir desaforos e conselhos religiosos sobre a aparência humilde das pessoas de bem e tementes a Deus. Se já conhecia a resposta, o mais sábio seria evitar o pedido, não acham?

Devo ter demorado muito tempo a vestir-me pois quando cheguei ao restaurante combinado para essa noite, pronta a fazer sensação, já estavam todos lá. O efeito esperado não se deu, os meus companheiros pouco repararam em mim, apesar do provocante vestido vermelho, nem mesmo o ladrão Joseph Kiboro. E depressa compreendi a razão de tanta falta de interesse. Nesse momento, havia outro polo de atração e bastante inesperado: um casal de brancos. Tive cá um destes choques! Senti necessidade de esfregar os olhos para me convencer de que era verdade. Como fiquei especada na porta do restaurante, um pé dentro e outro fora, foi preciso o pescador, imaginem, ele, o tipo mais silencioso do grupo, me falar para entrar, que tínhamos encontrado novos companheiros.

– Esta é a Jude – disse ele nas apresentações.

– Eu sou a Janet – disse a mulher, loura, de olhos castanhos escuros, muito bronzeada, linda, vestida de camisa e calças de safari, com muitos bolsos, e umas botas de couro até às canelas. O contraste

devia ser incrível com o meu vestido de baile, pensei estupidamente nesse momento.
– Eu sou o Jan – falou o homem, com um sotaque carregado. Como todos tínhamos origens diferentes, embora de sítios próximos uns dos outros, usávamos a língua de comunicação comum, o kisuahili. Pelos vistos, o casal de brancos também a dominava suficientemente, embora ela conseguisse dar a entoação suave que era própria da língua, enquanto o homem emprestava dureza à fala. Bastou aquela frase tão curta para o notar e para eu ficar desconfiada dele, pois quem tornava rude uma língua tão musical não podia ser boa pessoa. Era alto e forte, muito queimado pelo sol, mas mesmo assim tinha um tom avermelhado na cara e nos braços que se aproximava da cor dos cabelos ruivos, cortados à escovinha. Era um casal que não combinava, mas foi Geny, na cozinha, onde a fui procurar, que me explicou, não são marido e mulher, não têm nada a ver um com o outro, vieram juntos, apenas. Encontraram primeiro o maluco que andava pelas ruas na sua eterna corrida de Fórmula 1 e que não lhes explicou nada, apenas que se chamava Joe. Só depois encontraram Geny, que estava à porta de casa antes de vir fazer o jantar, como combinado. Ela é que os trouxe para conhecerem os outros. Agora as apresentações estavam feitas e também o jantar.
– Podes ajudar a servir, já que vieste tão tarde e vestida como uma mulher da vida.
Tive vontade de a estrangular. Cada um vestia o que lhe apetecia. Bem notara o estilo do Joseph, com o seu novo fato violeta e preto. O preto talvez fosse uma espécie de luto por se ter hoje convencido que a família dele também desaparecera definitivamente ou porque casava bem com o violeta, era muito vanguardista mas de bom gosto, achava eu. Certamente Geny não gostava das cores usadas por ele, vestia apenas castanho ou preto e estava sempre a reclamar contra a luxúria. Não me tinha tratado de mulher da vida só por ter um vestido vermelho? Se adivinhasse onde eu tentei levar a mão de Simba Ukolo, então é que me expulsava de casa, no mínimo. Se não me torrasse a cara com o ferro de engomar!

6

Janet Kinsley era americana e andava a estudar os hábitos sexuais dos gorilas num dos últimos santuários em que ainda eram relativamente numerosos, algumas quatro dezenas em comunidade. Os poucos que sabiam do caso em toda a sua dimensão consideravam-na louca por viver sozinha, numa tenda reduzida, numa região incerta, onde o assassinato de civis pelas diferentes guerrilhas e exércitos presumivelmente regulares era uma constante de todos os dias. O seu quartel-general consistia de fato num quarto da única pensão de Kabororo, terriola na fronteira de três estados. Na realidade, em meia hora a pé podia-se pisar nos outros dois estados e voltar a Kabororo, apesar de ser um território montanhoso e de densa floresta equatorial. Se havia precisão absoluta nas fronteiras, o que também dava para desconfiar. A montanha que ela tinha escolhido como posto avançado de vigia ficava a três horas de marcha da pensão. Era pouco rentável para o seu trabalho, além de extremamente fatigante, ir e vir todos os dias, pois passaria seis horas só em viagem. Por isso ficava dias seguidos no posto de observação, dormindo na tenda. De vez em quando retemperava forças na pensão por períodos variáveis que iam de meia até uma semana inteira. Não era uma vida regular, pois as estadias dependiam de muitos fatores, um dos quais (e apenas um) era a possibilidade, muitas vezes remota, de conseguir telefonar para os Estados Unidos, local de residência da família, na Flórida. Por outro lado a sua ligação científica era com a costa oeste, Califórnia, onde, na Universidade de Berkeley, fazia o doutoramento. Na região não havia Internet, nem correios regulares, e só mesmo o milagroso telefone de quando em quando lhe permitia as ligações necessárias.

A Kabororo chegava uma picada, que parava aí e cuja vaga origem se poderia fixar em Calpe, a maior cidade da região, a quase duas centenas de quilômetros. Na terriola só o dono da pensão tinha um carro, de fato uma velha carrinha, que também servia para trazer e levar os comensais à cidade mais próxima, local de cruzamento de várias estradas, a meio caminho de Calpe, para compras ou para irem definitivamente embora. A pensão, segundo confidências do dono, deixara de ser rentável, pois com as guerras intermináveis e os numerosos bandos rivais que se acoitavam na floresta, os turistas e outros viajantes tinham desaparecido há muito. Nunca lhe confessou por que mantinha a pensão em funcionamento, com um único cliente que era ela, Janet, pelo menos nos últimos seis meses, duração da sua segunda estadia. Tinha permanecido dois meses no ano anterior para fazer os estudos preliminares e contava da segunda vez chegar a um ano para depois regressar a Berkeley com informação suficiente e escrever a tese. No entanto, uma estadia posterior talvez fosse necessária, pois há sempre qualquer coisa que falta. Muitas vezes ela se perguntava qual o interesse da pensão aberta ali naquele canto de mato. Escondia obviamente algum negócio secreto, mas nunca descobrira qual. Poderia ser um posto de compra de diamantes ou de outros minerais preciosos que sabia existirem na região, como ouro, e literalmente pilhados por garimpeiros dos três estados e de outros vindos de longe. Tinha sabido de muitas acusações a companhias ocidentais que participavam nesses negócios e faziam chegar os minerais até à Suíça. De vez em quando apareciam umas caras estranhas na pensão e ficavam em grandes conversas com o dono, mas sem lá pernoitarem. Logo algumas cargas iam para a carrinha e ele partia pela picada. Podia pois haver esse tipo de comércio que alimentava em armas os grupos que dizimavam as populações locais e ameaçavam os gorilas. Podia ser uma fachada para atividades ainda mais criminosas, relacionadas com os bandos de guerrilheiros e hordas governamentais de governos incertos. Ela preferia não se imiscuir demasiado nos mambos para não arranjar makas. Mas o dono, um mulato filho de português com uma mulher da região, gordo e careca, gostava de conversar com ela e se abrir em confidências na mesa onde bebiam cerveja pouco fresca e falavam em inglês. Parecia enfeitiçado por Janet, sempre a tentar conversar e beber com ela, na esperança de a emborrachar e conseguir relações mais íntimas. A americana fingia não notar, mas travava com diplomacia todos os avanços. Um dia ele tinha contado que mantinha a pensão com prejuízo, mas não fazia mal... Parou na explicação, subitamente alarmado. Ela aparentou desinteresse e não voltaram ao assunto. Melhor assim. A atenção dela ia para os gorilas, não para a política nem para as riquezas do canto. Também não tinha qualquer instinto de detetive a levá-la a apurar atividades clandestinas para as denunciar através de alguma organização de direitos humanos. Se ele dissesse que estava ali a expiar exílio por alguma tragédia amorosa, também teria feito semblante de acreditar, embora conhecesse as duas mulheres dele e os respectivos rebentos, oito ao todo, e o mulato não tivesse aspecto de Romeu mal amado, apenas de um tipo fascinado pela presença dela. Esse seu Romeu um dia tentou mesmo traduzir-lhe um soneto de Camões, seu vate máximo. Se já era difícil entender o inglês dele numa conversa banal, mais difícil seria numa tradução de um poema do passado. Morria de riso mas fazia cara séria, pois ele até era convincente quando o declamava no original. O pior era a tradução.

Nos períodos em que estava no mato, acordava com os primeiros alvores do dia e se punha logo no ponto de observação, um ramo grosso de uma árvore gigantesca, em cujo tronco tinha cavado com a catana sulcos que a ajudavam a subir, armada de binóculos, caderno de apontamentos e câmara fotográfica. Ficava sentada no ramo, costas apoiadas no tronco, toda a manhã, à espreita dos gorilas, que viviam por ali, sempre mais ou menos nos mesmos sítios. Os gorilas já se tinham habituado à sua presença não ameaçadora e ignoravam-na majestosamente. Por vezes iam espreitar as coisas que guardava na tenda, por isso ela tinha de a fechar sempre bem, pois podiam levar algum objeto mais vistoso e que para ela era vital. Parecia ser o único perigo, de fato. Mas sabia, a floresta encerrava muitos inimigos, o mais perigoso de todos sendo, claro, o homem. Por causa desse perigo, tinha sempre uma pistola no cinturão, que já fazia parte da sua maneira de ser. A pistola não era proteção contra os gorilas, seres pacíficos, embora pudesse ser para algum leopardo mais agressivo. Ela sabia, a pistola estava destinada a defendê-la dos seus semelhantes. Aos pais tinha contado que vivia numa pequena cidade e todos os dias saía em grupo com outros quatro pesquisadores, de jipe, para observarem os gorilas. Acreditavam e ficavam mais tranquilos, embora a palavra África encerrasse em si própria os maiores mistérios e perigos no seu imaginário, desde as cobras e leões, à malária e miríades de pragas mortais. Se soubessem que dormia sozinha numa tenda em plena floresta e sobretudo numa zona de guerra e de anarquia total, com quatro ou cinco exércitos rivais procurando minérios preciosos, então é que ficaria antecipadamente órfã, pois os corações dos velhos não aguentavam. Por isso localizava sempre vagamente o seu espaço de ação, quando com eles estabelecia contato. Por vezes apareciam notícias de massacres perpetrados na região por uns bandos ou outros, todos se acusando das piores ignomínias, e os pais felizmente acreditavam que esses lamentáveis acontecimentos se passavam muito longe da tranquila zona onde ela se encontrava. Um dia teria de lhes contar, mas só depois de feita a tese e acabada a aventura.

Sempre tivera espírito temerário, mesmo nos seus amores. Nascida e criada no Estado da Flórida, onde até hoje viviam os pais, um dia foi procurar um namorado que fugira com uma jovem na fronteira do Canadá, quase do outro lado do mundo. Tinha dezesseis anos. Para o encontrar e lhe pregar um par de estalos, podias ter contado antes, cobardolas. E agora fica com a tua puta, que não me interessas mais. Voltou aliviada à Flórida e teve de arranjar uma desculpa muito bem inventada e comprovada por amigos para justificar a ausência e tranquilizar os pais. Em Berkeley, na altura da formação e já com dezenove anos, ganhou uma aposta com os amigos porque conseguiu seduzir um professor indiano, acabado de contratar pela universidade depois de ter ganho o prêmio Nobel de química, o qual era um santo virgem e tinha feito votos de nunca se interessar por mulher alguma, apenas por íons, elétrons, fótons e outras partículas de nomes impossíveis. O nobelizado continuou virgem, pois essa era a sua vocação e não constava da aposta deixar de o ser, mas compôs um longo poema a ela dedicado e que era a continuação do milenar Ramayana, que se supõe do século XVI antes da nossa era, constituído por 4.200 versos em sânscrito. O Nobel de química não escreveu tantos versos, ficou-se por uns modestos 1.333, mas transformou a filosofia do Ramayana, pois lhe retirou o caráter religioso, explicando as coisas não por influências dos deuses ou da busca eterna da devoção e do aperfeiçoamento espiritual, mas por efeito dos campos eletromagnéticos criados pelas partículas em movimento, particularmente pela ação dos *paixións*, sua descoberta mais recente e cuja origem se intui imediatamente. Era de qualquer modo um poema de amor que arrastava atrás de si, como se atado por uma corda virtual, através do campus universitário, desafiando os esquilos matreiros. Uma alteração tão notável no ascético professor, indo para as aulas citar versos em sânscrito que os alunos de química não entendiam, como era óbvio, mas cuja emoção lhes era integralmente transmitida e os comovia até às lágrimas, só podia ser devida à paixão avassaladora sentida por Janet. Ela ganhou portanto a aposta e ficou famosa na universidade, como a genuína inspiradora dos *paixións*, tema que até podia dar mais um Nobel. Isto muito antes de se interessar por gorilas.

Talvez os gorilas emitissem *paixións* muito fortes, não o saberia dizer. Mas quando fez o mestrado e decidiu continuar pelo doutoramento, não tinha assunto fascinante para estudar. Pensou escrever um tratado sobre as suas aventuras, ou melhor, sobre a maneira como o espelho refletia as suas aventuras. Mas numa visita de um tempo morto a um jardim zoológico na área da baía de São Francisco, deu de caras com um gorila sentado no seu canto, triste como uma máscara do Carnaval de Veneza, a que assistira no ano anterior como prêmio dos pais pelos seus sucessos escolares. Sabia, o gorila pertencia a uma espécie em risco de extinção, como tantas outras afinal. Mas ficou tão tocada pela tristeza transmitida pelos olhos do bicho, a mais evidente lucidez dos vencidos pela crueldade humana, que se apaixonou. Apresentou um projeto a uma fundação que se dedicava à fauna selvagem em perigo e ganhou uma bolsa generosa para investigar a vida sexual dos gorilas de um santuário específico de África, região onde mais nenhum pesquisador queria ir, pelo perigo criado pelos humanos. O estudo da vida sexual talvez ajudasse pessoas de boa vontade a facilitarem a reprodução e a salvarem a espécie. Quem sabe, o próprio professor indiano talvez inventasse uma fórmula de multiplicação repentina de *paixións* de gorila, o que podia suscitar mais entusiasmo e empenho dos animais nos atos que ela estudava de forma polifacética e multidisciplinar, como deve ser qualquer pesquisa séria sobre o ato do amor. Enfim, considerava ser uma boa causa. E os gorilas não a decepcionaram, pois se mostraram sempre corretos, sem a agressividade pressentida nos olhos das gentes de Miami ou de qualquer outro ponto do mundo. Aceitavam a sua presença, fingindo sutilmente ignorá-la. Ela não queria influenciar o comportamento do objeto de estudo, por isso se fazia pequena, o mais insignificante possível, sem nunca interferir na vida da comunidade. Assim, ali no mato, evitava usar de sedução, o que não aconteceu com o dono da pensão que ela, mesmo sem querer, pôs a babar-se à sua frente, misturando baba com cerveja. Não era por mal, mas bastava dar aquele toque para trás no cabelo que, quando criança, tinha aprendido no cinema e depois treinara ao espelho, se tornando um tique inconsciente. O cabelo dela era comprido e farto, encaracolado, louro como já sabemos, e contrastava com a imensidão castanha dos olhos, quase pretos. Não era um cabelo prático para o mato e muitas vezes tinha pensado em cortá-lo curto, para poder ficar todo ele escondido pelo chapéu verde camuflado. Não teve nunca coragem, por isso ele conseguia fazer sempre escapar pelo longo das costas umas mechas irrequietamente curiosas, espreitando o mundo. Quando ela tirava o chapéu era uma cascata de ouro que corria por ali, iluminando o dia. E o próprio céu parecia ficar da cor do metal precioso que era a fonte de toda a miséria das populações da área.

    Não viu nenhuma luz intensa e breve, anormal. Nesse momento estava de olhos ocupados pelos binóculos, o que torna baça qualquer luminosidade, observando um par de gorilas em pleno ato de ternura, e de repente não podia acreditar nos seus olhos, pois viu, VIU, positivamente, o não visível, o par de gorilas se volatilizar perante si própria, desaparecer sem pó nem brilho, como uma bolha de ar a estourar sem som na atmosfera, e depois procurou outros e não viu nenhum membro do bando, e deixou de ouvir os ruídos animais da mata para só ficar o do vento brincando com as folhas das árvores, agora os únicos imperadores da montanha. Os insetos se calaram, as libélulas, pássaros e moscardos desapareceram do firmamento e ela sentiu, com a mesma lucidez encontrada nos olhos do gorila do jardim zoológico, que estava absoluta e irremediavelmente sozinha.

Ficou muito tempo sem se mexer, percebendo a vida dentro dela e da árvore que já se tinha tornado uma alma gêmea e cujos fluxos reconhecia sob a aspereza da casca. Quando sentiu forças voltarem, desceu da árvore, arrumou a tenda no seu saco e o resto dos objetos na mochila, colocou-a nas costas e fez a mais solitária caminhada da sua vida até à pensão de Kabororo, onde chegou já noite cerrada. Ouviu o gerador de eletricidade a trabalhar no seu jeito abafado de sempre, acendeu as luzes da pensão, viu as roupas do dono e das mulheres e dos filhos e do pessoal todas espalhadas pelo chão. Comeu qualquer coisa que encontrou, descobriu as chaves da carrinha, viu que tinha combustível suficiente e, sem se importar por cometer um roubo, deu ao arranque e partiu dali na noite, em direção a Calpe.

Durante o trajeto tentava raciocinar, dominar o pânico. Sabia, estava em pânico desde que os gorilas se desvaneceram diante dos seus olhos. Um pânico que ela não interpretava como tal, pois não se tinha posto a gritar como uma histérica nem a arrancar os cabelos, nem a tremer encolhida num canto. Reconhecia hoje ser pânico, porque fazia então maquinalmente as coisas, como quem foge de um perigo letal mas sem sentir medo. Um pânico que se manifestava exatamente como o seu contrário, mas não era a calma dos heróis, se é que isso existe fora dos filmes, nem a tranquilidade dos inconscientes, o que é muito mais comum. Era outro estado de espírito, de silêncio nas emoções, certeza de que tinha perdido um mundo, o que é mesmo muita coisa para perder. Chegou às tantas da noite (não tentou ver as horas no relógio de ponteiros luminosos, próprio para a mata), à cidadezinha que ficava entre Kabororo e Calpe e que era uma encruzilhada de estradas. Procurou o hotel local, que sabia existir. Vazio de gente, como tudo. Procurou um quarto de cama feita, nela se deixou cair, dormiu.

No dia seguinte procurou comida na cozinha e viu o mesmo espetáculo de roupas e objetos pessoais espalhados. Fez café forte, tomou umas quantas taças, depois acompanhou com pão. A quantidade enorme de café não fez o pulso acelerar nem a angústia aumentar. Estava apática, sem terror. E no entanto sabia, algo de muito grave tinha acontecido e não era um ataque repentino de uma horda de criminosos ou uma invasão de um exército qualquer, nem uma erupção do vulcão mais próximo, nada disso, se tratava de uma catástrofe desconhecida mas de efeitos devastadores. Talvez irracionalmente, achou o hotel como mau abrigo. Conhecia uma casa isolada no alto de um pequeno monte dominando a cidade, com um lago perfeito, pois tinha reparado nela nas várias vezes que vinha com o dono da pensão fazer compras. Tentou pôr a carrinha a andar, mas a velhota negou-se. Depois de algumas insistências, desistiu. Havia outros carros, mais novos e melhores no parque do hotel. Escolheu um jipe azul pequeno, atirou para dentro dele a mochila, o saco da tenda e o seu corpo, desandou dali com pressa. Subiu o morro através de uma estrada em muito bom estado de conservação e encontrou a casa. Era construída de madeira por cima de pilares e tinha varandas por todos os lados. À frente estava uma carrinha e um turismo atravessado, como se o ocupante o tivesse abandonado subitamente. Entrou na casa com um à-vontade de proprietário. A sala era enorme, com as paredes cobertas de troféus de caça, sobretudo chifres de búfalo, de olongo, de gnu e caveiras de leões e onças. A um canto, um crocodilo embalsamado. Felizmente não havia nenhum resto de gorila, senão teria abandonado imediatamente o lugar. Toda a mobília da sala era de verga e lembrava-lhe os filmes que tinha visto sobre o império britânico na Índia. Com efeito, como descobriu depois em documentos e fotografias, o primeiro proprietário era um antigo major inglês que prestara serviço no oriente, onde tinha nascido o filho que herdara a casa. Talvez pudesse inspirar um personagem de Agatha Christie, mas nem chegou a pensar nisso, no momento. Reparou, isso sim, os outros quartos eram amplos, mas não tanto como a sala. Instalou-se num deles e procurou alimentação na cozinha. Ficou na casa três dias, sem praticamente se mexer. Permanecia horas na varanda, numa cadeira de balanço, olhando para a cidade lá embaixo. Nada mexia, só as folhas das árvores e o pó que o vento remoinhava de vez em quando. A casa tinha telefone e tentou usá-lo sem sucesso para várias partes dos Estados Unidos. Tentava sobretudo à noite, quando era dia na sua pátria. De dia ficava na varanda, exceto quando ia comer ou sentia uma necessidade fisiológica. Teve as regras e nem precisou de gastar os seus tampões pois encontrou outros. Nada lhe faltava. Só a vida. Estava no limbo, fazendo o que hoje acha que devia ter feito, mas sem muita consciência disso. Aliás, não tinha a menor preocupação de julgar os seus atos reflexos, quase irracionais. Como se tivesse estado uma vida inteira a treinar para aquela situação. Não devia ser muito diferente com os soldados das forças especiais, obrigados a decisões e atitudes precisas para cumprir as suas missões, quase todas automatizadas pelas milhares de vezes que tinham sido pensadas e executadas. Ela também era um robô bem programado. E sem emoções. Quando dormia, sonhava com o paraíso do santuário e via os olhos dos gorilas, ternos, fingindo não notar a sua presença só para não a incomodarem. Porque, de fato, não fora ela que evitara interferir na tranquilidade e rotina deles, foram eles que tinham há muito compreendido como ela precisava de paz, daquela paz em terreno de guerra que só eles sabiam proporcionar. Sem se armarem em heróis nem beneméritos. Não necessitavam de demonstrar nada, eram suficientemente genuínos para serem generosos à sua maneira e por isso nunca lhes passou pela cabeça criarem uma associação qualquer para ajudar os humanos. Só precisavam que os humanos os deixassem em paz, na sua paz. Os sonhos de Janet eram pejados de imagens de bonomia e de manhã ficava a meditar nas imagens e a encontrar sentidos escondidos nas mensagens dos sonhos. Foram dias perfeitos, absurdamente perfeitos.

Até que viu o jipe parar lá em baixo, à frente do hotel e de dentro sair um homenzarrão branco, fardado de camuflado e com uma arma na mão, não uma pistola, mas uma metralhadora. O homem entrou no hotel e ela em casa. Foi buscar a pistola, que tinha deixado na mochila, e os binóculos. Curioso, deixei a pistola na mochila quando ela andava sempre na minha cintura. Porque sabia não existirem humanos nesses três dias, claro. O seu cérebro, pela primeira vez desde que aquilo acontecera, voltou ao normal, isto é, a racionalizar as coisas, a sentir medo. Um medo atroz provocou fortes dores de barriga. Resistiu a elas. Agora perdera a capacidade de agir por reflexos, tinha recobrado a consciência. Sentiu-se finalmente infeliz.

O homem voltou a sair do hotel, uma hora depois. Tinha mudado de roupa. Deve ter andado a vasculhar tudo até encontrar uma camisa e umas calças civis que lhe servissem e não fossem um camuflado militar. Mas vinha com a arma na mão. Entrou no jipe e deu umas voltas pelo povoado. Lá de cima ela via-o, entrando com uma pasta na mão primeiro nos correios e depois no banco e num edifício que lhe parecia ser oficial. Deu mais uma volta à cidade, vasculhando tudo. Depois apontou para o morro, onde estava a sua casa. Ela primeiro pensou em esconder-se, mas sentiu a solidão desses dias e resolveu arriscar. Ficou sentada na varanda enquanto ele subia a estrada, entrou no parque e estacionou o carro. Foi nesse momento que ele a descobriu e deve ter apanhado um susto tremendo, porque saltou do jipe, a arma na mão, e ficou parado, em expectativa. Era rápido apesar do tamanho do corpo, notou Janet. Não apontou a arma para ela e ela também não tirou a sua do cinturão. Mas se enfrentaram, medindo-se. Ele respirou fundo duas vezes e falou com um sotaque rude:

– É a primeira pessoa que vejo há muitos dias.

– Há três dias, provavelmente. Eu também não vi mais ninguém.

Subiu as escadas. Era alto e musculado, as botas militares pisavam forte na varanda. O cabelo cortado à escovinha e a postura do corpo indicavam o militar. Parou à frente dela e estendeu a mão. Ela apertou-a, notando o braço dele sem pelos, absolutamente liso e mais para o vermelho que para o castanho do bronzeado, mas continuou sentada. Havia mais cadeiras de palhinha, mas de balanço só existia a dela. Ela apontou silenciosamente uma e ele sentou.

– Tem aqui uma bela casa. Ficou sozinha?

Até podia mentir, dizer sim, esta é a minha bela casa, a casa dos meus sonhos, construída de farrapos de esperanças e ilusões, remendada por risos e lágrimas, silêncios e gargalhadas. Podia inventar todo um passado, não fui eu que a construí afinal, mas sim os meus pais, depois de terminada a missão na Índia, naqueles tempos da Rainha Vitória, sabe? Eu vivi entretanto nos Estados Unidos para estudar, daí a minha pronúncia que não engana e o meu sonho era voltar para esta casa de família. Podia, mas para que mentir?

– Não é minha. Vim de Kabororo, aqui a cem quilômetros para oeste, conhece?

– Não faço ideia. Eu vim dali – apontou para sudoeste. – Dois dias a andar por picadas desertas e a atravessar rios sem pontes, ao todo uns quinhentos quilômetros. De repente toda a vida desapareceu da região, é inacreditável.

— Sei. Se quiser beber ou comer alguma coisa, a casa está à disposição. Embora já tenha estado no hotel.

Ele olhou para a cidadezinha embaixo, parada, como uma fotografia antiga, onde nada mexia.

— Daqui controla tudo, não é verdade? Viu-me chegar?
— Claro.
— E se eu tivesse partido sem vir cá ter? Tinha-me deixado partir sem me chamar?
— Acho que sim. Mas não quer mesmo tomar nada?
— Vou tomar, já que insiste. Preparo-lhe também uma bebida?
— Não, obrigada.

Ele foi lá dentro e deve ter ficado a observar uma boa parte da casa, talvez tenha espiado até a sua mochila, pois demorou bastante tempo a preparar a bebida. Apareceu com um copo de uísque na mão, generosamente servido.

— O meu plano é ir a Calpe, que é uma cidade grande — disse ele, depois de tomar um grande gole e fazer uma careta. — Talvez haja gente por lá que possa explicar o que aconteceu. E a senhora, o que pensa fazer?

Não se deve dar informações a estranhos, lhe tinham ensinado nos Estados Unidos e também o dono da pensão. Uma informação, embora não nos pareça por sermos ingênuos, significa poder quando usada por mentes habilidosas e sobretudo, malignas. Os diferentes bandos usam informações aparentemente inócuas contra os involuntários informantes. Aconteceram mortes por uma frase banal, o melhor é não saber nada, nunca informar.

— Nada, até ao momento, estava só por aqui, sem vontade de fazer planos. Mas tem razão, em Calpe talvez haja esclarecimento. Que acha que pode ter sido?

— A terceira guerra mundial... Ou um ataque de marcianos... Sei lá! Parece estranho demais para ser obra de um dos exércitos que andam por aí, eles não têm capacidade para tanto.

Ela preferia socorrer-se de temas mais do seu foro e das suas preocupações. Arriscou:

— Pode ser o resultado do aquecimento global ou de coisas dessas do clima, a camada de ozônio, você sabe... Sim, Calpe é o melhor sítio.

Vou ter saudades desta casa, é estúpido, mas é verdade.
— Pode voltar sempre que quiser. Muito provavelmente isto ficou sem dono.

Ele acabou o uísque, ela foi buscar a mochila e o saco da tenda. Desceu a escada da varanda e ia atirar tudo para dentro do carro azul, quando ele disse:
— Não prefere vir no meu? Sempre fazemos companhia um ao outro. Estamos sozinhos há demasiado tempo, conversar faz bem. Quando quiser apanhar o seu carro, dou-lhe uma boleia de volta. O meu nome é Jan, Jan Dippenaar.

Ela atirou as coisas para trás do jipe grande, sem dizer que o carro azul era o segundo roubo seguido que cometera em toda a sua vida, e entrou para a cabine.
— Com esse nome, é holandês?
— Não, sul-africano.
— Ah! Eu sou Janet Kinsley, americana.

O homem acenou com a cabeça e deu ao arranque. Saíram da cidade, levantando a habitual nuvem avermelhada de poeira. Havia muito mais poeira agora, notou ela, pois não chovia há quase uma semana. No santuário era habitual chover quase quotidianamente mas, coisa estranha, três ou quatro dias antes daquilo acontecer já não chovia. Normalmente esta estrada para Calpe estava sempre com poças de água, mas agora só havia poeira. Por isso ela associava inconscientemente o fenômeno a questões climáticas, mas admitia estar completamente errada.
— Posso saber o que é que uma jovem americana fazia neste fim de mundo? Desculpe a curiosidade...
— Perto de Kabororo há uma montanha onde descobri uma colônia de gorilas. Estudo o comportamento deles para uma tese de doutoramento.
— Sozinha?
— Sim, claro. Se for muita gente, não se consegue observar nada, os gorilas abandonam o sítio.
— É preciso ter coragem.
— Toda a gente me diz o mesmo. Mas penso que as pessoas são gentis, o que acham é que sou completamente tarada. Devo ter uma boa dose de loucura, não dá para negar.

Ele riu. Tinha um riso forte. Realmente era um tipo impressionante, de um metro e noventa de altura e mais de cento e vinte quilos de peso. As manápulas que agarravam o volante faziam dele um brinquedo. Sem pelos, voltou a notar ela. Por quê? Talvez porque contrastava tanto com as mãos que mais vira durante seis meses, as mãos dos seus manos gorilas. Doze horas por dia a ver mãos peludas faz parecer estranhas estas glabras. Enfim, também havia as mãos do dono da pensão, mas talvez nunca tivesse reparado nelas, neste momento era incapaz de dizer como eram.

– Gente interessante é assim – disse o bôer. – Os incapazes de arriscar a pele não valem o esforço de os conhecer, nunca são interessantes, não acha? Eu também me meti em aventuras, tenho uma vida bem cheia.

– Que tipo? – arrependeu-se imediatamente da pergunta. No entanto, ele estava a puxar a conversa e também lhe perguntou o que fazia ali. Estranho seria se ela não perguntasse nada sobre ele.

– Ultimamente trabalhava numa mina de diamantes, propriedade de uns belgas associados a israelitas. Era o chefe de segurança da mina, pois aquilo era uma zona de guerra e havia muita gatunagem. Como deve compreender, todas as minas desta região têm verdadeiros exércitos a guardá-las. Não faz ideia da capacidade de imaginação que as pessoas têm para roubar diamantes nas minas. Até mesmo responsáveis tentam roubar, usando os mais variados artifícios. Os trabalhadores, enfim, dá para compreender, ganham relativamente pouco, mas responsáveis... Parece tão fácil meter umas pedrinhas no bolso que a tentação é muito grande. Exige portanto esquemas sofisticados de vigilância.

– Essa gente toda desapareceu? Ficou sozinho?

– É como diz. De repente. Fiquei sozinho no mundo. Resolvi vir para aqui. O mais fácil era ir para o sul, mas tive medo das minas nas estradas. A região deste lado está menos minada, segundo dizem. Preferi dar a volta por Calpe até atingir o sul, voltar para a minha terra pela parte oriental de África. É uma grande volta, mas prezo a segurança e tempo é o que não me falta. Já que perdi o emprego e a mina lá está agora à mercê de quem quiser apanhar umas pedras... se houver alguém para as apanhar...

A pessoa mais capacitada para roubar as pedras numa mina deve ser exatamente o responsável pela segurança, detém todos os cordelinhos, conhece os esquemas de proteção, tem obrigação de saber como os evitar. Isto em situações normais. Mas não ia fazer a pergunta ou esse tipo de reflexão, podia parecer provocação gratuita e o indivíduo era grande e certamente temperamental, com uma tatuagem militar no braço esquerdo de meter respeito a qualquer um, diria logo, mas por quem me toma, por um reles ladrãozeco? Certamente o jipe vinha com diamantes escondidos nalgum sítio. Se toda a gente desapareceu, ele fez um saque antes de arrancar dali, só um estúpido não o faria, atendendo às circunstâncias. E andou a esquadrinhar os correios e o banco da cidadezinha onde a encontrou.

– Era uma mina importante, quer dizer, produzia muito?

– Sim, era das mais importantes da região. Os belgas e israelitas não se queixavam, suponho. E pagavam-me bem.

– E passou por outras minas? Quer dizer, estava tudo vazio de gente?

– Já lhe disse. Fiz quinhentos quilômetros por estas picadas e não vi uma pessoa nem um boi nem uma cobra, nada. Está tudo vazio.

– Esperemos que em Calpe esteja tudo normal e se encontre uma explicação – disse ela.

– Esperemos...

– Não parece muito convencido.

– E não estou. Para Calpe não liguei, não conheço lá ninguém. Mas tentei outros pontos. Ninguém atende telefones. Temo que haja problemas não só aqui.

– Eu tentei números da família e de amigos nos Estados Unidos. Também não consegui nada.

– O fenômeno pode ter afetado os telefones desta região e por isso não há ligações. Nem os rádios funcionam, nem a Internet ou televisão via satélite. Experimentei isso tudo. A esperança é que seja um problema desta parte de África que ficou sem comunicações... Se assim é, o resto do mundo já notou e acaba por vir investigar o que se passa. Por isso estar numa grande cidade como Calpe tem vantagem. Enfim, posso estar errado.

– Faz sentido. O que quer que se tenha passado pode ter criado

uma zona isolada. Não percebo nada dessas coisas, mas em livros e filmes de ficção científica já vi coisas dessas.
— A primeira explicação e mais simples é que os telefones não funcionam porque deixou de haver operadores. Mas não se fie, hoje os sistemas funcionam durante muito tempo sem pessoas. O meu telefone está ligado a um computador de um satélite que se liga a outros etc. Não há intervenção humana. Mas pode ter sido criada uma nuvem qualquer opaca que não deixa partir nem chegar qualquer sinal, é possível imaginar. Mas se alguém o fez então tem uma tecnologia do caraças, fico tonto só de pensar.
— Esperemos que seja só aqui nesta região. Esperemos.

Jan devia ser um tipo habituado a lidar com situações complicadas, mesmo se só fosse chefe de segurança de uma mina de diamantes, embora talvez não parecesse currículo suficiente para enfrentar a situação atual. Para chegar ao posto que dizia ter conseguido, seguiu intenso treino militar e provavelmente mesmo com intervenção nas guerras em que a África do Sul andou envolvida. Seria demasiado perguntar?
— Deve ter muita experiência militar, para si isto não parece o fim do mundo, mas para mim...
— Ninguém está preparado para uma coisa destas, por muita experiência militar que se tenha.
— Imagino que sim.

Ele não adiantou mais nada sobre o seu passado e mergulhou em pensamentos reservados. Devia ter muito a esconder. Janet não esqueceu que ele chegou à cidadezinha de farda militar e trocou a roupa. E se não fosse segurança de uma mina, antes um mercenário de um dos numerosos exércitos ou bandos da região? Ela era muito jovem na altura, mas lembra-se bem do que tinha acontecido na região austral no tempo do *apartheid*, antes de Mandela ter chegado ao poder e dado novo rosto e prestígio ao país. Chegou mesmo a participar na companhia dos pais em manifestações contra o odioso *apartheid*. Conheceu detalhes das investidas militares desse regime nos países vizinhos, particularmente em Angola. Podem dizer que os jovens americanos são muito ignorantes sobre o mundo, mas pelo menos tinham tido alguma informação sobre a África do Sul nas universidades. Ouvira dizer que uns tantos militares da linha dura, inconformados por não haver mais guerras nem internas nem externas, emigraram para onde havia quem lhes pagasse os serviços sujos de mercenários. Jan podia ser um deles, tinha o olhar duro de quem mata com facilidade e a idade própria, aparentemente entre os quarenta e cinco e os cinquenta anos. Bem, devia estar a pensar em coisas que me tranquilizassem e não a tentar adivinhar passados obscuros que me levam a encarar um companheiro de viagem como um bruto e um assassino a soldo, é mesmo vontade de viver no medo. Só que o sul-africano, por muito duro que fosse, também não conseguia disfarçar completamente o medo. Sim, aquele homem, lá bem no fundo, também estava assustado, porventura tanto como ela. Porém a sua educação de macho levava-o a esconder o que considerava uma fraqueza, embora desconseguisse de reter os feromônios do pavor que a influenciavam também. Felizmente ela não precisava de esconder nada, estava mesmo com medo de que tivesse acontecido "aquilo" em todo o lado, não fosse apenas uma prolongada impossibilidade de comunicação e o encerramento imediato do seu objeto de estudo, mas o fim do mundo como o conhecera.

O seu companheiro tinha um aspecto um pouco tenebroso, mas não podia negar a sua perícia ao volante. Iam a uma velocidade acima do que seria de supor naquela estrada com buracos traiçoeiros e ele sabia evitá-los, parecia até adivinhá-los muito antes, de maneira que mantinha uma estabilidade grande para um carro andando aos ziguezagues na estrada, sem criar aumento do susto. De vez em quando passavam por um automóvel parado nas mais incríveis posições, um abraçado a uma árvore, outro de rodas para o ar no capim da berma, outro atravessado no caminho. Os condutores tinham se volatilizado como o seu par de gorilas e os carros seguiam algum tempo no impulso da corrida até pararem por falta de aceleração, dava para entender. Mas na maior parte das vezes não havia vestígios de veículos nem de vida, só uma estrada poeirenta e esburacada. Perto de Calpe, aumentou o número de veículos e de roupas e todo o tipo de mercadorias abandonadas. O vento levava de um lado para o outro as roupas sujas e acastanhadas pela poeira, brincando com elas. As primeiras casas também começavam a apresentar o aspecto de abandono, sem um habitante aparecer nas ruas.

– Mau, isto não são bons presságios – disse Jan.

De fato não havia gente, nem um carro mexia, carros e bicicletas parados pelas ruas e nem um gato a passar. Era uma paisagem já deles conhecida. Seria possível que fossem os únicos na região? A pergunta que já conhecemos em outros intervenientes deste relato tinha de aparecer também na cabeça destes, seria justo. Janet, que voltara a aprender nesse dia a ter medo, começou a ficar mais aterrorizada ainda, situação pior do que imaginara. Que tinha acontecido afinal ao mundo? Embrenharam-se pela cidade, deram voltas e mais voltas, tentando ver um sinal de vida. Pararam à frente de uma loja de produtos alimentares, foram colher alguma comida, fruta e bolachas, que comeram mesmo de pé, sem sentirem sabores. Serviram-se de refrigerantes. Foi só depois que o Kiari de uma estória anterior passou por eles na alta velocidade do seu imaginário bólide e Jan conseguiu agarrá-lo, pois ele se escapava por uma viela, para lhe perguntar, enfim, alguém vivo, há muito mais gente assim? Mas o maluco começou a gritar contra os leprosos que o perseguiam, Janet só teve tempo de lhe perguntar o nome e recebeu a resposta Joe, depois do que ele se livrou do abraço de urso do Jan com uma finta do magro corpo e fugiu, acelerando desesperadamente com a boca.

– Pelo menos há alguém vivo – disse Janet, com alívio.

– Não somos os únicos, é o que quer dizer? – replicou Jan Dippenaar.

Ela suspeitou perceber alguma ironia na interrogação do sul-africano, talvez por causa do alívio que não pôde conter na sua fala. De pouco lhe valia aquele maluco, se era proteção contra Jan que ela procurava. Parecia ser isso o que o matulão lhe dizia com o arzinho irônico, ou era tudo produto da sua imaginação descontrolada pelo medo. Voltaram ao carro e foram dando voltas até cair a noite. No lusco-fusco do fim de tarde, viram finalmente Dona Geny prestes a entrar em casa. Jan buzinou e a senhora virou-se, pensando ser o médico no seu maldito jipe de luxúria. Teve um gesto de estranheza ao ver uma mulher branca saltar do carro a falar em inglês e fez menção de se meter pela porta do edifício. Jan também saiu do jipe nesse momento. A senhora estacou o movimento

de recuo, pronta a enfrentar a situação. Janet levantou os braços quando viu a arma apontada para si e Dippenaar também evitou movimentos bruscos. O branco falou em kisuahili:
— Somos de paz. Estamos a chegar à cidade.
— Não falo inglês — respondeu a senhora. — Assustaram-me.
— Desculpe — disse Janet, na língua que todos compreendiam afinal. — Encontramos até agora um senhor que não parece normal, o Joe, e mais ninguém. Quando vi a senhora, fiquei tão contente que me precipitei e a assustei, desculpe.
— Está a acontecer todos os dias, já estou habituada a ser assustada — disse Geny, mais simpática, embora sem descerrar o semblante.
— Parece haver tão pouca gente na cidade...
— Somos só nós. Meia dúzia de pessoas.

Foi assim que travaram conhecimento e Geny lhes contou quantos se tinham juntado ao seu grupo inicial e se iam encontrar todos em breve num restaurante diferente do habitual, mas por acaso ali perto. E como deviam ter fome, estavam convidados para o jantar que ela ia preparar, esperassem só um momento, tinha de ir a casa e já descia. Realmente demorou pouco. Entretanto, os dois recém-chegados trocavam impressões sobre o bom que era encontrarem finalmente seres vivos, gente com quem se podia trocar impressões e talvez ajudá-los a compreender o que se tinha passado.

Viriam a trocar impressões e experiências sobretudo com Ukolo, o que parecia mais sabedor das coisas e sentindo necessidade de repartir as suas parcas descobertas. Janet explicou como viu os gorilas desaparecerem da sua vista, o médico narrou o que andara a descobrir, todos os outros contaram e recontaram do seu pasmo ao perceberem que estavam sozinhos no mundo, todos não, pois o pequeno Nkunda tinha adormecido no colo do tio, no entanto até dona Geny saiu do seu habitual mutismo para explicar que não havia novidade nenhuma nem razão para admiração, pois se todos estavam conscientes de terem contribuído em muito para a devassidão generalizada de um mundo em perdição, todos eles sem exceção e era inútil negarem, por que agora se pasmarem por haver finalmente a chegada do Juízo Final, não tinham lido nas Escrituras, nunca ninguém lhes falou do que estava para vir?, porém para ela não era surpresa nenhuma, bem percebeu como iam as coisas, Ele não poderia suportar muito mais tempo a bandalheira que andaram a fazer com o que tinha amorosamente criado, ia tomar medidas radicais mas como sempre justas, todos os dias havia anúncios e avisos insistentes, mas as pessoas eram surdas e nada faziam para modificar as coisas, para O respeitarem mesmo que minimamente, continuavam a acumular pecados e lixos nas suas vidas, esqueciam de orar à Sua misericórdia, alguns mesmo recusando-se ostensivamente a fazê-lo do alto da sua arrogância de grandes e únicos conhecedores das coisas, pronto, deu no que deu, só podia ser, para ela era apenas a confirmação do que lhe dizia o coração e do que lia nos livros sagrados, estava tudo lá escrito e reescrito há milhares de anos, então agora que se aguentassem com as suas almas vendidas a Lúcifer, Esmodeu, Satanás e todos os outros diabos com que sacudiu deleitosamente as caras deles, até sentir um tremor incontrolável nos ombros já atemorizados de Janet, um estremecimento de gozo perverso nos peitinhos daquela putefiazinha da Jude, um ligeiro encolher de corpo no mais pecador de todos, o médico que gostava de brincar de deus com os mortos, um olhar assustado nos olhos puros do pescador que não deixavam de a fitar, criando nela uma sensação inesperada mas agradável de calor, e um desinteressado e sonolento bocejo no desavergonhado ladrão, esse que devia continuar atrás das grades para sossego deles, enquanto o branco grandalhão não tinha reação mas ela bem via a descrença nos olhos claros e no entanto algum temor escondido. Foi um longo discurso que deixou todos calados, sem fala perante o apocalipse.

Resumindo, os dois brancos não ficaram muito mais informados sobre a volta que o mundo levara, embora tenham recebido alguns dados que talvez um dia conseguissem processar. Mas Dona Geny ficou muito mais aliviada, porque deitou para fora tudo o que andara a acumular naqueles dias de loucura. Nessa noite dormiria muito mais sossegada, em paz com a sua divindade. Ainda por cima estava agora convencida que nenhum apóstolo sobrara, sendo justo considerar-se não só apóstola como mesmo mestre ou bispa, pois tinha sobre os decididos ombros o destino da sua igreja e a salvação daquelas almas peçonhentas, seus inúteis companheiros de sobrevivência.

7

No dia seguinte apareceu Ísis e o mundo mudou para Simba Ukolo. É verdade, o mundo mudou quando a vi sair do jipe, correr para mim, tocar para ver se eu era real, pois o toque dela tinha um perfume correspondente à sua figura, de um castanho diferente do nosso, parecia quase mestiça, ou era, ou é, claro, porque falo no passado se Ísis só pode ser presente e futuro, todos os futuros? Gritou quando sentiu a consistência do meu braço, gritou de alegria por não estar mais sozinha no mundo. Se diz das crias que a primeira imagem tendo do mundo é a face da mãe, daí a importância das mães na vida e no imaginário dos filhos, ficam definitivamente presos a essa imagem e aos sentimentos a ela ligados. A minha face foi a do primeiro humano que ela viu quando pensou ter desaparecido a vida. No entanto, não foi ela que ficou presa a mim, fui eu, me deixei arrastar pelo vórtice da sua presença. Fui a cria ou o criador? Parece, os dois. Ísis entrou na minha vida como uma avalanche de neve no Kilimanjaro, um turbilhão de areia no Saara, ela e a sua pele aveludada, os olhos em amêndoa, o corpo esguio, o sorriso e as gargalhadas, ah, o sorriso e as gargalhadas...

Os outros ouviram o barulho do carro e os gritos dela. O pescador e Kiboro surgiram desembestados da minha casa, Dippenaar e Janet da vivenda da frente, onde os tinha alojado na véspera. Só Nkunda não apareceu, sempre a dormir, tinha um pesado sono de três dias passados em claro com o seu medo solitário. Os outros vieram juntar-se a nós e ela se sentiu rodeada de pessoas, sorrindo e tocando em todos, como uma criança querendo sentir todos os brinquedos que lhe deram num aniversário.

— Para ver se não são fantasmas, para ver se não são fantasmas, desculpem, desculpem.

Ela tocava em todos, um a um, sorrindo e soltando gargalhadas, nada surpreendida por ver negros e brancos, nada surpreendida pelo aspecto extravagante de Joseph Kiboro, ainda despenteado e com a trunfa toda para cima, como só gostava de dormir, para ela tudo seria maravilhoso naquela manhã de sol, pois tinha estado esses dias isolada sem compreender o que lhe tinha acontecido. Ela falava e revoluteava entre nós, tocando e abraçando, na mais pura das alegrias. Nós, rendidos à sua alegria e beleza, tínhamos vontade de revolutear também com ela nos braços, pelo menos eu tinha essa vontade, os outros não sei, não entro nas cabeças deles, nem tenho tino para isso, só sentia a força do vento dançando com as folhas da floresta e as águas dos lagos e eu com ele. Dippenaar, o mais frio e racional, demonstrando ser um bom conhecedor de raças e etnias, disparou então, arrefecendo um pouco o ambiente festivo, é somali, não é?

Ela disse sim, meio surpreendida, estacando num rodopio. Eu também me admirei com a pergunta, aparentemente a despropósito, mas logo entendi, claro, ele tinha vivido muito tempo num regime em que era importante distinguir imediatamente a pertença racial dos outros, estava treinado para os classificar e ter o comportamento adequado. Foi a altura de Janet se apoderar da jovem e lhe propor o pequeno almoço, ia mesmo prepará-lo na casa grande, foi o que disse. Casa grande? A casa onde ela dormira era a que ficava à frente da minha, a dos vizinhos com quem eu tivera uma maka por causa da bola do miúdo. Até fui eu que os levei para lá, a ela e ao Jan Dippenaar, assim ficam perto de nós e têm muito espaço. Por que Janet lhe chamou casa grande? De fato seria maior que a minha, mas o termo para nós tinha outro sentido. Significava o centro da senzala. Só porque ela e Dippenaar se tinham apossado dela e para a qual convidava Ísis? Era centro e casa grande por causa dos que a habitavam agora? Devo confessar, não gostei dessa intromissão de Janet, roubando-me a comida da boca, como se diria de uma forma ordinária. Para agravar a sua intromissão, considerava ela que o centro só podia ser onde estava um americano, o Sol do mundo? Eu tinha sido bastante hospitaleiro com ela, até com Dippenaar, tratei-os da melhor maneira possível, como se devia em tais circunstâncias, no entanto fui eu quem viu Ísis primeiro, teria alguns direitos primordiais. Como se pode constatar, Ísis levou-me a ser injusto e até preconceituoso, a dar importância e segundos sentidos a uma coisa dita sem mal nenhum. Nem sempre uma boa presença é benéfica e Ísis tornava-me de repente ciumento. Kiboro e o pescador não notaram nada, continuavam mudos e parados no meio da rua, vendo a recém-chegada fazer a festa e ser puxada para a casa da frente. Fomos atrás. A minha vingança, pensei na altura, era fazer-me de convidado para o pequeno almoço da americana. E levar os outros comigo. Mas Janet aceitou a coisa com a maior naturalidade, era evidente que tinha a intenção de preparar a refeição para todos, pois me perguntou se seria conveniente acordar Nkunda para comer ou seria melhor deixá-lo dormir. Apanhou-me desprevenido mas lá respondi que o miúdo precisava sobretudo de recuperar o sono, quando acordasse comeria. Ela já tinha os ovos e o café feitos, a mesa posta para oito e com os produtos habituais para uma primeira refeição de americanos, sumo de laranja, feijão vermelho de lata, bacon, bananas, leite, pão torrado e flocos de aveia. Foi só sentar à mesa. Perdoei-lhe e silenciosamente fiz uma autocrítica, os preconceitos são coisas que se agarram ao cérebro de uma pessoa como a lapa à rocha, difícil de se libertar definitivamente deles. Mas estava mais interessado em olhar para Ísis, beber as suas palavras sabendo a jasmim, que contava ter vindo de cem quilômetros a sul, de uma cidade onde nem me tinha ocorrido ir procurar gente por a estrada ser péssima. Aconteceu-lhe o mesmo que a todos nós, precisou de uns dias a tentar recompor-se e compreender o fato de ter ficado sozinha, revirou a cidadezinha toda sem êxito, entrou em sítios antes proibidos, consultou papéis confidenciais, alguns mesmo secretos mas que tinham deixado de ter importância, e depois resolveu avançar para norte, procurando companhia. Teve sorte, porque afinal nem andou muito.

    Explicou também que nasceu e viveu na Somália até os dez anos de idade, sendo a mais velha de três irmãs. A mãe morreu no parto da terceira e o pai resolveu pegar nas filhas e fugir da guerra permanente entre tribos e senhores da guerra, vindo para sul até encontrar um sítio onde montar o seu comércio. Mais tarde, em privado, ela me contaria que a razão principal fora essa, fugir à instabilidade política de um país sem Estado, caído na mais total anarquia. Mas o pai explicou, quando ela atingiu a maioridade, que havia outra razão ponderosa, era a de evitar que ela e as irmãs sofressem a operação de excisão do clitóris, considerada cerimônia fundamental para uma mulher ser verdadeiramente mulher na terra deles e em muitos outros sítios deste mundo desgraçado e cruel. Toda a gente sabia do rito, o objetivo era fazer com que a mulher tivesse pouco prazer no ato sexual e portanto ser menos tentada a aventuras ante ou extraconjugais. O pai achava ser uma prática primitiva, selvagem, que a virgindade e a fidelidade podiam ser defendidas de outro modo mais civilizado. Talvez por ter estudado numa missão católica italiana, talvez apenas por ter as suas ideias próprias às custas de muita leitura solitária, seu máximo prazer. Se permanecessem na Somália, ele não resistiria à pressão da família e do clã, acabaria por consentir na operação mutiladora e sentir-se-ia toda a vida um ser indigno por não ter lutado suficientemente pela integridade das filhas e pelos seus princípios. A mãe dela tinha obviamente passado por essa cerimônia bárbara e o pai sempre se sentira frustrado por não poder dar-lhe grande prazer. A mulher aceitava o ato sexual como uma imposição do macho, fora educada para o aceitar, e porque isso lhe dava filhos, era tudo. Ele queria outra vida para as suas meninas. Ísis ficou comovida com a sinceridade do pai, excepcional naquele meio de tabus e preconceitos machistas, e por isso nunca poderia esquecer o seu aniversário de maioridade, o do deslumbramento pelo amor paterno. No momento em que nos encontrou, omitiu este detalhe íntimo, que talvez tenha contado a Janet nas muitas conversas que tiveram entretanto. Só falou da necessidade de fugir da guerra. A mim contaria mais tarde, usando a minha qualidade de médico e do dever da confidencialidade profissional. Perguntei, durante o pequeno almoço, por que tinha aquele nome, lindo mas estranho para uma somali. E ela, espalhando manteiga numa torrada, contou:

– O meu pai era por vezes um verdadeiro iconoclasta, desculpem a palavra pretensiosa mas única justa. Teve formação muçulmana em casa e católica na missão. Talvez por isso resolveu dar-me o nome dessa deusa egípcia, ato ousado numa sociedade muçulmana, como devem perceber, essa deusa era de uma religião bárbara, nome de infiel. E alguém haveria de saber e julgar. Claro que tivemos problemas com isso, as pessoas torciam a cara quando ouviam o meu nome, mesmo se não soubessem o que significava. Ísis, a irmã e mulher de Osíris, mãe de Hórus, o deus de cabeça de falcão, os três formando o panteão mais importante dos antigos egípcios. Ísis era representada com cornos de bovino e na época helenística passou a ser deusa universal, o seu culto estando relacionado com os mistérios vinculados à ressurreição e ao Além. Desculpem a lição e o ar doutoral, mas é para vos explicar como estas coisas podiam pôr um bom muçulmano com vontade de vomitar. E nós convivíamos com isso naquela terra.

– Foi preciso coragem – disse Kiboro.

– Ou loucura – replicou Dippenaar.

Ela não quis classificar a atitude do pai, a quem se percebia estar muito ligada. Disse também, ele foi para sul de Calpe montar uma loja onde vendia bicicletas e motos, o mesmo negócio que tinha na Somália. Trabalhou muito e com pouco proveito, mas ultimamente o negócio estava a crescer, passaram a viver bem, sem comparação com a pobreza generalizada da região. Ela adorava galgar as montanhas de bruma com a bicicleta apropriada. Também dançar. Criava danças, misturando passos da tradição somali e árabe da costa índica com passos europeus e muitos também da civilização banto, tudo misturado, dizia ela, numa dança mestiça, suahili. Como ela própria, notei eu, encantado.

Um dia haveria de me dizer mais sobre o seu nome: "A um momento dado apaixonei-me por ele e pelo que representava, mas foi já aqui. Estudei tudo o que pude encontrar sobre Ísis. Tentei mesmo recuperar o culto dela, mas havia muitas derivações e fiquei sem saber como era o verdadeiro culto do tempo dos egípcios, pois os romanos levaram-no para Roma, deram-lhe importância mas desnaturaram-no, assim como os helênicos ptolemaicos o tinham feito já antes no Egito. Mesmo na Idade Média europeia havia quem se reclamasse do culto, tornado esotérico, e em Paris no século XIX formou-se um grupo de fanáticos que fizeram dois sacrifícios humanos em honra da deusa, li algumas referências de jornais da época, sem nunca os poder consultar. Na minha cidade a biblioteca era pobre e nada fácil mandar vir livros. Agora com a Internet aprendia-se umas coisas mas nunca foi suficiente. Sonhei durante muito tempo ir para Paris estudar e aí poderia continuar com as minhas pesquisas sobre Ísis. Mas o meu pai fez-me compreender ser impossível. Nem era tanto uma questão de dinheiro, talvez conseguisse uma pequena bolsa e ele cobria o resto das necessidades. Porém, tinha duas irmãs mais novas e não as podia deixar com o meu pai. Ele nunca quis casar de novo e tratou de nós como um pai e uma mãe. Podia largá-lo com as miúdas? Por isso não fui estudar para Paris, formei-me aqui em Calpe, obviamente em História. E acabei sem saber se era de facto em nome de um culto de Ísis que essas duas pessoas foram sacrificadas no século XIX. Pode ter sido obra de um assassino em série, pretendendo ocultar o facto com um sacrifício ritual. Assunto para um romance."

Essa era Ísis, que se foi abrindo a mim aos poucos. Mas agora queria apenas apresentar-se a todos superficialmente e disse ter vinte e quatro anos, acabada de se licenciar em História, à espera de colocação como professora de uma escola secundária, solteira, sem mais ninguém no mundo pois o pai e as duas irmãs desapareceram enquanto ela estava numa biblioteca a estudar o apaixonante reino da Lunda, Estado secular numa região bastante para sudoeste. Pretendia apresentar uma comunicação num simpósio internacional a realizar-se no mês seguinte em Calpe, defendendo a tese que África tinha tido grande capacidade de organização territorial, sendo esse reino no coração do continente um dos exemplos mais evidentes. Interessava-se pelo assunto talvez para compensar a aparente incapacidade dos seus conterrâneos em se organizarem seriamente como Estado na Somália, pensei eu, numa das minhas habituais tentativas psicanalíticas, normalmente falhadas, é preciso reconhecer. Mas fiquei calado desta vez, embevecido pela maneira simples como ela contava as coisas. Narrou também do seu espanto quando reparou estar sozinha na biblioteca, normalmente cheia por ser a única da povoação. Nem os funcionários se mostravam. Mas o espanto foi maior e o medo tomou conta dela quando saiu à rua e viu o que todos já vivemos, uma cidade vazia. Falou dos seus receios, da sua dor, dos dias e dias esperando encontrar alguém. Até resolver apanhar um jipe na rua e fazer-se à estrada para norte, para Calpe, a maior cidade da região. Agora confirmava os seus piores temores.

— Mas, voltando ao que disse — cortou Jan. — Andei pela zona da Lunda por causa dos diamantes, anos atrás. A minha última profissão era a de segurança de diamantes, quer dizer, das empresas que os exploram. A Lunda foi um Estado muito desenvolvido? Olhe, não parece.
— Foi. Tinham uma noção exata de como organizar os territórios. Era mais um império, que controlava uma série de nações, deixando que elas mantivessem as suas estruturas próprias, as suas culturas e as suas chefias tradicionais. As regiões tinham apenas de pagar tributos à corte. Mas o poder central praticamente não interferia na vida das populações, na sua cultura, línguas, crenças e hábitos. Exatamente como fazia o império romano.

Dippenaar fez um esboço de careta ou sorriso, mas ficou calado. Via-se mesmo, ele não aceitava a comparação. Racismo? Eu era muito sensível a esse tipo de preconceitos, mas preferi pensar que tinha visto mal, não fora um sorriso trocista. Também não era ocasião para começar a tirar a limpo todas as histórias de vida. Todos nos encantávamos por estarmos juntos e a intenção comum era de formar um grupo unido e em paz. Talvez Geny não pensasse da mesma maneira, autossuficiente na sua crença, mas seria a exceção. A única? O futuro o diria.

Janet estava satisfeita no seu papel de dona de casa. Obrigava-nos a comer e repetir, olhem que faço mais, não fiquem acanhados, esta cozinha está cheia de comida, nunca poderia imaginar. Eu ia olhando melhor para os cantos da casa e constatava que aqueles vizinhos detestados viviam muito bem, tinham os aparelhos mais modernos, móveis caros, uma garrafeira muito bem fornecida, uma cozinha moderna e ampla, dava para todos nós nos sentarmos à mesa, uns verdadeiros nababos. Nunca soube em que ocupavam o dia. E moravam mesmo à minha frente. Não era normal, não era costume nosso ignorar assim os vizinhos, quase nos esconder deles. Teria sido aquele incidente logo depois de chegarem? Pode ser, a maka não permitiu que estreitássemos relações, que soubéssemos alguma coisa uns dos outros, que nos visitássemos ou trocássemos pequenos favores, como fazíamos com todos os outros e como é costume na nossa terra tão hospitaleira. Agora lamentava essa falha de boa vizinhança. Se algum dos outros perguntasse, mas que faziam os antigos proprietários desta casa, nem saberia responder. E os patrícios iam olhar de lado, considerar-me vaidoso, inglesado, por não querer saber dos vizinhos. Talvez os brancos não reparassem, tinham hábitos diferentes, gostavam de se fechar nas suas vidas e intimidades. Felizmente ninguém se lembrou de perguntar quem era o senhor e senhora Mandibu, único atributo deles que conhecia. Dizia isto para mim próprio e sabia estar em parte a mentir, a embelezar as coisas acabadas de acontecer. De fato, fora assim em épocas passadas, uma cultura de portas abertas e vidas lidas por todos. No entanto, a desconfiança em relação a vizinhos diferentes se tinha estabelecido na nossa sociedade décadas atrás, levando até a chacinas entre grupos que aparentemente não apresentavam grandes diferenças. Reportava-me a tempos muito anteriores, aos tempos da inocência e da solidariedade, mas essa inocência já a tínhamos perdido. Poderíamos agora voltar a ela, pela necessidade de união de uma sociedade em perigo de extinção? Pretendia, embora timidamente, ajudar a restabelecê-la.

Não sei se uma coisa tem relação com a outra, mas essa manhã não terminaria sem outra descoberta. Quero pensar que a aparição de Ísis está relacionada com a da abelha, ou vice-versa. De fato ela entrou pela janela, quando estávamos todos ainda à mesa da cozinha e o pescador comia tudo o que Janet lhe punha pela frente. A abelha deu duas voltas no ar e pousou nas costas da minha mão esquerda. Todos viram. Era a segunda abelha que eu encontrava desde o fenômeno. Mas a outra abelha não tinha pousado diretamente em mim, apenas na manga da camisa. Kiboro, que estava sentado à minha direita, levantou a mão para lhe dar uma palmada. Interpus o ombro e virei-me para proteger o animal. Já Dippenaar, do outro lado, se preparava também para atacar.

– Não lhe façam mal – quase gritei.

– Ela vai picá-lo – disse o sul-africano.

– Sei – disse eu. – Talvez me pique. Embora esteja aqui atraída pelo açúcar, suponho. Se eu não fizer nenhum gesto brusco, ela acaba por se ir embora. Mas se me picar, paciência, arrisco.

– Cuidado, a picada das abelhas é muito dolorosa. E perigosa. Sobretudo a deste tipo.

Ísis estava preocupada comigo? A sua voz era meiga, de advertência, embora sem grande alarme. Nessa altura não conhecia a minha profissão, de outra maneira seria ridículo chamar a atenção de um médico sobre o perigo das abelhas africanas, um médico tinha obrigação de o saber. Mas a preocupação dela incentivou-me a exagerar o meu gesto, ela realmente tornava-me excessivo em tudo.

– Sei – disse eu. – Sei que o meu braço vai inchar, tal é o veneno destas abelhas. Já fui picado, conheço os efeitos, o braço ficará inchado durante dois ou três dias e basta uma folhinha de árvore ou a mais leve pena de passarinho roçar nele para dar dores até ao delírio. Mas sofrerei calado. Ninguém tem o direito de impedir a vida, matando a abelha, ela é única e tem de viver, enquanto nós somos vários e podemos sofrer.

Era uma tirada grandiloquente, própria de um tribuno, demagógica como uma frase de campanha eleitoral ou de um clérigo num altar, percebi com vergonha de mim próprio. Além de ser de uma pretensão que raiava o ridículo. Ísis provocava os meus excessos, já o disse. Mas todos ficaram impressionados com a afirmação ecologista, digna de um campeão do Greenpeace, sobretudo Janet, que aprovou obviamente com entusiasmo, é isso mesmo, Simba Ukolo, mostre que é consciente do seu papel. Todos se calaram, observando a abelha, olhando para ela e para mim, à espera da careta indicando a sua picada. Ansiosos? Tanta abnegação da minha parte merecia mesmo uma ferroada para ter algum sentido real. E todos seriam solidários comigo durante minutos, sofreriam com a dor terrível que manifestasse, para esquecerem logo a seguir, deixando-me com ela, a dor do veneno e da minha vaidade tresloucada. No entanto, o animal resolveu frustrar as expectativas do grupo e levantou voo, aterrando no açucareiro, seu objetivo real, como eu previra. Deixamo-lo chupar o que quis, encantados, em silêncio. Depois falei, escondendo o alívio de não ter sido sacrificado:

– Vi uma outra no lago. Espero que se encontrem.

– A outra ficou muito longe – disse o pescador.

– Estava no Grande Lago, sim – disse eu. – Também pousou no meu braço esquerdo, mas por cima da camisa. Era menos ameaçadora.

— Queria que elas se encontrassem para formarem um casal? — perguntou Janet.
— Claro — disse eu.
A abelha pareceu compreender os meus desejos e saiu pela janela. Terá ido na direção do Grande Lago? Nunca o saberemos. Mas liguei as duas aparições, a abelha tinha sido chamada pela presença de Ísis, era o elo a significar vida, só podia ser. Tive vontade de perguntar se a abelha também era considerada um bicho sagrado entre os antigos egípcios, como o era o escaravelho. Ficaria para outra ocasião, porque Jan Dippenaar já tinha desviado as atenções do grupo para o nosso problema maior, dizendo:
— Cada um de nós que pode guiar devia ir para uma direção, procurando mais pessoas. Viemos de sítios diferentes, e o Simba já andou por aí, disse-me. Mas certamente há muitos lugares num raio de cem quilômetros que ainda não foram visitados. Não acham que devíamos experimentar?
Kiboro e Janet concordaram. Eu fiquei calado, pensando ainda na abelha, mas estava evidentemente de acordo. O pescador nada disse, porque não sabia guiar um carro, embora fosse tempo de começar a aprender. Se até já Jude tinha tentado... Ísis desculpou-se:
— Perdoem-me por hoje, mas preciso de descansar. Foi uma noite muito cansativa.
Janet indicou-lhe um quarto vago, onde a somali desapareceu. A americana depois disse que devíamos ajudá-la a escolher um bom jipe e também faria um reconhecimento por alguma estrada. O ladrão foi o primeiro a oferecer-se para a levar ao stand onde tinha arranjado o seu, são os melhores, vai ver. Fui saber do Nkunda, enquanto os outros se preparavam para as excursões. Combinamos regressar a Calpe antes do cair da noite, esquecemos Jude e Geny, metidas na casa desta, cada um entretido com as suas preocupações.
Nkunda quis ir comigo inspecionar a zona a nordeste do Grande Lago, a que mais depressa saía das montanhas e se espraiava nas savanas de caça. Tínhamos proposto aos outros irmos para essa região por se tratar exatamente de savanas de caça, um sonho antigo de Nkunda. Infelizmente tinha terminado o espetáculo fantástico dos milhares de bichos correndo à frente do carro, outros saltando

do capim à nossa passagem, dos grupos de macacos guinchando nas árvores isoladas, às vezes formando verdadeiros cachos que caíam enrolados ao chão pelo peso das suas brincadeiras desbragadas. As savanas estavam tristes, amarelas e mortas. Foi um dia de dor para mim e penso que também para o meu sobrinho, percorrendo quilômetros teimosamente, apenas com uma remota esperança de encontrar vida. Sim, encontramos quando paramos para almoçar o farnel que preparara. Uma formiga apareceu ao lado do pé de Nkunda e ele deu um grito de alegria. Era uma formiga preta, pequena, com mandíbulas desenvolvidas, um guerreiro portanto. Andamos por ali com todo o cuidado, olhando antes para o que pisávamos, mas não encontramos outras. A formiga também andava às voltas, provavelmente a fazer o mesmo que nós, procurando companhia. Deixamos a desorientada formiga, demos ainda umas voltas e voltamos para a cidade, com esse único ponto a relatar.

 Janet tinha tido mais sorte. No seu novo jipe, bem mais modesto que o proposto pelo exagerado Kiboro, mas bastante prático, trouxe do mato um homem andrajoso e magro, que disse chamar-se Riek. Encontrou-o a dez quilômetros de Calpe para norte, de onde ele vinha a pé. Era parco em palavras, mas ela voltou logo para a cidade e teve tempo de ouvir algumas explicações e dar outras. A ela se juntou Ísis, quando acordou. Os três acabaram por compor o quadro das coisas e o homem agora estava num canto, como que abstraído de tudo. Janet contou a Kiboro que Riek tinha vindo de muito ao norte numa excursão interminável, sem aparentemente um fim em vista. Vivia dos tratamentos que fazia ao longo do caminho. A sua especialidade era tratar a infertilidade dos casais, com ervas e muitas manipulações de palavras e fumos, um curandeiro, numa palavra. E quando se apercebeu do que tinha acontecido ao mundo, caiu num estado próximo do desespero, por estar convencido de ser o causador. Repetiu três vezes para as duas mulheres que podia jurar e passar sobre brasas com os pés nus em ordália, o último tratamento que fizera tinha sido tão bom como os outros, estava a correr mesmo bem, no entanto ficou de repente muito apreensivo, parecendo ter chocado contra uma força superior chupando-lhe a força, estava ele numa cantilena que nem ousava repetir para elas perceberem do que se tratava, quando sentiu uma qualidade diferente no ar, a mulher cujo ventre ele segurava ao pronunciar as palavras sagradas desapareceu entre os seus dedos e o marido e as outras pessoas de família também, constatando estar subitamente sozinho na aldeia. Afligiu-se com o que provocara, recapitulou todos os passos, constatou estar tudo certo como mandava a tradição, não havia nenhuma falha, apenas aquele tenebroso muro contra o qual chocara, um muro a sorver-lhe força. Devia ter trazido das profundezas do tempo algum espírito agarrado à imagem de feto que invocava para fertilizar a mulher. E devia ser um espírito muito antigo e muito injustiçado pelos humanos, abandonado pelas preces dos sucessores ingratos, o qual se vingou do desprezo ao voltar à realidade da luz, fazendo desaparecer tudo o que existia à sua volta. Foi essa a explicação de Riek. Agora ele estava de cabeça entre as mãos, sentado no chão, ainda com as mesmas roupas. Era de origem etíope, acrescentou Ísis ao relatório. Etíopes e somalis tinham diferenças históricas e muito antigas, mas não era isso que estava agora em causa nem Ísis parecia guardar sentimentos dessas desavenças do passado, pois olhava Riek com um interesse misturado de piedade, dava para notar.

    Dippenaar e Joseph Kiboro também tinham chegado sem resultados. Kiboro andou sozinho, pois o pescador desculpou-se com o não saber guiar, desenfiou-se pela cidade, certamente se encontrando com Geny e Jude. De qualquer modo, Kiboro ainda lhe disse para se encontrarem todos ao jantar no restaurante da véspera. Discutimos depois onde devia ficar Riek. A minha casa estava a tornar-se pequena e a casa de Janet ainda tinha um quarto vago. Convenci o etíope a ir tomar banho e vestir umas roupas do dono da casa. Esperamos por ele para irmos jantar. Apareceu com uma longa túnica branca e os cabelos mais compostos em tranças largas. Aparentava muito menos idade, embora fosse um homem bastante maduro, a rondar os cinquenta. O grupo era agora constituído por nove pessoas. Havia também o maluco das corridas de carro, mas esse não fazia parte de nenhum grupo, era evidente.

    Ísis tinha mudado alguma coisa em mim, sobretudo na minha tristeza. Além de tentar descobrir vida à nossa volta, vida que pudesse dar esperança de reconstrução do que fora antes, e esse ser o meu centro de interesse no momento, Ísis tinha trazido outro motivo, o de tornar menos dura a perda de Íris. E como estava bela depois de ter descansado. Tinha passado muito pouco tempo de viuvez, mas senti vontade de partir para outra, não apenas uma aventura sexual, mas uma verdadeira entrega sentimental. E com ela não poderia ser de outra maneira. Íris, onde estivesse, compreenderia.

No entanto, deixei que ela concentrasse os olhares gulosos dos outros homens, todos a entrarem na fase de muita necessidade fisiológica, e interessei-me durante o jantar por Riek. O etíope estava desesperado, mais que todos. Cada um tinha as suas razões, óbvias, parecendo que Joseph Kiboro era quem melhor as tinha superado ou então as escondia. Nenhum entretanto apresentava o desespero calado e intransponível de Riek. Fiquei sentado ao lado dele durante o jantar e perguntei-lhe coisas. Ele respondia por monossílabos. Tinha andado muito tempo a pé, aliás o seu trabalho consistia em ir de aldeia em aldeia, tratando infertilidades. Raras vezes usava o carro de algum benemérito que o apanhava na estrada. Pertencia àquela espécie de peregrinos constantes, não por crença religiosa à procura de um santuário onde cumprir uma promessa, mas pela necessidade de ajudar a povoar o mundo e a resolver conflitos familiares causados pela terrível incapacidade de procriar. Raramente nos homens, pois estes nunca admitiam estar neles o problema, frequentemente nas mulheres, que chegavam a ser banidas das famílias se os filhos não viessem com a rapidez esperada. Deve ter sido a sua profissão que nos aproximou, afinal ambos tratávamos de assuntos análogos, os da vida. O que me surpreendia e eu queria esclarecer era o fato de ele ter descido tanto para sul. Teria achado normal se andasse pelas montanhas semiáridas que lhe tinham servido de berço, aproximando-se da costa a oriente ou avançando para o deserto do noroeste e do norte. Mas o sítio onde estávamos, perto do equador, era muito longe da sua área de ação, para quem deambulava a pé. Porém, ele tinha pouca vontade de explicar todas as suas razões e eu devia respeitar.

– O doutor é capaz de compreender a minha confusão. Como pode ser? Fiz tudo certo, tinha a certeza de curar o problema daquela mulher. E afinal o que provoquei? O fim das pessoas, de todos os seres, como me disseram.

– Mas não foi sua culpa.

– Então de quem mais? Fui eu que provoquei isto tudo. Dói tanto cá dentro, dói tanto...

Não conseguia engolir a comida, mal bebia um trago de água, todo vencido por dentro perante a ideia de tamanha carga. Eu tinha conhecido muitos homens exercendo o mesmo que ele, era habitual no meu trabalho. Havia os que considerava charlatães, vigaristas. Havia os que os meus colegas, do alto da sua arrogância de gente formada nas melhores ou piores universidades (dava no mesmo), consideravam impostores apenas porque não receitavam comprimidos ou injeções das melhores marcas, mas talvez os mesmos produtos curativos tomados em forma de chás ou outro tipo de beberagens. Aprendi, esses ensinamentos transmitidos de pais para filhos ou de tios para sobrinhos, dependendo dos sistemas familiares, muitas vezes eram úteis e não deviam ser desprezados, pois a ciência moderna não conhecia todas as propriedades de milhares de plantas escondidas pelos matos. E eles muitas vezes conheciam mesmo. Mas confiava nos métodos que tinha aprendido e nas capacidades de cura de muitos medicamentos, os quais potenciavam os efeitos curativos dessas plantas. Riek parecia-me autêntico, não era evidentemente um pantomineiro. Se dizia que sabia curar a infertilidade, eu não tinha razão para duvidar. Mas devia haver uma história por trás da sua decisão de ter viajado tanto para sul, agora obscurecida pelo sentimento de culpa de ter dado cabo da humanidade. Teria sido preciso acionar um feitiço demasiado poderoso para eu poder acreditar nele. Acabei por desistir de obter essa história oculta logo na primeira vez que estávamos juntos. Mas jurei a mim próprio não a esquecer. Ele não explicava porque estava ali, dizia apenas que tinha perdido a noção do tempo e do espaço a partir de certa altura ao perceber que tinha provocado o desaparecimento da paciente e da gente toda da aldeia e das outras aldeias que mais tarde atravessou. De qualquer forma, essas aldeias todas já estavam há muito fora do seu raio de ação. Finalmente ele acabou por reconhecer:

– De fato, já há muito tempo eu andava em zonas onde se falava também suahili, não a minha língua nem outras que conhecia. Na minha terra poucos falam suahili.

– Por quê? Por que se afastou tanto da sua zona? Falta de clientes? Perseguições? Guerra?

– De certeza foi o destino, uma estrela como dizem na minha terra. Para provocar o que provoquei. Ninguém pode escapar ao destino.

A voz contrita, profunda, mostrava não ser um impostor, sentia realmente responsabilidade pelo que sucedera. Quem sabe, aquela força que suportou quando tratava a mulher, um muro indestrutível opondo-se a ele, essa força poderia tê-lo perturbado. Não acreditava nessas forças, já o referi várias vezes. Mas compreendia que ele acreditasse e tivesse sentido algo. Era a explicação possível, todos andávamos à procura de uma e muito felizes seríamos se de fato encontrássemos a verdadeira. Verdadeira? Tentei acalmá-lo, as coisas aconteciam sem ninguém as querer ou provocar, estavam para lá dos homens, e isso fez-me lembrar as teorias de Geny, não andaria muito longe do pensamento dela. Embrulhei-me em mais uma explicação que pudesse ser entendida por Riek e de forma a só ele ouvir, pois Jan Dippenaar estava atento à conversa. Não o convenci da sua inocência mas pelo menos consegui evitar num primeiro tempo que a feroz Geny se apercebesse das preocupações de Riek. Se ela soubesse da razão da culpabilidade dele, então explodiria em recriminações e talvez até não o admitisse na mesa para a qual cozinhava, pois na sua concepção se trataria de feiticeiro diabólico e muito mais, um manipulador da natureza armado em Deus. Mais tarde ou mais cedo alguém lhe diria, o Riek diz curar a infertilidade dos casais, é um curandeiro ambulante. E a coisa estouraria, mas ao menos não seria logo no primeiro dia de Riek entre nós.

Geny tinha naturalmente assumido a obrigação de nos fazer o jantar e nós nem contestávamos, talvez por simples comodismo. A única pessoa que a podia ajudar na cozinha era Jude, a qual andava cabisbaixa desde que tinham aparecido os brancos. Ou teria sido antes? Notei na noite anterior em que se vestiu com roupa caríssima e deu de caras com Janet e Jan no restaurante. Desta vez, nem reparou em Riek, uma cara nova para ela, mas notei os olhares assassinos que lançou a Ísis. Esta, pelo contrário, estava muito à vontade, sobretudo com Janet. E todos pareciam satisfeitos com o fato de o grupo ter crescido, exceto Geny, sempre desconfiada de qualquer novidade, e Jude, pelas suas escondidas razões. O pescador era o mais previsível de todos. Sempre que podia se esgueirava para a cozinha, se Geny estava, e acabava por trazer ou levar qualquer coisa para justificar a viagem. De resto nem se fazia sentir. Mesmo em minha casa era uma presença discretíssima, ao contrário de Kiboro, barulhento, desarrumado, de gargalhada fácil. Boa companhia, diga-se de passagem, ao menos enchia os vazios da casa. Demasiados. Era de quem eu me sentia mais próximo, embora não me tivessem agradado os olhares lambezudos atirados a Ísis.

No entanto, o mais estranho dos nossos companheiros era certamente Jan Dippenaar, que se sentava à minha frente e procurava seguir a conversa com Riek. Falava pouco e ouvia muito, o mais que podia. Estava sempre atento a tudo que se passasse na sala ou na rua, e nada parecia lhe escapar. Mesmo quando Nkunda me tocou no braço e discretamente me pediu o sal, ele notou e imediatamente aproximou o saleiro do miúdo. Podia ser apenas preconceito meu e Jan estar cheio de vontade para ajudar, mas realmente o tipo provocava-me arrepios de desconfiança. Foi pois sem emoção nenhuma que o ouvi anunciar para ninguém em particular, acho que chegou o momento de procurar os meus, vou partir para a África do Sul. Kiboro protestou, não faça isso, como é que nos vai deixar? Geny também deu opinião, acho era melhor esperar um pouco. A senhora não explicou o que devia ele esperar, provavelmente algum milagre. Jude soltou alguns sons manifestando preocupação. O pescador fez uma careta, aparentemente de lamento, mas não disse nada. Os outros ficaram calados. Particularmente Janet, notei eu. O silêncio dela dava para notar. Mas por que teria de se manifestar? Realmente tinham chegado juntos, porém apenas pela força do acaso, ficou desde logo claro não terem nada a ver um com o outro, nem simpatia. Janet não fez nenhum gesto para o convencer a ficar conosco, o que de qualquer modo para mim continuava a ser significativo.

– Vocês devem compreender. Tenho de procurar os meus.

Era um argumento sensato, nada havia a contradizer. Mas ouvi-me perguntar:
– Vai de carro? Claro, que outro meio ia usar?... Desculpe.
– Por acaso tem razão, Simba. Ainda não decidi.

Janet saltou sobre a ocasião para confirmar a minha opinião sobre os sentimentos em relação ao sul-africano, pois perguntou, está a pensar ir de outra maneira? Havia ironia ou mesmo desprezo na voz dela, notei eu, sem um pingo de dúvida. Aquela jovem detestava ou desconfiava do branco, era evidente. Eu ainda não tinha tido ocasião de conversar tranquilamente com ela sobre nós próprios e sobre os outros. Era a que conhecia melhor o Jan e podia ter alguma recriminação a fazer. Viviam praticamente juntos e portanto muito em contato. Terá sido grosseiro ou fez alguma tentativa menos elegante em relação à americana? No entanto, ele pareceu não reparar na mordacidade da pergunta e respondeu com naturalidade:
– Sei pilotar aviões. Desses pequenos, monomotores. Já vi que aqui há uns tantos. Algum deve estar em condições de voar. Seria mais rápido para chegar à minha terra.

Um silêncio opaco seguiu-se a esta revelação. Este bôer tinha mesmo mistérios atrás dele. É verdade que ainda não tinha tido oportunidade de revelar todas as suas habilidades, nem contar a sua vida desde pequenino, mas tínhamos andado a procurar outros seres vivos e ele poderia ter dito imediatamente que lá de cima era mais fácil ver fumo indicando presença humana e oferecer-se para fazer reconhecimentos aéreos. Pelo menos levantar a hipótese. Nada. Só agora revelava o seu grande segredo. Olhei instintivamente para Janet, ela olhou para mim. Percebi nos olhos dela o que também pensava, este tipo tinha muitas coisas a esconder, andava sempre com cartas na manga, não era confiável. Talvez fosse mesmo uma ótima ideia ir procurar a família e deixar-nos em paz, embora um piloto fosse evidentemente muito útil nas atuais circunstâncias.
– Não é perigoso? – perguntou Jude, arregalando os olhos e quase babando. Provavelmente tinha encontrado um seu novo herói, a moça encantava-se por dá cá aquela palha.
– É mais perigoso andar de carro – sorriu ele para Jude. Devia ser a primeira vez que sorria desde o nosso encontro. E logo para quem...

— Onde é a sua terra? – perguntou Kiboro.

— A minha família vive em Brits, perto de Pretória. É um bom bocado de caminho para lá chegar de carro, sobretudo há o rio Zambeze para atravessar. Num avião pequeno, com um só motor, estou lá em dois dias, mesmo com descanso no meio. Se encontrar combustível pelo caminho... mas há aeroportos suficientes daqui até lá e portanto combustível.

— Não precisa de uma carta para navegar, dessas coisas? – perguntou Kiboro, interessadíssimo.

— Tenho um mapa de estradas, chega para me indicar os aeroportos a usar. Os aviões têm os instrumentos necessários para orientação. E esses aviões pequenos aterram em qualquer sítio, até numa picada de mato. Quer vir comigo, Joseph?

O ladrão foi apanhado de surpresa. Talvez por ter feito perguntas, mostrado mais interesse que os outros, provocou o convite. Claro, sempre é melhor ir acompanhado numa excursão tão longa, dois desenrascam-se melhor que um. Fiquei curioso em ver a reação de Kiboro, o qual hesitava.

— Pode ficar descansado, trago-o depois de volta, se quiser – disse Jan. – Quer tenha lá a minha família, quer não. O mais certo é não estar ninguém na terra, terem também desaparecido, mas preciso de saber, não acham?

Parecia razoável. Janet mexeu-se incomodada na cadeira. Era a pessoa que estava mais longe da terra natal e certamente lhe tinha já assaltado a ideia de a ela voltar. Mas como? Dippenaar apresentava uma solução possível. Imaginei facilmente o que passaria na cabeça dela. No momento seguinte duvidei de tal possibilidade. Uma coisa era voar em África, com terra por baixo e aeroportos alternativos ou mesmo estradas para pousar. Outra seria atravessar o imenso Oceano Atlântico. E se Jan só sabia pilotar pequenos monomotores não poderia passar para o lado de lá do mar, sempre faltaria o combustível. A menos que lá pelo norte, pela Islândia e Canadá, fosse possível. Quem sabe? Para Kiboro o dilema seria mais simples, uma viagem relativamente pequena. Mas abanou a cabeça.

— Não, obrigado. Fico por aqui com os manos. Se não encontrar lá ninguém, volte a Calpe. Estamos à sua espera.

– É pena não aceitar – disse o sul-africano. – Mas compreendo. Alguma outra pessoa quer vir comigo? Ir acompanhado sempre é melhor e assim passa a conhecer a África do Sul.

Olhou para todos, um a um. Alguns baixaram os olhos, temendo negar. Outros disseram não, enfrentando os olhos desafiadores. Riek ficou impassível, como se não tivesse percebido a questão, o que era realmente possível, pois a pronúncia de Jan no suahili era execrável, como já houve ocasião de ser dito. Pensei que Jude ainda tentasse alguma fuga para a frente, mas fitou Geny, depois olhou para mim, e baixou a cabeça, o seu atrevimento não chegava a tanto.

– De qualquer modo ainda não decidi se viajo de avião ou de carro. Amanhã vou ao aeroporto ver se algum aparelho merece confiança.

– Vou consigo – disse Kiboro, talvez com alguns problemas de consciência por ter negado a companhia solidária. – Tenho jeito para mecânicas, posso ajudar. Mas não vale a pena tentar convencer-me, dentro de um avião ninguém me apanha.

– Nunca voou? – perguntou Jan. – É a melhor coisa do mundo.

Do grupo só Janet e talvez Ísis, além de mim, tinham voado. Havia algum exagero mas compreensível na frase do branco: para muita gente de fato voar era das coisas melhores do mundo. Nitidamente insuficiente para convencer Kiboro, ladrão assumidamente terrestre.

8

Todos menos Geny foram no dia seguinte ao aeroporto, cedo pela manhã. Jude pediu timidamente a Simba Ukolo para a levar no seu jipe, o que ele aceitou, embora com reticência. Não tinha esquecido a viagem ao kimbo natal e a lúbrica tentativa dela. Quis ser condescendente, foi uma loucura passageira, uma excitação por causa dos estranhos acontecimentos, talvez um desvario de se sentir tão sozinha, bem merecia uma segunda oportunidade. Os outros distribuíram-se pelos carros de Jan e de Kiboro, com certa agitação. O mais calmo parecia o fadado para ser o herói do dia, o próprio Dippenaar.

Houve planos, tempos atrás, para afastar o aeroporto da nossa cidade com a construção de um novo, por ser perigoso para pessoas e também para os aviões manter o aeroporto no meio da urbe, indicador de pouca modernidade quando o país pretendia ter entrado numa era nova, mas os planos foram em vão, ou por falta de fundos ou de real vontade. À medida que o tempo passava, cada vez mais bairros envolviam a pista de aterragem e a alternante, ameaçando ultrapassar a todo o momento o arame farpado a servir de derradeira barreira. Bairros de casas baixas, erguidas num dia, sem autorização municipal. A princípio, além da área do aeroporto propriamente dita estava reservado um largo cinturão de segurança, com proibição absoluta de qualquer edificação. No entanto, a população tinha crescido, sobretudo por causa dos refugiados das guerras constantes, no país e nos vizinhos, e os imigrantes construíam onde encontravam um terreno vago, como se passava em muitas outras cidades africanas. Os planos diretores vindos dos tempos coloniais eram tralha inútil, ninguém os respeitava e nenhuma autoridade conseguia impedir as construções em transgressão. Nisso, Calpe não constituía exceção ao tão famoso e desgraçado Terceiro Mundo.

Foi portanto muito rapidamente que chegaram ao aeroporto, situado quase no meio da cidade. Estava um Jumbo parado ao lado de outros mais pequenos, mas todos aviões comerciais a jato. Inúteis, tristonhos, perdidas as tripulações, já ligeiramente acastanhados pelo pó, preparando-se para serem carcomidos pela máquina do tempo. Lá para o fundo havia os aviões pequenos e helicópteros. Mais longe, separados por uma rede metálica, os aviões militares, orgulho da Nação em tempos idos. Como não existia qualquer tipo de guarda, avançaram diretamente com os carros pela pista para chegarem às avionetas. Viram várias, algumas com dois respeitáveis motores, mas o bôer só sabia pilotar um monomotor, dissera. Andou à volta deles, fora e dentro do grande hangar, enquanto os outros olhavam e opinavam, um pouco para passarem o tempo, mas também com sincera curiosidade. Simba aproveitou para se aproximar de Janet.

– O Jan disse-lhe alguma vez que sabia pilotar?

– Fiquei tão espantada como você ontem – respondeu em inglês.

– Ele não gosta de se abrir. Fizemos uma viagem de carro, contei-lhe parte da minha vida, mas dele só soube que trabalhava para uma empresa de segurança de minas e tinha sido militar. Ou tem muito a esconder ou apenas é um tipo reservado, sabe, desses caladões.

– Pode ser apenas reservado. Às vezes criamos preconceitos em relação às pessoas.

– Sim, às vezes são só preconceitos sem fundamento. Sabendo-se de onde ele veio... Mas, quando o encontrei, naquela cidadezinha pequena, observei-o muito antes de ele me poder descobrir. Andou a revistar a cidade e eu lá de cima a ver. Foi a sítios estranhos, como se procurasse qualquer coisa. E chegou à cidade fardado de camuflado, depois mudou de roupa no hotel da cidade. Entrou fardado, saiu à civil. E deixou a farda lá, porque não está em casa.

– Revistou as coisas dele?

– Só queria saber o que ele fez à farda – disse ela, corando. – Não me meto na vida dos outros, não me julgue mal, mas neste caso... Achei estranho que escondesse a farda. Há gente que anda de camuflado e afinal não é militar. Chegou a ser uma moda.

– Também pode ter apenas querido mudar de roupa, porque a farda estava suja e tinha muita roupa à disposição.

– Pode ser. Mas de fato pensei, ele devia ser um mercenário naquela região. A zona estava cheia deles, de todos os bordos e cores.

— De segurança de mina a mercenário pode não ir grande distância...

Ísis aproximou-se e Janet perguntou em suahili se ela teria coragem de se meter num avião tão pequeno com o grande Dippenaar. A outra riu e disse, depende. Mas olhou para Simba Ukolo, que ficou sem reação ao contemplar os olhos malandros dela. Havia alguma intenção nos olhos dela, uma mensagem? As pernas dele enfraqueciam, o cérebro também.

Muito sério no papel de conselheiro mecânico, Kiboro acompanhava o sul-africano na inspeção aos aviões. Jude e Nkunda faziam o mesmo, por motivos diferentes. Sentavam dentro deles, depois mudavam para outro, divertindo-se. Pela primeira vez agiam como crianças normais, embora Jude já não fosse criança. Riek olhava para tudo com admiração e algum receio. O mesmo se pode dizer do pescador, o qual surpreendeu os outros ao aceitar vir com eles. Era difícil imaginar aquele pescador de um lago à vontade no meio de aviões, mas assim lhe pesava a solidão. Jan finalmente pareceu ter escolhido uma avioneta parada fora do hangar, porque permaneceu mais tempo no lugar de piloto e foi depois ajudar Kiboro a destapar o motor, ficando os dois a olhar lá para dentro como grandes entendidos do assunto.

— O Dippenaar até pode conhecer alguma coisa de motores mas desconfio que o Joseph só está a fazer a parte para ser simpático — disse Simba. — Onde pode ter ele aprendido?

— Nunca se sabe — disse Janet. — Na sua profissão podia ser útil.

— Nem carro tinha e mal sabe conduzir.

O médico sentiu que tinha levado longe demais a sua descrença nas capacidades do ladrão e encolheu os ombros como a desculpar-se. Ainda por cima lhe parecia traição a um amigo por simpatizar sinceramente com ele e ser do seu grupo étnico, um quase parente, em suma. A falta de trabalho como médico estaria a torná-lo num mexeriqueiro amargo? A situação levava-o a reparar mais nos outros e nos comportamentos, era verdade. Não lhe parecia, porém, uma perspectiva animadora. Janet disse:

— Ele aconselhou-me um carro muito bom, sabe realmente escolher. Mas era grande demais para o meu gosto. E também não me sentiria bem a guiar um carro tão caro.

— Qual é afinal a profissão do Joseph? – perguntou Ísis.
Os outros dois desataram a rir. Simba contou como o tirou da cadeia e por que ele lá estava. Ficou um pouco desapontado ao constatar que Ísis não se mostrou nada chocada, nem sequer surpreendida, como se fosse a coisa mais normal do mundo chocar de repente com um ladrão. Da mesma forma que Janet, aceitava a atividade de Kiboro quase como normal. E instintivamente sabiam sem o terem declarado, Joseph não roubaria mais nada, se as coisas continuassem como estavam. Tinha sido essa a teoria de Simba e não podia agora voltar atrás. Falando animadamente, as duas mulheres apreciavam o bom aspecto do ladrão, apesar de reconhecerem o exagero um pouco foleiro na roupa, o que provocou o ciúme do médico. Logo se reprimiu, merda, qual é o meu direito? Jude distraiu-o, porque corria para ele com uma pistola na mão, olha o que encontrei naquele avião. Era a coisa mais natural que havia, todos os pilotos certamente saíam para voos com uma arma. E até ele, Simba Ukolo, um médico, treinado para salvar vidas, tinha uma *makarov* à cintura. Como Jan. Reparou então, Kiboro usava também uma. O ambiente levava-o a romper os seus princípios? Pois tinha afirmado que nunca usava violência, era mesmo adepto de Gandhi apesar de ladrão, um ladrão de coração mole, pacifista, procurando a perfeição não da alma mas da profissão. Disse apenas a Jude para voltar a pôr a pistola onde a encontrara, era perigoso manipular armas sem treino, um tiro podia partir involuntariamente e ferir alguém. A jovem franziu a boca, mas respeitou o conselho. Os dois mecânicos improvisados fecharam cuidadosamente o motor do avião e dirigiram-se para o grupo.

— Aquele é o melhor, e também é o mais novo. Vamos abastecê-lo e vou experimentar voar um pouco.

— Não sei se é o melhor, não percebo nada disso – disse Ísis. – Mas é certamente o mais bonito.

Estava pintado de azul celeste, com uma só lista amarela na fuselagem e na asa, uma lista quebrada de cinco centímetros no máximo da largura, a imitar um raio.

— Dá para quatro pessoas – informou Kiboro.

— Contando com o piloto? – perguntou Simba.

— Não, o piloto e mais quatro — disse Jan. — Nunca pilotei um tão pesado, só mesmo aqueles com um lugar para o piloto e outro para o instrutor. Mas deve ser a mesma coisa, mais quilo menos quilo. O problema vai ser encontrar a chave de ignição. Talvez esteja num escritório da companhia. Aliás, tem de estar lá.

— Se a chave não está no avião, é porque não havia piloto a bordo quando aconteceu a coisa — disse Simba.

— Não havia, o avião estava bem parqueado — disse Jan, se dirigindo já para o hangar.

Joseph foi atrás dele e apareceram daí a algum tempo com o carro de abastecimento de combustível. Tinham evidentemente encontrado a chave. Jan saltou do carro, com um livro de instruções na mão, que ficou a consultar. Kiboro, muito à vontade, fez soltar a mangueira, abriu o bocal do depósito e começou a abastecer. Parecia conhecer o ofício, afinal. Era um rapaz cheio de recursos, não havia dúvida. Ísis fez uma careta de gozo para Simba, o qual baixou os olhos, confundido. Esse Kiboro não parava de o surpreender, chegando ao ponto de o humilhar. O depósito estava enfim cheio e Dippenaar parecia ter encontrado tudo do que precisava no livro de instruções. Subiu para o lugar de piloto, onde guardou o precioso livro, pediu para os outros se afastarem do avião e deu ao arranque. A hélice começou a rodar imediatamente, com velocidade crescente. Ísis e Jude bateram palmas, Nkunda abriu a boca, o pescador afastou-se mais e Riek desapareceu. Tinha ido para dentro do carro de Dippenaar, essas feitiçarias de brancos não eram para ele. Kiboro, todo compenetrado no seu papel, tirou os calços das rodas.

O avião foi rolando devagar para o fundo da pista, deu meia volta, estacionou, aumentando progressivamente as rotações e depois de alguns minutos foi lançado para a frente. Levantou voo quando passava exatamente à frente deles. Viram o polegar da mão esquerda de Jan Dippenaar a saudá-los. Ou a saudar o seu êxito em conseguir levantar com tanta facilidade?

— O tipo sabe mesmo — disse Simba Ukolo.

— Duvidava? — perguntou Joseph Kiboro.

— Já viajei muito, sei ser um meio seguro, mas faz-me sempre confusão como é que uma porcaria tão pesada não cai. E sou forçado a sentir admiração por quem consegue controlar aquela coisa tão antinatural.

– O mais difícil é aterrar – disse Janet. – Esperemos que ele seja tão bom nessa altura.

Simba não sabia se ela desejaria, no fundo de si mesma, um sim ou um não. Para ele tanto fazia. Riek saiu do carro e juntou-se a eles. Tremia controladamente. Os outros, por delicadeza, fingiram não reparar.

Jan fez uma larga curva sobre a cidade, mas evitando as montanhas, pois ainda não tinha ganho suficiente altura. O segundo círculo foi mais largo e mais alto. O avião ia cada vez mais rápido, se percebia mesmo de terra. E ele, agarrado aos instrumentos, gritava de gozo ao ver a velocidade aumentar. Atingiu os 250 quilômetros por hora e avançou para a montanha mais alta, a sudeste de Calpe. Ela passou-lhe por baixo e Jan acelerou então a fundo. 260 quilômetros, exatamente como prometiam no manual de instruções. Autonomia para sete horas. Com o depósito completamente cheio, podia pois fazer mais de 1.800 quilômetros sem pousar. Com esta máquina, chegaria a Brits mais rapidamente do que previra. Bastaria fazer etapas de cinco horas, para não levar a autonomia até aos limites perigosos, tendo sempre possibilidade de procurar um pouso alternativo. Duas paragens para abastecimento chegavam até à África do Sul. Sorriu. Quem é burro para, com um bicho destes nas mãos, escolher ir de jipe, engolir pó e aguentar os saltos do caminho? Nem pensar. É certo, a estrada não asfaltada só existe nesta zona, a partir de certa altura daria para apanhar bom piso até ao sul, mas levando muito mais tempo. E daqui de cima há outra noção do mundo e das coisas. Serenidade. Sobretudo isso, serenidade, de que ele precisava. Há anos que não pilotava e sempre teve medo de aterrar, mesmo com o instrutor a orientá-lo. Não teve treino suficiente para ultrapassar definitivamente essa dificuldade, seria questão de experiência. De fato, nunca fez a prova final para obter o *brevet*. Faltava-lhe prática de voo noturno e ainda outros testes antes de chegar ao exame final. Mas não mentira ao dizer que sabia pilotar, estava perto de obter o *brevet*. A prova estava aí, ele no ar, num avião muito mais pesado e potente do que aquelas caranguejolas da escola de instrução. No fundo, era questão de audácia e confiança em si próprio. O problema maior seria provocado por alguma tempestade súbita, pois nessas circunstâncias a experiência conta muito. E esta região é propícia a tempestades tropicais. Mas não se anunciava nenhuma, as nuvens eram pouco mais de fiapos esparsos. Outro perigo era o de apanhar uma zona invisível de turbulência mesmo sobre a pista, no momento de aterrar. Situação onde mais uma vez deve valer a experiência. Tinha de conhecer bem o avião antes de arriscar o contato com o solo. Os outros podiam esperar, agora tinham todo o tempo do mundo. Ele não, devia se preparar para a longa viagem. Passou para lá das montanhas, mas havia outras montanhas, todo o horizonte era de montanhas. Viu os lagos, o pequeno e o maior, e lá ao fundo, a escuridão do lago quase mar, tal a sua dimensão. Não chegaria até ele, voltaria antes. À sua esquerda começavam as planícies da caça, com o capim alto e árvores de troncos e ramos tortos, quase em desequilíbrio, penachos de folhas no alto, árvores típicas da região que ia para norte até morrer na Etiópia. Foi verificando os instrumentos, olhando, tocando neles, acariciando, a familiarizar-se. Tudo tinha de ser quase instintivo, uma olhadela rápida e imediatamente compreender o que eles diziam. Ouviu a voz do instrutor, o sargento Breytenbach, tens de sentir os instrumentos, a vibração deles, daí depende a tua vida. Há quantos anos? Uns dez. Sim, há dez anos que recusava pilotar. Desde aquele dia fatídico em que matou Breytenbach. No entanto, não tinha perdido a mão, mas precisava praticar. Claro, a longa viagem dar-lhe-ia experiência, mas até lá tinha de aterrar primeiro. Sentiu o mesmo frio na barriga que sentia em circunstâncias de guerra ao adivinhar o perigo.

Viu então o carro seguindo para norte. De fato, notou primeiro a nuvem de poeira que se perdia para o horizonte do sul e que podia ser provocada por um remoinho de vento. Só mais tarde divisou o carro. Parecia vir para Calpe, mas não era certo. Inclinou as asas para descrever uma curva na direção dele e diminuiu a velocidade. Passou por cima do carro mas muito alto, o condutor não deveria tê-lo visto nem ouvido. Deu outra volta e aproximou-se, baixando sempre. Estava a quatrocentos metros do solo, diziam os instrumentos, se dava para confiar neles, dado o fato de o terreno ser muito acidentado. Quatrocentos metros aqui, mas cem ou quinhentos uns metros à frente, conforme o morro por que passasse. Neste caso, era muito melhor confiar nos olhos, dizia a voz de Breytenbach, e eles confirmavam. Ultrapassou o carro e baixou mais. Balançou as asas, em cumprimento. O condutor do jipe tinha de o ver, a menos que viesse a dormir, o que também não era possível naquela estrada cheia de curvas e de saltos. Afastou-se para fazer uma curva mais apertada e voltou de novo. O carro parou, o motorista saltou para a estrada e fez um gestos desesperados com os dois braços, a atrair a atenção do piloto. Como se fosse necessário... Jan passou-lhe por cima. Tomou a direção de Calpe, subindo com velocidade reduzida. Conseguiu olhar para trás e voltou a ver uma nuvem de poeira a refazer-se. Em breve o carro chegaria a um cruzamento de estradas e ou seguia para norte ou virava para a esquerda, no caminho de Calpe. Teria o motorista compreendido a mensagem?

Deixou passar um tempo e rodou para a direita, voltando a ver o carro chegar à encruzilhada e fletir de fato para a esquerda. Só havia Calpe à frente do motorista, a partir de agora. Mais um sobrevivente para o grupo. Tomou também a direção da cidade e foi ganhando velocidade e altura. Teria de enfrentar em breve o mais difícil, a pista de aterragem. Só esperava que a visão do que acontecera dez anos atrás não viesse afetar as suas decisões. Levou dez anos a transportar esta dúvida e agora teria de descobrir a resposta. Sou capaz de controlar os traumas ou vou deixar-me perturbar pelo sucedido? A noite anterior fora de insônia e de angústia. Por que sentiu necessidade ao jantar de dizer, vou embora para a minha terra e talvez de avião, ainda não decidi? Decidido já estava há muito que iria de carro, nunca mais desejara enfrentar o terror de uma aterragem. Embora durante dez anos perguntasse a si próprio, se a circunstância fosse inevitável, seria capaz? Tinha respondido a desafios complicados, por vezes fugia a eles mas muitas vezes procurava-os. Para se sentir homem. Para sentir que não tinha sido afetado pela visão de Breytenbach ensanguentado e a morrer-lhe nos braços partidos. Escolhia os desafios. Ontem não. Parece, ontem foi o desafio que o escolheu e não havia como escapar. Disse de uma forma absolutamente inconsciente, talvez não vá de carro, admitindo alternativa. E Janet a fazer o desafio, os olhos brilhando de malícia, mas poderia ir de outra maneira? Raio de americana, bonita filha de americanos, seres arrogantes de merda, sempre a lançarem desafios aos outros. Saiu sem pensar, sou capaz de ir de avião. Estava dito, irremediavelmente. Seguiu-se a noite de insónia. Como enfrentar o dia seguinte? Aceitou então os desafios, porque podia não escolher avião nenhum, inventando uma razão técnica ou outra, ninguém do grupo sabia alguma coisa de aviões para contrariar os seus argumentos, bastaria dizer nenhum está em condições de voar. Mas havia o entusiasmo de Joseph, o raio do rapaz a apontar-lhe um aparelho e outro, a mexer, a procurar não sabia exatamente o quê, mas mostrando interesse e sobretudo admiração. Já não via nos outros admiração por si há muito tempo, apenas temor. Despertar admiração em alguém é um afrodisíaco que se paga. Escolheu o mais potente e rápido avião, talvez demasiado potente. Terá unhas para o segurar quando embater no solo? Depois de dez anos? E depois de ter o corpo morto de Breytenbach nos braços, na última lição da sua vida? Como em outras ocasiões, estava perante um desafio superior a si próprio. Mas desta vez estava perante o desafio por não ter sabido dele fugir. O problema com ele era esse mesmo, não saber por vezes esquivar os desafios, para não se considerar um covarde querendo morrer de velho numa cama, com uma enfermeira gorda e mal-humorada, também cansada da vida, a meter-lhe comida e remédios na boca. A visão de si próprio deitado moribundo numa cama foi forte demais e obrigou-o a olhar para fora da sua consciência.

Embaixo estava o mundo. E como se apresentava lindo! A paisagem era muito variada, pois havia as montanhas com florestas e havia as montanhas onde as árvores tinham todas sido cortadas para se fazer carvão ou habitações. Com a erosão dos ventos e das chuvadas torrenciais, a terra tinha descido para as partes baixas e essas montanhas se tornaram castanhas, mortas, com os penhascos à mostra, como dentes irregulares. Nos vales havia florestas mas também muitas lavras, com tons diferentes do verde escuro até ao verde claro, conforme o tipo de árvore ou de vegetal semeado. Para oriente, o verdamarelo das savanas de altitude predominava. Nas montanhas, do meio do verde das florestas irrompia por vezes a imponente massa do granito negro, realçada pela fulgurância breve da mica ou quartzo brilhando ao sol. Mundo pouco homogêneo, como as pessoas. Em breve sobrevoava Calpe. Deu uma volta mas não conseguia ver o carro, demasiado atrasado e agora sem deitar nuvens de poeira, por aquele trecho de estrada já ser asfaltado. Regressou um pouco atrás e lá vinha o jipe, confiante. Foi o que lhe pareceu, confiante, já não desesperado a fazer gestos como um náufrago numa ilha. A entrar sereno numa cidade onde havia vida, até mesmo um maluco num avião. Isso deu-lhe coragem para procurar a pista. Baixou em círculos até se posicionar para a aterragem. Se agora a visão do sargento aparecer é que vai ser uma merda. Ou uma poça de ar. Tinha de reduzir a velocidade para o mínimo. Mas qual era o mínimo com que aquele avião se mantinha no ar? Talvez estivesse no livro de instruções mas não teve paciência para o estudar todo. Tinha de o ir descobrindo por si. Só que não havia muito tempo. Talvez fosse inteligente dar outra volta a ver se descobria com várias experiências de redução de velocidade, bem no alto, onde podia perder a altura que quisesse. Não, estou a fugir ao confronto. A pista está aí mesmo à minha frente, é só baixar mais um pouco, diminuir ainda mais a velocidade. E rezar.

O grupo aplaudiu a aterragem perfeita. O avião foi rolando mais lentamente até ao fim da pista. Parou então e depois recomeçou a rolar, em sentido oposto. Entretanto, Jan Dippenaar tinha tempo de se recompor. Não me mijei, parece. Nem me caguei. Seria uma vergonha. Sempre podia dizer que tinha tido uma cólica irresistível, qualquer coisa que comi ontem, e no avião não há latrina portátil, são imprevistos que acontecem aos melhores, mas seria sempre uma vergonha. Ninguém pensaria se tratar de puro medo, claro, um homem não tem medo se escolheu voluntariamente pilotar um avião, seria demasiada incoerência e as pessoas têm necessidade absoluta de reconhecerem uma razão em tudo. E ninguém também conhece os passados para fazer ligações e descobrir fraquezas. Mas para mim seria uma vergonha, não tinha conseguido controlar os meus medos. Vou dar mais uma volta para ganhar o pulso a este bicho, não basta este treinozinho em condições ótimas. Mas antes explico-lhes que vão receber uma visita, pois certamente o tipo do carro vem para o aeroporto imediatamente, hoje isto é o jardim zoológico ou o circo da cidade. E o macaco sou eu.

Kiboro corria para o avião, agitando freneticamente os braços, entusiasmado. Jan saiu do lugar para aproveitar mexer um pouco as pernas. Os outros aproximavam-se mais comedidamente. Riek não, notou Jan. Riek não devia estar nada entusiasmado, não era um Kiboro, nem mesmo uma Janet, para ele um avião devia ser uma máquina infernal, pensamento de Dippenaar, um verdadeiro psicólogo, confortado consigo próprio e com a imagem que procurava transmitir. Serenidade, segurança.

– Uma aterragem perfeita – disse Joseph.

– Está bom tempo e o avião é estável. Um belo aparelho.

Os outros chegaram para o felicitar e colher impressões. Mas Jan não lhes deu tempo, como quem não precisa de aplausos por estar acima deles.

– Vem aí um tipo, vi-o lá de cima. Fiz sinal para se meter no caminho de Calpe e ele percebeu. Deve vir cá ter ao aeroporto. Eu vou ainda experimentar mais o avião, desci só para vos avisar do tipo. Se quiserem podem voltar para a cidade, tenho aí o carro e vou ter convosco mais tarde. Alguém quer ver as coisas lá de cima?

Kiboro deu um passo à retaguarda. Os outros entreolharam-se mas nenhum se decidiu. Ele também não insistiu, preferia mesmo sofrer sozinho sem ninguém notar. Enfiou-se na carlinga, fez um sinal para se afastarem e pôs de novo a hélice a rodar. Arrancou para o fim da pista e os outros ficaram um pouco abuamados, interrogando-se sobre o que fazer. Tinham vindo ao aeroporto para acompanhar Dippenaar e vê-lo escolher um avião. Estava feito. Iam ficar mais tempo de pé, sabe-se lá quanto tempo, à espera que ele se decidisse a aterrar? O mais impaciente talvez fosse o pescador, a sonhar com uma cerveja, mas nada disse.

– Vamos esperar aqui pelo tipo. É lógico que venha para o aeroporto, como disse o Jan. Não vai encontrar mais nada na cidade, sabe que aqui pelo menos qualquer coisa mexe.

Todos concordaram com Ísis. Recolheram-se à sombra do hangar e esperaram pelo que viria a apresentar-se como Julius Kwenda. Mas demorou ainda cerca de uma hora a chegar. Como explicaria, perdeu-se na cidade, não conseguia acertar com o caminho do aeroporto. Era da região do Kilimanjaro, muito longe portanto, e quando aconteceu a "coisa" ele não observou porque estava no mato a caçar perdizes para o jantar. Ao regressar à cidade, percebeu estar sozinho e ainda ficou um dia à espera que alguma coisa mexesse, refugiado debaixo de um carro na sua oficina de eletricista-auto. Nada acontecendo, embrutecido pelo espanto e o horror, resolveu avançar para sul, procurando seres vivos. Atravessou o território que conhecia melhor, todo aquele sul da sua terra numa viagem interminável até à fronteira de Moçambique e depois a da Zâmbia. Nada encontrando, regressou para norte e resolveu esquecer a sua terra natal, fletindo para aqui, mas não sabia muito bem para onde ir. Andava mais à toa, como atordoado, mudando de carro quando lhe acabava o combustível, pois o que havia mais era carros vazios na estrada. Perdeu a noção do tempo. Até ver o avião.

– O primeiro ser vivo que encontrei foi um avião, imaginem – forçou a gargalhada, que saiu pouco convincente. – Quem é o piloto? Quero agradecer-lhe porque me indicou o caminho.

– Vai ser o último de nós que verá, pois voltou a levantar voo – respondeu Janet, bem humorada.

– Falou em seres vivos – disse Simba Ukolo. – Nessa viagem toda não viu uma formiga ou uma mosca, nada?

– Foi uma maneira de dizer. Lá para sul é verdade não vi nada, nem uma formiga. Aqui mais perto, quando parei ontem para dormir numa pousada vazia, encontrei percevejos na cama. E há pouco cruzei-me com uma gazela e um macaco. Tudo isso perto daqui.

– Só há vida nesta região? – perguntou Simba a Janet.

– Parece. Mas Jan pode ser precioso para descobrir mais coisas. Pena que vai embora, não é?

Entretidos a conhecer Julius, deixaram por momentos de se observar. E por isso não notaram que Jude tinha pegado na mão de Nkunda, feito o sinal de silêncio com um dedo nos lábios e saído do grupo. Entrou para o carro de Ukolo e deu ao arranque. O jipe sobressaltou-se um pouco mas depois estabilizou e eles andaram a passear pelas pistas e à volta do aeroporto. Até que Kiboro os viu e deu o alarme.

– Essa miúda teve só uma lição e julga que já sabe guiar – disse Simba. – E o pior é que levou o Nkunda.

Jude parecia controlar o carro e o terreno era firme, pistas asfaltadas e largas, mas ia a demasiada velocidade, o que aterrorizou o médico. Correu para a frente do jipe quando Jude passou mais perto, para, para. Ela desviou-se e continuou o seu caminho, rindo e fazendo gestos com a mão livre. O grupo espalhou-se, intimando-a a parar. Ela acabou por fazê-lo ao fim de meia hora de gincanas e ameaças de atropelamentos. Mas estacionou o jipe longe dos outros, estrategicamente. O mais perto era Simba, o qual correu, furioso.

– Estás maluca? Parece que queres levar uns açoites. Não pensaste que puseste a vida do Nkunda em perigo?

Ele gritava e corria e chegou ao carro com o fôlego em baixo e repetindo as mesmas frases, insistindo em que ela não tinha experiência para conduzir sozinha, para mais com uma criança ao lado. Ela não pareceu se intimidar. Disse a Nkunda para descer, o que o miúdo fez, aliviado. Nkunda não parecia muito orgulhoso da sua fuga ou tinha medo da fúria mostrada pelo tio. Jude não abandonou o volante. Simba ia abrir a porta do condutor mas ela trancou-a.

– Se quiseres, entra no carro, do outro lado – disse ela. – Vamos dar uma volta, lá até longe, onde ninguém nos veja.

– Não sejas parva, sai já daí.

– Entra tu. Sabes bem o que eu quero. Ou preciso de explicar com todas as letras?

– Tem mas é juízo, menina.

– Só te interessam as velhotas?

Simba Ukolo fingiu não ouvir, segurou na mão do sobrinho e começou a caminhar para o grupo, deixando-a no carro. Ela podia fazer o que entendesse, pouco lhe importava afinal. Nem viu quando Jude arrancou a toda a velocidade na pista principal. Ouviu o motor mas não olhou e continuou a avançar na direção dos outros. O barulho do motor perdia-se na distância mas só Nkunda virou a cabeça para trás.

– Não conseguiu tirá-la do carro? – perguntou Kiboro.

– Essa moça está com problemas – disse Ísis. – Quer dizer, todos estamos... mas ela deve estar com mais que nós.

— Deve ser um bocado desequilibrada — concordou Janet. — Que acha, Simba? É da situação que ela está assim ou sempre foi?

— Conheço-a há pouco mais tempo que vocês — pesava as palavras. — Tem uma grande necessidade de afirmação, creio. Mas é boa menina, temos de a apoiar. E não é com grandes sermões, parece que isso não resulta. O melhor é esperar que caia em si e volte.

No entanto, preocupava-o o fato de Jude estar no carro, numa pista onde podia pôr o acelerador no fundo, apenas com uma lição de condução. Tinha alguma responsabilidade no caso? Talvez muito mais do que parecia ou queria admitir. Devia ter notado logo que ela estava em fase de libido provocativa. Todos observavam o jipe no fundo da pista, dando a volta e entrando no terreno não asfaltado para chegar à pista alternativa, afastando-se para a esquerda, saindo da pista, levantando flocos de poeira, equilibrar-se de novo e voltar ao asfalto, vindo mais devagar para eles, quando o avião também se fazia à pista.

Jan Dippenaar tinha aproveitado o segundo ensaio para fazer subidas e descidas, mas sem tentar manobras arriscadas. Aproveitou chegar a altitude elevada para reduzir progressivamente a aceleração até o avião começar a perder altura e medir a velocidade. Fez várias dessas experiências e comprovou que aterrara com velocidade a mais, da primeira vez. Não tinha havido problemas, porque a pista era comprida, mas seria útil saber qual a velocidade mínima para o caso de. Também andou a explorar a zona de noroeste, para onde ninguém tinha ido, constituída por montanhas com matas cerradas e sem povoações perto, servindo para reserva de algumas espécies animais, fato que ele desconhecia por não ser da área. A um momento dado pareceu ver qualquer coisa mexer na floresta. Deu uma volta, ainda mais uma, no entanto não teve a certeza se tinha descoberto um elefante ou não, foi pelo menos o que lhe pareceu da primeira vez, o volumoso lombo cinzento no meio do verde e qualquer coisa parecida com uma tromba a agitar-se no ar. Voltou a passar pelo sítio, pois seria uma boa notícia a levar para os outros. Porém, não tinha a certeza de ser realmente o mesmo sítio, ali a mata era toda igual. Resolveu voltar para aterrar mais uma vez. Não tinha sido mau como treino de primeiro dia. Amanhã veria se já estava preparado para enfrentar a viagem grande. Claro, não se tratava de preparação técnica, mas psicológica.

Estaria habilitado para confirmar que nada restara da família nem do seu passado? Enquanto lá não fosse uma esperança existiria...

Viu Calpe brilhando ao sol. O que brilhava não eram ouros nem pratas, apenas os telhados das casas modestas dos bairros, constituídos de chapas metálicas. De cima parecia jogo de crianças descobrir o aeroporto, muito mais fácil que de um ponto qualquer da cidade. Apontou para a pista principal, embora amanhã devesse treinar na alternativa, muito mais curta e estreita, portanto apresentando algumas dificuldades. Nos outros sítios para onde ia deveria ter de aterrar em muito piores condições. Mas hoje podia ainda permitir-se o luxo de usar a pista principal, bolas, há dez anos que não pilotava, também não se pode nem deve fazer todos os testes num dia. Foi apontando calmamente o focinho do aparelho para terra e do canto do olho acompanhava a rotação frenética do altímetro indicando a perda de altitude, enquanto controlava o indicador de velocidade. Como o sargento lhe tinha ensinado, com rápidas miradas sem mexer os olhos, pois esses deviam fitar o objetivo. Sentia dominar o aparelho e até mesmo o mundo, agradável sensação. Serenidade. Segurança. Atingiu a vertical do aeroporto e em breve estava a pouca distância do solo, dava para notar as sucessivas faixas de asfalto que tinham sido sobrepostas nas diferentes épocas. Foi quando viu o carro surgir da esquerda e parar, de supetão, no meio da pista.

Jude avançava para o grupo reunido perto do hangar, pensando em como enfrentar as mais que certas recriminações pela desobediência. Diminuía lentamente a velocidade, retardando o momento difícil. Temia sobretudo ler nos olhos de Simba Ukolo o desprezo, como percebera na sua voz quando tentou convencê-la a sair do carro. Atravessava a pista principal quando viu o avião a descer direto para ela. Apavorou-se e, em vez de carregar mais no acelerador, pisou a fundo no travão. O carro estacou bruscamente e o motor foi abaixo. O avião vinha contra o jipe.

Jan Dippenaar viu o carro parado à sua frente, percebeu a visão do corpo de Breytenbach todo amachucado, depois escuridão absoluta, como uma morte antecipada. Não raciocinou nem rezou, nem sequer disse puta que o pariu, não havia tempo. Puxou o manche com desespero. O avião obedeceu docilmente e subiu, quase raspando com as rodas no tejadilho do jipe. Só abriu os olhos, ou melhor, o borrão escuro deixou de os tapar, um minuto depois, embora ele tivesse perdido a noção do tempo. Estava virado com a cara para o sol. Foi o calor do sol na cara que o despertou, aliás, ou desfez a mancha espessa de escuridão. Voltou a ter sensações visuais e imediatamente ficou ofuscado pelo sol, passando das trevas mais cerradas para a luz ultrapotente, sem meio termo. Manteve o manche no mesmo posicionamento, até recuperar completamente a visão. E descobriu que já estava a mais de dois mil metros do solo. Que se teria passado em terra afinal, quem foi o maluco que tentou atravessar a pista com o carro? Ou que deliberadamente ali deixou o carro? Era o jipe de Simba. Por que Simba Ukolo faria uma coisa daquelas? Havia de o saber e dar uns bons murros no cretino, tinha todas as razões do seu lado. E sobretudo a raiva surda que o possuía nesses momentos e lhe dava uma força descomunal.

Os outros viram a cena, gritaram todos, até Riek, ao se aperceberem do acidente inevitável. Só Joseph Kiboro manteve os olhos abertos e assistiu ao milagre. Seria o único a poder descrever como o avião, no último instante, descreveu uma apertada curva para cima, rasando o carro e escapando por centímetros à fatalidade. Kiboro gritou nesse momento, safou-se, o Jan safou-se.

Os outros ousaram abrir os olhos. Janet foi a primeira a reagir. Começou a correr para o carro, que ainda estava a uns duzentos metros deles. Ísis seguiu-a e Simba, e os outros, até mesmo Riek. Menos Joseph, fascinado a olhar para o avião a afastar-se para cima, para cima, quase na vertical, parecia querer furar o céu sem nuvens. Depois viu-o estabilizar, continuando na direção do sul para só então fazer uma curva larga, encetando o caminho do regresso. Pareceu a Kiboro, o avião descia como um falcão, um deus vingador.

Janet encontrou Jude em estado de choque, com os vidros fechados e as portas trancadas. Gritou e bateu no vidro da porta, mas a moça não reagia. Os outros chegaram e começaram também a bater em todas as partes do carro. Esforço inútil. A batucada não provocava o mais pequeno efeito em Jude, parada, os olhos abertos fixos em frente.

– O carro tem uma outra chave, mas está também lá dentro – disse Simba Ukolo.

– Empurramos? – perguntou o pescador.

– Deve ser inútil – disse Julius. – Se foi abaixo, está engatado na mudança. Não vai de empurrão.

Experimentaram na mesma, mas era como ele tinha dito, o carro estava engatado. Só levantando as rodas de trás andaria. E eram poucos para levantar um jipe daqueles. A situação tornava-se grave pois o carro impedia a pista principal, estando no meio dela. Se tivesse de aterrar já, Jan era obrigado a usar a alternativa, e foi isso que Simba pensou. O avião passou por eles e ele viu o piloto a fazer gestos. De pouco lhe adiantavam os gestos e de pouco lhe adiantaria o enfurecimento, fácil de adivinhar pelo tipo de gestos. Tinha mesmo que aterrar na outra pista. Era bem mais pequena, certo, mas Jan devia saber o que fazer, mostrara competência. Embora o carro também atrapalhasse o uso da outra pista, por estar à entrada dela. Ele tinha de aterrar de lá para cá. Havia problemas de ventos e coisas assim, Simba tinha uma ideia, mas talvez não fosse importante para um avião pequeno. De qualquer modo, o ar parecia bastante parado. Era nisso mesmo que estava Dippenaar a pensar. Ao ver o grupo à volta do carro, percebeu, o assunto é sério. Tinha de usar a alternativa. Mas não do lado onde eles estavam. Tinha de ser ao contrário, baixando o mais possível antes de se encontrar na vertical da pista. Nessa altura já deveria estar quase com as rodas a rasparem o chão. E depois da aterragem, se não conseguisse parar o avião antes de chegar ao carro, sempre podia desviar para a esquerda, havia espaço para passar. Apertado mas dava, assim via lá de cima. Deu mais uma volta para confirmar, enquanto em baixo continuavam a bater no vidro, à espera que Jude acordasse. A bela adormecida, pensou Simba, como era mesmo a música do Tchaikovsky? Tinha visto várias vezes o bailado e jurava ser capaz de reconhecer a música mágica. Mas agora é que era importante lembrar-se para a trautear, talvez funcionasse como despertador de Jude. Se as velhas estórias com as suas lendas mágicas fossem reais... E Riek, a propósito, que estava ele ali a fazer senão para a acordar?

– Riek, só tu podes ajudá-la... Faz qualquer coisa.

Julgava ter apenas pensado. Mas se apercebeu de ter falado mesmo com o seu nervosismo, pois Janet não resistiu a dar uma gargalhada excitada, a medicina moderna rende-se à medicina tradicional, o que é mesmo muito interessante!

Riek não tinha remédio para aquilo, completamente ultrapassado pela modernidade, fez apenas um gesto de desalento. E eles viram o avião baixar, baixar, na direção deles, tocar com as rodas no chão e rolar para eles, mas é maluco aquele gajo, caramba, correrem todos para fora da pista antes que ele chegasse, embora a situação estivesse plenamente controlada pois Jan já vinha a velocidade moderada quando guinou para a esquerda, passou muito perto do jipe e se enfiou pela pista principal, para parar mais à frente. Voltaram todos a aproximar-se, a tempo de verem o sul-africano saltar da carlinga, correr furioso para o jipe de punhos cerrados... e parar, olhando para dentro, espantado. Nem as peripécias todas tinham feito despertar Jude que continuava na mesma posição.

– Que raios se passa? – berrou Dippenaar, os olhos pequeninos de tanto esforço para se conter.

– O carro foi abaixo e ela está trancada lá dentro, em estado de choque – respondeu Ísis.

– Isto é uma pista para aviões, não para carros – disse o sul-africano, mais espantado que indignado.

– Todos sabemos – disse Simba Ukolo. – Ela é que parece que não. A propósito, este é o Julius.

– Conhecemo-nos da estrada – disse o recém-chegado, estendendo a mão para o piloto, que correspondeu distraidamente.

– Que raio de coisa! – e ninguém percebeu se ele se referia ao quase acidente se ao estranho encontro com Julius Kwenda. – Mas temos de a tirar dali. Não têm ideia?

Janet gostava de escarafunchar nas feridas. Disse, na voz mais neutra que conseguiu arranjar:

– O Simba tinha esperança que o Riek curasse a Jude só com um gesto, mas parece que essa esperança se gorou. Talvez faltem algumas ervas especiais...

O sul-africano olhou para um e para outro, ainda mais confuso, e só percebeu a piada quando os outros começaram a rir. Todos não, pois Riek e Simba ficaram sérios, cada um pelas suas ofendidas razões. Já vinha Kiboro para abraçar Jan, pôssas, grande sangue-frio, foi mesmo a rasar...

9

Foi preciso partir um vidro do carro para destrancar a porta e tirar Jude. Simba Ukolo usou os grandes métodos para a trazer à consciência, um par de estaladas. Estava com muita raiva e muito medo também, foi uma forma profissional de descarregar nervos. Ela abraçou-se ao médico, chorando. E ele fez o que todo o homem faz quando uma miúda lhe chora no peito, festas na nuca, já passou, pronto, tudo correu bem, fica só calma. Faltou dizer querida no fim do discurso, mas ele ainda não a tinha como filha, ela aliás não dava oportunidade. Julius estava impressionado com a recepção no grupo dos sobreviventes, pois bastou ele chegar, vindo do silêncio do nada, para acontecerem fortes emoções, aventura, choros e risos. De maneira que se integrou imediatamente à nova comunidade e em breve estava a se apresentar à Jude, eu sou Julius, o que a fez esquecer a sua vergonha por momentos, como és alto, cresci à sombra do Kilimanjaro, a sul, mesmo encostado, tinha de tentar esticar-me para cima, senão parecia anão ao lado da montanha. Ela riu. Jan Dippenaar fez uma careta ao riso dela, irritado por causa daquela parvoíce que os ia matando, era cedo demais para lhe perdoar, dizer foi apenas uma criancice. O fato é que a parvoíce estava esquecida pelos outros, todos querendo acarinhar a menina rebelde, trazendo-a ao grupo, cada um cumprimentando à sua maneira, dizendo uma ternura ou fazendo um gesto. Jude só reagiu negativamente à carícia tentada por Ísis, por quê? Os outros não devem ter notado, só Ísis, a rejeitada, mas por que então? O avião foi arrumado no seu sítio, Joseph voltou a pôr os calços, Jan retirou o manual de instruções para o estudar melhor em casa, se distribuíram pelos carros e voltaram à cidade. Jude escolheu o empoeirado carro de Julius, talvez para evitar recriminações de Simba Ukolo, apesar de todas as palavras meigas ditas depois por este. Ele nem se importou, Ísis preenchera o lugar da frente, limpo dos restos do vidro partido, Nkunda e Riek atrás. O médico podia sentir o perfume de especiarias saindo da pele dela, ao seu lado, especiarias do oriente mágico da costa suahili.

– Imitar os pássaros é perigoso – disse Riek, entretanto.
Ninguém lhe respondeu. Ísis estava toda metida para dentro, lançando perfumes do Índico, e Simba inalava sofregamente, nada o faria falar. Por seu lado, Nkunda estava cansado de sustos, não percebeu a frase.
– Só os pássaros não chocam com as nuvens, entram nelas. Mas aquilo tem o dom dos pássaros?
Riek bem podia continuar a lançar discursos tradicionalistas, cada um estava dentro das suas próprias sensações e não ia ouvir ou pelo menos responder. Pensou para si, de que vale imitar os pássaros se acabam sempre no chão? O chão segura a gente, é o nosso leito de vida e de morte, o ar é apenas o sítio de onde vem o vento. Que há lá em cima? Montanhas? Não. Rios? Não. Então? Nuvens, espíritos, deuses talvez. Nuvens que muitas vezes se zangam umas contra as outras, na sua fúria se esventram e provocam raios de cólera, os quais acabam por – também eles – cair na terra, formando incêndios, cortando árvores, matando gente, desgraças só. Nuvens, quem as quer atravessar se não os pássaros? E os espíritos então! Deixem-nos ficar lá em paz, quanto mais sossegados melhor, na mesma nos deixam. Mas têm de ir lá lhes fazer cócegas, chocar mesmo com eles, feri-los, desfazê-los talvez. E não querem a resposta, como pode? Então não viram como a terra chamou o avião contra o carro? Feitiço contra feitiço, máquinas. Não havia nuvens, só espíritos irritados. Atiraram com ele para baixo, a terra ajudou a chamar no seu ronco portentoso. Por pouco, foi por pouco. Aquele branco deve esconder algum amuleto poderoso, o avião conseguiu subir outra vez, desassossegar mais espíritos. Continue assim e vai ver. Todos acabam no chão. Alguns vêm devagar, outros aos tombos. Depende só das proteções que tenham. Por muito forte que seja o amuleto, algum espírito mais antigo, adormecido de todos os sonos, há de um dia despertar pela implicante provocação dele, assoprar-lhe com toda a força da sua raiva, e aí vem a arrogância de branco a cambalhotar até ao chão, onde ficará espatifado, o sangue a ser sugado avidamente pela terra-mãe. Não o desejo, nem deveria, adivinho só. Como adivinho as razões de uma mulher não ser mãe, muitas vezes por culpa do homem, mas que homem aceita

isso? É preciso fazer remédio para os dois, sem ele suspeitar. E se o remédio resulta, o marido feliz dirá, aquele kimbanda curou a minha mulher que era estéril, afinal era ele que tinha as matubas secas e não queria saber. Nem precisa, pois a harmonia volta à família e nem sempre a verdade do que foi serve para alguma coisa. Adivinho coisas. Como o desejo que esse homem que guia o carro sente pela mulher ao seu lado. Não é preciso ser kimbanda para perceber. Mas ela tem interesse nele? Não sei dizer, isso não sei dizer, os cheiros são outros, difíceis de perceber.

Chegaram ao restaurante. Geny estava sentada a uma mesa, os braços entre as pernas, meditando. Não se interessou muito pelo conhecimento com Julius, esse tipo alto e magro que parecia um masai, mas não se comportava como tal, pelo menos falava de motores e carros e não de bois. Geny não tinha feito almoço, pois quem a nomeara como cozinheira do grupo? Bastou inicialmente se oferecer para fazer comida para os outros que agora já nem lhe perguntavam nada, sentavam à mesa à espera que a comida caísse. Algum haveria de perguntar, então mamã Geny, que fez hoje de bom para nós? Nada, diria, façam vocês mesmos, não têm mãos? E foi isso mesmo que aconteceu, com aquele atrevido do Joseph Kiboro a bater na barriga vazia, estou cá com uma fome, mamã. Ela olhou só para ele, depois para os outros, sentada, a mão esquerda sustentando a cabeça. Os olhos mexeram, só eles. E Kiboro, aquele ladrão de grupo rival – julgava que ela esquecia? – então mamã, não me está a cheirar nada vindo da cozinha. E foi mesmo comprovar que o seu nariz não o enganava. Voltou de lá de palmas da mão para cima, disse compungido para os outros, não há nada para comer. E todos olharam para Geny, que só mexeu os olhos, fitando-os em desafio. Aquela branca, Janet, avançou logologo para a cozinha. Já da porta, disse para os outros:

– Dona Geny tem o seu direito, não pode fazer sempre a comida. Devemos dividir as tarefas.

Jude foi atrás dela. Julius hesitou um pouco, depois foi também, posso ajudar. O pescador sentou ao lado de Geny, disse, tem razão em não querer cozinhar sempre, está muito cansada? Doente? Ela abanou a cabeça, apenas não me apeteceu.

— A Dona Geny já sabe, quando quiser ir ao templo, diga. Levo-a lá.
Ela olhou para o médico. Esse agora também está a querer fazer boa muxima, a consciência a lhe pesar.
— O meu templo está aqui — disse ela, batendo no coração.
Simba Ukolo levantou as mãos em gesto de paz. Sentou também na mesa e falou para Kiboro:
— Janet tem razão. Devemos fazer uma escala de serviço. Uma pessoa que saiba cozinhar com outra para ajudar. Esta não precisa de saber, serve para lavar a louça, cortar carne, descascar legumes, coisas assim.
— Basta alguém que saiba cozinhar — disse Kiboro. — Os pratos sujos vão para o lixo, temos demais, não precisamos lavar. Quando acabarem os daqui, vamos buscar nas casas, nos outros restaurantes. Para que inventar trabalho? E descascar legumes para quê? Há tantos pacotes já prontos...
— Um dia vão acabar — contrapôs o médico.
— Um dia... Vai demorar até esse dia chegar.
— Quando a central de energia deixar de funcionar, os alimentos congelados vão estragar rápido. E ela para, é só questão de tempo.
A energia vinha de uma barragem hidrelétrica situada a sul de Calpe. Por isso Kiboro não hesitou:
— Isso deixou de ser um problema. Agora temos o Julius. Se a central avariar, ele resolve.
— Ele só sabe de carros — disse Dippenaar. — Foi o que disse.
— É eletricista. E o eletricista resolve qualquer problema elétrico.
— Não é a mesma coisa — disse Simba. — Basta perguntar-lhe se ele se atreve a mexer na central, vais ver a resposta.
Kiboro encolheu os ombros, no estilo tudo se resolve sempre na devida altura. O médico desconseguiu de ficar zangado com a imprevidência dele, assim era Joseph, nada parecia demasiado difícil ou sério para ele. Só quando se sentiu abandonado na cadeia dois dias e gritou por ajuda, aterrado. Aí sim, percebeu que nem tudo se resolve facilmente na vida. Mas acabou por solucionar o seu problema fundamental naquele momento, não foi? Não foi ele, mas alguém resolveu por ele porque iam a passar pela rua e o maluco se atravessou à frente do carro. Era um tipo com sorte, abusava dela.

No entanto, a central mais cedo ou mais tarde ia avariar, quanto mais não fosse por falta de manutenção. Então se poderia medir a sorte dele com a comida a estragar-se, sem luz para a noite, e tudo o resto que pode acontecer numa cidade às escuras. Ninguém estava em condições de prever o momento, mas ele conhecia o inevitável.

Quando a comida ficou pronta, discutiram a repartição de tarefas. Deu mais discussão que previsto, porque não se entendiam sobre quem sabia cozinhar ou não. Janet tinha tentado o almoço e sido rejeitada para o futuro. Se não fosse Jude a salvar a situação, estaria tudo intragável. Ela se desculpou, foi só um gesto de boa vontade, mas estava de fato habituada a comida já feita e rápida, então não era americana? Jude e dona Geny podiam cozinhar, já tinham sido aprovadas. Ísis dizia também saber, mas ainda não tinha demonstrado nada. No entanto ficou aceite, no jantar podia mostrar os seus dotes. Jan disse que sabia cozinhar bem, sobretudo grelhados, habituado às *barbecues*, mas não se podia contar muito tempo com ele, ia embora. Julius também afirmou ser capaz de preparar algumas coisas, sempre as mesmas, sobretudo funje de milho com carne seca, ficava em lista de espera. Kiboro vaidosamente assumiu a sua incompetência, bem como Simba, embora este o fizesse de ar contrito, prometia ajudar no que fosse preciso. O pescador sabia de peixes, sobretudo caldeirada ou caldo, ficou inscrito. O pequeno Nkunda nada disse e também ninguém lhe perguntou, dispensado. Os maus cozinheiros assistiriam sempre os bons, para aprenderem e ajudarem em pequenas tarefas, decisão desagradável para Kiboro, não se via de fato verde e sapatos de brilho numa cozinha. Mas desconseguiu de encontrar desculpa convincente para os outros.

Geny no fundo estava frustrada. Pensara provocar uma onda de preocupação, ser rodeada de súplicas, não faça isso conosco, a sua mão é divina nos temperos, sem a sua arte somos órfãos, e tinha intenção de reconsiderar ao fim de algum tempo de amuo, já que insistem tanto volto a cozinhar, no entanto impondo objeções e exigências sobre horários e comportamentos. Afinal ninguém mostrou sinais de apreensão por aí além, todos acharam ótimo terminar com o monopólio da cozinha, apareceram mesmo várias alternativas bem humoradas. Tentou vingar a frustração criticando a qualidade do almoço, explicando como devia ser feito, perante o ar embeiçado do pescador, o único. Kiboro logo intuiu as razões dela e deu o golpe fatal, este almoço se considerarmos que foi feito por uma menina, até está muito bom, vais ser uma cozinheira espantosa, Jude, a melhor de todos, tens cá uma mão... Jude ficou vaidosa e agradeceu a amabilidade com um piscar rápido de olhos e um sorriso manhosamente encabulado. Dona Geny ficou ainda mais despeitada, ladrão sem vergonha, calou. Ainda por cima o jantar ficaria a cargo daquela somali com ar de puta universitária, e o sublime tempero dela, Geny, esquecido. O mundo sempre seria injusto, mesmo depois de todos os avisos e castigos divinos.

Janet tinha sido reprovada nas artes culinárias, embora reconhecida pela comunidade a sua boa vontade. Mas não se importava nada com o aparente fracasso da tentativa. Na cozinha descobrira a solidariedade de Julius, o qual tudo fizera para a consolar do desastre prestes a acontecer e que Jude evitou. Os três acabaram por se divertir muito, porque cada falhanço de Janet era motivo de uma gargalhada e a correção milagrosa de Jude dava direito a uma salva de palmas e até abraços. Foi uma festa regada com um vinho branco que Julius desencantou na geleira, aí deixado de véspera por Simba Ukolo, do qual também Jude provou depois de ter salvo a primeira operação. Quem tanto talento tinha para a cozinha devia beber um trago, proclamara Julius, o da gargalhada fácil e clara, enchendo a cozinha de humores. Explicou, vem nos livros, os cozinheiros melhores são os mais bêbedos, desde a antiguidade. Acabaram com a garrafa enquanto preparavam a refeição e vieram muito bem dispostos para a sala com as travessas cheias de comida. Os olhos de Janet brilhavam. Continuaram a brilhar durante o almoço e ainda mais quando Julius lhe serviu café. Ela se ofereceu para escolher o próximo carro dele, merecia um novo, disse ela. Saíram juntos para um *stand*, sem convidarem ninguém para companhia.

Ele sabia o que queria, para isso trabalhara toda a vida numa oficina, mas deixou-a escolher, embora orientando habilmente os movimentos dela. Era um *stand* enorme, bem maior que os outros já conhecidos, com muita variedade de carros. Finalmente concordaram com a marca e modelo. Ela, de fato, apenas escolheu livremente a cor. Não era parva e percebia que ele a orientava para o modelo previamente desejado. Apresentou no entanto alternativas, fingiu resistências, mas ia deixando que ele a levasse para onde queria. Ele também se apercebeu da falsa resistência dela, divertido. O jogo durou bastante tempo, e era um jogo de sedução, conquista e renúncia. Só podia acabar naquele carro desportivo, de dois lugares, descapotável, cor verde-mar, em que se sentaram por fim. Nada próprio para picadas, mas quem se interessa em fugir aos sonhos?

– Vou mostrar-lhe onde vivemos – disse ela. – Prove que sabe conduzir esta bomba.

Ele não queria ouvir outra coisa e disparou com o bólide pelas ruas de Calpe. Deram várias voltas e depois ela encaminhou-o para o bairro, nós moramos nesta casa e naquela. Segundo Simba, é melhor vivermos todos juntos na mesma rua, para o caso de alguma urgência. Ao lado há vaga esta casa encantadora, não a quer? De fato, a vivenda era apetecível e saíram do carro para a explorar. Foi fácil a Julius arrombar a porta sem fazer estragos. Não era grande, embora tivesse uma sala ampla, decorada no estilo colonial, com dentes de elefante esculpidos, cabeças de sefos e guelengues nas paredes, e as habituais fotografias dos donos a escalar uma montanha qualquer, mas que devia ser o Kilimanjaro. Vivenda muito conveniente, pois tinha duas suítes. Janet escolheu a que lhe parecia maior.

– Vou arranjar-lhe a cama. Deve haver roupa limpa numa cômoda.

– Deixe que eu faço – disse Julius.

Janet encontrou a roupa de cama na cômoda em questão. Tiraram os lençóis, provavelmente usados, e puseram limpos, trabalhando em equipe. Como na cozinha. Janet se sentia de novo no *stand*, parecendo ter o comando das operações, mas obedecendo aos desejos dele. Sabia, era intuitivo. Quando a cama ficou pronta, ela sentou num canto. Ele ficou de pé, olhando para ela, olhos quentes. As palavras só estavam a mais. Às vezes os gorilas olhavam assim para as fêmeas e ela, ao estudá-los, sentia uma saudade louca de ser desejada daquela maneira, como no passado fora. Agora estava de novo a ser, sentia a força dos olhos na nuca virada para ele. Começou, muito lentamente, a desabotoar a blusa. Ele percebeu o gesto e fechou a porta. Sentada, ela tirou as calças, enquanto ele nervosamente fazia o mesmo. Ela libertou-se do sutiã e só então se levantou. Virou-se para ele e pela primeira vez o enfrentou. Não calculava que Julius fosse tão rápido, pois estava todo nu, com um enorme falo ereto apontando na direção dela. Sentiu-se desfalecer de desejo e deixou-se cair na cama. Nem teve tempo de tirar as cuecas, já ele estava em cima dela, com aquele corpo grande e aquele sexo que a preencheu toda. O grito que ela deu foi de entranhas destroçadas, mas não de dor. Muitos outros gritos deu até se calar, esgotada. Não teve em nenhum momento noção dos gritos nem do que fazia, toda dominada pela sensação de rio em enchente. Quando a beijava nos mamilos, ele confessou, como se desculpando, não meti tudo, tive medo de te magoar.

– Da próxima vez mete tudo, quero conhecer a sensação de ser empalada.

A meio da tarde, enquanto lhe fazia festas nas costas, com ele dentro dela mas parado, a descansar, Janet disse:

– Se quiseres, trago logo as minhas coisas para aqui. Ou é cedo demais?

– Como queiras. Tu é que decides. Estarei sempre de acordo.

Começou a mexer-se lentamente por baixo dele e a ritmicamente apertar o sexo, para o fazer despertar. E sentiu aquela coisa que dentro dela crescia até lhe tapar todos os poros e lhe preencher todo o ser. Julius, por seu lado, pensou num relance, foi ainda hoje que dei encontro com o avião, nunca houve dia tão perfeito.

Tiveram depois tempo de conversar. Ele pôde assim lhe explicar o que fizera nos seus trinta anos de vida, quinze dos quais a arranjar os circuitos elétricos dos carros, mas também os próprios motores, pois na cidade pequena situada a sul da grande montanha não havia tantos clientes assim que lhe permitissem só escolher parte do trabalho. Podia pois dizer sou eletricista-auto mas também mecânico e eletricista de casas. Uma vez mesmo tinha ajudado a pôr de pé alguns postes de transporte de eletricidade que tinham caído com uma tempestade. Mas Simba Ukolo teria razão, não fazia a menor ideia do que era uma central hidrelétrica. Contou também da sua infância na cidade e as brincadeiras com os amigos que o levavam muitas vezes ao pequeno aeroporto, onde viam as avionetas trazendo turistas para escalar a montanha, ou para caçarem nos safaris. E todos queriam um dia pilotar os aviões, era um sonho, mas só um deles acabaria de fato por tirar o *brevet* e se tornar profissional, até morrer contra a montanha em noite de tempestade. A uma pergunta dela respondeu, de fato havia famílias que se dedicavam à criação de gado, mas viviam nas aldeias à volta da cidade. Ele nunca tinha contato com vacas e bois, embora soubesse de parentes afastados que o fizessem. Bebeu muito leite, daí ser tão alto, não é o que se dizia? Tinha ascendentes masai, de fato, podiam explicar a altura esgalgada, mas pouco conservara da cultura deles, citadino eletricista. Por vezes, mas só muito raras vezes, ao vê-los passar com as lanças de defesa, sentia uma nostalgia de eras atrás, em que os seus galgavam as savanas, direitos e dignos, seres mudos de outros tempos, estátuas esguias de ébano. Sentimento fugaz. Tivera mulher e um filho, mas ela bazara há muito para uma grande cidade da costa viver com um indiano, do filho nunca mais soubera. Depois dessa experiência, atrasara as ocasiões para novo casamento. A um momento dado, as famílias quase lhe arranjaram esposa, mas soube evitar a tempo, não estava preparado. As famílias dos dois lados lamentaram, seria um bom contrato para todos. Menos para ele e para a futura esposa, uma menina esperta que lhe veio falar à calada da noite, não tinha nada contra ele mas gostava de um rapaz, estava disposta a fugir e a desaparecer no mundo, o rapaz iria atrás. Disse, escusas de fugir e envergonhar a tua família, eu mesmo vou assumir a negativa. Ela agradeceu com uns olhos líquidos, nunca mais a viu. Assim era Julius, longo como um rio de águas calmas. Janet amou-o e teve vontade de lhe chamar meu gorila querido, o que para ela seria o carinho máximo, mas não ousou temendo ofendê-lo, nenhum homem gostaria de ser denominado de gorila, por mais calmo que fosse.

— Acreditas mesmo que ficaste definitivamente sem família? — perguntou ela.

— Não posso imaginar outra coisa.

— Eu e o Jan somos os únicos que ainda não sabemos. O Jan parte em breve e saberá se ainda tem família. Eu...

— A tua está bem mais longe.

— Como chegar até lá? Apenas para comprovar. Porque alguma coisa aconteceu também lá. São muitos dias. Aqui em Calpe existia um consulado americano, passei um dia por ele. Se as coisas estivessem normais nos Estados Unidos, já teriam notado que a vida tinha desaparecido nesta parte do mundo. E teriam mandado alguém aqui, pelo menos para saber o que aconteceu com o consulado. O controle é muito cerrado, por causa do medo do terrorismo. Portanto, também lá aconteceu alguma coisa. Mas qual a dimensão?

— Tens de ir lá.

— Sim, mas como? De carro é uma longa distância. E há o mar...

— Indo até à Europa, de carro. É possível, deve haver abastecimento por todo o lado. E chegar até à Inglaterra. Aí é preciso arranjar um bom barco, um iate. Escolhendo uma época do ano conveniente, mesmo um navegador com pouca prática chega à América. Não estudaste? Com muito menos tecnologia e conhecimentos dos de hoje, os portugueses e espanhóis atravessaram os oceanos. E sem saberem se o mar não acabava na milha seguinte por um buraco que os mandava para o inferno.

Mais tarde, depois de novo e infindável ato de amor, ela diria no seu jeito sério, de acadêmico habituado a discutir ideias:

— Estou a vir de uma região onde tem havido sempre guerra (em nome da guerra fria ou não, mas a guerra fria era só pretexto) e as pessoas passaram a matar-se por falarem línguas diferentes. Outras falavam a mesma língua e matavam-se na mesma porque descobriam outras diferenças. Essas guerras acabavam em acordos de paz, com muitas cerimônias e observadores estrangeiros em nome da ONU. Conheces, mas deixa-me contar na mesma. Nalguns sítios, houve eleições comprovadas internacionalmente e observadas pelas habituais ONG's se banqueteando humanitarismos por ali. No entanto, as pessoas continuavam a matar-se. Agora desapareceram as pessoas. Eu olhava durante estes dias as árvores e as montanhas, sem gente, sem gorilas, nem serpentes, mas via os espíritos das pessoas combatendo. Continuam combatendo, só que agora é apenas em espírito. Terra desgraçada, feita para matar e morrer. Vou embora, não quero mais ver estas montanhas, estes lagos, esta natureza demasiado bela e tão cruel. Sem os pacíficos e civilizados gorilas isto significa pouco para mim. Compreendes, ao menos?

— Também em Calpe tem havido guerras, no fundo é a mesma região com os mesmos problemas — disse Julius. — Só não tem gorilas há muito...
— Estarei a ser racista, a dar mais importância aos bichos que aos homens? Tenho medo de parecer racista, é inerente a um americano liberal.
— Todos somos. Quer queiramos, quer não. O racismo está no espírito criador de todas as religiões. E mesmo os ateus foram tocados por essas culturas, adquirindo portanto tiques racistas. Quando uma pessoa de cor diferente me estende a mão e precisa de dizer, eu não sou nada racista, no fundo está a confessar que é, porque reagiu em função da minha cor diferente. Não sentiria necessidade de o dizer a um da sua cor.
— É lógico. E o meu medo de parecer racista é puro racismo. É isso que estás a querer insinuar?
— Insinuar não. Estou mesmo a dizer. Mas sem te culpar. Por isso digo, se sentes necessidade de abandonar esta região que já não te diz nada, acho que o deves fazer. Voltar a casa. Mesmo sabendo a casa vazia.

Ela ficou muito tempo em silêncio, enquanto ele lhe acariciava os cabelos. A pele era puro cetim, nacarado, o que o encantava. Nunca tinha tocado e cheirado uma pele tão branca. Nunca tinha ficado tanto tempo na cama com uma mulher, conversando e fazendo amor. Normalmente, fazia o que tinha a fazer e ia embora ou então dormia. Mas a tarde estava no fim e não tinha vontade nem de sair nem de dormir. Só ficar ali, conhecendo-a, tocando-lhe, cheirando o seu perfume de fêmea. Era de fato um dia de todos os mistérios e de todas as descobertas.

— Ias comigo? — perguntou Janet, muito baixinho.

Ele não respondeu. Ela não ousou voltar a perguntar. E ele continuou em vão a procurar a resposta.

Mas Simba Ukolo perguntou mais uma vez, então vou mesmo deixar o cadáver ficar lá, perdendo os microrganismos vivos? Devia enterrá-lo, de forma a que os seres se desenvolvendo nele não morressem por estarem ao ar livre, são seres das trevas, da escuridão da terra, aí devem ficar e se reproduzir. Impossível pedir companhia para tão macabra e repelente operação. Partiu pois sem avisar ninguém, após depositar Ísis e Riek na casa deles. Ainda esteve para convidar o etíope a acompanhá-lo, depois desistiu, o kimbanda não tratava de corpos mortos e devia considerar isso a mais terrível das blasfêmias. Ninguém devia saber da sua macabra missão. No hospital, perdeu imenso tempo até encontrar uma máscara das que absorvem os cheiros. Havia sempre faltas de material, muitas operações chegavam a ser feitas sem anestesia por carência de produtos, mas ele sabia existirem algumas máscaras. Acabou por encontrar uma na seção de estomatologia. Aplicou-a e dirigiu-se à enfermaria onde estava o corpo da mulher. Não era espetáculo bonito de se ver. E mesmo a máscara deixava sentir o cheiro nauseabundo. Encostou uma maca de rodas à cama do cadáver e passou-o para ela, enrolado no lençol onde tinha morrido. Levou a maca para o quintal. Por momentos teve esperança que os odores pestilentos atraíssem moscas, era sinal que elas existiam. Mas nenhum inseto se aproximou. No entanto, o corpo estava cheio de bichos, alguns saindo pela boca e ouvidos. Preferiu não olhar para aquilo e foi a um quarto de arrumos, onde guardavam material de jardinagem. E encontrou o que queria, uma enxada e uma pá. Tirou a camisa, pendurou-a com cuidado no ramo de uma árvore e começou a cavar a terra do quintal. Estava dura, por não haver chuva há mais de uma semana, coisa anormal. Quando o buraco, ao fim de algumas horas, atingiu a profundidade de cinquenta centímetros, achou suficiente. Não se tratava de fazer uma sepultura condigna, apenas de criar um ambiente propício para que todos os bicharocos do corpo da morta se reproduzissem. Atirou o cadáver para o buraco, evitando olhar muito. Ela ficou de costas para cima, se percebia apesar do lençol que a tapava parcialmente. Não tinha importância. Cabia na cova, era suficiente. Tapou o corpo com a terra, calcou um pouco. Tinha ficado uma lomba significativa e provavelmente com algumas chuvadas o cadáver ficaria a descoberto. Isso não o preocupava. Ninguém o ia encontrar, não havia gente para essas investigações e o importante era proteger a biodiversidade. Tinha cumprido o seu papel. Voltou a vestir a camisa, deixou a pá e enxada ali mesmo no sítio e também a maca de rodas. Enferrujaria mais depressa ao relento, mas tanto fazia. Faltava era gente e animais, não material. No regresso, passou por um *stand* de carros e lembrou-se de trocar o seu. O vidro partido do lado direito, quebrado para tirarem Jude, seria uma incomodidade em viagens por causa da poeira, merecia um novo. Escolheu um jipe prateado, mais caro que o anterior. Se o ladrão do Kiboro tinha um do gênero, por que não ele? Mudou a arma e o dinheiro que continuava na mala para o carro novo. O dinheiro era perfeitamente inútil naquelas circunstâncias, mas nunca se sabia o que o futuro lhe traria. Imaginemos que de repente as pessoas e bichos regressassem... Burro teria sido ele em não aproveitar a ausência para esconder um tesouro, o qual lhe valeria mais tarde. Abanou a cabeça, eles não regressariam. Em todo o caso, foi a um banco e saiu de lá com mais uma pasta cheia de divisas, euros e dólares. O suficiente para levar uma vida tranquila sem trabalhar, em circunstâncias normais. Talvez fosse mais inteligente procurar joias, barras de ouro, diamantes, coisas assim, ocupando pouco espaço e valendo mais. Mas não estava certo de isso existir em Calpe nos bancos. Entrou numa ourivesaria mas nada do que viu lhe deu alguma segurança. Estávamos no terceiro mundo, não havia uma ourivesaria digna desse nome, nenhuma parecida com a Tiffany de Nova Iorque, conhecida pelo filme, era perda de tempo juntar anéis de ouro duvidoso ou colares de diamantes falsos, melhor as divisas, embora também ninguém lhe pudesse garantir que seriam verdadeiras. O banco central teria algumas barras de ouro mas ele não era especialista em arrombar cofres, muito menos de bancos. Nem Kiboro seria capaz. Talvez Jan soubesse de explosivos e pudesse rebentar com a porta de uma caixa forte... Mas era melhor deixar as coisas assim. Se propusesse arrombarem o banco central para repartirem as riquezas por todos – e só assim teria sentido – estaria talvez a abrir a caixa de Pandora. Ia provocar conflitos escusados, acordar ambições adormecidas, cada um passando a viver por si e com medo do outro. E muito se admirou de si próprio: quem diria que o médico modesto e frugal, ainda com ingenuidades em salvar o gênero humano, se transformaria num tipo sôfrego de dinheiro, agora que não tinha onde o gastar? Grotesco. Lamentável. Se Ísis soubesse das suas ambições, perdia-a para sempre. Cai em ti, Simba Ukolo, tem juízo.

O sul-africano estava no aeroporto com Joseph, como ele suspeitou. Davam as últimas afinadelas ao motor. O avião estava lustroso ao sol de meio da tarde. Simba parou o carro perto.

– Oh, oh, o doutor deu a si próprio um presente – disse Kiboro.

– Era mais fácil arranjar um carro novo que um vidro para o antigo – se desculpou Simba.

– É isso que eu acho mesmo – concordou o antigo ladrão.

Voltou a virar-se para o motor do avião, que limpava com um pano. Jan não tinha feito qualquer movimento denotando sentir a presença de Ukolo. Este apressou-se a perguntar.

– Quando é afinal a viagem?

– Amanhã cedo – disse Dippenaar. – Já estive tempo demais aqui.

– Depois de amanhã à tarde estará em casa – disse Simba, esforçando-se por ser simpático.

– Se tudo correr bem. E se ainda tiver casa.

A casa devia estar lá, pensou o médico, por que duvidar? Podiam não estar as pessoas da família, ou ninguém mesmo. Mas a casa? Não perguntou nada nem manifestou estranheza. O branco sempre lhe parecera esquisito e capaz de dizer as coisas mais disparatadas. Ou então isso fazia também parte do segredo. Podia ter escapado da África do Sul quando se apercebeu que o *apartheid* estava condenado e nunca mais lá pôs o pé nem teve notícias, o que o levava a desconhecer se a sua casa tinha sido derrubada ou não. Correram informações na época que a população em fúria tinha pegado fogo a residências de pessoas particularmente detestadas, os pequenos criminosos do regime, e talvez Jan fosse um deles. Sei lá, coisas assim. Daí não ter a certeza de encontrar a própria casa. Ou haveria uma explicação mais prosaica. Não perguntaria. Nem Kiboro, que parecia muito mais íntimo do sul-africano, perguntou qualquer coisa. Estava interessado apenas em pôr o motor limpo como novo, ia ter de trabalhar muito até chegar ao destino. Pena mesmo Joseph ter tanto medo de voar, pensou Simba, observando os dois na sua tarefa silenciosa mas eficiente, porque podia aprender a técnica e depois fazer voos de reconhecimento à procura de formas de vida. Mas não valia a pena contar com ele.

– Vim só ver como estavam as coisas – disse, por fim. – Se não precisam de mim, volto para a cidade.

Dippenaar manteve o mutismo e Joseph abanou a cabeça, negando amavelmente. O médico meteu-se no carro e deu ao arranque. Talvez Ísis quisesse passear pelas montanhas ou tomar uma bebida em qualquer lado, o que havia mais eram bares e esplanadas vazias, ia propor-lhe. Com a companhia de Nkunda, que ficara em casa a dormir, e que devia ser distraído daquela tristeza permanente. Não era a tristeza de todos? Alguns disfarçavam melhor que outros, particularmente Jude e Kiboro, os mais falsamente alegres ou despreocupados. Kiboro chorou convulsivamente quando viu a aldeia natal vazia. Jude errou pelas ruas, como um fantasma. Jude. Não sabia como tratar a miúda, empenhada em ter uma relação amorosa com ele. Até que ponto aquela pretensa atração era sentida ou só uma forma de chamar a atenção para ela, obviamente carente de afetos? Se fosse apenas uma procura de afeto, também tentaria com os outros homens. Ora, parecia comportar-se com os outros de forma inteiramente normal. Verdade? Como saber o que fazia ou dizia quando ele não estava por perto? Nenhum diria qualquer coisa, também. Se os primeiros dias foram de confusão interior, agora aproximava-se a altura em que os machos começavam a sentir falta de sexo, sobretudo Kiboro que tinha ficado isolado na cadeia mais tempo que todos. Era o momento de olharem em volta, com todos os instintos aguçados pela necessidade, à caça, e aproveitarem a primeira oportunidade. Indubitavelmente Janet e sobretudo Ísis tinham despertado os interesses masculinos. Em relação a Jude podiam apenas ser mais discretos, dada a pouca idade da moça. Mas em breve os apetites seriam mais fortes que as considerações morais, particularmente se ela os encorajasse. Até quando ficaria fixada nele, se de fato só nele estava interessada? Como defensor do gênero humano, até devia encorajá-la a procriar enquanto jovem, para ter muitos filhos que se pudessem também reproduzir. Deveria ser a missão das fêmeas, nas circunstâncias atuais. Mais cedo ou mais tarde, teria de abordar o assunto, de forma científica, com elas. Meninas, escolham pares, a humanidade está em perigo, só vocês a podem salvar. Se de fato era aquela a única região do mundo onde tinham sobrevivido pessoas, ou uma das poucas... Por causa da sua formação científica e do ascendente moral ligado à sua profissão, tinha de ser ele a lançar esse importante debate, neste momento considerado por todos um tema tabu ou pelo menos constrangedor. Coisa muito pior para a fanática Geny, mas esta não contava, até por ter idade a mais. Esperava que não o compreendessem mal, não perseguia interesse pessoal, apenas a defesa da espécie. Isso é que era complicado de demonstrar, mesmo a si próprio. Pois muito relutantemente aceitaria – aceitaria mesmo? – que Ísis escolhesse outro parceiro na operação de salvamento da humanidade.

Pensamentos parecidos assaltavam a mente de Janet, deitada no mesmo momento com o compridão do Julius. Se não havia ninguém nos Estados Unidos, a humanidade estava em vias de extinção. Pela sua especialidade sabia que o grupo deles era pequeno demais para assegurar a sobrevivência da espécie. Nas gerações seguintes teria de haver acasalamentos de irmãos ou de primos, até todos os seres humanos serem parentes e geneticamente enfraquecidos. Apareceriam as taras e as doenças hereditárias, cada vez mais graves, até à extinção. Estava mais que provado não ser possível construir uma população a partir de um par original, sem contributos de genes externos, a ciência contrariando as crenças bíblicas de um Adão e uma Eva serem antepassados únicos de toda a humanidade. Ela sabia, era impossível sem uma massa crítica suficiente. A menos que acreditasse em milagres, como os crentes dos livros sagrados. A esperança residia em haver núcleos como este de Calpe em outras regiões do mundo e que se cruzassem a um momento dado, quando a consanguinidade começasse a provocar sérios problemas genéticos. Seria um dos assuntos a tratar mais tarde no estudo dos seus gorilas, como planificara, mas mais tarde, quando tivesse um nome firmado, pois seriam necessárias tecnologias muito sofisticadas e portanto patrocínios importantes. Qual era o mínimo de massa crítica exigida para preservar a humanidade? Cinquenta, mil, cinco mil? Algures tinha lido que uma língua ficava em perigo de extinção se fosse falada por menos de cinco mil pessoas. Seria o mesmo para a espécie humana? A ironia da situação é que, antes de acontecer o desaparecimento da vida, a inquietação dos cientistas residia no fato de os humanos serem demasiado numerosos, mais de seis biliões de seres que davam cabo do meio ambiente, se imiscuíam em todos os espaços, até tiravam o ar às plantas. Agora o ambiente podia estar tranquilo, ia ficar mais limpo que nos milênios anteriores. O problema era o inverso, a falta de pessoas, os grandes predadores do ambiente. E esperava-se das poucas mulheres existentes que repovoassem a Terra. Três ou quatro mulheres? Por muito boa vontade que tivessem... a supor que tivessem boa vontade! Não tinha tomado nenhuma precaução ao fazer amor com Julius, um parceiro de que sabia muito pouco, numa região do mundo das mais atacadas pelo vírus da AIDS. Se queria preservar a humanidade e mesmo reproduzi-la tinha de ter mais cuidado. Deu uma gargalhada. Como se isso hoje tivesse importância. Ele saiu da modorra, que foi?, nada, só um pensamento cômico, mas então não me vais contar esse teu pensamento? Ela contou. Ele abanou a cabeça, sei lá se estou infectado, já vi muitos morrerem. Nunca senti nada, mas também não fiz nenhum teste e tenho tido umas mulheres por aí meio à toa, sem usar preservativo de todas as vezes.

— É para veres as tontices que passam pela minha cabeça — desdramatizou ela. De fato, estava pouco preocupada com sida ou outras doenças. Muito pior já lhe tinha acontecido, sobretudo ver desaparecerem os comparsas gorilas à sua frente. E, no entanto, sabia ser esse terrível vírus o potencial causador de uma catástrofe como a que tinham vivido, ameaçando países inteiros. Só que agora, o mal já estava feito.

Ao jantar houve dois anúncios. O primeiro foi o de Jan Dippenaar, comunicando a todos que no dia seguinte de manhã partiria para a sua terra.

— Se não encontrares ninguém volta para cá, estamos à tua espera — disse Joseph Kiboro.

— Encontrando ou não. Como não há outro meio de comunicar, virei cá dizer-vos o que vi. Pode ser que lá as coisas estejam melhores que aqui e portanto convido-vos para a minha pátria. Os que quiserem ir, claro.

Estava a ser muito gentil, o sul-africano. Por ser a última noite? Janet logo se arrependeu do pensamento, podia ser bem intencionado. Que direito tinha ela de duvidar? Só porque apareceu fardado e depois se vestiu de civil? Era pouco, demasiado pouco. Por que fez guerras, como confessou? Todos fizeram na região, com algumas exceções mais devidas ao acaso do que à vontade, como era o caso de Julius, o qual nunca teve de se confrontar com dilemas desses. E uns fizeram guerras com razão e outros sem ela. A África era um continente em convulsão, não havia só santos ou demônios, a realidade apresentava-se mais complexa.

O segundo anúncio foi o dela própria, a partir de agora eu e o Julius vivemos na casa do lado, estamos juntos. Assim, sem mais discursos. Julius ria, feliz, sem aparentar qualquer constrangimento, apesar de não terem combinado as coisas tão claramente. E mais feliz ainda ficou, quando os outros lhe bateram no ombro a felicitar ruidosamente, possas, isso é que foi rápido, chegar, ver e vencer, como dizia um célebre romano. Jude atirou-se para os braços de Janet, parabéns, minha querida. Só Geny muxoxou entre dentes, falta de vergonha, ímpios, sacrílegos, se conheceram hoje mesmo, nem esperaram para se meterem na cama, descarados. Calou o discurso flagelante que bem mereciam, pois já tinha percebido, estava claramente em minoria naquele grupo de selvagens, só mesmo o pescador sendo alguém com princípios e valores, uma pessoa decente que ela levaria para a sua fé, não ia tardar muito.

Talvez fosse o momento para Simba desenvolver a sua teoria uni-vos e multiplicai-vos, mas teve vergonha. Ou então era estratégia, para não encorajar tão rapidamente Ísis a escolher macho numa fase ainda arriscada. No entanto era evidente, Ísis tinha pensado o mesmo que todos, quando haveria outro par a formar-se? Não havia muito por onde escolher, a menos que aparecessem mais pessoas desgarradas pelas estradas e matos. Talvez Riek não tenha pensado nas suas possibilidades de arranjar fêmea e estivesse apenas a estudar Janet e Julius. Pareceu isso mesmo a Simba Ukolo, pois viu o kimbanda aprovar com os olhos sorridentes, como se o par estivesse fadado a procriar facilmente e a não exigir o recurso das suas habilidades. Jude olhava com devoção para ele, Simba Ukolo, pensando no mesmo. Por isso ele falou com entusiasmo para Ísis.

– Ainda não te felicitamos o suficiente por este manjar soberbo. Estava divino.

Sabia, era exagerado. Ela tinha apresentado um decente caril com galinha à moda do Índico, acompanhado de arroz do Tibete, arroz de bagos fininhos cultivado a muita altitude e com um sabor especial, para alguns sabendo a velho. Ninguém manifestara qualquer opinião, sinal de que sentiram saudades dos temperos de Geny, a mão imbatível. Esta tinha percebido o silêncio e rido para dentro, a puta universitária não lhe chegava aos calcanhares na cozinha, nem ela nem ninguém. De maneira que a observação tardia de Simba ainda parecia mais desapropriada, fora do contexto. Ísis, no entanto, ficou agradada por ele ser o único com a amabilidade de lhe reconhecer algum mérito e sobretudo boa vontade. Sorriu-lhe, enquanto Jude fechava a cara como se tivesse levado uma bofetada. Jan reparou na reação da jovem, Kiboro também. Sorriram um para o outro, os dois cúmplices do avião. Cumplicidade a terminar amanhã.

O jantar finalizou pois com muitos cálculos estratégicos e pensamentos reprimidos, com exceção dos transparentes Janet e Julius, felizes no seu encontro. Seguravam nas mãos e só não se beijavam à frente dos outros por temerem a reação moralista de Geny e também a inveja dos demais. O resto do pessoal fazia cálculos, ou Jan Dippenaar e as suas horas de voo, ou o pescador a sopesar as suas possibilidades de levar a santa senhora para a cama, ou os outros a disputarem territórios mal definidos. Talvez não Riek, o mais cerebral de todos, ascético não só na forma de comer mas no vestuário, constituído apenas por um pano amarrado à cintura magra, abandonada a rica túnica da véspera. Riek no entanto fizera uma excentricidade: tinha apanhado numa loja um par de sandálias novas, as quais exibia discretamente. E tinha desbastado um pouco o cabelo, diminuindo sensivelmente as tranças, a conselho de Kiboro. No entanto, mantinha a atitude do filósofo ou do santo, desprendido do mundo. Ainda o sentimento de culpa por tudo quanto aconteceu?

10

Foi na manhã em que todos no aeroporto se despediram de Jan Dippenaar que apareceu o cão castanho amarelado, um cabiri. Para compensar a futura falta de um dos membros do grupo? Só Geny não compareceu à largada. No fim do jantar da noite anterior apertou vigorosamente a mão de Jan, desejo-lhe boa viagem e que encontre os seus de saúde. Ficaram todos abuamados, pois era um comportamento pouco previsível na senhora e nunca ela tinha mostrado a menor simpatia pelo branco. Ou por alguém do bando, diga-se de passagem, se descontarmos a tênue benevolência dispensada ao pescador macambúzio. O sul-africano chegou mesmo a hesitar, deixando-a ficar de braço estendido um breve momento até se sacudir do assombro e corresponder ao cumprimento. Janet desconfiou das razões e mais tarde discutiria o tema com Julius, acho que ele hesitou apenas por ela ser negra, mas o compridão discordou, não sejas tão preconceituosa, aquele branco ficou paralisado de espanto por tanta amabilidade, só isso, também eu ficaria pasmado, deixando-a com a mão no ar. Ninguém mais comentou o assunto e portanto cada um terá guardado as suas dúvidas e convicções. Eles não podiam saber que a reação benevolente de Dona Geny era provocada por uma confidência feita por Dippenaar dois dias antes, estivera a adiar a partida, porque tinha medo de não encontrar ninguém da família. Adiando, mantinha a esperança de que estivessem vivos. No entanto, no aeroporto, depois de apertar a mão de todos, mirando atentamente nos olhos de cada um, concentrado e talvez ligeiramente nervoso, o que se adivinhava pelo leve tremor da pálpebra esquerda, mais dada a confissões, Dippenaar aplicou um apertado abraço a Joseph Kiboro, seu companheiro de avionagem, o que enfraquecia decisivamente a tese janetiana de racismo. Ou teria sido apenas astúcia para precaver o futuro? O certo é que o cão apareceu nessa altura no aeroporto. Podia ser o mesmo perseguido pelo maluco, segundo confidência de Dona Geny no dia em que conheceu

Simba Ukolo, e que Jude também entreviu no seu delírio aterrorizado dos primeiros dias. Podia ser outro cão qualquer, pois nenhuma das duas fez qualquer descrição do bicho e hoje já nem se lembram, repararam no maluco, isso sim, único ser humano cruzando com elas ainda entontecidas numa cidade vazia, não no cão. Mas havia vaga ideia de ser amarelo, um cabiri, portanto, o tipo mais comum dos nascidos na rua, desde aquela parte de África até à cidade do Cabo.

O avião perdeu-se no ar com poucas nuvens e o cão se aproximou de Kiboro. E este, instintivamente, fez uma festa na cabeça do animal. Olhava ainda o pontinho negro se perdendo no céu, o qual levava o quase amigo aventureiro. E estava levemente comovido. Daí o ter gostado de fazer uma carícia no bicho, o qual lhe lambeu a mão em reconhecimento. Foi nessa altura que os outros repararam na chegada de mais um membro para o grupo. Porque o cachorro se impôs como filiado, pura e simplesmente. Gostou do cheiro do ladrão ou sentiu o seu sincero desgosto por ver Dippenaar partir e resolveu estabelecer uma compensação, há gente que acredita (e quem é abertamente cético) nestas premonições e sentimentos caninos, qualquer explicação pode servir, o certo é que não largou mais Kiboro, como Nkunda não largava Simba. Ali mesmo, Joseph disse para o cão, como vais, Rex? E ficou Rex. Jude ainda pensou em perguntar a Kiboro, por que Rex? Certamente também não haveria uma explicação mais convincente do que aquela já velha do bicho que aparecia no filme tal e tinha esse nome, ou no quadrúpede parecido que um tio teve. Comporta algum interesse saber o porquê de um nome dado a um cão? É Rex e pronto. Até porque o animal aceitou naturalmente o nome e sempre que se gritava Rex ele se aproximava, como se Kiboro tivesse adivinhado de fato o seu nome verdadeiro ou como se o cão, generoso, aceitasse dar-lhe prazer aceitando o nome inventado. Joseph abriu a porta do carro e o bicho saltou imediatamente lá para dentro, com grande à vontade, indo instalar-se no banco de trás. O ladrão, em seguida, convidou Ísis para dar uma volta, vai ver como é agradável passear com um cão e ela acedeu. O que levou Jude a sentar no carro de Simba Ukolo, aproveitando o espaço milagrosamente vazio. O médico não podia dizer nada, nem tinha o direito, mas se roeu de ciúmes e despeito, como é óbvio. Intimamente apenas, que é como dói mais. Nkunda e Riek foram para o banco de trás, já ia sendo habitual, mas desta vez também com o pescador. Janet e Julius, no outro carro, sozinhos. O de Jan ficou no aeroporto, com as chaves na ignição mas de portas destrancadas, para o caso de.

Kiboro já dominava o automóvel com facilidade e propôs levar a companheira a passear pelas montanhas. Rex, no banco de trás, de língua de fora, abanava o rabo, se via gostava de passeios. Ou talvez levara a vida inteira a ver os carros passar e a sonhar como seria bom andar num deles, pois cabiri, como todos sabemos, está mais para o proletariado pedestre que para a burguesia possuidora de automóveis.

– Não me parece que ele tenha fome, mas vou parar aí num sítio qualquer para lhe dar uma bocado de carne.

Ela apontou para uma loja, ali deve ter. E ficou no carro, a fazer festas a Rex, enquanto Joseph procurava comida na loja. Rex comeu tudo o que lhe deram, mas sem grande voracidade, mais como quem faz um jeito a um amigo. Era evidente, se os humanos encontravam comida com toda a facilidade, ainda mais ele, que se não preocupava muito com temperos.

Andaram pelas montanhas. Ela se encantava sempre, por contraste com a terra natal, árida. Ali as montanhas apresentavam picos escarpados ou morros arredondados, mas normalmente verdes. Agora nem tanto. Estava há uma semana sem chover, fato absolutamente anormal. Mas não se notava por isso. Havia capim amarelecido de vez em quando, no entanto era por os homens terem destruído a vegetação para fazerem carvão ou por venderem os grandes toros de árvores ao estrangeiro. Havia ainda os trilhos nas florestas, onde enormes caminhões iam buscar os toros e os levar para a costa. Se falava num caminho de ferro, meio de transporte mais barato. Mas nunca nenhum governo meteu as mãos à obra, havia sempre falta de dinheiro e não podia ser só um país a financiar a operação numa zona de várias fronteiras. Montanhas é que não faltavam, umas mais despidas que as outras. E os lagos. Sem conta. Todos pequenos ali, comparativamente com os enormes que ficavam ao longe. Lagos, água em abundância, que a terra natal de Ísis não tinha. Aqui nunca ninguém iria matar por causa da água. Mas mataram por falta de terra, isso sim. E inventaram diferenças para justificar as chacinas e expulsar os mais fracos das terras mais férteis. Ou religiões ou etnias ou ainda diferenças tão sutis que poucos podiam distinguir, tudo servia para explicar a necessidade de dizimar os outros. Numa terra feita para ser o paraíso. Quem sabe, talvez aqui alguém se tenha inspirado quando foi inventada a lenda do Paraíso. Como na altura do imaginário Éden perdido, os humanos também estavam reduzidos a grupos minúsculos. E as mulheres condenadas a fazer o máximo de filhos, para povoarem o paraíso. A ideia não agradou a Ísis. Talvez estivesse errada, mas na parábola egípcia do seu nome, Ísis só teve um filho, Hórus, o último deus a se tornar rei, mas era possível que, por ser uma parábola, só tratasse o essencial e a dúzia de filhos seguintes tivesse sido ignorada. Os tempos eram outros, diferente a cultura que lhe tinham ensinado. Não se sacrificaria a construir um exército de crianças choronas em prol da humanidade, um ou dois filhos lhe bastariam. Também não ia exagerar a semelhança com a deusa homônima e dizer como ela: *Eu sou tudo o que foi, é, e será; nunca mortal algum levantou o meu véu*. Terá sido inscrito em outro contexto numa pedra do templo de Minerva, outra face de Ísis, mas ela levava a coisa para a brincadeira e deixaria com prazer que algum mortal lhe levantasse o inexistente véu e até levantasse mais coisas, essas reais. Porém, não para a emprenhar constantemente. Ísis! A deusa que tinha as qualidades de todos os outros deuses, considerada a única verdadeira divina. Pelo menos gostava de imaginar isso. Seria capaz de passar os trabalhos da verdadeira Ísis para defender o seu amor? Seria capaz de procurar e reunir os catorze bocados em que o ciumento Seth, o gênio do mal, cortou por ciúmes o corpo do seu bem amado Osíris, para o ajudar a ressuscitar? Uma das mais picantes versões diz que Ísis desconseguiu de encontrar o membro viril do marido e por isso lhe confeccionou um pênis de pau de sicômoro, árvore a partir de então sagrada para os egípcios e não só. Já viram?, o deus Osíris, ressuscitado, estava sempre teso, com aquilo pronto para a ação. Deu uma gargalhada e Rex ladrou. Kiboro voltou-se para ela, em que estavas a pensar? Coisas minhas, deixa.

Mas algo de sensual na voz dela o excitou. E se já antes não pensava noutra coisa, a partir daqui o ladrão só fazia planos em como a levar para o capim. Seria impróprio, ainda por cima com Rex a ver. Tinha de aguardar outra ocasião mais adequada, não naquele primeiro passeio amigável. Afinal, se a situação deles era estranha e ajudava a vencer barreiras, de qualquer modo não devia esquecer que vinham de meios diferentes. Ela era uma universitária, caramba, e ele, embora tivesse estudado mais do que o comum da sua condição e idade, não tinha curso nenhum, era apenas um autodidata. Precisava de ganhar a confiança dela com tempo, rodear, rodear, fazer como o doutor, que ele bem o via a tecer rendilhados e teias à volta dela, todo doçuras, todo amabilidades, olhos lambezudos, voz mais melosa que a da abelha. O seu concorrente direto na luta era o médico e partia com desvantagem, Simba e Ísis eram da mesma situação social e nível de instrução semelhante. Tinha de ser cauteloso para virar a vantagem para o seu lado e não deitar tudo a perder logo no primeiro lance. Aquele era um jogo de muitas partidas, exigia paciência e astúcia, alguma sacanice pelo meio. Aí estava mais à vontade, Simba Ukolo só sabia jogar limpo, não parecia dado a sacanices. Ele era sacana, por nascimento e profissão, embora tivesse escrúpulos, um sacana com princípios. Podia portanto ganhar. Se não estragasse tudo com as pressas.

– Quando era miúdo fiz uma coisa horrível. Conto-te porque estamos aqui a passear e é preciso contar coisas. Sempre quis contar, mas escondi de todos, isto é uma estreia.

– Honra a minha! Ouvir uma coisa nunca contada... Não acredito!

– A sério. Tu tens estudos, sabes disso, os olhos dos animais são esferas, não são?

– Mais ou menos – disse ela. – Não é bem a minha área.

– Vi isso num livro quando era miúdo e não acreditei. Tinha de experimentar na prática. Sabes o que fiz?

– Tiraste o olho de um peixe que a tua mãe comprou para o jantar...

– Pior, muito pior. Apanhei um gato, amarrei-o bem e tirei-lhe um olho. Era mesmo uma esfera, o livro tinha razão.

– Que horror! Foste capaz de uma coisa dessas?

– Era uma criança. E as crianças costumam ser cruéis. Como te disse, nunca contei isto a ninguém.

– E por que a mim? Queres que tenha um pesadelo esta noite?

— Não sei por que, senti necessidade de contar. E tu já viste coisas piores, não é por isso que vais ter um pesadelo.

A ideia de Ísis se rebolar na cama com um pesadelo dominou-lhe subitamente o pensamento. Caramba, como devia ser maravilhoso aquele corpo a rebolar na cama, sem conseguir dormir, mesmo se fosse pelo terror de um pesadelo. Como era maravilhoso aquele corpo de qualquer maneira, rebolando ou não, longilíneo mas de formas redondas. E o perfume que saía dos poros da pele dela podia ser sentido no carro, apesar do hálito do Rex respirando para cima dos dois. Um perfume de madeira acabada de cortar, como naquelas estatuetas que se faziam para afastar os maus espíritos ou ajudar as mulheres a serem fecundadas facilmente. Cheiro a madeira? Sim, mas rara, sândalo talvez, ou sicômoro? Lutou para esquecer o cheiro dela e concentrou-se no que tinha para dizer.

— Havia também uma razão. Quando era miúdo, não acreditava nos livros. Por isso tive de fazer a experiência.

— Passaste ao menos a acreditar nos livros?

— Um pouco mais.

— Não acredito que tenhas feito isso ao pobre do gato — ela falava a sério agora, esperando uma gargalhada dele indicando a brincadeira.

— Fiz, é verdade. Não lhe queria causar sofrimento e só depois percebi que cometi um grande erro. Arrependi-me, a sério. Nunca mais fiz mal a ninguém, tornei-me no tipo mais pacífico que existe.

— No entanto, acho, roubar as pessoas é fazer-lhes mal.

— Não lhe chamaria roubar. Tirava às pessoas coisas que elas tinham a mais. De fato, não se tornavam mais infelizes por isso, embora ficassem muito irritadas, prontas para me esfolarem vivo se me apanhassem. Nunca tirei nada a um pobre, não seria capaz.

A voz dele parecia tão sincera que ela acreditou. Bateu-lhe na mão com a sua, creio que és boa pessoa, senão nunca aceitaria vir passear, não achas? Ele sentiu a suavidade da mão dela na sua e ficou arrepiado de desejo. Que estupidez me passou pela cabeça e lhe contar a cena do gato? Nem sequer era totalmente verdade. Claro que ele apanhou o gato e o amarrou, essa parte era verdade, mas foi um amigo que lhe tirou o olho. E até vomitou de desgosto ao ver o berlinde sanguinolento na mão do outro. Mania de armar em durão, de exagerar nas cenas... Nunca poderia voltar atrás e recontar a estória como realmente se passou, ela não acreditaria. E a versão verdadeira também não era muito melhor, apenas revelava a sua falta de coragem em realizar o que queria. Estava feito o mal, o melhor era deixar ficar assim mesmo. Tomou o caminho da cidade. A conversa já foi mais difícil que na ida. Não por culpa de Ísis, a qual contava coisas e mais coisas em torrente contínua, tentando animar o ambiente. Ele tinha ficado calado na defensiva, desconfiado como todo bom ladrão, sempre a sopesar oportunidades e perigos.

Encontraram os outros sentados à mesa do almoço. Este tinha sido feito por Geny, atropelando a escala de serviço. Quando os primeiros chegaram ao restaurante, já ela tinha monopolizado a cozinha. Para dizer a verdade, ninguém ousou protestar. Jude tinha tentado ajudar mas levou berrida, contou ela a Ísis, pela primeira vez muito simpática. Os olhos da miúda brilhavam, pomposamente sentada ao lado de Simba Ukolo. Talvez fosse por isso, pensou a somali. Não era segredo para ninguém a fixação de Jude no médico, o qual se sentia mal com tanto assédio e tentava evitar a sua proximidade. A explicação estaria no passeio com Kiboro, o que para a miúda significaria uma escolha afastando-a de Ukolo? Seria essa a razão da súbita mudança de atitude de Jude? Ísis nunca tinha manifestado interesse em nenhum dos homens presentes, afinal era uma recém-chegada, embora tivesse percebido algum tímido empenho do médico em lhe agradar. As pessoas estavam a demarcar território, o desejo sexual lançava incenso para o ar, era isso? Nesse caso ela preferia mesmo o simpático Joseph, ao menos era divertido. E também lhe atraía nele a profissão assumida, de alto risco. Como historiadora, interessavam-lhe as guerras ou conspirações sombrias, os sórdidos crimes nas lutas pelo poder, traições cometidas pelos políticos a defenderem mesquinhos interesses e ambições, mesmo se justificados pelas ações dos deuses. A História da humanidade não estava cheia de sentimentos e urdiduras inconfessáveis? Então, Kiboro, o das aventuras noturnas, seria o par ideal, ao menos arriscava a liberdade se não a vida quando entrava numa casa estranha para tirar umas coisitas que ali estavam a mais, que não faziam de fato falta aos legítimos proprietários, mas estes, como proprietários avaros, matariam sem remorsos um grupo inteiro para as conservar. Filósofo anarquista, sem dúvida, o "seu" Joseph Kiboro. E ostentando roupas estranhas, ou pelo menos pouco usadas, para estar permanentemente no palco. Neste preciso momento, tinha calças cor de laranja e camisa azul elétrico com pinturas de flores vermelhas e amarelas. Sem dúvida, não passaria despercebido em qualquer meio. Mas na sua profissão também usaria essas roupas e adereços extravagantes ou preferia o negro de enganar a noite? Tinha de lhe perguntar, mas não agora, com outros a ouvirem, reservava a pergunta para a fase das conversas íntimas, as quais mais cedo ou mais tarde poderiam acontecer.

Ao se servir da comida, Ísis reparou no olhar inquisitivo de Simba Ukolo, a tentar adivinhar o acontecido durante o passeio. Mas também no olhar mais discreto de Riek. O que, aquele etíope com o dobro da sua idade também a desejava? Terminou de se servir e mirou de repente o kimbanda. Ele mal se perturbou, manteve o olhar, mas ela não apercebeu interesse sexual evidente. Estava a estudá-la, indubitavelmente. Mas podia ser outra coisa. Por ser etíope e ela somali, ódios e atrações ancestrais? Impossível determinar, mas sabia estar a ser observada. Coisa chata, já não se pode dar uma volta de carro com um homem e toda a gente começa a zongolar? O ambiente se tornava opaco. E ninguém parecia notar as carícias explícitas que Janet e Julius trocavam por baixo ou por cima da mesa. Ou talvez fossem mesmo essas carícias que faziam as pessoas ficarem mais atentas para relacionamentos futuros. Ela é que não tinha nada com isso. Teria de falar com Janet, perguntar por verdades, senão ainda entrava em paranoia. Pois também Dona Geny não tirava os olhos dela e de Kiboro, passando de um para o outro. Comeu em silêncio e sempre que levantava a vista, reparava na senhora, sentada à sua frente, inquisitiva, observando. E não era com simpatia, pois claro. Aliás, se Dona Geny era antipática para todos, ainda o era mais para ela, sentiu logo na primeira vez que a encontrou. Repulsa recíproca, devia confessar. Por causa do seu passado, suportava muito dificilmente pessoa demasiado religiosa, de qualquer crença que fosse. Mesmo se encontrasse algum isiscrente – no caso de existir ainda algum cultor da deusa egípcia – apresentando as marcas do fanatismo, fugiria a sete pés. Já ouvira e vira demasiados abusos em nome de um credo religioso. E o pai sofrera na terra natal a incompreensão de todos por ser mais relativo quanto aos costumes erigidos em obrigação religiosa. São apenas costumes, dizia o pai, alguns anteriores à religião adotada nesta terra, a falta a algum deles não pode ser considerada blasfêmia ou pecado grave. Estava muito agradecida ao pai por se ter batido para que ela fosse educada sem preconceitos religiosos e sem sentir a obrigação de seguir regras que não aceitasse ou entendesse. Era a sua herança mais importante. Por isso não podia simpatizar com Dona Geny e não podia tratá-la senão com distância prudente, cada uma no seu território, apenas uma vênia pela excelência da comida para não parecer mal educada ou ingrata e era tudo. Vá lá, por enquanto não tinha notado na outra mais do que a animosidade dos olhos, pois pior mesmo tinha sido Jude, mais ostensiva, mas neste caso até se compreendia a animosidade, a miúda imaginando nela a rival que vinha roubar-lhe a atenção de Simba, quer ele lhe dedicasse atenção quer não. Importava apenas o que Jude queria ou supunha querer. O silêncio parecia cada vez mais pesado, cada um observando os gestos alheios ou levantando barreiras para fugir dessas espionagens. Foi Julius que rompeu o silêncio, bebericando um uísque velho no fim da refeição:

– O Jan já deve ter aterrado para reabastecer.

– Sim – concordou Joseph. – Ele disse que ia fazer etapas de cinco horas, mais ou menos. Já deve ter reabastecido e comido também. Para não perder tempo a procurar comida, levou uma série de rações já preparadas.

– Foi então comida que levou na mochila? – disse Janet, com voz de penitência. – Parecia bem pesada.

– Pena ele ter ido tão depressa – disse Julius. – Podia ensinar-me a pilotar.

– A ti? – riu Joseph Kiboro.

– Por que não? O que te faz espantar? Sempre gostei de aviões, mas nunca aprendi a pilotar. Um dos meus amigos de infância tornou-se piloto. Íamos sempre para o campo de aviação apreciar os aparelhos. Se o Jan estivesse aqui, pedia-lhe mesmo para me ensinar. No aeroporto há tantos aviões pequenos... Mas só com livros deve ser difícil aprender.

— Vais tentar aprender com livros? — perguntou Janet, com evidente inquietação na voz.

— Vou ver se dá para aprender. Tenho de procurar livros. Agora até há programas de computador que ensinam, pode ser que existam no aeroporto. Os motores sei como funcionam, isso não é problema.

Ninguém argumentou contra ou a favor, demasiado abuamados com tão insólito desejo. Ninguém? Nkunda afinal estava atento à conversa dos mais velhos, pois perguntou se nunca aprendeste, por que agora?

— Porque é a melhor maneira de nos deslocarmos. A Janet quer ir aos Estados Unidos procurar a família. De avião seria mais fácil.

— Levavas-me lá? É para isso que queres aprender?

Ele apertou-lhe delicadamente a mão e os olhos da americana lutaram, espremeram-se mesmo, para não se encherem de lágrimas. Julius demorou um bocado a responder, porque entretanto acabou o conteúdo do copo, talvez para evitar alguma emoção impertinente.

— Não há mais carros para consertar, agora não tem sentido, pois por toda a parte há milhares de novos. Pensei, talvez fosse uma boa maneira de ocupar o tempo. Aprender a voar, levar-te a procurar a tua família. Enfim, pode ser maluquice, concordo. Mas é uma ideia assim tão disparatada?

— Levantar voo e andar lá em cima parece que não é muito difícil — disse Ukolo. — O problema está na aterragem. Para isso é preciso prática.

— Há aí tantos aviões pequenos para praticar...

— Estás mesmo maluco — disse Janet. — O problema não é espatifares uns tantos aviões até aprenderes a aterrar. O problema é que não são só os aviões que se espatifam, és tu também com eles.

— Depende. Posso reduzir os estragos se aterrar primeiro em terrenos moles, em estradas sem asfalto, até ganhar experiência. E uma cabeça partida também não é grave, afinal temos um médico que me pode curar.

Dona Geny benzeu-se, raios partam o homem comprido, é mais um demônio louco, o mundo está cheio deles. Procurou o apoio do pescador, a única pessoa com juízo naquele grupo de descrentes, mas ele estava no frigorífico a caçar mais uma garrafa de cerveja. Antes até bebia cerveja morna mas habituou-se rapidamente às geladinhas, como usam os homens da costa, diferentemente do que lhe andaram a ensinar os seus ancestrais e mais tarde os ingleses e alemães.

– Se de fato há programas de treino de voo a coisa fica mais fácil – disse Janet. – Embora continue a considerar uma loucura.

– Esses programas existem – insistiu Julius. – Resta saber se aqui em Calpe os encontramos.

– Num fim de mundo destes? – duvidou Ísis.

– Não se perde nada em procurar – decretou o doutor.

Todos concordaram. Usar a palavra todos neste caso é uma enorme força de expressão, pois Geny era do contra, o pescador nem percebia de que estavam a falar e Riek se alheara do assunto. Os restantes homens e mulheres decidiram ir procurar, uns no aeroporto e nas companhias aéreas, outros nas lojas de venda de computadores. Dividiram-se, foram. O mais excitado era, evidentemente, Julius Kwenda. Quem sabe, talvez realizasse o seu sonho de criança. Para isso fora preciso acabar com o mundo, não era absolutamente incrível? Janet, que ia com ele para o aeroporto, não estava tão entusiasmada perante a ideia, embora a tomasse como uma prova de amor. Certamente ele não se lembraria de uma loucura daquelas se ela não revelasse vontade de regressar à terra natal. Podia invocar muitas razões, e certamente todas verdadeiras, mas para ela o motivo principal só podia ser o amor. Não era lindo? Um gorila amoroso e terno. Como os outros que ela conhecera tão bem na montanha onde vivera seis meses, todas as madrugadas envolta em neblina. Não resistiu à tentação de o beijar na face.

Os seis, ajudados pelo pequeno Nkunda e seguidos pelo cão Rex, rebuscaram a cidade. No aeroporto havia livros técnicos e revistas especializadas em tráfego aéreo, controle do espaço, economia de voo, *catering*, publicidade dos aviões e das companhias, nos computadores até se encontrava a hierarquia das empresas mais rentáveis e um programa de poupança de combustível, um monte de assuntos que poderiam interessar algum agente comercial, mas nada de ensinar a voar. Pelos vistos, não havia escola de voo oficial em Calpe, exceto aulas particulares de instrutores. Eventualmente, Ísis e Joseph lembraram-se de explorar a zona da força aérea militar e aí encontraram manuais de toda a espécie, os quais carregaram para casa, mas lhes parecia serem mais virados para aviões de reação, helicópteros, treino e táticas de combate, coisas assim. No entanto, podiam servir para dar alguma instrução ao futuro piloto, porque os militares também partiam do nada. Simba e Jude investigaram as casas de venda de material eletrônico. Ela revelou-se competente, pois sabia de todos os aparelhos e entrava em programas de computador com facilidade aterradora. Não encontraram nenhum CD contendo um manual de voo, nem jogos com simuladores, o que também poderia ajudar. Na biblioteca principal acharam manuais, sim. E foi o que levaram. Tudo junto, o produto de uma tarde inteira de pesquisa era importante no que diz respeito a material escrito. Julius tinha de ler muito livro para decantar exatamente o que lhe interessava. Se antes se queixava de ter tempo a mais, apesar de o repartir com Janet, que pelos vistos o ocupava bastante na cama, agora ia faltar-lhe tempo para ler aquilo tudo. Jude não podia ser mais sarcástica, em breve vais ter de lhe receitar um par de óculos, disse para Simba Ukolo, o qual não pôde evitar um sorriso.

– E se aprendesses também tu? E Kiboro e Ísis e Janet?
– Já agora, e por que não tu? – perguntou Jude.
– Eu tenho outras obrigações, sou médico. Mas vocês podiam ocupar melhor o vosso tempo, ajudando o Julius a estudar.
– Sabes que não é má ideia? Embora duvide que Joseph aceite, ele mesmo disse, tem medo do ar. Mas antes vais ensinar-me a guiar um carro. E sabendo guiar um carro deve ser mais fácil aprender a guiar um avião, uma coisa ajuda a outra.

E foi assim que o médico teve de dar mais uma lição de condução a Jude. Ela fez tudo certo, não abusou da velocidade nem de manobras perigosas, muito menos da proximidade dele, embora já fosse aquela hora do lusco-fusco. Como Nkunda ia também no carro, era obrigada a comportar-se com ponderação, achou Ukolo, no que estás muito enganado, mudei de tática, meu querido, vou fazer-me passar por uma menina sábia e cheia de juízo, agora que adivinhei qual vai ser o próximo casal a formar-se e a deixar-te sozinho para mim, a menos que te vires para a velha Geny, do que duvido, queridinho, pois o pescador tem muito mais possibilidades e tu tens bom gosto. Vou guiar este carro direitinho, vou aprender a pilotar um avião, faço tudo o que quiseres, até te sentires à vontade comigo e não andares sempre a tentar evitar-me. Vai chegar o tempo que te habituas à ideia de me teres sempre por perto, e a minha ausência vai levar-te a procurar-me. Até o Nkunda ajuda, que gosta de brincar comigo e portanto nos aproxima. Estamos destinados um para o outro, pelo menos por enquanto, porque um dia o Julius vai cansar-se da Janet ou o contrário, ou será o Joseph a afastar-se da Ísis, e eu caço um deles, porque isto de conhecer só um homem não é bom para uma moça se educar sexualmente.

Como era de prever, Joseph Kiboro achou detestável a ideia de Simba Ukolo, pelo menos naquilo que a si dizia respeito, embora tivesse concordado que de fato Janet e Jude deviam aprender a pilotar, omitindo declaradamente a hipótese Ísis. Janet disse logo, nem pensar, mesmo carros tenho dificuldade em dominar, sou uma caminhante de mochila às costas, de preferência em montanhas e com gorilas por perto. Ísis hesitou, brincando com o pé de uma taça de champanhe que estava a beber, verdadeiramente não sei se sou capaz, também me faltam dotes para mecânicas, mas posso ajudar-vos a estudar. Formou-se assim o grupo de estudo, liderado por Julius e auxiliado por Jude e Ísis. Combinaram as discussões que teriam todos os dias de manhã e se distribuíram os manuais e revistas de voo. Kiboro ofereceu-se para escolher os aviões de treino e manter sempre os motores impecáveis, ajudando Julius na mecânica. Tinha aprendido alguma coisa com Jan, disso podiam estar certos.

No dia seguinte, Joseph foi para o aeroporto com Nkunda e o inseparável Rex, inspecionar os aviões pequenos, começando pelos mais leves, sempre doía menos se chocassem contra o solo, disse ao miúdo. Simba foi fazer análises para o hospital com recolhas de terra úmida de vários sítios, procurando microrganismos. Riek ofereceu-lhe companhia, curioso para ver as manipulações do cientista, um feiticeiro como os outros mas usando instrumentos diferentes. O grupo de estudo reuniu para trocar impressões, ainda modestas, pois tinha havido pouco tempo para ler. Já aí se notou que Jude produzira mais trabalho. Julius era lento na leitura, já o sabíamos de outras confissões. E Ísis tivera uma noite difícil, múltiplos pesadelos, mas não com gatos de pálpebras vazias, apenas homens, vários aparecendo com a cara de Joseph Kiboro, outros sem rosto subindo telhados de casas e entrando por janelas fechadas. O estudo matutino pouco rendeu, portanto. Tentaram designar os principais instrumentos de bordo de um avião, conforme os diferentes manuais e folhetos, os quais coincidiam, apesar de os modelos de monomotores variarem. Ao menos aprenderam a perceber a utilidade de cada um dos instrumentos, abandonando os que lhes pareciam demasiado sofisticados para as suas pretensões.

Quanto a Dona Geny, ficou num jardim conversando com o pescador sobre as virtudes da sua igreja, da qual era agora mestre-chefe e isto por modéstia, conforme disse ao amigo, pois poderia ser apóstolo, o título máximo se omitirmos o de bispo, reservadíssimo. Ficaram a apreciar o calor do sol no banco de jardim, a olhar as nuvens que não havia meio de se concentrarem para se transformarem em chuva, como acontecia quase todas as manhãs até então, conversando sobre os Paladinos da Coroa Sagrada e seus segredos. Porque os havia, ia desenrolando o novelo a mestre-chefe, segredos guardados há milênios pelos primeiros apóstolos, os que explicaram as coisas a Abraão e mais tarde a Moisés, mas que foram espoliados dos seus conhecimentos e mesmo os seus nomes proibidos, a tal ponto que os primeiros Cinco, o número sagrado formando pontas da coroa, tinham nomes que só os muito iniciados podiam pronunciar. O pescador ficou impressionado por ser há tanto tempo, embora poucas luzes tivesse sequer sobre a Bíblia que os europeus trouxeram para o lugar. Ele ainda aprendera com os avós os nomes dos seres que faziam mover o vento e agitar as águas dos lagos, os espíritos que se juntavam nas encruzilhadas de caminhos, as coisas boas e as más que se escondiam dentro de peles de animais e aves. Por isso, só na escola – tinha estudado quatro classes – ouvira falar de Moisés e Jesus, mas não os sabia diferenciar muito bem, senão pelo fato de um ter barbas mais loiras que o outro e ter sido espetado numa cruz, enquanto do outro pouco se sabia como morrera, embora parecesse ter feito um grande feitiço que separou as águas de um grande lago, fato este que o interessou bastante, devido à sua origem cruzando famílias lacustres. Teria ficado desiludido se soubesse que na lenda não se tratava de um lago mas de mar, embora um pouco estreito. Dona Geny se encheu de paciência para lhe explicar, as coisas eram um pouco mais complicadas, pois já estava provado, o profeta chamado Jesus era um mulato de carapinha, como o eram todos os judeus do seu tempo, segredo que só ultimamente os brancos deixaram revelar, e portanto a sua barba devia ser parecida à de Moisés, nem mais nem menos loira ou lisa, era escura e encarapinhada. De qualquer forma, estes profetas eram copiadores sem vergonha das ideias da Coroa Sagrada, descobertas pelos Cinco Sem Nome muito antes deles, mesmo antes dessa tal de Ísis, nome que a putéfia universitária usava indevidamente. Os Cinco é que tinham descoberto as verdades, que apareceram depois gravadas com desenhos estranhos em pirâmides no antigo Egito e também no célebre código de Hamurabi da Mesopotâmia, o mais genial e satânico dos copistas, o qual pôs os ensinamentos dos Cinco numa estela sem nunca os nomear nem lhes reconhecer os preceitos, como se fosse ele a inventar aquilo tudo, uma infâmia, só depois aparecendo o tal Abraão, que declarava conversar com Deus, o estupor, e trouxe alguns dos ensinamentos para mais perto da costa, onde os passou a Moisés e outros. Era uma grande baralhada de nomes para um homem simples como o pescador, que tinha uma vaga ideia de onde era o Egito, um bom bocado para norte e de onde saíam excelentes equipas de futebol, conforme ouvia na rádio.

– Não se apoquente, vou explicar desde o princípio e já vai compreender – dizia a senhora, feliz por ter um aluno tão aplicado embora um pouco perro de ideias, mais dotado para atirar redes e endireitar anzóis.

E lhe explicava que a verdadeira verdade era só a do templo da Coroa Sagrada, o sítio sendo difícil de determinar, pois era um monte em forma de coroa que tinha a característica de se afastar sempre dos hereges, por muito que se andasse na sua direção, só aceitando a aproximação dos crentes como ela, que todos os dias acordava de manhã na crista da Coroa, para depois ir descendo as suas faldas lentamente durante o dia, à medida que ia cumprindo as suas obrigações que eram caseiras ou não, tanto fazia, tudo eram obrigações devidas, uma descida suave pelas horas do dia, o que ainda mais confuso era para o pescador, fazendo real esforço para a compreender, sobretudo para lhe agradar, pois admirava aquelas mãos sem uma ruga apesar de alguma idade e com apreciáveis dotes de temperar a comida, aqueles seios cheios e ainda tentadores e sobretudo o rabo que fazia sonhar, uma verdadeira bunda redonda e direita, que ele ansiava por abarcar com os braços, mas sem ter de andar a subir e descer montes de manhã à noite, para acordar no topo, devia ser frio lá em cima, sobretudo se não tivesse o calor daquelas tetas à volta do seu pescoço. Ela ia explicando os segredos dos Cinco sem poder lhe revelar os nomes, como era evidente, pois se tratava de um iniciado ainda muito verde, a simples menção de um dos cinco nomes o atiraria para o inferno mais ardente, o que fez sobressaltar o pescador, caramba, nomes perigosos, nem quero ouvir falar deles, o inferno é a pior coisa que há, se arde durante todo o tempo, se cheira a própria carne a estorricar com todos os seus ardores, sempre, sempre, sempre, e nem sequer é uma carne alheia que se poderia provar um bom bocado, é a do próprio, mais o cheiro sulfídrico do diabo, um cheiro pior que um lago de repente vazio de água e mostrando milhões de peixes mortos a apodrecer, não, preferia não aprender nenhum dos nomes proibidos, ela que não o dissesse pois ele tapava as orelhas como tinha aprendido em criança, era capaz de não ouvir o que lhe desinteressava, evitando assim a entrada pelos ouvidos dos seres malfazejos que se escondiam nas falas e nos suspiros, preferia continuar na ignorância dos nomes interditos, ignorância de toda uma vida tranquila à beira do seu lago até suceder aquilo, quem sabe tinha relação com os ditos nomes, alguém os soletrou indevidamente e não desapareceu só ele para o inferno como levou consigo a sua família e a dos outros. E lembrou então que a sua vida não fora sempre tranquila, sobretudo daquela vez quando a mulher ficou doente e ele não sabia o que fazer, não se curava com as medicinas da terra, os médicos de Calpe também não a faziam se curar e ele foi covarde o suficiente para a deixar no hospital dias e dias sem a ir visitar, com a desculpa de ter de pescar senão nem dinheiro para o tratamento havia, o que em parte era verdade, mas era sobretudo medo de ver a cara dela diminuir cada vez mais, de tão magra que estava e ele sem capacidade de lhe dizer palavras simples mas meigas, mostrar amor, antes fugia dela, hoje se culpando amargamente de não ter sido um marido exemplar, dando-lhe a comida na boca, limpando-lhe os lábios, levando-a à casa de banho, fazendo a cama que muitas vezes o pessoal do hospital descurava, se interessando constantemente pelo que sentia e onde lhe doía, mostrando carinho existente mas muito dentro de si, como envergonhado dos seus sentimentos. Mas, continuava Dona Geny, era importante ele chegar até ao verdadeiro conhecimento, no entanto tinha de ser por doses, devagar, um conhecimento protegendo do seguinte, num acumular de segredos que o tornariam forte para receber a dádiva de um primeiro nome sem se derreter ao sol, o que lhe permitiria chegar à ciência do segundo, assim de seguida e com muita paciência, até poder dominar os cinco e portanto chegar ao centro da herança dos Cinco e ser um sábio, poder ungir-se com o título de mestre ou até mesmo apóstolo, um dia, título reservado a homens, pelo menos desde a eternidade até então, embora agora, se de fato todos os outros iniciados tinham desaparecido talvez ela pudesse se arrogar esse direito que não queria, demasiada responsabilidade e também uma revolução no testamento dos Cinco, feminizar a hierarquia da Coroa Sagrada, ela não tinha coragem de dar esse passo, só mais tarde, quando ele fosse já um iniciado de grau elevado e vissem não haver outra solução, talvez então, mas mesmo assim ela pensava ser muito cedo, pois podia muito bem o pescador se revelar com muito mais luz que ela, pois tinha esquecido de explicar que o ser revelador das verdades criava novas potencialidades de gerar luz na escuridão, ser verdadeira fonte de luz, A LUZ, objetivo da descida diária do cimo do monte e já o pescador não sabia a que luz ela se referia, se à de um fósforo, de uma lâmpada ou à luz terrífica do relâmpago no meio do lago. Tinha de ir percebendo aos poucos, pois a Luz não se revelava de repente, explicava ela, a Luz era uma virtude interior, uma demorada caminhada, e se levantou e andou de um lado para o outro à frente dele indicando a caminhada, mas ele não viu luz nenhuma, apenas uma bunda convidativa tremulando por baixo da saia comprida mas que não ousava apanhar com as duas mãos por medo da Coroa Sagrada, cheia de picos, que podia atirar-lhe com uma série de nomes e derretê-lo como o diabo derrete corpos mortos, que ardem e derretem e nunca se consomem para poderem continuar a derreter e a arder. Mas que a bunda dela era uma suprema tentação, lá isso era, diria mesmo mais, uma sagrada tentação.

Enquanto Dona Geny doutrinava o pescador na pureza da Luz, estava Janet na cama preguiçando, a pensar em como ocupar o seu tempo, agora que Julius andava atarefado a aprender a voar, ajudado pelas duas companheiras. Tinha perdido o objeto de estudo, os gorilas, e também a profissão. Ao menos Simba podia procurar vida nos lagos e na terra com a ajuda de microscópios, enquanto não tivesse ninguém para tratar, ela nem isso sabia fazer. Estava como o pescador e Kiboro, sem profissão os três. Na realidade julgou-se muito restritiva, pois todos, à exceção de Ukolo, tinham perdido as profissões, Jude os estudos, Geny o cuidar da família, Ísis os alunos e Riek os pacientes. Este, por enquanto. De qualquer forma era estranho estar no desemprego por desaparecer o objeto do seu mestrado. Podia inventar um? Porque não seria profissão digna dela tornar-se só esposa. Perigo que podia correr se deixasse as coisas assim. Sempre detestara as dondocas, algumas tinham sido suas amigas de infância, outras antigas colegas, transformadas em preocupação ambulante com o estado das unhas e do cabelo, as últimas modas e as gracinhas ditas pelos filhos, entregues ao cuidado das babás e preceptoras. Na sua família era norma que todos deviam aprender a defender-se, a descobrirem o próprio sustento. Aos dezoito anos incompletos tinha saído de casa dos pais e viajado até à outra costa da América para entrar numa universidade. Aí se formara, primeiro com estudos a expensas dos pais, depois com um empréstimo bancário a pagar quando começasse a ganhar um salário. Ainda estava a dever alguma coisa, pois a investigação científica não era uma ocupação imediatamente rendosa, exceto uma ou outra bolsa pelo meio. Meteu-se no estudo dos comportamentos animais e acabou em África, no meio dos gorilas. O banco podia dizer adeus ao dinheiro emprestado. Se tudo estivesse normal nos EUA. Claro que não estava e o próprio banco devia sofrer com falta de empregados para controlarem os devedores. E então, que fazer?

Ficar em casa a polir as unhas, à espera que o homem mandado pelo destino aprendesse a pilotar um avião e a levasse para casa? Tinha de inventar qualquer coisa. Levantou de um salto, lavou-se e foi pensando. Tinha estudado comunidades de primatas, agora tinha uma comunidade humana a quem ajudar. Não sabia como, mas tinha de ser qualquer coisa parecido com isso. Deixou os outros a estudarem com Julius, meteu-se no carro a caminho da biblioteca. Não fora sempre em bibliotecas que encontrara pistas para resolver os seus problemas? Muitas vezes tinha sido na Internet também – uma outra forma de biblioteca – mas desta vez tinha de voltar aos livros, se não aos pergaminhos, o tempo andava para trás, de novo na era pré-Internet. Embora ainda existissem muitas minas de conhecimentos nos parados sítios da Internet à disposição, só um barra podia escamotear a inexistência de servidores e catar as informações no ciberespaço. Se estivessem mesmo lá... Portanto devia calmamente se adaptar aos novos velhos tempos de criança.

Nem sabia o que procurar. A biblioteca constava de uma sala principal, onde ficavam as mesas dos leitores e alguns grandes armários encostados às paredes e a precisarem de pintura, com as obras mais procuradas, normalmente livros de estudo. E duas salas menores, com cheiro a bafio, onde se guardavam os livros e periódicos menos utilizados. Dirigiu-se a uma dessas, depois entrou na outra. E encontrou por acaso a seção de mapas e atlas geográficos. Nem mais! Havia mapas de todos os tamanhos e espécies, alguns já bastante envelhecidos pela falta de cuidado e pelo pó, outros modernos. Atlas havia alguns. Folheou o que lhe pareceu mais recente, para evitar os espirros provocados pelo papel velho. E teve a ideia de marcar num mapa de África os pontos onde estava cada um deles quando aconteceu a "coisa". Não foi difícil encontrar uma caneta de ponta de feltro vermelha. Marcou os pontos de todos menos o de Jan. Sabia o que ele lhe dissera, andara muito vindo do sudoeste para a encontrar, mas era difícil de precisar no mapa e ainda por cima não tinha nenhuma razão para acreditar nele. Se fosse verdade o relato de Dippenaar, viera do ponto mais ocidental e marginal, embora ainda na mesma zona. Todos à volta ou dentro da região de Calpe. O mais a oriente seria Julius, colado ao

Kilimanjaro, o mais a norte seria Riek, mas muito perto já da cidade, o mais a sul seria talvez o ponto de Ísis. Com a dúvida referente a Jan, embora estivesse certa de ele vir do ocidente dela, mas não tão a sul como afirmara, nem tão longe. Era fácil demarcar a região onde tinha havido sobreviventes, com epicentro em Calpe. Queria dizer alguma coisa? Julius dera uma grande volta mais para sul e não encontrou nada que mexesse. O que iria encontrar Jan? Simba tinha razão, era de fato muito importante haver quem voasse, facilitaria muito as buscas de outras comunidades. Sem contar com o seu interesse pessoal de regressar à terra. Levou o atlas para casa, tinha de discutir o assunto com os outros, procurarem algumas relações. À hora do almoço. Sentiu que subitamente corava ao pensar no almoço. Mandava a boa educação tentar fazer comida para os outros, mas sabia que eles iam detestar. Grande humilhação julgar-se uma inútil, ali os seus conhecimentos científicos de pouco valiam. Decidiu, num impulso, procurar Geny. A senhora não estava em casa e Janet foi ao restaurante habitual, não a encontrando lá também. Bom, o melhor era esperar ali mesmo, a senhora nunca se afastava muito do seu lugar principal. Foi então que viu o par caminhando lentamente até ela, Geny falando e o pescador ouvindo, com cara muito aflita. Que horrores estaria a mulher a contar ao outro, para o assustar daquela maneira? Do inferno dela ou das satânicas atitudes dos outros mortais? Pobre pescador sem peixe e destinado a aturar aquela fanática, como tantas que Janet tinha conhecido na sua terra, onde uma pesquisa recente tinha registrado os maiores índices de densidade por quilômetro quadrado. Cada um carrega o seu fardo, não é mesmo?

— Não sou nada boa na cozinha, como já notaram — disse ela, mal os dois se aproximaram. — Mas queria ajudar em alguma coisa.

Geny franziu o nariz, como se uma mosca a incomodasse. Mas algum rebate de consciência a levou a dizer, vamos ver o que podemos fazer hoje para esses esfomeados. Não arreganhou os beiços num sorriso nem os olhos perderam a dureza habitual, mas se percebia, estava a tentar ter piada. Janet deu uma gargalhada um pouco forçada, para distender ainda mais o ambiente. O pescador é que continuava impenetrável, nos seus pensamentos sombrios, misturadas as sensações reveladas por Geny com a lembrança dos seus remorsos.

Pensamentos era o que não faltava a Simba, observado atentamente por Riek. Como era possível terra vegetal umedecida, daquela terra escura, ótima para agricultura, não apresentar o menor vestígio de uma minhoca? Nada que mexesse, só elementos minerais e vegetais. Até já lhe cansavam os olhos de tanto mirar pelo microscópio preparações de terra dos vários pontos de colheita. Só haverá mesmo uns vestígios de vida na água daquele lago? Teve vontade de ir remexer um pouco na sepultura da mulher morta, tinha a certeza de ali encontrar alguma coisa. Mas isso seria batota, apenas para se consolar. Claro que aquela terra tinha muitos microrganismos e seres vivos, ele mesmo os pusera lá com o cadáver. E se entretanto tivessem desaparecido? Quem lhe garantia que os bicharocos não se tinham desintegrado no contato com a terra, fora do corpo da morta? Reprimiu o desejo de voltar ao sítio e apanhar um pouco de terra para a analisar. Riek certamente não o deixaria ir sozinho e perceberia tratar-se de uma sepultura recente. Por mais explicações lhe tentasse dar, Riek iria apenas entender que ele andava a enterrar corpos de gente morta e depois lhes roubava um pouco da terra para a pôr numa estranha máquina onde ele ficava a olhar, a olhar. Feitiçaria da mais perversa merecendo tratamento de choque, muito fumo, cantorias e beberagens. De qualquer forma, tinha de ter paciência, esperar mais uns dias até que os bicharocos se espalhassem pelo terreno da sepultura. E nesse dia viria sozinho, sem testemunhas dos seus macabros movimentos. Ou talvez com Janet, a mais capaz de entender as suas preocupações, lhe parecia.

Deambularam ainda um pouco pelo hospital, depois Simba convidou Riek para darem uma volta pelas montanhas, sempre na esperança de encontrarem algum sinal de vida. Falavam pouco entre eles, mas o suficiente para se criar um bom ambiente. Simba resolveu continuar para norte, onde outrora tinha havido uma reserva natural, suficientemente perto da cidade para ser fácil a ela aceder e ao mesmo tempo bastante vigiada, para que os caçadores furtivos não exterminassem os animais, como acontecia por todo o lado. Era um dos passeios preferidos de fim de semana das famílias, pois até havia uma linha de autocarros que saía do centro de Calpe para a reserva. A cancela estava fechada e Ukolo saiu do carro para a abrir. Havia avisos por todos os lados, cuidado em não fazer fogo, cuidado em não dar de comer aos animais, proibido entrar com uma arma, etc., os avisos habituais nesse tipo de sítios. A um momento dado uma organização inglesa tinha afixado um enorme letreiro com uma espécie de declaração universal dos direitos dos animais, que tinha sido ridicularizado pela imprensa e retirado ao fim de algum tempo. Os ataques eram mais dirigidos ao exagero de algumas afirmações e exemplos que propriamente à ideia em si, pois nenhum jornal, mesmo se fosse radicalmente adverso à iniciativa, teria a coragem de ir contra a organização. Era no limiar do novo milênio e estavam em moda as preocupações ecologistas radicais, com os exageros do costume. Se dizia por exemplo que ter um papagaio acorrentado a um poleiro era tortura tão condenável como a executada sobre pessoas por todos os ditadores que se sucediam no mundo. Simba Ukolo ainda teve oportunidade de ler esse cartaz e aprovou silenciosamente a sua retirada. Voltou para o carro e entraram no parque. A partir de certa altura era proibido avançar sem ser em grupos e com os guias. Mas agora não havia guias e as regras todas deviam ser esquecidas. Meteu o carro pela picada principal e foi contando a Riek o tipo de bichos que se viam antes da "coisa", com efeito a maior parte dos animais existentes em África, com exceção das suricatas do Kalahari e da palanca negra gigante de Angola, umas por só poderem viver no deserto e as outras por estarem quase em extinção. A picada dava a volta para os turistas encetarem o caminho de regresso à entrada do parque. Havia outra picada, em muito mau estado, que avançava para a esquerda. Simba meteu por ela, começando logo a subir. Explicou a Riek que antes era precisa uma autorização muito especial para estarem ali, por se tratar do centro da reserva. Como nunca tinha pedido a tal autorização, aproveitava agora para conhecer. Se dizia, de lá de cima a paisagem era espetacular. Riek não deve ter apreciado muito a ideia, pouco habituado a andar pela floresta e em terreno tão acidentado, mas não contrariou. E subiram durante cerca de meia hora, até chegarem a uma espécie de miradouro natural, de onde se via embaixo o parque e até ao longe se podia divisar os brilhos de Calpe ao sol.

Foi então, de lá de cima, que viram o elefante. Estava a uns duzentos metros abaixo deles, apanhando com a tromba as folhinhas tenras da ponta de uma árvore. Simba Ukolo sentiu um fogo interior e vieram-lhe as lágrimas aos olhos. Depois notou o outro vulto e mais emocionado ficou. Era uma fêmea com a sua cria. Riek também sorriu. Tinha valido a pena apanhar uns sustos naquela subida para ver a paisagem e sobretudo o par de elefantes. Quem sabe, talvez houvesse mais. Ficaram muito tempo lá em cima, respirando o ar puro, procurando sinais de vida. Encontraram um gafanhoto, apenas. Mas não era nada mau, tinha sido uma expedição proveitosa, se sentiam menos sozinhos.

11

Uma semana de estudos decorreu sem que nenhum dos aspirantes a piloto passasse à prática. Tinham rebuscado nos manuais e encontrado muito material. Sabiam teoricamente o suficiente para enfrentar ventos contrários ou a favor, aprenderam como levantar e aterrar, como fazer *loopings* até. Mas Julius achava ainda não estar preparado e não deixava Jude experimentar. Ela se sentia pronta, tinha a certeza de ser capaz de pôr o avião mais levezinho no ar e trazê-lo para terra sem dificuldades de maior, porém Julius discordava, ainda é cedo. Nem Simba a apoiava, estuda ainda um pouco, espera pelo Julius, ele tem mais experiência de vida e de motores. Julius está masé com medo, replicava ela, eu posso pilotar, sei. Ísis não se sentia preparada, nunca o estaria, nem achava os outros capazes de enfrentarem tal aventura. De maneira que já conheciam na teoria o mínimo, pelo menos Jude, mas os aviões continuavam colados ao chão. Tinha que dar discussão mais geral e acalorada e acabou por dar, ao jantar, jantar feito por Kiboro, contra os seus princípios de vida de nunca cozinhar, mas cozinhou apenas para agradar a Ísis, um jantar intragável, segundo opinião quase unânime expressa com condescendência. Também apenas para agradar a Ísis, Simba concordava com ela e não deixava Jude pegar na manche do avião, porque, no fundo, sabia, a moça era capaz. Tinha aprendido a guiar o carro em três lições e mostrava destemor. O argumento foi dela, na véspera, estavam eles com Nkunda no miradouro sobre a cidade, ao cair da noite.

— Os primeiros tipos que voaram também nunca o tinham feito antes. E os aviões eram muito piores que os de agora. Metiam-nos nuns prados que nem pistas eram, com buracos e tufos de plantas que dificultavam a descolagem. Alguns conseguiram levantar e voltar a pôr os aviões em terra. Outros partiram braços e pernas. Por que razão não serei capaz? Sei mais de aviões, de ventos e de pilotagem que eles sabiam. Conseguiram. Eu não?

Argumento que convencera secretamente Simba Ukolo, mas que ele não podia reconhecer publicamente naquela discussão ao jantar, quando Julius declarou alto e colericamente que ainda era muito cedo para qualquer um deles, a comunidade sendo tão restrita que não podiam arriscar a vida de nenhum. Razão a ponderar, com efeito. No entanto, Jude atirou com o mesmo argumento que já apresentara a Simba na véspera, sobre os aventureiros que foram os pais da aviação. Era preciso mesmo arriscar e, como ele próprio tinha dito no princípio, se partisse a cabeça havia um médico para cuidar dela.

– Já que não tens coragem de ser o primeiro, vou eu – finalizou com um olhar mortífero para Julius Kwenda.

Este se levantou da cadeira num impulso repentino, ainda com o pedaço de carne agarrado pelo garfo. Apontou a carne para ela do alto dos seus dois metros. Estava furioso, até queria gaguejar.

– És tu, miúda, que sabes se tenho coragem ou não? És mesmo muito abusadora... malcriada. Os teus pais não te souberam educar?

A última frase dele provocou gelo na sala. Ninguém nunca se referia aos desaparecidos, ainda por cima para esboçar alguma crítica, mesmo velada. Janet apertou com força o braço de Julius e obrigou-o a sentar. Ele caiu imediatamente em si e pediu desculpa, balbuciante, não queria dizer isso, mas tens de ter respeito aos mais velhos, Jude, é um costume africano e uma regra de boa educação em todo o mundo.

– Só tenho respeito a quem o merece.

– Também não é assim, Jude – disse Ukolo, levantando a voz. – O Julius merece todo o teu respeito, como merece de todos nós. E tem as suas razões para duvidar da vossa preparação. Ele está a ser prudente, é tudo.

Geny foi forçada a dar razão a Simba, muito relutantemente é certo e não se referindo a ele quando falou, repreendendo com dureza a moça. Aproveitava a ocasião para tentar diminuir um bocado o que considerava ser a soberba insolente da jovem. Alguém conhecedor das relações humanas e do que passava nos corações alheios adivinhava, Dona Geny estava sobretudo despeitada por nunca ser ouvida com seus bons conselhos de mais velha pela moça, sendo ainda por cima uma quase tia.

– Estamos nervosos, vamos acalmar – disse Janet. – Não adianta estarmos a agredir-nos.

Riek fechou os olhos e aprovou com a cabeça, aquela branca tinha juízo e era uma boa fêmea, podia sentir com o nariz, ia parir com facilidade. Mas Kiboro estava frustrado porque todos os dias limpava os motores dos aviões, tinha-os prontos para serem usados e afinal nunca mais se decidiam a tirá-los do chão. Foi um pouco sem pensar que falou, naquela sua maneira de quase queixa:

— Devíamos mesmo deixar a Jude experimentar, já que tem coragem. Também não se vai partir toda se cair no avião mais leve.

Dona Geny saltou do lugar, gritando para Kiboro como se ele fosse o demônio que ousava lançar os seus raios de insensatez sobre todos, o próprio Satanás sulfurento.

— Queres que a moça morra ou fique paralítica? Claro, dá para entender, ela não é do teu grupo. Que te importa se cair lá de cima com a sua estúpida teimosia? Só te preocupas com os do teu grupo.

Simba Ukolo se encolheu na cadeira. Também o pescador. Jude olhou para Geny, espantada com a sua fúria aparentemente despropositada que a fazia tremer como em ato de bungular, mas depois entendeu o fundo da questão e fechou a cara. Joseph baixou a cabeça e não respondeu aos impropérios. Um silêncio mortal caiu sobre a sala, embora nem todos nós tivéssemos percebido o que se passara. Pelo olhar cúmplice lançado por Julius a Janet, parece que eles afinal também compreenderam. Riek é que decididamente estava fora do assunto, pois perguntou candidamente:

— Falou de um grupo. Que grupo?

Mais mostarda para o sensível nariz da dona, que não podia conter-se, ultrapassados os limites do autocontrole. Um feiticeiro a fazer perguntas idiotas, ainda por cima? Já não bastava a atitude deles, ainda vinha este falso ajudante de emprenhador, rato de tranças pastosas, se meter com ela.

— Se não sabe é melhor ficar calado. Quer saber de que grupo falo? O grupo deles, claro.

E Geny apontou para Kiboro, mas também podia ser para Nkunda e Simba, pois estavam perto uns dos outros. Ísis pareceu não estar fora do assunto, pois segredou para Riek, sentado ao seu lado direito:

— Mais tarde eu explico-lhe. É assunto para outro sítio, não vamos adiantar à conversa.

Dona Geny mais zangada ficou. Bem que tentava dominar-se, mas era difícil com o tipo de gente que abria a boca naquele momento. Primeiro o ladrão, depois o feiticeiro e agora a puta universitária a cochichar ao ouvido do feiticeiro. Demais para ela. Afastou-se repentinamente da mesa e derrubou a cadeira para trás. Saiu da sala em fúria, logo seguida pelo solícito pescador, o qual, antes de desaparecer nos fundos da casa, se virou para os outros e abriu os braços como num pedido de desculpas impotente. Riek olhava espantado para todos e mudamente pedia explicações a Ísis. Esta não podia escapar, embora sentisse não ser o melhor momento para lhe responder.

– Aqui em Calpe e nesta região havia dois grupos que dividiam a sociedade. Não sou capaz de distinguir os membros de um grupo do outro, sou de fora. Mas percebi nestes tempos por alguns leves sinais que Joseph e Simba são de um grupo e dona Geny, o pescador e Jude são do outro...

– Estás enganada, eu não sou de nenhum grupo, isso é coisa de velhos – disse Jude.

– Quer queiras quer não, pertencias por causa da tua família – disse Ísis. – Não é assim, Simba?

O médico assentiu em silêncio, conservando os olhos baixos, como quase todos os outros. Mas sentia necessidade de explicar pelo menos a Riek algumas coisas, compreenderia facilmente, certamente tinha ouvido falar de casos semelhantes naquela região. Levantou a cabeça mas foi travado pela fala de Janet, muito calma, olhando para ele.

– Acho que não é boa altura para se tratar esse assunto. Embora seja importante que se fale, para acabar de uma vez com o tabu. São coisas do passado, agora não têm o menor sentido de existir, se alguma vez tiveram... Por favor, vamos mudar de conversa. Pelo menos aqui, agora.

Estava certamente a referir-se à possibilidade de Geny regressar à sala, ainda não suficientemente acalmada pelo pescador, e encontrar uma conversa que a faria delirar ainda mais, levando a explodir o que estava mesmo à flor da pele. Acabaram pois a refeição silenciosamente, depois recolheram a louça. Kiboro serviu um copo de uísque a Julius e a si próprio uma limonada. Janet disse, também preciso de um uísque. E o Riek? Recusou, nunca bebia álcool. O médico aceitou, também preciso hoje, caramba. Foram para a varanda com os copos, se sentaram nos cadeirões de verga, Nkunda muito agarrado ao tio. Rex pôs-se a ladrar para a noite, como pressentindo algum fantasma. Aliás devia haver muitos cazumbis a rondar naquela noite, com sua infernal expectativa de assistir de bancada à agressão entre os vivos, como sempre. Jude tinha uma pergunta urgente a fazer a Simba, mas não podia ser à frente dos outros. E também não podia lhe dizer, vamos ali para um canto para eu te perguntar uma coisa, porém ainda esta noite precisava de o fazer. E já sabia como.

– Se quiserem falar a sério sobre esse assunto, vamos para nossas casas – disse Kiboro. – Para uma delas. Não aqui. De qualquer modo, lá também há bastantes bebidas.

– Não penso que haja mais nada a falar sobre isso – cortou Ukolo.

– Apenas explicar ao Riek as coisas de uma forma mais clara, pois parece ser o único que não está ao corrente. Os outros, mesmo os que não são desta zona, já conhecem.

Ninguém contestou. Ficaram a sentir a noite sem insetos a rodopiarem à volta das luzes, terminando as bebidas. Preparavam-se para partir para as casas respectivas, procurando lá alguma coisa para entreter uma parte da noite, longas demais agora sem rádio nem televisão nem diversões. Todos iam para a rua de Simba, menos Jude, que morava com Geny. Foi então que a moça se aproximou de Ísis e pediu:

– Posso ir para tua casa? Não quero morar mais com aquela maluca.

Ísis acedeu. De fato, durante o dia, Jude ficava mais na casa dela ou na de Janet que na de Geny, a estudarem juntos a arte de pilotar. Riek certamente não se importaria da presença da moça, havia quartos vagos. E Jude escolhia bem, a casa onde viviam Ísis e Riek era neutra, nenhum deles tinha grupo, aliás até se podia dizer que eram de grupos com muitas diferenças entre si. Jude entrou no carro de Simba, com Riek e Nkunda atrás. A partir de agora passo a dormir na casa de Ísis, explicou para o médico. Ele acedeu, sem mais perguntas, sempre tinha achado ser Dona Geny uma má influência para a miúda. Mas Julius perguntou para Kiboro, e o pescador, ele fica?

– Deixa-o ficar a fazer companhia à louca, ela está a precisar – riu Joseph, abrindo a porta do carro para Rex. – De qualquer maneira, já é grandinho, pode voltar a pé para casa.

Acabaram por se sentar todos na varanda de Ísis, era a maior varanda da rua e a casa melhor apetrechada de bebidas, como já sabemos. Foi ao sair do carro que Jude agarrou no braço do médico, quase o empurrou para o lado e lhe segredou:

— Afinal é porque sou do outro grupo que não me queres? Foi preciso aquela maluca falar para eu perceber. Por isso ela insistiu para eu ficar na casa dela, pertencia ao mesmo grupo... Mas fica sabendo que nunca fui de nenhum grupo, estou-me nas tintas para isso.

— Claro que não és de nenhum grupo, já não és. E ninguém mais é. Só a Geny.

Ela gostou da resposta e manteve-se de braço dado, enquanto subiam as escadas da varanda, tentando encostar o corpo ao dele. Nkunda, discretamente como sempre, atravessou a rua para se deitar, era um miúdo sossegado. Apesar de não estar em sua casa, Joseph mostrou conhecer todos os cantos, pois imediatamente trouxe garrafas e copos. Exceto para Riek, que foi fazer um chá de umas ervas especiais. Quando estavam todos instalados e servidos, Janet falou:

— É altura de explicar ao Riek as coisas.

— Lá está ela a se meter em assuntos alheios — disse Julius, sorridente. — Tinha de ser americana!

Ela levantou os braços ao ar, desculpem, não está mais aqui quem falou, perdoem a minha interferência imperialista, é um hábito inato em nós, difícil evitar. A careta era cômica e todos riram. Olharam uns para os outros e Simba percebeu, ele é que tinha de dar o pontapé de saída.

— Certamente sabes que aqui se passaram muitas guerras e massacres, Riek. Uns grupos contra os outros. O que os distinguia era difícil de descobrir, mas muitas explicações foram dadas durante os tempos. Porque uns eram mais altos e magros, os outros mais baixos e entroncados. Porque uns eram criadores de gado, os outros agricultores. Porque uns eram mais inteligentes, os outros mais ativos. Por aí fora. De fato, falavam a mesma língua, vestiam da mesma maneira, nada parecia diferenciá-los. Mas umas linhagens tinham mais poder que as outras. E então, para os distinguirem, os colonizadores europeus, que se baseavam nos que conservavam mais poder ou influência, tiveram a brilhante ideia de aconselhar uns a usarem ligeiras escarificações na testa e outros nas faces, assim se reconheceriam. Uns podiam exercer o poder até certo ponto, ficando sempre os colonizadores por cima a controlarem tudo, os outros deviam acatar esse poder subalterno. A demografia era galopante, quer dizer, as pessoas se reproduziam muito depressa, tu aqui não eras muito necessário com a tua arte. Quando o espaço ficava apertado e ninguém cabia mais no território, havia lutas para conquistar lugar, para expulsar os outros. Umas vezes ganhavam uns, outras vezes os outros. Mas mais vezes ganhou o que acabou por ser considerado o meu grupo e do Kiboro e do Nkunda. Até que os jovens começaram a não aceitar escarificações e a não as deixar fazer aos filhos. Nós não as temos, embora a Geny ainda use uma ligeira na face esquerda, se repararem bem. Mas mesmo se não tivesse, podíamos reconhecê-la, como reconhecemos Jude ou o pescador. Eles eram do outro grupo. Para nós é ainda fácil distinguir. E eles também o fazem. Não sei explicar como, talvez uma intuição, talvez uma maneira de estar diferente, de colocar o corpo, mas o fato é que ainda somos capazes de discriminar. Estou a falar bem, Joseph?

O visado aprovou com a cabeça, parecendo no entanto mais atento ao nível do líquido no seu copo. Um copo de uísque. Para quem nunca bebera por consciência profissional, mostrava aguentar bem o álcool. Agora não tinha motivo para abstinências, tinha perdido a profissão. Simba continuou:

— Entretanto chegou o tempo de os colonizadores irem embora. Foram. Mas deixaram as divisões entre nós mais acentuadas, como em todo o lado. E continuaram guerras e massacres de que nos envergonhamos. Procuramos a um momento dado ultrapassar esses conflitos, enterrar o passado. E agora que somos tão poucos, menos razão ainda existe para haver diferenças. Acho eu. Mas a Geny pelos vistos não esqueceu nada. Só espero que o pescador não embarque na sua canoa de ressentimento.

— Notei a tendência que ele tem para a procurar — disse Joseph. — Mas sempre achei serem outras as razões, não as de grupo. Espero bem que sejam outras, mais divertidas.

Se estava à espera de muitos risos por causa da sua piada, Kiboro tinha de se flagelar, pois apenas Jude deu um risinho trocista e esse mesmo um pouco forçado.

– Alguns povos muito parecidos também se mataram uns aos outros na minha região – disse Riek. – Parece ser o destino do homem, primeiro procuro um inimigo parecido comigo, só depois um amigo. Ísis levantou da cadeira e abraçou Riek, és um grande sábio. Era um gesto simbólico que respondia a angústias de séculos, talvez milênios, e Simba Ukolo se comoveu, ainda por cima vindo de Ísis. Mas ela não procurou os seus aplausos pois olhou para Kiboro ao voltar a se sentar. Foi quando Jude sentiu necessidade de se expressar. E fê-lo de forma pausada, refletida, adulta, como sentiu Simba Ukolo.

– As crianças não sentiam essa questão. Só descobri que havia uns e outros quando os meus pais me falaram a propósito de uns colegas de escola que convidei para a minha festa de aniversário dos doze anos. Não o fizeram criticando, mas disseram que havia crianças dos dois grupos mais ou menos em mesmo número. E eu perguntei-lhes o que era isso. E eles explicaram. E eu perguntei como sabiam quem era quem e eles disseram apenas, sabemos. E nomearam alguns meus amigos de um grupo e amigos do outro grupo. No dia seguinte, na escola perguntei a alguns e coincidia com o que os meus pais diziam. Os meus colegas conheciam o grupo dos pais, mas não se sentiam de nenhum grupo. Como eu.

– E depois de teres essa conversa tão importante, o que fizeste com os teus colegas? – perguntou Janet.

– Ora, fomos brincar juntos, como sempre. Para nós não tinha nenhum significado, esquecemos imediatamente os grupos dos outros. E, se querem saber, eu não sei distinguir. Só hoje aprendi que a Geny e o pescador são do meu e o Simba e o Joseph são do outro. Nem os meus amigos sabiam diferenciar. Nunca mais falamos dessas coisas que depois descobrimos terem feito tanto mal. Afinal não era nosso problema.

– Não era vosso problema, mas cresciam – disse Ísis. – E quando crescessem mais, iam aprender as coisas e sofrer com elas. Chegavam a um emprego e eram recusados e vinham a saber mais tarde que a razão tinha sido a de não pertencerem ao grupo certo para aquele emprego. Até chegarem a pedir a um membro do vosso grupo para vos arranjar um trabalho e ele conseguir. Assim se reproduzem os grupos e as suas fronteiras. A mesma coisa na vizinhança, as relações mais íntimas se estabelecem apenas entre os vizinhos do mesmo grupo.

— Como sabes? — perguntou Riek. — És estrangeira aqui, tu mesma o disseste...

— Mas vivo há muito tempo nesta região. E no fundo, ela não é diferente de outras que conheço, por nelas ter vivido ou por as ter estudado. Normalmente há uma língua ou uma maneira diferente de falar a mesma língua que distingue grupos. Não aqui, o que é mais estranho. No fundo, era uma questão de poder, de domínio, as linhagens que tinham mais e as que tinham menos, as que podiam mandar e as que deviam obedecer. E isso, Riek, conheço, tenho andado a estudar coisas parecidas na minha curta vida, só que em outras épocas mais antigas.

— Ísis tem razão — disse Simba. — As pessoas ao crescerem acabam por entrar no sistema. Não escapei a isso, embora na minha profissão de médico fizesse tudo para esquecer a existência dos grupos. Acho que conseguia, felizmente, tratando todos por igual. E tu, Joseph?

— Na minha profissão? Para dizer a verdade, nem sempre sabia de quem eram as casas que visitava. Mas acontecia descobrir ou antes ou durante a operação a que grupo pertencia o dono. Devo confessar, era mais cuidadoso quando se tratava de alguém pertencendo ao meu próprio grupo. Deixava as coisas mais arrumadas, sujava menos.

— Mas levavas à mesma — disse Ísis.

— Claro, ia lá para isso. Levava o estritamente necessário para a minha vida. Em outras casas ficava mais à vontade, embora nunca fizesse verdadeiramente estragos.

— Eram de inimigos — disse Janet.

— Não, já não inimigos, isso era para os meus pais. Apenas os outros. Não tinham tanto valor como os nossos, estes eram como parentes, os outros não. Mas inimigos também não.

— Compreendeste agora bem? — perguntou Ísis para Riek.

— Sim, entendo bem.

— Assunto encerrado, ninguém nunca mais fala disso — decretou Janet. — A menos que os ausentes o queiram...

Julius abraçou a mulher e deu-lhe um sonoro beijo na orelha. Ela fez uma careta porque assim tão próximo devia ter soado como uma explosão. O compridão falou:

— Já que os americanos encerraram o assunto, talvez pudéssemos mudar para as contradições entre um homem vagamente masai e uma mulher branca vagamente imperialista. A História pode ajudar, Ísis?
— O que a História ensina é que há fortes probabilidades de o resultado da contradição ser um tipo assim da minha cor — disse Ísis, rindo. — Claro que o Riek sabe mais dessas coisas que eu... Riek, Janet é boa parideira?
— É. Pode ter muitos filhos.
— Mas eu sou uma mulher moderna, emancipada — disse a americana. — Quero um ou dois filhos, três no máximo.
— Essa é uma questão que não me tem largado a cabeça ultimamente — disse Simba. — Se forem confirmadas as piores suspeitas e só restarmos nós no mundo, as mulheres vão ter de ser mesmo umas coelhas. Senão a humanidade acaba.
— Espera lá — cortou Ísis. — Pretendes dizer o quê? Que refaçamos a humanidade? Só nós?
— Não é uma obrigação moral?
— Obrigação coisa nenhuma, Simba. Eu ainda nem pensei em ter filhos. Nem sequer me tinha preocupado de saber se um dia casaria, antes do desaparecimento das pessoas. De repente, por causa de um qualquer imperativo moral em relação à espécie humana, desato a fazer filhos? Nem é bom brincar!
— Que se lixe a espécie, é isso? — insistiu Simba.
— É isso mesmo — respondeu Ísis. — Que fez a espécie por mim? Não me deixou sozinha? Ou quase?
Os olhos dela faiscavam. Foi nesse momento que Simba Ukolo soube que a perdera, pelo menos temporariamente. Jude ia dizer, eu cá estou disponível para fazer dez filhos contigo, mas retraiu-se a tempo. Ia parecer uma oferecida.
— Repito, Simba, resta saber se não foi mesmo a tua espécie humana que provocou este desastre — voltou a falar Ísis. — Tudo indica que sim.
— Nada indica, Ísis, sabes bem. Nenhuma pessoa ou país ou grupo tinha acesso a uma arma que fizesse desaparecer a vida numa área tão vasta. Não é possível imaginar isso.
— Pois eu imagino muito bem. Os grandes países podiam ter tecnologias secretas que não conseguiram dominar e algum louco

se apossou delas. Ou então foi o clima de repente... Sei lá, a camada de ozônio, o aquecimento global, coisas dessas... Não é a espécie humana que tem vindo a alterar o clima? Vai dar sempre tudo no mesmo, na nossa responsabilidade coletiva. Mais responsabilidade de uns que dos outros, mas de qualquer forma... A menos que prefiras as explicações religiosas e foi obra de algum deus, talvez o da Geny... Ou, para ficarmos todos de consciência tranquila, foram extraterrestres, "A Guerra dos Mundos"

– Não estamos em medida de saber, por enquanto pelo menos – reconheceu Simba. – Mas devemos ajudar a natureza a refazer-se.

– Não à nossa custa, obrigar-nos a retroceder até ao primitivo estágio de parideiras. Foi um longo caminho da mulher para vencer o preconceito masculino das famílias numerosas. Os homens, durante milênios, consideravam uma diminuição de prestígio serem pais de poucos filhos. Os machos impuseram essa ideologia da necessidade de muitos filhos através das tradições e das religiões, por exemplo. Mas os tempos foram mudando, houve conquistas. Mesmo em África as mulheres começavam a impor uma diminuição séria do número de filhos, para elas poderem ter uma vida profissional. Voltar agora para trás?

– Voltar atrás ou extinguirmo-nos – disse Simba. – A opção é esta, parece. Infelizmente.

– No entanto, o médico que tu és sabe ser impossível refazer a humanidade a partir de tão poucas pessoas – disse Janet. – A consanguinidade cria problemas praticamente insolúveis.

– Essa é outra questão – admitiu Simba. – Tens razão, o grupo é pequeno demais. Mas pode ser que haja outros grupos. Por que razão só sobreviveríamos nós? Deve haver muitas outras comunidades, isoladas, sem meios de comunicação...

– Essa é também a minha esperança – disse Janet.

Joseph Kiboro tinha uma dúvida e conseguiu fazer a pergunta que também atormentava o cérebro de Riek, mas que estória é essa de consanguinidade? Janet e Simba explicaram o enfraquecimento fatal das espécies que tinham de se reproduzir a partir de um número insuficiente de elementos; a diversidade dos genes era necessária para preservar a espécie, evitando as chamadas doenças ou deficiências provocadas pelo fato de os acasalamentos serem sempre feitos entre parentes, "do mesmo sangue", acumulando deformações de genes. Kiboro pareceu compreender, Riek não. Um bom feitiço pode resolver, achou ele, o problema era descobrir qual o bom feitiço. Sabia de alguns, com ervas à mistura, mas para ajudar os casais a conceber, não para essa possibilidade de saírem filhos anormais, cada vez mais anormais. Isso era mais para os médicos, mas parecia que Ukolo, apesar de médico, também não sabia.

– Sairá uma espécie humana diferente, então – disse Jude. – O que vocês chamam doenças hereditárias passará a ser o normal, não é? Olha, não me choca nada vir a ter bisnetos com antenas e só com um olho...

E deu uma gargalhada contagiosa. Kiboro voltou a encher copos num ambiente mais distendido. No entanto, achou Simba, tinha sido apenas o princípio de uma discussão interminável sobre direitos. Outras aconteceriam inevitavelmente. Viram então o pescador a avançar pela rua, um pouco cambaleante, uma garrafa de cerveja vazia na mão.

– Esse não perdeu tempo – disse Julius.

– Ainda lhe arranjo umas geladinhas aqui – disse Kiboro. – Apesar de não ser do meu grupo...

– Decidimos não voltar a tocar nesse assunto – ralhou Janet.

– Decidimos não, decidiste – disse Julius. – E muito bem, na minha opinião. Senão ainda sou acusado de tapar os mais baixos com a minha altura, os quais formam grupo contra mim.

– Parvo! – exclamou a americana, beliscando-lhe o braço. Ele beijou-lhe o pescoço com sofreguidão.

O pescador viu os outros sentados na varanda da casa da frente, atravessou a rua e subiu os degraus, agarrando-se ao corrimão para ultrapassar o efeito das várias cervejas ingeridas. Kiboro apresentou-lhe um cadeirão vazio e ele deixou-se cair. Realmente, o Joseph fazia as vezes de anfitrião, o que dava para suspeitar haver combina séria com Ísis. Nada disso escapava a Simba Ukolo, resignado a suportar estoicamente a desilusão de um amor morto à nascença. No momento não podia fazer nada para evitar aquela ligação que se adivinhava, aguardaria melhor altura para lutar. Voltou a sentir saudades de Íris e da filha, o álcool ajudando. Jude estava sentada

a seu lado, a cadeira colada à sua, a mão segurando o seu braço. Parecia que os casais se iam formando, nem sempre conforme as vontades de todos. E a ele calhava a Jude, eram as sobras, estava visto. Pela primeira vez, não repudiou imediatamente a ideia. Anteriormente desejava e achava possível formar par com Ísis, essa ideia impedindo qualquer outra hipótese. Agora, preferia não pensar. Ficou sentindo a mão da miúda no seu braço e as saudades de Íris, tudo ao mesmo tempo. Entretanto, o pescador aceitava a garrafa gelada oferecida por Kiboro e levava-a imediatamente à boca. Depois teria de se apoiar no ombro do ladrão para atravessar a rua e chegar a casa do médico. Nessa hora, não havia grupos que os distinguiam ou separavam. Ainda bem, não é?
— A Janet quer dois, no máximo três filhos — voltou Ísis ao assunto. — E tu, Julius, já pensaste quantos queres?
— Não vais um bocado depressa demais? — perguntou o compridão. — Nunca tinha pensado no assunto. Nem falei com ela. Vou fazer aqui uma confissão pública? Já não há privacidade?
— Desculpa, não era minha intenção
— Sei, Ísis, estou só a brincar contigo. Mas já agora... Se tens de cumprir a tua parte de responsabilidade para com a espécie, afinal qual é o macho que escolhes?
Julius tinha destas tiradas que sobressaltavam as pessoas. Claro que fiquei bem envergonhada, apanhada de surpresa, sentindo os olhos dos machos todos a voltarem-se para mim, uns interessados por curiosidade, outros interessados por desejo. Pois não era difícil sentir o desejo nos olhos de alguns, de forma mais ou menos dissimulada. Joseph não procurava esconder nada, sorria com a pergunta de Julius e apresentava quase o peito, certo de que seria a minha escolha. Simba desejava frontalmente, sem procurar evitar que eu descobrisse, mas desejava com olhos baixos, intimidado, quase respeitoso, intensamente lúbrico. O pescador estava noutra, escolhendo Geny. E Riek desejava de viés, ou então não desejava nada, apenas me observava as reações. Difícil de dizer, era o mais imprevisível de todos, pois parecia escudar-se numa certa aura de homem santo, desinteressado de tudo, para talvez se posicionar numa estratégia de ataque no último minuto. De Riek eu não sabia o que pensar e no entanto

o ar dele enganava muito. Parecia um eremita, magro e sem tratar do cabelo nem da barba, menos ainda da roupa. Cabelo de tranças rastafári e barba comprida e enovelada, também formando tranças naturais. Parecia realmente saído dos livros santos sobre os eremitas no deserto para meditarem sobre a transcendência e enfrentarem os demônios, próprios ou alheios. No entanto, tinha uma atitude que atraía fatalmente as mulheres, pelo mistério e o desprezo. Os olhos eram fogos ardentes, como os das onças, indicando-te seres uma presa apetecível. Muitas curas de infertilidade seriam testadas por ele próprio, fazendo as mulheres gerarem filhos seus, acho. Tinha ouvido falar dessas curas. Como tinha ouvido falar dos médicos obstetras que aproveitavam o recolhimento dos gabinetes de consulta para excitarem as pacientes com apalpações desnecessárias e falinhas mansas, até as penetrarem para lhes curar qualquer doença, real ou fictícia. No caso de Riek seria diferente. Ele curava as estéreis e depois, para provar que a cura era a sério, emprenhava-as antes dos maridos. Era talvez um perfeito disparate e uma grande injustiça, mas esta especulação obscena sobre o etíope atraía-me. Decididamente, Riek era um tipo com quem eu iria para a cama com a maior das facilidades.

– Mas então já escolheste algum? – insistia Julius.

E eu envergonhada, só faltava tapar a cara com a mão. Felizmente não havia muita luz na varanda, exceto o felino luar que saía dos olhos atentos de Jude. Essa tinha as suas razões, estava ali a tentar desviar o desejo tão mal escondido de Simba. Eu tentava, sem saber como, evitar ser o centro das atenções e esperava o socorro de Janet, só poderia vir dela. Mas tardava. E os homens pareciam feras a rodear-me com o seu bafo, pior, com a baba que se formava nos lábios. E tornava-me cada vez mais o centro das atenções por causa do meu silêncio. No entanto, apesar de ser uma posição incômoda, decidi manter-me calada, para não quebrar o ambiente tenso que se criou. Estávamos de fato em época de cio, não só meu, mas de todos. E se podemos prolongar essa sensação de cio, é bom fazê-lo. Olhei de relance para Riek e senti nos olhos dele, fixos na chávena, a onda de desejo que o inundava. E me inundava. Sei, nesse momento umedeci as calcinhas. Lembrei de repente uma amiga, colega de escola, que nunca usava essa peça de roupa. Não se sentia bem com elas. Os homens que descobriam o fato tinham uma só interpretação, ela estava sempre pronta a fazer amor, não pensava noutra coisa, era ninfomaníaca. Como se as calcinhas fossem uma proteção, a derradeira fortaleza a ser derrubada. Em alguns casos seria. Mas não no caso da minha amiga, ela apenas não gostava de as usar e corria os riscos. Foi Joseph que quebrou a onda ambígua e me remeteu à realidade, deixa-a em paz, Julius, o problema é dela. Intercedia por mim, porque me julgava já conquistada? Tinha pelo menos autoconfiança suficiente para considerar o assunto um tema a tratar apenas entre nós, na ocasião conveniente. Os outros não tinham nada que perguntar nem que se meter no meio, apenas deixar acontecer. Grande convencido, esse Kiboro, mas simpático e interessante como homem.

– Então que diga alguma coisa – insistiu o matulão.

– Ela não vai dizer, nem tem de dizer nada – cortou finalmente Janet. – Fiquem na vossa expectativa, caros senhores.

– Ela está masé a gozar com vocês – disse o pescador, na sua voz muito bêbada.

E ele tinha razão. Eu estava a gozar com eles. Não como se pensa ser o gozo, a brincadeira. Não, eu estava a gozar, a ter prazer com o desejo deles. Tinha acontecido muitas vezes sentir o desejo dos homens, sei que sou bonita e atraio as atenções. Mas neste momento era diferente, falava-se diretamente em copular para procriar. Estávamos num ambiente de natureza animal em que se escolhem os casais para manter a espécie. Eu era a fêmea que estava no centro e podia com um gesto escolher este ou aquele, fazer de rainha das abelhas, tinha vários pretendentes, declarados ou escondidos. Podia até desvendar o que escondiam os mais dissimulados, como Riek, para espanto de uns tantos. Talvez tivesse feito qualquer coisa, talvez tivesse desafiado Riek de alguma forma, só para escandalizar Geny, mas ela não estava ali e assim não tinha piada. Havia outra coisa: Riek e eu habitávamos a mesma casa. Qualquer gesto público aqui no grupo podia ter consequências depois, no silêncio de uma casa às escuras. Consequências boas ou más, dependia. Acomodei-me na cadeira e tive de novo a sensação de calcinhas molhadas. E deixei-me ir na onda sensual, imaginei a casa na escuridão e eu a ouvir uma respiração hesitante aproximando-se da minha cama, talvez mesmo as tranças a entrechocarem-se. Entreabri as pernas e esperei pela mão dele a tocar no sítio que estava molhado e o cheiro a santidade do deserto impregnava-me...

A gargalhada fez-me voltar à realidade. Era Julius mas também o pescador e Jude e Janet que riam. Os outros, os zangãos, estavam sérios e calados, olhando para mim. Não sei o que os fez rir, ninguém repetiu o que foi dito, se algo foi de fato dito, ou se foi a minha atitude a provocar o riso. Não sei e talvez nunca o venha a saber, pois o pescador levantou e disse vou dormir, o que rompeu o ambiente sensual em que me banhava. Os zangãos também acordaram do seu desejo mal contido e Kiboro foi acompanhar o pescador a casa, pois ele ia tropeçando nas escadas. Joseph podia abandonar momentaneamente o terreno de luta, seguro como estava da vitória. Nunca lhe passaria pela cabeça que Riek pudesse ser um rival, apenas se media com o doutor. E este, aparentemente, tinha aceitado a imposição de Jude, pelo menos não a afastava, e mantinha a mão dela no seu braço. Enganava certamente Kiboro, que não podia ter a percepção do desejo do outro, mas não me enganava, nem provavelmente a Riek, o sábio. Eu sabia ser desejada por Simba e isso agradava-me, mesmo se não estava interessada. Queria ser a abelha rainha, era meu direito pelo menos naquela noite, era excitante, quase ao ponto de atingir o orgasmo. Mas já não agora, tinha passado a excitação com a gargalhada deles. Terei feito alguma coisa, um esgar a indicar o meu gozo e que todos perceberam? Que vergonha! Porém, depois afastei a ideia, Jude nunca ia deixar passar tal oportunidade sem me humilhar, anotando mais um ponto para a sua vitória.

– Começo a sentir um bocado de frio – disse Janet, indicando a Julius que era o momento de se retirarem. Ele passou a mão pelas costas dela e deixou-a descer para a bunda, com intencionalidade. Ela curvou as costas, como uma gata. Levantaram-se abraçados e despediram-se de mão no ar, sem palavras.

Se Simba os imitasse, Kiboro não voltaria. Mas o médico ficou calado, na mesma posição, e Jude também. Por isso Riek não se mexeu quando o par se foi embora, nada mudou, e Joseph teve tempo de voltar. Com menos assistentes, os zangãos mantinham-se em liça. Ia ficar um ambiente um bocado complicado, adiantei adivinhar. Talvez fosse melhor ir deitar-me, terminando com a competição. No entanto, estava colada ao assento, gozando a umidade do sexo, deixando-me desejar. Resolvi adotar a postura distante da rainha no seu trono. Acrescentei um pouco de uísque no meu copo, fiquei com ele na mão, bem centrado no peito, como Cleópatra num baixo relevo, ou a própria Ísis. Quanto tempo podia manter aquela postura direita, olhando para o vazio, sentindo apenas o meu sexo, brincando com ele em suaves contrações? Joseph aproximou-se de mim, mas foi para se servir de uísque. Logo regressou ao seu lugar. Vi, de lado, a mão de Jude acariciar levemente o braço de Simba, o qual mantinha os olhos baixos. Riek, esse, aspirava o ar, as narinas frementes. Podia ele reconhecer o cheiro do cio? E podia eu estar a enviar odores de cio para o ar? Talvez se confundissem com os de Jude. E, curiosamente, não me importava se ele conseguisse distinguir os meus e portanto soubesse que os enviava. Antes pelo contrário, queria mesmo que os sentisse. Em posição de esfinge, tentei seduzir o feiticeiro, contraindo a vagina e enviando mentalmente para ele os eflúvios. Se era mesmo bom na sua profissão, tinha de sentir e perceber. Ou então era um charlatão como tantos outros. E desses estava farta, sobretudo o último que me tinha contado ser gerente de um banco quando se tratava de um caixa estagiário. Mas a desilusão principal não foi essa, muita gente se autopromove para impressionar o outro. O problema era a total falta de imaginação, a incapacidade de fazer ou dizer algo que surpreendesse, o máximo tendo se limitado à aldrabice de ser gerente de banco. Dançava bem, era a sua máxima virtude, embora com o hábito horrível que alguns tinham de dançar com a garrafa de cerveja metida entre o cinto e a barriga. Mais uma das suas atitudes ridículas. Mas isto era o desprezo posterior a falar, provocado pelo despeito. Houve um momento em que ele me encantava a dançar, pois o ventre cantava e falava e dançava ao mesmo tempo, como se isso tudo fosse possível.

 Passou muito tempo nesta situação, pois Kiboro voltou a encher o copo, ameaçando bebedeira pela falta de hábito. Também Simba Ukolo saiu da sua reserva, afastou cuidadosamente a mão de Jude e foi servir-se.

— Posso também beber um? – perguntou a miúda, numa prece rara pois humilde.

O médico encolheu os ombros e pôs uma pequena porção num copo, com água ou sem? Não ouvi a resposta dela, não me interessava, toda concentrada no meu gozo e em tentar fazer que Riek o sentisse. Este nem se mexia, apenas as largas narinas abriam e fechavam, como as guelras de um peixe fora da água. Selvagem, excitante.

Joseph foi o primeiro a fugir do silêncio, boa noite, vou dormir, reconhecendo a derrota, pelo menos nesta noite. Desceu triste e tropegamente as escadas, sem saber como atrair o meu olhar, fixo teimosamente em frente. Vi-o no entanto caminhar pela rua e entrar na casa da frente. Jude tinha voltado a acolher Simba no seu seio, agora muito mais chegada a ele. Acariciava-lhe o braço e a cara quase se encostava à dele. Não podia ir mais longe, aqueles cadeirões de palhinha não eram favoráveis a tais práticas. Ele foi deixando enquanto acabava o copo, depois afastou a mão dela, fez-lhe uma festa na carinha, levantou e se despediu, está na hora. Vi-o também atravessar a rua.

Não era possível manter a postura, agora que todos os estranhos à casa tinham ido embora. Bebi o uísque todo de um trago, dando por acabada a postura hieroglífica. Vamos escolher o teu quarto e fazer a cama, disse para Jude. Ela concordou e eu abandonei o meu gozo. Ela preferiu o quarto mais ao fundo do corredor, próximo de uma casa de banho, à frente do vazio onde tinha ficado Jan Dippenaar. O meu era no princípio do corredor, ao lado do que fora o de Janet, antes de ela passar para a casa do lado. Quase à frente ficava o de Riek. Depois de ajudar Jude a instalar-se, fui à casa de banho e entrei no meu quarto. Deixei a porta encostada. Despi-me e deitei sobre a cama. Apaguei a luz e esperei Riek.

Senti os passos no corredor, leves como era todo ele. Ouvi a porta do quarto dele a abrir. Passados alguns momentos, o tempo de ele entrar e dar uma volta hesitante pelo sítio, ouvi-a fechar-se. A minha abriu-se e ele entrou. Não falou. Veio direito à cama.

Era de fato um feiticeiro competente.

12

Qual de nós foi o primeiro a ouvir o motor do avião? Talvez Kiboro, sentado à varanda e bocejando por nada ter para fazer senão atirar um pau a Rex, ensinando-o a ir buscar. Mas do outro lado da rua, no quarto onde Julius, Jude e Ísis estudavam pilotagem, veio um grito selvagem, avião, é avião. E Simba Ukolo, no hospital, onde agora passava partes importantes do dia com os microscópios, também o ouviu e saiu para a rua, olhando o céu. O pescador estava num parque, passeando com o pequeno Nkunda, e este desatou a correr quase instintivamente para o aeroporto. Geny levantou a cabeça com o zumbido, mas abanou-a e continuou a picar a cebola na cozinha do restaurante, enquanto Janet descascava batatas. A americana disse, parece um avião, mas perante o alheamento da senhora, continuou a descascar as batatas, temendo em silêncio se tratar da primeira experiência de Julius. Aguentou firme, sem nada deixar transparecer da sua angústia, o coração aos pulos. Se era de fato ele, então preferia não ver. Houvesse má notícia e ela viria a galope, não é sempre? Riek, por coincidência, estava muito perto do aeroporto, na última rotunda, apanhando umas ervas raras para algum medicamento secreto, quando reconheceu o barulhento diabo azul com que aquele branco maluco queria furar as nuvens. Caminhou também para o campo de aviação, sem se apressar. Os outros pegaram nos carros e partiram, exceto o pescador que perseguiu o menino a pé. O avião voltou a passar por cima das cabeças, rasando as casas e confirmaram nele o que todos esperavam, Jan Dippenaar. Maior a alegria de Joseph Kiboro, ele voltou, ele voltou. De fato o sul-africano regressava do seu périplo, uma semana e cinco dias depois de ter partido. Tempo durante o qual o grupo de iniciados na pilotagem não se atreveu a voar. Na véspera, perante muita insistência, Ísis tinha concordado, talvez Jude possa afinal experimentar, mas Julius voltara a ser obstinado, nenhum de nós está preparado, vamos esperar só mais uns dias e continuar a estudar.

Jude estendeu os beiços num muxoxo sonoro, estudar mais o que, mas não agradeceu o apoio da somali, por ainda sentir o interesse de Simba nela e não poder evitar os ciúmes. No entanto, mais ciúmes tinha mostrado Geny dias atrás, quando ela mudou de casa. A senhora passou uma lição de moral completa e severa à moça, fez chantagem emocional porque agora era obrigada a viver sozinha, agradeceu a ausência porque assim não precisava de conviver com a sua nefasta proximidade, augurou-lhe todos os pecados e tragédias do mundo, tudo ao mesmo tempo, mas a miúda não ligou importância nenhuma nem manifestou a mínima intenção de reconsiderar o seu gesto. Antes pelo contrário, estava muito contente com a mudança, vivia com gente mais interessante e, sobretudo, assim ficava todo o tempo nas imediações do médico, o seu alvo.

Chegaram ao aeroporto quando o avião tocava o solo. A faísca amarela brilhava no azul da fuselagem. Todos festejaram quando o aparelho estacionou e correram calorosamente para o piloto. A figura conhecida de Dippenaar saiu da carlinga e fez um aceno, satisfeito com o acolhimento. Gritos e palmas receberam-no. De todos, até mesmo de Riek, contagiado pela alegria geral. Não era caso para menos, na situação em que nos encontrávamos uma pessoa a mais tinha muita importância. E, apesar de algumas desconfianças e reservas existentes em relação a Jan, tínhamos de concordar que o seu conhecimento de voo podia revelar-se muito útil à comunidade e aos outros que porventura estivessem isolados na região. O interesse acaba sempre por prevalecer em relação aos preconceitos mais enroscados, já muitos sábios tinham ensinado. O sul-africano abraçou todos e deixou-se arrastar para a sombra do hangar, onde até Rex mostrava barulhentamente a sua alegria, apesar de não conhecer pessoalmente o recém-chegado. Seria? Nunca se sabe o que conhecem os cães. De qualquer modo o piloto notou a presença do Rex pois perguntou, rindo, um novo membro para o grupo? Os outros confirmaram, mas estavam ansiosos pelas novidades que ele tinha para contar. Talvez tenha sido a presença de Rex, ou outro motivo qualquer, mas o sul-africano primeiro perguntou por Janet. Está a fazer o jantar, lhe respondeu Julius. E ele não perguntou por Dona Geny, que também faltava no grupo, talvez por lhe parecer normal ela ficar a fazer o jantar, ou talvez porque não lhe interessasse Geny como lhe interessava Janet. Tudo suposições nossas, claro, ou pelo menos de alguns de nós, os mais inclinados a conspirações e mexericos. Quando ele partiu, ainda não tinha sido revelada publicamente a relação entre Julius e Janet e também ninguém lhe ia contar agora, logo no aeroporto. O que interessava realmente era saber notícias da parte dele.

— E então, viu a sua família? — perguntou Simba Ukolo, o que tomava iniciativas.

— Nada. Ninguém. Não há vida a sul deste ponto. Pelo menos não encontrei nenhuma.

Sentaram-se no hangar, alguns em peças de aviões, outros em duas cadeiras meio desmontadas. Deixaram para Jan a cadeira completa retirada de algum aparelho, merecia a deferência. Mas ele precisava de mexer as pernas e por isso começou a falar andando de um lado para o outro.

— Primeiro fui a Pretória e Brits, minha terra natal, onde deixei parentes, mas não encontrei ninguém. A minha casa estava completamente vazia. Fui a várias da família... Vocês conhecem a coisa. Fiquei por lá um dia, andando de um lado para o outro, procurando. Depois peguei num carro e fui a Joanesburgo, a maior cidade, podia atrair mais gente. Também sem ninguém. Andei dois dias por lá, a vasculhar. Nem uma formiga, nem uma mosca, nada. Peguei no avião e fui a Durban, na costa. Mesma coisa. Depois Cidade do Cabo. Nada. Subi a costa ocidental, aterrei numa praia onde sempre tinha visto enormes quantidades de pinguins e de focas, um importante ponto de turismo. Vazia. Entrei na água com equipamento de mergulho e não encontrei um peixe ou um caranguejo...

— O mar também está vazio? — perguntou Simba.

— Iria jurar que sim. Pelo menos aquela parte do Atlântico. Só algas. Subi sempre para norte até à Namíbia. Mesmo panorama. O deserto do Kalahari ainda mais deserto. Depois infleti para oriente, sobrevoei Etocha, onde antes havia tanta vida animal, um escândalo zoológico, chamavam-lhe os guias turísticos, e nem um escorpião mexia. Mesma coisa no Botsuana. Cidades vazias, algumas já sem eletricidade e a comida a apodrecer, como tinha visto em alguns sítios da África do Sul. Continuei para leste até aterrar no Zimbábue, onde encontrei o mesmo. Achei que não valia a pena procurar mais e subi pela Zâmbia. Vim para aqui onde sabia que ia encontrar gente. Parece que em toda esta região de África só sobramos nós. A menos que haja em Angola e Congo, não cheguei lá, mas duvido.

– Ainda falta muito mundo – disse Ísis. – Um monte de florestas, onde as pessoas podem estar e não é fácil encontrá-las. Não podemos perder a esperança.

O timbre da voz dela contrariava o que dizia. A voz de fato saía mais esganiçada que o habitual, denotando desespero embora controlado.

– E o avião portou-se bem? – perguntou Kiboro.

– Lindamente. Nem a mais ligeira tosse.

– Belo bicho – disse Kiboro, entusiasmado. – Estive a preparar um mais pequeno, que me parece também em muito bom estado. Mas os nossos pilotos ainda não voaram.

Jan olhou surpreso para o grupo. Pilotos? Foi preciso explicar-lhe as tentativas de Julius, Jude e Ísis. Sabiam a teoria toda mas ainda não tinham pegado num avião. O sul-africano ofereceu-se logo para lhes dar umas lições práticas, não hoje que estava cansado e com fome, mas amanhã podiam começar os treinos. Jude garantiu mais uma vez ser capaz de pôr o avião no ar e novamente em terra, mas os adultos não lhe deixavam. Amanhã iam ver. Todos sorriram, uns condescendentes, outros porque acreditavam mesmo nela e Dippenaar que fez um sorriso mas parecia era mais de troça. A miúda deve ter sentido qualquer coisa no ar, pois se agarrou ao braço de Simba Ukolo, o qual não a afastou, já deixara de o fazer. Não raro os outros viam Jude a acariciar o braço dele e a encostar-se muito de maneira que o cotovelo do médico roçava as mamas tesinhas dela ou seria o contrário, as mamas tesinhas se roçavam pelo cotovelo do médico. Ele deixava, fingia não notar. Ou não notava mesmo. Ou gostava. Ontem Dona Geny viu a cena e fez uma cara de todos os demônios, mas calou. Os outros não se importavam e aquela branca da Janet chegou a dizer, desavergonhada, até formam um belo par, altos e elegantes. Riek tinha aprovado com a cabeça, o que significava que Simba facilmente poria barriga em Jude, se para aí estivessem virados. No entanto, não era difícil encontrar

O quase fim do mundo

os olhos do médico insistentemente colados na silhueta de Ísis, o que tinha algum sentido, não acham? Também os de Kiboro estavam permanentemente colados em Ísis, lambezudos como os do Rex a contemplar as pessoas ou um osso, enquanto o resvaladiço Riek apenas lhe lançava miradas discretas mas risonhas, saciadas. Curiosamente, ninguém notava essas breves olhadelas de Riek para Ísis, exceto a própria, incendiada por elas. E Ísis apresentava mudança, poderia notar até um aparentemente insensível Jan Dippenaar, em pouco menos de duas semanas ela parecia amadurecida como um cacho de uvas de Stellenbosch, o melhor sítio para se produzirem uvas, achava no seu patriotismo meridional.

– Talvez devêssemos explorar as florestas – disse Simba.
– Temos de nos organizar a sério – acrescentou Ísis. – Até agora sobrevivemos. Devemos procurar com mais insistência e organização.
– Quer mais insistência que a minha? – perguntou Jan, de cara subitamente amarrada. – Sabe quantas horas andei ou no avião ou de carro à procura de pessoas? Nem faz ideia das horas de sono que tenho no lombo. Ou melhor, que não tenho...
– Desculpe, não falava de si – disse Ísis. – Falava de nós que temos estado aqui um bocado indecisos, sem saber o que fazer. O Julius deu a ideia, começamos a aprender a voar, acho que com umas lições práticas o Julius e a Jude conseguem, eu nem pensar, sou uma negação total. Os outros não têm feito nada para procurar por terra. Bem... o doutor lá anda a procurar outras formas de vida, isso é verdade. Mas já devíamos ter avançado para as florestas, sobretudo do Congo, em excursões de vários carros, por causa das panes e dos acidentes. Se os jipes ali puderem passar, o que Janet não acredita.
– Eu preparei o avião para os treinos – disse Kiboro, com ar de queixa perante a crítica, ainda por cima vinda de Ísis.
– Não estou a criticar ninguém – disse ela. – Digo apenas, devemos nos organizar melhor. E a partir de agora vai ser mais fácil, pois teremos outros pilotos.
– O importante é saber o que queremos fazer – disse Simba. – Qual o objetivo? Sobreviver aqui? Procurar vida em outros pontos? O quê? Temos de inventar um plano realista e cumpri-lo. Pensar por exemplo no que fazer se acabar a energia elétrica. Tem sido uma

preocupação aterradora. O Jan já encontrou cidades sem energia. Tudo o que estiver armazenado mais tarde ou mais cedo se estraga. Como conservar comida? Ou produzir?
– Produzir? – a ideia claramente não agradava a Joseph Kiboro.
– Como vou produzir se não há mais peixe nem nos lagos nem no mar? – disse o pescador. – Não sei fazer mais nada.
– Calma, calma – cortou Simba. – Dei apenas um exemplo. O importante é termos um plano, funcionarmos em coletivo.
– Como uma verdadeira comunidade – disse Ísis.
– É isso – disse Jan. – E agora, se me permitem, vou procurar comida, estou farto de sanduíches e outras comidas frias.

Saltou para o carro que o esperara esses dias todos no aeroporto e arrancou, sem convidar ninguém para ir com ele. Os outros seguiram-no a caminho do restaurante, onde estava Geny e Janet, mas esta não fez uma grande recepção a Dippenaar, bem que ouvi um avião, afinal era você, cumprimento mais frio não podia existir, o que certamente decepcionou o sul-africano pois todos nós reparamos que ele ao aterrar perguntou logo pela americana, pois notou a ausência. Jan torceu involuntariamente a boca logo de seguida, pois Julius ao chegar a beijou demoradamente. Se tinha ilusões, elas se volatilizaram ali no restaurante com aquele beijo, mas a recepção fria dela já o devia ter preparado para o pior. E nem vejo por que ele teria esperanças, Janet nunca lhe deu confiança, antes pelo contrário, mas há pessoas que nunca se convencem de poderem ser rejeitadas, têm uma auto estima muito elevada ou então uma acentuada capacidade de estupidez, o que não parecia ser apanágio de Jan Dippenaar, sendo portanto mais lógica a primeira hipótese. Quem lhe fez uma grande festa foi Dona Geny, para espanto de todos e apenas relativo do próprio, finalmente voltou, eu sabia, eu sabia, o melhor é sentar-se já à mesa que a comida está pronta, hoje o jantar é dedicado a si. Teria Dona Geny descoberto alguma veia mística em Dippenaar ou teria ele contado antes alguma mentira de ordem religiosa para lhe agradar? Mistério. O fato é que a senhora dispensou-lhe todas as atenções, da mesma forma gentil como já se tinha despedido dele anteriormente.

Muitas perguntas lhe foram feitas durante o jantar e o sul-africano ia respondendo à medida da sua fome, isto é, estava mais preocupado em encher a boca do que em retrucar, por isso às vezes os outros tinham apenas grunhidos em vez de respostas. Mas lá ficaram a saber do que lhes interessava e ele podia explicar. Menos Simba, que não teve resposta à pergunta que fez, mas por que não subiu pela costa ocidental até mais acima e se ficou apenas pela fronteira da Namíbia com Angola, virando logo para leste? Esta pergunta, inocente, provocou um sorriso de Janet, mas ela não disse nada, nem insistiu com Jan para responder. O sorriso não escapou a Julius, o qual era muito atento a tudo que a tocava de perto. Haveria de lhe perguntar mais tarde, por que esse teu sorriso? E ela haveria de afirmar, esse Dippenaar tem uma estória escondida que mete Congo e Angola, pode ser apenas uma estória de diamantes, mas também pode ser mercenarismo, guerra e coisas assim, pressinto desde que o vi sair do jipe. Para ele esses dois países são tema tabu, evita falar deles com todas as forças, no entanto, pelo que me contou no primeiro dia quando nos encontramos, é dessa região que ele vinha e a tal mina de diamantes de que era segurança fica ou no Katanga ou na sua continuação, a Lunda angolana. Claro, todos os americanos têm a mania de descobrirem agentes secretos em todo o lado, ou mercenários ou terroristas, tu não podias escapar, disse Julius, na cama, lhe mordendo um mamilo. Mas durante o jantar ninguém voltou a perguntar a Jan por que tinha usado aquela rota de regresso pela parte oriental, a qual afinal não seria nada disparatada.

As aulas de pilotagem começaram no dia seguinte com o nervoso Julius, no avião mais pequeno que Kiboro escolhera e só tinha dois lugares. Tentou várias aterragens, mas no último minuto Jan fazia sempre a manobra, ainda traumatizado pelas suas próprias lições e a morte do instrutor. No ar Julius conseguia segurar o avião, era a parte mais fácil. Mas a descolagem revelava-se muito deficiente e quando se fazia à pista para aterrar então aí... as asas competiam uma contra a outra na tremedeira. Jan predisse, ainda tinham de trabalhar bastante em conjunto. O que prova a razão da prudência de Julius, que nunca tinha ousado se lançar nos ares sozinho.

Perante a insistência de Jude, o sul-africano acabou por consentir, enfastiado, vamos lá para o aparelho ver o que podes fazer. Era um tom de condescendência quase insultuoso, só para ela não se pôr a chorar de frustração. A miúda, porém, nem lhe deu tempo de explicar as coisas, pôs logo o avião a correr na pista, levantou voo que foi uma beleza. O grupo todo estava no aeroporto, com exceção de Dona Geny, mas não se apercebeu de que tinha sido Jude a fazer sozinha a manobra, de terra era impossível notar, só viam duas cabeças e um aviãozito. Perante a segurança dela, Dippenaar foi deixando fazer. Parecia ter muitas horas de voo, pois até começou a brincar a seguir o relevo do terreno sempre à mesma altura, uns trezentos pés acima do solo, arvoredo e montanhas incluídos. O avião subia e descia, suavemente, mantendo sempre a mesma distância ao terreno, como um cavalo saltando obstáculos. Iam calados, contrariamente ao que tinha sucedido com Julius, em que o Jan falava pelos cotovelos, explicando e dando instruções, só faltando berrar com o compridão. Com Jude não eram precisas instruções, ela parecia saber tudo. Só no fim ele disse, faz-te à pista para eu ver se és capaz de aterrar. O coração do branco batia apressado, sempre a pensar quando teria de ser ele a segurar o avião, pois nunca tinha superado o terror da aterragem, fosse ele a pilotar ou não. Qual quê! Ela picou para a pista, pousou o aparelho como em areia macia, deu a volta e parou à frente do hangar. Ele mandou-a sair do avião, o que ela fez toda contente, ele veio atrás, absolutamente abuamado.

– Então? – perguntou Ísis. – A Jude é capaz de pilotar?

– Foi ela que fez tudo. Nem toquei no manche. Dava-lhe o *brevet* imediatamente.

– Essa aterragem foi dela? – perguntou Julius, incrédulo.

– Foi. E nem precisei de lhe dizer como o fazer. Ela sabe.

Ísis abraçou a miúda e isso deve ter feito derreter o bloco de gelo no coração de Jude em relação à somali. Retribuiu-lhe o abraço e depois saltou várias vezes, batendo com força os pés no chão.

– Não vos dizia que era capaz? Não vos dizia que era capaz?

E saltava, batendo com os pés no chão, até se aninhar finalmente nos braços de Simba Ukolo, chorando. É tão bom voar, é tão bom voar, é quase tão bom como fazer amor, lhe segredou. Estavam muitas pessoas presentes, pensou ele, senão ia perguntar-lhe como sabia de amor para poder fazer comparações. Mas não perguntou, embaraçado. E não pôde evitar uma forte ereção contra a barriga dela, se colando a ele e contraindo o ventre com as convulsões do choro. Todos acharam ser apenas emoção da moça, mas ela aproveitava da situação para se encostar ainda mais e o excitar, não permitindo aos corpos se separarem. E ainda mais devia gozar ela, sabendo-o embaraçado, teso, à frente de todos, e por isso também com problemas para se separar. Mesmo com pouca experiência, ela devia perceber o que era aquele volume tentando furar-lhe a barriga. Esses dois estão destinados, pensou Riek, sentindo os eflúvios, mas nada disse, sempre discreto e secreto.

Agora era a vez de Ísis voar, mas ela se escusou, andei a estudar só para os encorajar, nunca tive intenções de pilotar, disse ela, tenho medo das alturas, não sou capaz, ficamos com três pilotos, são mais que suficientes. Os outros insistiram um pouco mas não a demoveram. Riek continuou calado, não tentou convencê-la a tentar, isso era coisa para malucos andar a romper nuvens e a ver para lá delas. O que há para lá das nuvens? Um dia haveria de perguntar a Jan Dippenaar, ainda era cedo para tanta intimidade.

– Posso dar outra volta? Agora sozinha?

Jude falava de lado, mas sem se afastar do corpo de Simba, como a esconder a excitação dele. O médico agradeceu a delicadeza e afastou apenas o suficiente para o seu sexo não sentir o calor da barriga dela e acalmar até a excitação não ser notada.

– Não é prudente voares sozinha – respondeu Dippenaar. – Pode haver um golpe de vento, alguma anomalia e perderes o controle. Durante uns tempos convém ir contigo, até ganhares mais experiência. Há de qualquer modo alguns truques que ainda não sabes.

– É que eu queria levar o Simba a passear – disse ela, fazendo-se de ingênua.

– Não, por enquanto só me levas a mim. Quando achar que podes, deixo-te levar o Simba. E reze, doutor, porque essa menina gosta de fazer piruetas, sou capaz de apostar.

– Serei muito bem comportada – sorriu ela, malandra. – Só farei as piruetas necessárias.

Entretanto, Simba já podia se afastar do corpo de Jude e perceber o olhar agudo de Riek. Mais embaraçado ficou, pois podia enganar todos menos o kimbanda. As palavras finais da moça ficaram a martelar-lhe a cabeça, podiam ter vários sentidos, podia estar a referir-se a outro tipo de piruetas. Claro, estava mesmo. Como era atrevida! Mas, estranhamente, o atrevimento adivinhado de Jude agradou-lhe. Como lhe tinha agradado a maneira como o sopro dela no ouvido tinha pronunciado fazer amor, como se o estivesse fazendo com a orelha dele. Virou-se para trás, escondendo a parte da frente do corpo a olhos alheios e perdeu o contato com a mão dela que tinha estado pousada nas costas dele. Que idade tinha ela afinal? Dezesseis mesmo ou tinha acrescentado um ou dois para se dar importância? Qual o interesse disso agora? Sentia uma atração tremenda por Ísis, mas era inegável que pouco a pouco a miúda o ia atraindo igualmente, tinha de ser honesto consigo próprio, a sensação do pênis na barriga tinha sido muito forte e aquela fala dela no ouvido também. Se estivessem sozinhos... Escusado armar em pai como no princípio, isso deixara de fazer sentido. Mas não podia arriscar-se a perder Ísis por causa dessa fedelha ainda por desmamar, devia ter cuidado e não mostrar nenhuma inclinação por ela. Inútil esconder de Riek, o qual já tinha certamente percebido, Riek era um grande especialista. Mas Ísis nem podia suspeitar. Ísis ou outro qualquer.

No entanto, foi a própria Jude à noite que lhe tirou as ilusões. Estavam todos sentados na varanda da casa de Ísis, onde Kiboro servia bebidas e Jan contava mais detalhes sobre o que vira. Jude estava, como habitualmente, sentada ao lado do médico, lhe afagando o braço, gesto já conhecido e aceite por todos, talvez especulando cada um à sua maneira sobre o verdadeiro significado. Simba notava os olhares velados de Dippenaar para Janet, a qual se deixava acariciar por Julius. Era frustração sexual apenas? Ou era choque de outra espécie, nojo por ver uma branca ser acariciada por um negro? Jan bem podia contar as suas estórias, como tinha encontrado vazio o seu país e os territórios vizinhos, mas os olhos observavam constantemente o par. E não eram bons olhos, Simba podia jurar. Ukolo também não deixava de fitar a somali e os ridículos pavoneios de Joseph perante ela.

— Não vale a pena comeres a Ísis com os olhos — segredou-lhe subitamente Jude. — Ela já tem dono.

— O Joseph? — a pergunta saiu espontaneamente e depois se arrependeu de ter entrado no jogo da miúda.

– Nada. Então não sabes?
Agora Jude queria gozar com a surpresa dele, não ia largar a verdade tão depressa. Ele quis retomar o controlo.
– Deixa de mujimbos infundados, tem masé juízo.
Tudo era dito muito em segredo e no lusco-fusco da varanda a conversa entre os dois passava despercebida, até porque todos observavam o sul-africano, mesmo o tranquilo Rex, com a cabeça deitada entre as patas da frente, mas de olhos abertos, fitando Jan. De qualquer modo, não seria a primeira vez que os dois cochichavam ali naquela posição, com a miúda fazendo carícias no braço do médico e ele fingindo que não era nada com ele ou dizendo algo brusco.
– Parece que quem não tem juízo és tu, todo babado pela Ísis, enquanto ela à noite se diverte com outro.
– Não me interessa.
– Que ideia!
Ele não perguntou mais nada, nem ela avançou nenhum nome. Simba considerou ser apenas uma piada de mau gosto, um gesto de despeito. Seria? No entanto, ela parecia muito segura. E, coisa curiosa, tinha afastado o Joseph da jogada. Isso intrigava o médico. Se não era Kiboro, só podia ser o pescador ou Riek. Impensável. Qualquer dos casos. E Jan não podia ser, só hoje chegara. Era tão estúpido que ficou preocupado. Que saberia Jude? De fato ela dormia na mesma casa que Ísis. E Riek. Mas não era nada difícil ao melífluo pescador sair à noite do quarto e atravessar a rua. Ora, a haver alguém só podia ser Kiboro. E Jude tinha negado esse nome, claramente. "Então não sabes?", disse ela. Como se fosse conhecimento geral, menos dele, o grande ingênuo, a quem a miúda aconselhava a não fazer figura de parvo. Que verdade havia naquilo, raios partam! Apetecia-lhe apertar o braço de Jude até ela gritar de dor e depois confessar que estava só a inventar coisas. Umas boas palmadas no rabo, era o que merecia. Ainda lhe havia de dar umas boas palmadas, andava mesmo a merecê-las. E depois sentiu o bafo dela perto da orelha e começou a pensar em que parte lhe daria as palmadas, na bunda é claro e começou a imaginar a bunda dela redonda, cada nádega cabendo na mão. Merda! Afastou-se o mais que pôde e tentou tirar o braço mas ela segurou-o com força. Os olhos de Riek brilharam na obscuridade,

não tinha dúvida. E o médico decidiu começar a vigiar o kimbanda. Seria recíproco, pois o etíope passava a vida a espiar as reações dele em relação a Jude e a Ísis. Seria? Não sendo Kiboro e falando Jude verdade, só poderia ser Riek. A ideia era espantosa, de fato, mas o pescador parecia incapaz de se desinteressar de Geny e não havia mais ninguém. Aquele tipo de aspecto descuidado, magro escanzelado, agora recuperando um pouco as carnes, podia ter algum encanto para a divinal Ísis? Se fosse verdade, desistiria definitivamente de compreender as mulheres, seres mágicos e portanto de muitas faces, como todas as sabedorias ensinavam.

A conversa continuava e ele tentou levantar-se, mas a miúda se antecipou, queres que te prepare um uísque? Era mesmo isso que pensava fazer, se limitou a confirmar com a cabeça. Ela foi tratar da bebida enquanto ele se sentia um miserável, dominado por uma criança que até lhe adivinhava os mínimos gestos. E desejos também? Até que ponto o seu desejo se tinha transmitido a ela? Não, foi o contrário, tem a certeza. Ela desejou-o primeiro, ele até a via como a filha de que devia cuidar, nisso estava seguro. Foi ela que provocou. Agora sentia algum desejo por ela, sem dúvida. Nada comparado ao que sentia por Ísis, desejo acicatado por um ciúme que podia se tornar doentio. Contra Kiboro? Sim, sempre tinha admitido esse perigo e muitas vezes ficava irritado com o outro. Sem razão válida. Mas se fosse Riek? Não sabia que pensar. E viu o olhar rápido, discreto, mas quente de Ísis. Exatamente para Riek. No meio da conversa dos outros. E como Riek correspondeu ligeiramente. Olhar saciado, era isso. Podia haver alguma coisa entre os dois? Tinha de saber e era urgente.

Jude trouxe-lhe o copo e ele bebeu um trago. Depois levantou-se e disse em voz alta, para o grupo:

– Vou ver como está o Nkunda. Não me pareceu bem ao jantar.

Desceu as escadas e virou-se para trás. Disse, com a maior naturalidade, Jude, queres vir?

Tudo muito natural, um médico a visitar um suposto sobrinho doente e convida a amiga a acompanhá-lo. Jude correu pelas escadas abaixo, deliciada, agarrando-se logo ao braço dele. Ninguém deve ter achado estranho e continuaram na conversa animada, agora sobre as diferenças entre o Oceano Atlântico e o Índico, os dois que banhavam a África do Sul, Dippenaar sempre no centro. Era muito raro ele ser tão privilegiado pela atenção alheia, normalmente era tipo de poucas falas e até fazendo esforço por passar despercebido. Mas hoje estava embriagado pelo seu êxito de ter dado uma volta tão grande ao sul do continente e voltar incólume ao grupo que suspeitava ser o único, de fato a sua nova família. O uísque também ajudava, é bom de referir. E talvez a presença de Janet, colada ao comprido Julius. Se Jan tinha alguma intenção dirigida a ela, disfarçava bem, evitava longos olhares, apenas algumas miradelas de soslaio, como as que Simba Ukolo tinha notado. Porém, seria normal ele pôr-se mais no palco, exatamente por Janet ter um outro compromisso. O homem precisa de mostrar que é um ser imune aos baixos sentimentos do ciúme e a melhor maneira, supõe, é fingir ignorar os seus intentos gorados.

Simba, entretanto, entrou na casa dele, fechou a porta da rua e encostou logo Jude à parede, agarrando-lhe os dois ombros com força. Nem acendeu a luz da sala.

– Que brincadeira é essa que me estavas a contar? Não sabes que é feio inventar coisas sobre os outros?

– O quê? Sobre a Ísis?

– O que disseste. Que ela se diverte à noite...

– Com um homem... Sim, é verdade. Também eu me queria divertir assim com um certo homem.

– Não voltes a repetir essas mentiras, por favor. Se ela souber fica muito chateada e com toda a razão.

– Se ela souber que sabemos pode ficar gaga, sem fala, mas chateada? Tenho a certeza que não. Fica apenas atrapalhada por ter sido descoberta, apanhada de cuecas na mão.

– E como sabes?

– Porque ouço os barulhos à noite. De cama a estremecer, de pessoas a gemerem, de sussurros. De fato não gritam. Mas também não é preciso para se perceber.

– Tudo mentira.

Ela encostou-se a ele. Simba tentou recuar, mas ela conseguiu prender uma das pernas entre as dela. Estavam no escuro e mais parecia uma luta. Ele acabou por desistir de retirar a perna.

– Vem hoje à noite ao meu quarto e vais ouvir. Deixo a janela aberta, podes entrar facilmente sem ninguém notar.
– O que é que julgas que sou? Um tarado?
– Um parvo apaixonado e que vai descobrir que a mulher amada tem outro. Ficas curado dessa doença.
– Disseste que não é o Joseph.
– Disse.
– O Riek? Deves estar maluca para inventares uma coisa dessas...
– Vem ao meu quarto para saberes quem é o maluco, se eu por dizer, se tu por não acreditares.

Ele ficou em silêncio. Falavam baixo, não fosse Nkunda acordar. Jude aproveitou a situação, as coxas dela prendendo a perna dele. Os braços acariciaram as costas do médico. Ele continuava segurando os dois ombros dela contra a parede, mas diminuíra a pressão. E Jude foi puxando o corpo dele para mais próximo do dela. Falou para o ouvido:
– Vem ao meu quarto e verás que não sou nenhuma mentirosa.
– Nunca faria isso.
– Por quê? Não queres ter a certeza da verdade?
– Não tenho nada com isso, já te disse.
– Mas continuas a insistir comigo que estou a mentir. Se não te interessasse, não me terias agarrado aqui.
– Era para te obrigar a parares com as mentiras.

Ela puxou mais por ele e os corpos estavam colados. Os braços dela enrolaram-se no pescoço dele, obrigando-o a baixar-se. A mão esquerda dele abandonou o ombro para segurar o pescoço da miúda. Mas teve um rebate de consciência e afastou-se, de rompante. Libertou também a perna.
– Já te disse, isto é errado.
– Já disseste, escusas de repetir. Mas não acho errado. E desiste da Ísis. Vem ao meu quarto e ouvirás tudo. Depois podemos divertir-nos, nós os dois.
– Vai masé para tua casa. Já. Eu vou depois.
– Espero por ti no meu quarto.
– Não, vai.

Quase a empurrou para a porta. Ela saiu e hesitou nas escadas.

Depois desceu-as relutantemente e atravessou a rua. Ele ficou na mesma posição, recompondo-se. Ainda sentia as coxas da miúda na sua perna, o hálito dela quase colado ao seu e a vontade louca de a beijar que lhe levou a segurar o pescoço dela. Resistiria mais a provocações tão fortes? Sim, bastava Ísis se virar para ele. Tinha de apressar isso. Mas, e se Jude falasse verdade e Ísis já estivesse comprometida com Riek? Não podia aceitar tal disparate. Aquele espantalho de cabelos compridos e trançados como os rastafáris? Seria humilhante. Riek até era analfabeto, um obscurantista fingindo curar esterilidades por artes mágicas, magro e mal vestido como um peregrino do deserto... que podia Ísis, uma mulher formada, ver nele? Não, Jude mentia. E ele sentia vontade irresistível de se masturbar. O que foi fazer para a casa de banho, antes de dar uma olhadela a Nkunda, que dormia profundamente, e voltar a se juntar ao grupo na varanda.

    Chegou lá ao mesmo tempo que o pescador, vindo da casa de Dona Geny, já com muitas cervejas no bucho. Pelos vistos, a exótica religião da senhora já não era contra o álcool, normalmente a primeira droga a ser proibida por esse tipo de igrejas. Na varanda discutia-se o futuro.

    – É possível mas difícil – dizia Dippenaar. – E não pode ser um destes aviões pequenos, tem de ser um bimotor. Custa muito a aprender a pilotar um bicho desses. Ou então fazer uma rota muito mais longa, a da Islândia, através da Escócia, e depois Groenlândia. Daí é fácil chegar à Costa do Labrador no Canadá. O resto é brincadeira. Preciso de conferir com um mapa, mas aposto que essa rota é possível até com um avião como o meu, nem é preciso um bimotor.

    – Li há pouco numa revista – disse Ísis. – Foi aproximadamente isso que fez Lindbergh, só que ao contrário, da América para a Europa. Mais ou menos.

    – O Atlântico Norte tem mais terra, é sempre possível aterrar para reabastecer. O Lindbergh fez tudo de uma assentada, teve de levar todo o combustível com ele. Agora é mais fácil.

    – Se assim se evita os aviões maiores, bimotores, já é um ganho – disse Janet.

    – Como disse, tenho de consultar um mapa – repetiu Jan. – Mas quase garanto que essa rota por norte é possível.

— Vou treinar bastante com o Jan e depois levo-te — prometeu meigamente Julius a Janet, que o beijou, agradecendo.

— Não é preciso muito treino — disse Dippenaar, embora fazendo uma careta discreta. — Basta calma na descolagem e sobretudo na aterragem. É um problema de golpe de vista, vem com a prática.

— Se quiseres, Janet, levo-te lá — disse Jude com petulância. — Nem preciso de mais treino, estou pronta.

Julius Kwenda odiou-a. Se aparecer morta num canto de rua, já sabem quem foi o provável assassino. Jan Dippenaar também sentiu ganas de apertar o pescoço à miúda pretensiosa, mas teve de reconhecer que ela falava verdade, podia fazer a rota do norte só com mais umas dicas ou alguma experiência. Essencialmente, se tivesse muita sorte e não apanhasse mau tempo. Porque então a estória seria outra. Não se absteve de a tentar pôr no devido lugar:

— Os ventos lá são traiçoeiros. E faz um frio dos diabos. O avião do Lindbergh ia caindo por causa dos gelos que se acumularam nas asas. Nem tudo é brincadeira.

Jude percebeu uma crítica de Jan para ela. No entanto, era o centro das atenções do grupo naquele momento e não estava disposta a deixar esse posto privilegiado para outros. Levantou orgulhosamente a cabeça e falou de nariz empinado, como uma galinha agressiva.

— Os aviões agora têm aquecimento. Até o nosso pequeno tem. Ou pensam que não li tudo sobre ele? O tempo da aviação com os casacões de couro e forros de pele está acabado. Os aviões agora até resistem a tempestades de neve. Estamos longe de 1930.

Dippenaar não contestou. O que ela dizia tinha algum fundamento, embora continuasse a ser uma pretensiosa a merecer uma boa lição. Amanhã, no ar, ia pregar-lhe um susto para a remeter à sua insignificância. No entanto, não havia dúvidas, a miúda tinha mais tomates que Julius, todo grandalhão mas com pouco talento para riscos. E sangue frio suficiente para resistir à lição e ainda lhe retribuir com alguma malandrice das que se fazem no ar, só para ver o parceiro perder o sangue na cara. Talvez fosse bom engolir em seco as provocações, fingir ignorância ou indiferença. Afinal era um piloto experimentado agora, não um mero aprendiz com talento. Seria vergonhoso rebaixar-se e entrar nos jogos da miúda.

– Pelo que percebo, estão a discutir a melhor maneira de Janet chegar à América – disse Simba Ukolo.

– É isso, Simba. O Julius leva-me lá. Mas o Atlântico é muito largo e os aviões têm pouca autonomia para o atravessar.

– Temos mapas e atlas, é mesmo o que mais temos – disse Ísis.

– E nem preciso de os ir buscar para saber que pelo norte a passagem é possível. Já a estudei, quando Janet falou nisso pela primeira vez. O espaço mais largo é entre a Escócia e a Islândia. Faz-se em cerca de quatro horas...

– O meu avião tem autonomia de voo para sete horas – disse Dippenaar.

– Temos de encontrar outro avião igual ao teu – disse Julius.

– Em Nairóbi há de certeza, foi um importante ponto de turismo – disse Jan. – E Nairóbi não fica tão longe assim.

– Até fica bem perto – concordou Janet. – Foi onde aterrei para vir para aqui de carro, da primeira vez. De carro pareceu-me uma enorme distância, mas de avião é rápido.

– Quando os novos pilotos estiverem suficientemente treinados, levo-os lá para escolhermos um avião como o meu. É sem dúvida o melhor modelo para este tipo de coisas.

– Tens a certeza? – perguntou Jude, com aquele ar atrevido que tanto irritava o sul-africano.

– Tenho, menina, o meu é o melhor modelo. Nunca se fez um monomotor tão bom como esse. Não andaste por acaso a vasculhar nas revistas sobre os modelos de aviões?

– Andei. E de fato não encontrei melhor. Mas pensava que era da minha ignorância. Ainda bem que uma sumidade no assunto confirma o que eu pensava.

Todos percebemos a ironia felina, mas fazer mais como? Mesmo se Jan Dippenaar ficou vermelho como um tomate... Naquele lusco-fusco da varanda não se notava, sorte dele. Janet desconseguiu de resistir, teve mesmo de sorrir, Jude era demais. Janet sorriu embora reservadamente, para não se notar, nem mesmo Julius, o qual não apreciava a má educação da moça. Mas nada escapava a Riek, sobretudo quando olhos alheios mal conseguiam descortinar as coisas. Aquela branca tinha ódio ou pelo menos desprezo em relação ao homem grande. Afinal não havia solidariedade entre seres da mesma raça? Não, pelos vistos. Eram engraçados os brancos, sempre à procura de inimigos. Se não os havia, inventavam-nos entre eles. Não só os brancos, ou até eles talvez nem fossem os mais complicados nesse aspecto. Conhecera muitos povos naquele canto do continente que também só aspiravam a encontrar um inimigo para poderem descarregar as frustrações milenares se acumulando. E rituais eram inventados para matar os outros ou os decepar. Se não houvesse outra razão, como a defesa do espaço vital ou o rapto de fêmeas, arranjavam uma religião conveniente para o efeito. Não foi sempre assim, desde o princípio dos tempos? Kiboro interrompeu as reflexões do homem magérrimo.

– Acho ser meu dever ir também a Nairóbi para ajudar na escolha do aparelho, pois com muita modéstia reconheço ter aprendido alguma coisa. Porém, tenho pavor de andar de avião, como é de conhecimento público. Grande dilema, não acham?

– Vens conosco, claro, tens de vir. Já é tempo de perderes esse medo irracional. Vou fazer um voo tão suave que até adormeces no ar.

Kiboro sorriu à fala simpática do sul-africano. Apesar do medo, também queria saber o que se via para lá das nuvens. Riek achava-os patéticos, mas pouco havia a fazer, afinal eram os companheiros que algum sopro ou vento pôs nas suas mãos e nunca se pode recusar as oferendas dos ventos.

13

Voaram de manhã e à tarde, durante três dias, em sessões múltiplas. Julius sempre no avião pequeno, Jude já experimentando o aparelho de Dippenaar, mais rápido, mais pesado. Afinal, alguém teria de trazer o novo avião de Nairóbi. Estava claro para todos e sobretudo para o sul-africano que só poderia ser a jovem a fazê-lo. O compridão devia continuar a praticar no pequeno até conseguir aterrar com relativa segurança. Se para os dois estagiários cada ensaio era uma diferente fonte de prazer, para Jan tudo se tornava muito penoso. Horas e horas sentado na carlinga, sem se estender o suficiente, sobretudo quando ia com Julius e as pernas dos dois ocupavam todo o espaço. Ficava mais cansado depois de cada dia de treino do que se tivesse de voar mil quilômetros, como fizera tantas vezes nos últimos tempos. Foi talvez para mudar, fugir à rotina, que disse, vamos fazer a viagem ao Quênia, já estão minimamente preparados, isto é, Jude.

À medida que os dias passavam e sabendo o que o aguardava, tendo de acompanhar os outros três para ajudar a escolher o avião, o apetite de Kiboro ia desaparecendo e até mesmo as suas tentativas de seduzir Ísis empalideciam. Como se o medo atávico me tolhesse todas as necessidades corporais. Sabemos como é, aquele medo que nos vai corroendo por dentro, provocando dores de barriga, frios e calores alternados no peito e no ventre, a secura dos lábios, a tremura da voz, a palidez nos que têm peles para isso. Esse medo frio que faz o coração galopar na garganta e de repente parecer parado, para sempre, retomando subitamente no pescoço, ameaçando sair pela boca. É fácil imaginar os meus terrores noturnos, em tudo semelhantes aos momentos passados na cadeia quando descobri estar sozinho e não haver ninguém para me abrir a cela nem me dar água ou comida. Preso, fechado, sem mais ninguém no mundo. Comparava as coisas, à noite, na minha cama de solitário, imaginando outros felizardos em boa companhia naquele preciso momento. Não era ciúme, o medo já nem isso permitia. Teria de avançar para o avião como o condenado para o cadafalso, narcotizado pelo terror, com gestos mecânicos, a consciência fora de si, desencarnada. Tinha pesadelos com a portinhola da carlinga a abrir, como o alçapão da forca. Talvez não fosse o mesmo som, mais seco o da forca, mas o resultado seria o mesmo. Também me amarrariam ao banco como numa cadeira elétrica? Sim, vira Jan fazer isso dezenas de vezes. Foi decidida a fatídica viagem para o dia seguinte, sem mais adiamentos. Passei a noite em claro, correndo várias vezes para a casa de banho, sem saber se ia vomitar se borrar-me todo antes de lá chegar. Afinal, descobria depois, não tinha vontade, fazia apenas força para urinar, justificando a desesperada viagem à sanita. Me deitava na cama e ainda era pior. Andava de um lado para o outro na noite, melhor mesmo ficar de pé contemplando a rua deserta, menos angustiante que estar deitado olhando para o escuro. A madrugada encontrou-me derreado, muito próximo do estado de anestesiado, abúlico, pronto para enfrentar o pelotão de fuzilamento. Tinha conhecido um preso, partilhamos a cela comum por algum tempo, o qual me contou a partida que os polícias lhe pregaram, um dia. Levaram-no para o muro da prisão, o do fundo, cheio de buracos que diziam ser de balas de muitas execuções. Ou lhes passava o segredo do dinheiro roubado por uma quadrilha célebre ou o fuzilavam mesmo ali. O tipo sabia, aquilo não era legal, não havia sido condenado por tribunal nenhum, o seu crime era o de roubar umas galinhas para comer, mas quem pensa nessas formalidades num momento desses? Acreditou, eles falavam a sério e podiam mesmo disparar. Não sabia do dinheiro nem conhecia os membros da quadrilha, apenas a sua fama, de assassinos e ladrões audazes. Foi o que disse, não sei nada, juro, e então lhe vendaram os olhos. Se não sabes onde está o nosso dinheiro, também não nos serves para nada, vais ficar só a comer comida do povo na cadeia, o melhor é enterrar-te já, despesas a menos. O meu amigo contou, não tinha força nem sequer para ficar de pé, caiu antes de ouvir tiro de bala, que aliás não sucedeu. Tiraram-lhe a venda, rindo alarvemente da sua triste figura, e ele não entendia. Achava ter morrido e eram os anjos celestiais que riam por ele ter chegado ao paraíso.

Arrastaram-no para a cela, atiraram-no para o catre e ele sentia-se morto, não pensava, não sentia, não chorava nem ria, nada, vencido. Nunca mais recuperou, não lhe deram um tiro mas mataram-no por dentro, incapaz de enfrentar a vida. A lembrança dessa estória acompanhou-me durante toda a noite. Até Dona Geny quis ir ao aeroporto assistir à partida, coisa inaudita. Seria um bom presságio? Só podia ser mau, era mesmo uma despedida de mau agouro, pensei. A senhora levou dois frangos de churrasco e batatas fritas para a viagem, podem não encontrar comida nenhuma em Nairóbi, justificou. Rex pressentiu a partida do dono? Corria como louco pela pista, cheirava-me e o avião, depois corria para os outros, num sobressalto constante. Dippenaar fez um gesto, indicando que o avião estava pronto, subiu para a carlinga, logo seguido por Jude que se sentou ao seu lado. Julius foi para trás e esperaram por mim, que fazia carícias a Rex, a barriga latejando de frio, queimando tempo ingloriamente. Vamos, estamos só a perder a manhã, bradou Dippenaar, e era ordem firme de comandante, por isso avancei para a execução, ouvindo sem perceber o dito de Janet, tratamos do Rex, não te preocupes. Tenho a sensação de todos verem as minhas pernas a tremer quando subia para o avião e quase me desequilibrar, mas ninguém sorriu ou disse algo, estavam cegos e surdos, só Rex ganindo suavemente. Os cães não pressagiam desgraças?, foi o meu último pensamento quando apertei o cinto de segurança. Nunca mais veria o cão e uma saudade entrou em mim, apesar de conhecer o bicho há tão pouco tempo, mas há duração mínima para uma amizade? Depois não vi mais nada, até o avião aterrar em Nairóbi. Ia de olhos abertos, ouvia o que se dizia, mas não entendia nada e seria absolutamente incapaz de reproduzir uma visão, uma fala, uma sensação. Como se tivesse fumado um quilo de liamba ou estivesse de olhos vendados junto de um muro de fuzilamento.

    Havia tantos aviões para escolher no aeroporto de Nairóbi! O entusiasmo do grupo era grande, correndo de um aparelho para outro, e participei finalmente dele. Mitigado entusiasmo, pois pensava já na difícil hora do regresso. Tínhamos avisado em Calpe, dormiríamos na capital do Quénia. Devíamos demorar bastante a selecionar o avião, valia mesmo a pena Jan voar um pouco com o escolhido para ver se estava conforme às necessidades. Não daria pois tempo para voltarmos no mesmo dia. Seria também uma maneira de explorarmos a cidade, quem sabe havia sobreviventes ou qualquer coisa interessante por ali. Dippenaar estava desde o início inclinado para um avião igual ao seu, mas pintado de verde e branco, com um emblema de uma empresa de safaris na cauda. Era bastante novo, embora com mais quilometragem que o do raio amarelo. Cheirei o motor como Rex faria a um osso velho, Jude também investigou, enquanto Julius estava um pouco alheado do aparelho com o qual um dia deveria atravessar o Atlântico. Embora o verdadeiro mecânico fosse ele e, em princípio, a pessoa mais habilitada para avaliar o motor do avião. No entanto, confiava no julgamento de Jan, ele é que sabia de aviões e tinha-o provado, dando a volta quase completa à África Austral. Preferia olhar para o aeroporto, recentemente remodelado para o turismo, pois nunca tinha visto um tão moderno na pobre África em que crescera. Tinha estado uma vez, quando criança, em Nairóbi, como nos contara, afinal era próximo do seu lugar de nascimento embora pertencendo a outro país. Guardava apenas recordações vagas. Certamente havia mudanças e estava ansioso por apanhar um carro, dar uma volta pela cidade. Até já tinha escolhido de longe uma limusine descapotável branca, de algum magnata que tinha sido apanhado pela "coisa" no aeroporto.

Todos concordamos, aquele aparelho da empresa de safaris parecia o mais conveniente, mas Dippenaar teimou em investigar outros, da mesma marca, maiores, menores, de fábricas e até nacionalidades diferentes, não deviam facilitar escolhendo logo o primeiro. Finalmente se deu por satisfeito, era aquele mesmo, as primeiras impressões muitas vezes são as melhores. Abastecemo-lo de combustível, fiz uma última revisão ao motor e Dippenaar pô-lo a rodar na pista. Tinha convidado Jude para copiloto, o que a deliciou. De fato não havia lugar de copiloto, só havia o do piloto e sendo o do lado para o passageiro. Como os lugares de trás. Mas ser convidada para o acompanhar no voo de experiência era uma honra, sentiu Jude. O avião provou estar em ótimas condições, no entanto haveria mais coisas para contar. A meio do percurso, perguntou Dippenaar, queres experimentá-lo? Trocaram os lugares, ela passando para o colo dele e depois o sul-africano deslizando para o assento do lado. A moça tomou conta dos comandos e fez o aparelho subir e descer, curvar para a direita e depois para a esquerda, enfim, divertindo-se. Depois era o momento de aterrar e ela se fez à pista, dizendo apenas, está na hora de ir ao encontro dos outros. Jan não tinha pensado naquilo quando lhe entregou os comandos. Ela já tinha aterrado várias vezes com o da faísca amarela, com este seria igual. No entanto, a angústia tomou conta de Dippenaar. Num relance, como muitas vezes acontecia em situação de aterragem, recordou aquela fatal descida contra a pista de Brits, em que espatifou o avião de treino, do que resultou a morte do seu instrutor. A cada aterragem ultrapassava agora essa cena que lhe tinha ficado gravada na memória, o solo a aproximar-se, o asfalto a vir ao encontro dos seus olhos e não conseguir o ângulo certo. Começou a suar, vendo o aeroporto de Nairóbi à sua frente e o avião a baixar, decidido. Pode a cena repetir-se, ela falhar a aterragem e matá-lo, o seu instrutor? Há repetições dessas, coincidências. Pensou em segurar os comandos, mas estava no lugar errado. E não podia voltar a fazer a operação de mudança de lugares, seria ridículo ou com riscos de má interpretação, pretexto para ter a miúda brevemente no colo. Qual a desculpa? Aqui aterro eu? Por quê? Apavorado, assistiu à aproximação da pista, pensando, finalmente haverá uma justiça ao crime de Brits, se de fato houver repetição. Foi há tanto tempo, já deve ter prescrito. Prescreveu? Não há prescrições para o destino, sim, não adianta pretender fugir à justiça do destino. Ela aterrou de forma perfeita, sem hesitação. Ele suava, mas ninguém poderia notar, Jude concentrada na pista e Deus dormitando como sempre. Até ao momento de o avião chegar perto do grupo, ele teve tempo de recuperar a compostura. Incrível, pensou Jan, essa moça tem tão pouco tempo de prática e no entanto é de uma segurança espantosa, nasceu para isto. Com ela a pilotar, durmo descansado durante o voo. Claro, ainda não apanhou nenhuma tempestade no ar. Essa é a melhor ocasião para ver os tomates de um piloto. Mas aposto, ela mostra sangue-frio para se safar de qualquer turbilhão. No entanto, temos de escolher sempre horários de dia, porque nenhum de nós no fundo tem experiência de voo noturno. Para isso é necessária outra preparação, mas em princípio não precisamos de voar de noite e espero que ela não seja parva para o tentar só para provar ser capaz. Estes últimos pensamentos, corriqueiros, ajudavam-no a relativizar as coisas, a enfrentar melhor a sua realidade interior. E foi portanto o resultado desses pensamentos que lhe transmitiu ao saírem do aparelho, se te posso aconselhar ainda alguma coisa, o voo noturno é completamente diferente do diurno e exige outro treinamento que nenhum de nós tem. Convém escolhermos sempre horas do dia, nunca chegar atrasados. Ela ouviu e assentiu, jurou, nunca tentaria. Mas conhecendo Jude como nós, talvez o sul-africano devesse ter ficado masé calado, porque os conselhos normalmente despertavam nela uma vontade irreprimível de os infringir. Esperemos que não.

Foram para a cidade na limusine branca, andaram de um lado para o outro, percorrendo só os bairros que antes foram dos brancos e que depois da independência serviram apenas a elite nacional e os estrangeiros, onde as ruas tinham os buracos tapados, onde havia postes de iluminação; não ousaram meter-se pelos musseques de ruas esburacadas e tortas, vielas entre casas de adobe e cobertas a zinco, tugúrios que tão bem conheciam de Calpe e arredores, onde vivera sempre a maior parte do povo. Reconhecida a antiga cidade colonial, resolveram ir comer e passar a noite num hotel de cinco estrelas, de uma cadeia mundialmente famosa e profusamente iluminado. Nairóbi ainda tinha eletricidade, o que pareceu estranho a Jan. Supunha ser a eletricidade da cidade produzida por centrais térmicas e portanto exigindo reabastecimento regular em gás ou diesel. Aguentavam tantos dias sem reabastecimento? Encolheu os ombros, que se lixe a razão, havia eletricidade, ainda bem, podiam encontrar comida em bom estado e passar uma noite agradável no hotel. O resto dos mistérios que ficasse com outros, sobretudo Simba, o senhor-que-quer-sempre-saber-tudo.

Regressaram no dia seguinte a Calpe, Jan pilotando o seu e Jude o novo avião. Julius acompanhava a moça e Kiboro, de novo em estado de choque, ia com Jan. Este ainda tentou meter conversa mas percebeu o atordoamento do outro e deixou, foi assobiando para não adormecer. De vez em quando falava no rádio para Jude, a qual respondia na sua voz esganiçada de menina extasiada. Tudo para ela seria uma novidade e digno de ser narrado aos outros mais tarde. Na cidade absolutamente vazia de vida não tinham encontrado nada que merecesse ser contado. Jude ainda teve a ideia de ir ao hospital central, talvez descobrisse alguma coisa para brindar a Simba. Mas os outros nem quiseram ouvir falar disso, deixa lá o teu doutor com os bicharocos e os microscópios, vamos ver outras coisas. Se Ukolo lhe perguntasse, ela não poderia dizer se havia corpos em decomposição no hospital, ou como era moderno o laboratório de análises. E ele ia perguntar, não pensava noutra coisa. Mas não tinha sido culpa sua se falhava na informação, os homens é que mandam, sobretudo se são adultos e todos muito macharrões, embora se borrem de medo na altura de uma aterragem.

Entretanto, o grupo que ficara em Calpe, reduzido, nem se encontrou na varanda como habitualmente no princípio da noite. Cada um foi para o seu sítio, como viúvos antecipados. Com duas exceções evidentes, o par Geny e pescador, que ficou na cerveja depois do jantar até ele vir a cambalear para casa e o clandestino par Ísis e Riek, sozinhos nessa noite em casa pela primeira vez e podendo exprimir mais livremente a sua sexualidade. Talvez por isso Rex tenha uivado a meio da noite no quintal de Simba, onde dormia, mas o médico atribuiu os uivos à saudade de Kiboro. Ainda estava acordado, lendo um manual sobre micróbios, tentando identificar uns que finalmente encontrara na lama de uma vala, quando Rex manifestou a sua ansiedade. Ele foi ao quintal respirar a noite e fazer-lhe umas festas, calma, amigo, o teu dono vem já amanhã. Mal sabia que na casa da frente o objeto dos seus desejos uivava de gozo pelas artes do feiticeiro. Ísis acordaria no dia seguinte muito bem disposta e se pôs logo a limpar e arrumar a casa, numa azáfama diferente da habitual, enquanto Riek olhava de lado e sorria. Janet em breve se juntou ao par, contando como fora longa a primeira noite sem Julius, enquanto o frustrado Simba partia rotineiramente para o hospital. Nkunda ficou a brincar com Rex e assim se iam entretendo durante a manhã, evitando falar nos ausentes, até que ouviram o ruído. Se o barulho de um avião punha em alvoroço os poucos habitantes de Calpe, imaginem agora o barulho de dois aviões iguaizinhos, exceto na pintura, e rivalizando às voltas sobre a cidade. Jude foi a primeira a aterrar e trouxe o avião para mostrar, uma beleza. Logo a seguir apareceu o de Jan, de onde saltou um cambaleante Kiboro, o qual logo se pôs aos pulos, voltamos, voltamos, como se só agora acreditasse esse sonho possível. Rex também se pôs aos saltos e a latir, como é óbvio, manifestando a sua canidade feliz.

De um lado e de outro havia poucas novidades passíveis de serem contadas, como já se sabe. Admiraram o avião novo, protegeram os dois do que parecia ser uma tempestade se formando no ocidente, e voltaram rapidamente para a cidade. Pouco havia que fazer, senão esperar pela tempestade. Nunca mais tinha chovido e não houvera vestígios por todo o sul, segundo Dippenaar, nem viram sinais em Nairóbi. A "coisa" tinha acabado com a chuva? Mas os relâmpagos e as bátegas de água que caíram subitamente sobre Calpe demonstravam que a normalidade voltava à natureza, sem ter nada a ver com a "coisa". Choveu durante todo o dia, com muita força, levando a água a se acumular nas baixas, criando verdadeiros rios nas ruas mais fundas e lagos nos terrenos vagos. Continuou a chover durante a noite com rara violência e Dona Geny começou a temer pelo telhado do seu prédio, que já tinha criado problemas no passado. Foi ao jantar que manifestou os seus receios, embora recusando antecipadamente a oferta mais uma vez feita de mudar para uma das vivendas do bairro de Simba. A qualidade do jantar sofrera por causa dos transtornos causados pela chuva, não era como a de todos os dias, apenas uma comida para enganar os estômagos, improvisada à última hora. De madrugada o aguaceiro ainda não tinha parado, embora agora não houvesse vento, só chuva forte. E continuou durante todo o dia seguinte. Nada puderam fazer, foram ficando pelas casas, se aborrecendo com o tédio, pois só Simba tinha um trabalho permanente, no hospital, que ninguém sabia o que era, nem ele próprio. Colhia terra, águas estagnadas, procurava vida e de vez em quando encontrava. Se lhe perguntassem a profissão, já não responderia médico mas sim detecta-vidas. O que de qualquer modo era bastante meritório, achava. De todas as formas, continuava a trabalhar no seu hospital, onde começara e onde lhe pagavam. Agora já não haveria salário, isso deixara de ter significado, mas não justificava o lazer absoluto. Dona Geny também mantinha uma ocupação, religiosa, e na maior parte das vezes fazia de cozinheira.

Os outros estavam ociosos, exceto quando ajudavam nas lides da casa e da cozinha. Jude e Ísis resolviam a sua rivalidade surda em jogos de computador, enquanto o pescador olhava a chuva da mesma maneira que o fazia no lago, quando ela o impedia de ir pescar. Os mais nervosos eram certamente Nkunda e Rex, confinados nos espaços de uma casa fechada. Riek, esse, parecia impassível, contando os pingos. Recordava outras chuvadas nos planaltos da Etiópia, mais agrestes e secos que os campos e montanhas de Calpe, mas também sofrendo por vezes de fortes tempestades. Dippenaar espojava-se pelos sofás, suspirando fundo, até ter descoberto no quarto de arrumos um alvo e dardos. Aplicou o alvo numa das paredes da casa e desafiou Joseph para um jogo. Passaram os dois horas a fio tentando acertar com os dardos no alvo, no que raramente eram bem sucedidos, mesmo pondo cuspo nas pontas. Mas ao menos se entretinham. A parede de madeira envernizada era prova do seu entusiasmo, pois apresentava centenas de buraquinhos à volta do alvo. Era uma madeira cara, evidentemente, mas isso deixara de ter significado.

De repente, como se um contabilista tivesse calculado a água tombada e decidisse que tinha atingido os objetivos mensais para compensar os dias de seca, parou de chover. Era no princípio da noite. Não foi preciso procurar muito para constatar os estragos, várias casas sem teto, sobretudo as mais antigas e as cobertas por chapas apenas seguras por pedras ou tijolos, algumas paredes caídas e as ruas mais obstruídas. Nas ruas bastante inclinadas, os carros parados à toa tinham deslizado com a força da corrente para as partes baixas e acumulavam-se nos cruzamentos, complicando deveras o trânsito. Arriscava-se engarrafamento de trânsito se dois carros decidissem passar ao mesmo tempo no mesmo sítio, cúmulo da ironia. Mais grave indício, partes da cidade estavam às escuras. Ou postes tinham caído ou caixas de transmissão tinham sofrido curtos-circuitos, o fato é que bairros inteiros não tinham eletricidade, numa previsível e impiedosa antecipação de futuro. A corrente no bairro deles tinha resistido e no de Dona Geny também, mas o telhado tinha deixado entrar muita água no apartamento de cima e o teto da senhora apresentava manchas de umidade, havendo também infiltrações nas paredes.

– Já é altura de vir viver para perto de nós – decidiu Janet. – Vamos ajudá-la a levar as suas coisas mais urgentes. Depois, de dia, aos poucos, vamos mudando o resto. E não há discussões.

Estavam na cozinha do restaurante, acompanhadas de Julius. Este sorriu mas nem comentou, lá está o general americano a invadir mais um território, pensou, certamente. O mesmo terá cogitado Dona Geny, mas por uma vez baixou a cabeça, está bem, aquele teto pode mesmo cair, aceitava a voz de comando. Janet decidiu que depois do jantar todos iriam ajudar a mudança para a casa ao lado da dela, em ótimo estado, já a tinha visitado várias vezes. Alguém mais ia refilar? Todos aprovaram, como se temessem uma retaliação com um bombardeamento seletivo e de máxima precisão. Simba Ukolo torceu um pouco o nariz quando foi posto ao corrente da situação, não era vizinhança que lhe agradasse e o mesmo fez Jude, mas engoliram em seco. Simba, particularmente, tinha que ficar mesmo calado pois fora o primeiro a propor que a senhora mudasse para perto deles. Mas isso era em outros tempos com sentimentos de solidão maiores. Quem ficou encantado, como é óbvio, foi o pescador, deixava de precisar de andar muito para a visitar, ele que nem uma bicicleta aceitava, só se motorizava em barcos. Foi assim que o bando ficou todo aglomerado na mesma rua, onde os tetos e paredes eram resistentes às tempestades, havia por enquanto eletricidade e água corrente.

Para Dona Geny era novidade o encontro habitual na varanda de Ísis, depois do jantar. Preferiu ficar a ouvir em penitência, tentando ser forte para não compreender a quantidade extraordinária de pecados que se diziam a cada hora. E fingia não ver o esfregaço constante de Janet e Julius ou as tentativas de sedução da criança Jude para o médico. Já não lhe eram indiferentes os gestos simpáticos do pescador, sempre perguntando se aceitava mais uma fresquinha. Ela nunca tinha tido, na vida anterior, hábito de beber álcool, julgando mesmo ser pecado, mas começava a apreciar, como tinha acontecido com Kiboro. Porém o rumo tomado pela conversa nessa noite assustou-a. Quem provocou foi Janet, essa americana tinha a mania de engendrar coisas, como a ideia de a trazer para aqui, para este bairro de vício. No entanto, era o menos grave. Grave foi a ideia que atirou para a discussão e parecia rastilho a correr rapidamente na noite escura:

— Quando o Julius estiver pronto, partimos no avião novo para norte e vamos tentar atravessar para a América. Isso é ponto assente entre nós. Mas agora faço uma pergunta. E por que não vamos todos? Cabemos nos dois aviões. Assim apoiávamo-nos uns aos outros...

O pescador foi definitivo, nessa coisa barulhenta não ponho eu o meu mataco, esqueçam. Tinha relutância até aos automóveis, mas a necessidade obrigava-o a aceitá-los. Avião era outra coisa, não andava no chão nem na água, era ser de outra natureza, forçosamente maléfica. Ísis foi a primeira a defender a sugestão de Janet.

— De fato, podíamos avançar também para norte. Mesmo se não atravessássemos para a América, podíamos ficar pela Europa. Sempre quis ver alguns museus na França, devem estar intactos. Não só na França, mas começaria por aí. Da Europa era mais fácil comunicar com a Janet e o Julius, saber o que tinham encontrado por lá. E aproveitávamos das coisas boas que todos sabemos existirem.

Simba Ukolo mexeu a cabeça, daquela maneira que Geny começava infelizmente a conhecer. E a temer, pois de vez em quando saíam dela as ideias mais estranhas.

— A Europa está mais à mão. Jan, quanto tempo demorávamos a lá chegar?

O sul-africano não respondeu logo, demorou aliás muito tempo. Olhou um e outro, fechou os olhos, mexeu os dedos das mãos, bebeu o líquido que tinha no copo e se supunha ser gin tônica, sua bebida preferida. Com um suspiro, disse:

— Depende das rotas... Mas se considerarmos uma etapa não muito cansativa de cinco horas por dia, para dar sempre possibilidade de escolher um aeroporto alternativo em caso de mau tempo ou coisa assim, podemos contar com mil e duzentos quilômetros por dia pelo menos. Esses aviões chegam a 260 quilômetros por hora... Se fossemos sempre para norte até ao Egito, por exemplo, e depois inflectíssemos para ocidente, pela Líbia, chegaríamos à Itália em quatro ou cinco dias. Do Egito também podíamos ir pela Turquia, Grécia, etc., vai dar no mesmo. Da Itália à Alemanha é um dia, por exemplo.

– Na Europa tudo é perto – disse Janet. – O problema é o Saara.
– Por isso falei no Egito. Evitávamos o Saara, percorrendo sempre o Nilo para norte. Há muitas cidades e portanto aeroportos ao longo do Nilo.
– E os templos – disse Ísis, os olhos brilhando.
– Penso que não vamos fazer turismo – disse Dippenaar, seco.
– Se pudermos ver alguma coisa dos sítios onde passarmos, tanto melhor – insistiu ela, enfrentando-o. – Passar por todo o Egito e não deitar uma olhadela a Abu Simbel para ver os templos de Ramsés II ou não visitar as pirâmides de Gizé é mais que estupidez. E isso faz-nos perder o que, um dia, dois? Tem alguma importância?

Simba falou para desviar a réplica inevitável do sul-africano, que não era pessoa para ficar calado se sentia alguma alusão menos abonatória à sua pessoa. O gesto do médico foi tão rápido que Jan de fato nem reagiu, deixando passar o dito mordaz de Ísis.

– Não me importava de conhecer alguns países europeus – disse Simba, o qual guardava boas recordações dos tempos em que estudara na Inglaterra, exceto, como dizia imitando outros ditos a propósito dos franceses de Paris, a demasiado grande densidade de ingleses por quilômetro quadrado.

Dona Geny assustava porque o entusiasmo se apoderava daqueles demônios, em vez de ser a palavra do Senhor. Mas qual seria a palavra do Senhor para aquele caso? Já tinha havido ameaça de chispas incendiárias que Ukolo evitou, outros sentimentos fortes iam surgir e sobretudo ideias insanas. Sentia necessidade de falar, pôr um ponto final a tanto disparate dito e ainda por dizer, antes que fosse tarde, mas começava o discurso por onde? Sabia, tinha o apoio antecipado do pescador, nunca lhe faltaria numa hora difícil, mas chegava?

– Ó vão orgulho! Querem agora sair do berço, ir para tão longe! Falam de sítios com nomes estranhos... Descobrir o quê? Não veem que devem sobretudo respeitar a palavra de Deus, ser modestos e não O desafiarem em nada? Não vos chega a prova que ele vos deu da Sua força? Querem conhecer outros países, outras terras? Para quê? Tentam escapar assim da vingança do Senhor? Pecadores, Ele não vos fez desaparecer como podia, preferiu deixá-los... Não contentes com isso, querem agora experimentar nem sei o quê. Só o

pecado vos interessa? Então não percebem que Ele vos quis aqui, por isso vos poupou?
— Eu não estava aqui, vim de longe — disse Riek. Falava pela primeira vez naquela noite e todos notamos. Havia uma fina ironia na voz dele, mas Geny não podia perceber.
— Eu também estava longe, ainda mais longe que Riek, Dona Geny — disse Dippenaar. — Para dizer a verdade, naqueles dias em que andei sozinho pelo sul, não tinha mais nada que fazer senão pensar dentro do avião. E pensava exatamente nisso, se não seria mais inteligente irmos procurar outras pessoas para norte, até à Europa. Pensava mesmo na Europa. Temos os meios, por que não aproveitar?
Jude, aquela condenada desde a juventude ao meretrício mais despudorado, que se roçava indecentemente pelo braço do médico herege, totalmente rendida a Satanás desde a mais tenra infância, também pôs a sua acha na fogueira:
— De fato é o momento de irmos à Europa. E sem precisar de pedir visto. Ou acham que está lá alguém à porta para nos barrar a entrada?
— Não me parece que esteja lá alguém a fazer de porteiro, de fato — disse Ísis. — E só experimentando é que se aprende. Mas, me parece, essa coisa de passaporte e vistos já é do passado.
— Viva o futuro sem vistos! — gritou Jude.
Num impulso, saltou da cadeira e se sentou no colo de Simba, o qual ia entornando o copo de uísque. Deixou-a entretanto ficar sentada nas suas pernas, ajeitou mesmo o corpo de forma a que a bunda dela encaixasse nelas. Claro, teve uma ereção imediata. Ela sentiu e também se ajeitou, com um sorriso malandro. Era praticamente uma declaração pública de ligação, ultrapassava as carícias habituais no braço dele. Jan Dippenaar olhava intensamente o par, assim como dona Geny, abuamada e prestes a ter um ataque de fervor religioso. Também o pescador contemplou, escandalizado. Os outros fingiram ignorar, especialmente Kiboro, agora todo voltado para Ísis. Normalmente Jude usava calças de ganga justas, para modelar as pernas, quando não escolhia uma extravagância apanhada na butique da esquina, ou punha um vestido comprido, de sair à noite. Desta vez tinha uma saia curta que deixava ver metade das reluzentes coxas e se adivinhar a ponta das calcinhas brancas. Quando

vivia na casa de Dona Geny, esta nunca lhe permitiria usar tão indecente roupa, aplicando imediatamente uma lição moralista sobre os horrores do vício, mas agora perdera completamente o controle sobre a lasciva jovem.

– Eles tentaram construir uma fortaleza na Europa – disse Julius.
– Deram mesmo um nome. Para evitar que entrássemos livremente lá. Puseram barreiras e mais barreiras...
– A Fortaleza de Schengen – disse Janet. – Também construíram um muro entre os Estados Unidos e o México, para impedirem os mexicanos de saltarem a fronteira. Inútil. Uma fronteira de cristal, usando palavras de um grande escritor.
– Por maior que seja a fortaleza, passamos-lhe por cima – riu Julius.
– Já os chineses tinham feito a Grande Muralha, para os defender das invasões... – disse Simba, pousando com aparente naturalidade a mão sobre a coxa nua de Jude.
– Essa ao menos serviu para alguma coisa – disse Ísis. – Defendeu a China das invasões do norte. E hoje até se vê do espaço, disseram os cosmonautas.

Jude inclinou-se para trás ficando com as costas apoiadas no peito do médico e a cara encostada ao queixo dele. Só faltava começar a mexer a mão na coxa dela, ali, à frente de todos, pensou dona Geny, siderada, mas com vergonha de se retirar, seria um gesto de fraqueza e falta de fé. Tinha de suportar o fardo da ignomínia, beber toda a taça de fel que o Senhor colocava na sua frente, manter-se nas suas posições sem vacilar e com os olhos mostrar a sua indignação. O tempo da vingança chegaria em que aqueles adúlteros, pervertidos, gombeladores, pagariam pelos seus pecados, e dos olhos e das bocas sairiam os diabos em forma de cobras, enguias, lombrigas e todos os nojos rastejantes do mundo. Deixa, deixa o tempo falar, Geny.

– E se a Europa estiver normal? – perguntou Kiboro. – Deixam-nos aterrar num dos seus aeroportos? São capazes de nos abater como tantas vezes fizeram com os tipos que tentavam lá chegar de barco.
– Se tudo estiver normal, ouviremos muitas vozes e avisos nos rádios de bordo ao aproximarmo-nos – disse Jan, com uma gargalhada. – Sempre teremos tempo de voltar atrás à busca dos passaportes e pedir vistos nos consulados vazios.

– Se tudo estivesse normal, já o sabíamos – disse Janet.
– Parece que vão ter companhia, Janet. Não se livram tão facilmente de nós, que pensavam?

Janet se levantou para dar um beijo na bochecha de Ísis, será uma companhia muito apreciada, amiga. Logo voltou a se aninhar nos braços do compridão, o qual a acolheu com bonomia. Ísis fez as honras da casa e perguntou:

– Por acaso alguém quer festejar com champanhe? Descobri umas garrafas na dispensa e pus a gelar há uns dias. Era para batizar o novo avião, mas acabei por me esquecer. Devem estar geladas a estalar.

– Parece cedo demais – disse Simba. – Ainda não se decidiu nada.

– Percebo o sentido de voto nos que falaram – disse Ísis. – Mas se quiserem, pergunto: quem concorda que avancemos com Janet e Julius para norte?

– Não, está mal feito – disse Jan. – Assim dará confusão. Vamos só perguntar para saber quem quer ir até à Europa. Nada de votos, o destino é individual. Lá, cada um decide outra vez. Os que querem ir para a América e os que querem ficar na Europa. Não é mais correto?

Alguns se manifestaram pela positiva. Houve quem nada dissesse, como Geny, o pescador e Riek. Ísis voltou a tomar a iniciativa:

– Então, quem quer ir à Europa levanta o braço.

Janet e Julius, como era óbvio, mais Jan e Ísis, Jude e Simba. Era uma maioria, mas Ísis estranhou a mão descaída de Kiboro. Dippenaar foi mais rápido e tu, Joseph?

– Bem, eu queria ir para conhecer, falam tanto desses sítios... Mas é tão longe.

– Não é pior que ir a Nairóbi e sobreviveste – disse o sul-africano. – Da próxima vez já estás habituado ao voo, prometo.

Ele sabia, passaria noites de medo horrível e sem conseguir dormir. Antes e durante a viagem. Mas Ísis ia, podia então ficar? Terrível dilema. Levantou a mão, relutantemente. Simba se voltou para os três reticentes.

– Não nos acompanham mesmo?

Riek tinha jurado desde o princípio nunca pôr a bunda num avião e o pescador acabara de o imitar. Mas sempre podiam mudar de posição. Quanto a Geny, ela já se tinha manifestado pela negativa

anteriormente. O kimbanda abanou a cabeça, reafirmou, não tenho vontade de ver para lá das nuvens. Alguém tem de tomar conta das casas, fico aqui. Este também não é o meu sítio, mas é mais perto. Vão vocês e um dia venham visitar-nos. E contar como foi aquilo lá.
– O Rex pode ir? – perguntou Kiboro, timidamente.
– Se houver lugar – disse Jan. – Parece que há, pois temos três desertores...
– Gostava de saber quem são os desertores... – disse Geny, amarga.
– Tem razão – contemporizou Simba. – Talvez sejamos nós, de fato, os desertores. Não os que ficam. Foi só uma maneira de falar do Jan, não leve a mal, dona Geny.

Por que Simba tinha sentido necessidade de o defender?, se perguntou o sul-africano, fazendo um gesto de contrição e concórdia para a senhora, a qual no fundo até o tratava melhor que aos outros. Simba tentou defendê-lo por estar a pôr a mão no pitéu que tem entre pernas ou por ter há pouco defendido a outra armada em intelectual? Este tipo gosta mesmo de se meter no caminho dos outros, ainda acaba atropelado. Deixa, não adianta levantar ondas agora.

Ísis levantou-se e foi buscar as garrafas de champanhe, antecipando-se a Kiboro. Parecia, ela fazia questão de mostrar quem era a dona da casa, ao menos por uma vez. Talvez fosse apenas pretexto para se separar por um instante do grupo, escondendo a tristeza de deixar o teimoso Riek para trás, pensou Jude, a qual se aninhou melhor no colo do médico e lhe segredou, hoje queres confirmar com quem dorme realmente Ísis? Ele não lhe respondeu, nem precisou, só apertou muito sutilmente a coxa nua, concordando.

Brindaram ao pacto firmado e se desejaram boa sorte, com a exceção de Dona Geny, a pretexto de detestar champanhe. O mais certo era nunca ter provado e a sua primeira experiência no álcool ser com a cerveja, mas também podia ter a ver com o fato de ser Ísis a servir-lhe a bebida. Nunca podia aceitar um cálice daquela mão pecadora. O pescador preferia notoriamente cerveja, mas fez a gentileza de aceitar uma taça, só molhando os lábios para provar. Riek também não aceitou, brindou com chá que ele próprio preparava com umas ervas que de vez em quando ia apanhar no mato, para isso era kimbanda.

Tinham de começar a preparar os planos, saber o que levavam e não levavam, traçar as rotas, escolher os tempos. Sem notícias de meteorologia, sem apoio das torres de controle, ia ser uma grande aventura, mas relativamente segura, pois estavam dispostos a não arriscar muito. Ao menos havia uma vantagem, os rádios de avião para avião funcionavam bem e em caso de avaria Julius sabia repará-los. E havia estradas por todo o lado, sempre podiam aterrar numa emergência. A parte mais difícil seria de Nairóbi para cima, a travessia até ao Egito, com muitos espaços sem ocupação, restando-lhes sempre a alternativa já apontada por Dippenaar, seguir o Nilo. Também discutiram o que podiam levar, quase nada, quanto menos peso melhor. Pelo caminho encontrariam abandonado tudo do que precisariam. A menos que houvesse uma população intacta e nesse caso teriam dinheiro para pagar as carências. Ficou logo decidido, iriam visitar a casa forte do banco de Nairóbi, se fornecerem de suficientes divisas e outros valores.

– O melhor seriam diamantes – disse Janet, com um sorriso ambíguo para Jan. – Valem muito, pesam pouco, quase não ocupam espaço. E toda a gente os aceita. Os bancos e ourivesarias de Nairóbi devem ter o suficiente.

– Há sítios melhores – disse Dippenaar, sem parecer incomodado com a manifesta provocação.

– Sei – disse Janet. – Mas não ficam em caminho.

– De qualquer modo, devíamos antes de partir dar umas voltas para ocidente – disse Kiboro. – Com os dois aviões podemos cobrir uma área maior. Deve haver gente pelos matos. É zona de floresta e não fomos com os carros por causa das más estradas, ou mesmo por falta delas.

Foi isso que conversaram depois de Dona Geny se retirar para a sua nova casa, acompanhada pelo pescador. Jude reparou, o pescador levou Geny à casa do lado e não regressou. Estavam embrenhados na discussão dos planos de viagem, poucos notaram. Mas há sempre uns mais atentos, como Jude, que, passada uma hora, disse ao médico, aquele parzinho ficou por lá a inaugurar a casa, o que achas? Ele não quis achar nada, mas deixou que ela fizesse movimentos ligeiros com a bunda, excitando-o.

Quando era hora de se deitarem, pois amanhã havia muito que preparar, Jude segredou, vou deixar a minha janela aberta, vem ver com quem se deita Ísis. Simba não disse nada. Atravessou a rua com Kiboro para a sua casa, porém meia hora depois regressou furtivamente. A janela estava encostada e ele entrou sem dificuldade no quarto da moça. A escuridão imperava no quarto mas ela saltou da cama e agarrou a mão dele, vem. Aproximaram-se da porta entreaberta e ele pôde ouvir nitidamente murmúrios. É o quarto de Ísis, segredou Jude. Acreditas agora? Encostou o corpo, só envolto numa combinação sedosa, ao dele. Simba deixou-se ficar, sem opor resistência, ouvindo os inconfundíveis ruídos vindos do quarto de Ísis. Não havia dúvidas sobre o que ouvia, eram os gemidos de prazer da somali e de vez em quando uns roncos, os quais só podiam ser de Riek. Jude se encostava a ele e a mão do médico deslizou pela combinação, sentindo a doçura da seda. Também os redondos do ventre, o buraquinho do umbigo e as pontas dos mamilos espetados. Acariciava-a suavemente, enquanto os ouvidos estavam atentos ao quarto da outra. Jude se virou para ele e beijou os lábios, se enroscando. Ele sorveu aquele corpo jovem durante largos minutos, procurando não fazer barulho. A moça fechou a porta que dava para o corredor e de onde vinham os sons. Então ele despertou. Se afastou de repente. Vem, disse ela, puxando-o para a cama.

– Vou masé embora.

Ela reteve-o com força contra si. Então não tinha sentido a mão dele percorrendo todo o seu corpo, agarrando as nádegas e se deleitando com a língua na profundidade da sua boca? Não podia ficar por ali, tinha de haver mais, ela já não se contentava com brincadeiras. Mas ele quase a empurrou para se livrar do abraço de jiboia e se aproximou da janela.

– Ísis está ali com outro, ela está a gozar, Simba. Por que não gozamos também?

Era uma prece e um queixume mais que uma pergunta. Uma prece carregada de desejo. O médico respirou fundo por largos momentos, se controlando. Finalmente pulou a janela num soluço e se perdeu na noite da rua. Ela sussurrou, não te liga nenhuma, parvalhão, está ali a gozar com o Riek, como todas as noites. Ele não quis ouvir o sussurro e entrou em casa.

14

Jan pilotou o seu avião, com Simba ao lado e Nkunda atrás. Jude pilotou o outro, com Julius aprendendo. Depois trocamos de lugar e tu vais aterrar, dissera ela e o compridão ripostou, com este avião? Alguma vez teria de ser a primeira e eles só partiriam para a grande viagem quando Julius estivesse pronto a substituir um dos pilotos, era uma medida de segurança. Ele já conseguia aterrar com o pequeno de treino, mas, apesar dos incentivos de Jan, nunca ousara fazer o mesmo com o de cinco lugares. Seria hoje, perspectiva que não o animou, mas começava a ter vergonha do seu medo incompreensível, sobretudo por causa dos sarcasmos da garota cruel sentada a seu lado. Se dirigiram para ocidente, a velocidade máxima. Meia hora passada, estavam sobre o rio dos rios, no princípio da grande curva para ocidente. Foram lado a lado acompanhando a enorme massa de água no meio do verde, senhor Congo, o mítico. Faziam gestos por vezes de um avião para o outro, particularmente Jude para Simba, deitando a língua de fora, puxando as orelhas para a frente a imitar macacos e outras brincadeiras do gênero. Também trocavam piadas pelo rádio, mas essas com menos frequência pois Jan não era dado a chalaças e pilotava sempre muito concentrado.

Os outros tinham ficado preparando as coisas para a viagem, por iniciativa de Janet. Ísis guardava os mapas de todas as partes do mundo que tinham encontrado e alguns atlas, bem como os manuais de instrução de voo, poderiam ser úteis. Janet apenas aprontou a sua mochila com produtos de higiene e algumas recordações, entre elas as fotos dos gorilas, todos conhecidos pelo nome que lhes dera. Numa *pen* guardou os seus textos e notas sobre o trabalho, pois ia deixar o computador em Calpe; apesar de portátil, se tornava um peso inútil, computadores ia encontrar em todo o lado, se precisasse. Riek observava com ternura as duas mulheres na sala grande. O meu dom especial indicava, as duas estavam grávidas, e uma grávida de mim. Sem se aperceberem sequer, pois ainda era muito cedo para a ausência de período se manifestar. Não perguntem por que sei, sei apenas. Ísis me pedira na véspera, vem conosco, mas recusei, nunca deixaria o chão firme que pisava para enfrentar as nuvens. Ela insistiu, chorou, revelou o seu amor, mas não mudei de ideia. Pena perder tão boa companheira, mas era assim a vida, se perdia nela muita coisa boa, sobretudo quando uma pessoa tinha de ser coerente. Por que não ficava ela? Nada a movia, como Janet, que devia procurar a terra natal e a família. Ísis não, a sua terra era por ali, não exatamente no sítio onde nos encontrávamos, como a minha também não era, mas na mesma região, com alguns cheiros semelhantes. Foi assim que lhe disse, tu é que deves ficar comigo e não ir eu contigo. Mas ela queria enfim saborear o sonho de menina, conhecer os museus de Paris e de Berlim, apalpar o calor eterno da Esfinge e admirar os encantos do Nilo, belezas que a atraíram para aquela profissão de só vasculhar no passado das pessoas. Sempre achei doentia, maléfica, essa profissão, depois de ter conhecimento da sua existência. Ísis não me parecia maléfica, tinha sido uma coisa boa que caíra na minha vida, mas não era estranho alguém se dedicar a saber como viviam os que já tinham caminhado para lá das nuvens, quase o mesmo que mexer no espírito dos mortos ou perturbar a tradição enterrada no tempo? A mim interessa o que está para nascer, fazer esse futuro chegar, quando posso. Se por acaso no meu trabalho aparecia algum espírito desencarnado, evitava grandes contatos, porque normalmente só perturbavam o que está à frente. Éramos realmente um par de diferenças, embora eu soubesse que o que está para nascer vem de longe e do encontro de pessoas antes. Os dois juntos, sim, podíamos estar bem, porque contrários. Ela queria seguir apenas um impulso de um dos lados, o dela, eu não podia fazer nada senão assistir ao desfazer do par quase perfeito. Impotente, triste. Quem sabe, podia esperar por ela, talvez ela voltasse, antes mesmo que se consumisse a barriga de gravidez, esperança minha. O mesmo pensamento não aflorava na mente de Ísis, claro, ela achava que se perderia voluntariamente pela Europa ou Médio Oriente, para onde o destino a mandasse, bisbilhotando nos rastos da História, até se fartar. Mas sucederia algum dia se fartar? Não esgrimimos argumentos, nos amávamos demais para isso: podia ter acontecido se eu fosse mais dado a conhecer o passado.

O quase fim do mundo

Vinha de uma região com crenças milenares, praticava uma arte legada por tradição familiar, devia ter noção dessa espessura dos fatos antigos. Talvez. Mas não, realmente me desinteressava o que foi. Enquanto Kiboro aguardava no aeroporto o regresso sem hora dos expedicionários e juntava algum material de substituição ou reparação dos motores para levar nos aviões, pois uma avaria podia atrapalhar os planos, Geny e o pescador tinham ido a uma grande casa da esquina, duzentos metros ao lado. Ela decidira ser esta uma boa sede para a sua Igreja, ou mesmo um Templo, como se quisesse chamar. Ali consagraria o pescador como membro sênior da religião, grau primeiro na ascensão até mestre. Ali deviam ser dadas as aulas de iniciação a quem se mostrasse tocado pela graça divina. Para tanto era preciso fazer modificações. Usaram os lençóis que havia em profusão pelas casas em redor para tapar de branco toda a sala principal e também a salinha de entrada. O branco era sempre a cor preferida das grandes religiões, dissera ela. Só os budistas preferiam o amarelo e não eram todos. Mas os budistas não lhe interessavam, que importância pode ter um homem gordo como Buda, propenso a todas as gulas? Não precisava de mais para perceber como deviam ser pecadores os budistas. Alguns estafermos armados em muito sabedores ensinavam que o branco não era verdadeiramente uma cor, disse ela para grande espanto do pescador, é verdade, acredita, afirmam que as cores são as outras, nem o branco nem o preto, quando afinal estas eram as mais importantes, mas havia estupores e blasfemos para todos os gostos, seres imundos, satanazes de óculos, com os olhos gastos de esgaravatarem ridiculamente nas bibliotecas, sem nunca aprenderem as grandes verdades. Havia que consagrar o templo e ela escolheu um ramo torto, o mais tortuoso e torturado dos ramos que encontrou nas árvores da rua, o qual obrigou o pescador a partir, para com ele passear pela casa, enxotando os espíritos diabólicos que podiam esconder-se nos cantos, nas gavetas ou nos armários, ou até mesmo dentro dos degraus das escadas. Bateu em todo o lado com o ramo, gritando sons sem sentido, espalhando folhas e afugentando os escravos do Maligno. Depois deu um grande suspiro, o templo estava limpo e nunca mais os seres expulsos teriam coragem de voltar àquela casa santificada. Sempre seria um refúgio seguro para os dois, enquanto não fossem dezenas e até centenas, como sonhava. Porque sabia, aqueles hereges do Simba, Ísis, Janet, Jude ou outros podiam agora pecar como quisessem, no entanto os seus filhos acabariam por ser atraídos pelo Senhor para aquele templo e se purificariam, assim como os filhos dos seus filhos. E ela seria a sua apóstola.

Enquanto isso, os quatro exploradores acompanhavam a grande curva do rio, a pouca altitude, mas suficientemente alto para não se arriscarem a tocar na copa das árvores. Foi quando tiveram a certeza de descortinar ao longe uma coluna de fumo. Falaram pela rádio, os quatro confirmando ser fumo e não um nevoeiro qualquer, e se dirigiram para ela, diminuindo a velocidade. Do alto viram uma clareira na floresta e fumo saindo do chão calcinado. Encetaram uma volta e divisaram algumas pessoas correndo para a clareira.

– É gente, é gente – gritou Simba Ukolo.

Voltaram a passar e contaram cinco pessoas juntas no meio da clareira, agitando os braços. Estavam parcamente vestidos, como o povo das florestas o fazia ancestralmente. Só uma pessoa tinha calças até meio da perna e uma blusa que em tempos fora branca, os outros estavam de tronco nu e de calções ou de panos amarrados à cintura. Deram outra volta, ainda mais baixo, quase rasando as altas árvores e viram tratar-se de três mulheres e dois homens, a que se juntou uma criança pequena, correndo do arvoredo para as pernas protetoras da mãe.

– Estão a preparar a clareira para cultivar – explicou Jan. – O fumo vem do capim e árvores que queimaram. As casas devem estar perto. Jude, vamos em frente procurar as casas e ver se encontramos sítio para pousar.

Mas a floresta era espessa e não encontraram as cubatas, nem sequer vestígios de caminhos de mato, escondidos pela densa folhagem das árvores. A clareira, por outro lado, era pequena demais para permitir a aterragem. Decidiram continuar seguindo o rio por não haver possibilidade de entrar em contato com aquela população. Se limitaram a passar de novo, acenando. A gente de baixo parecia fazer gestos desesperados. Simba estava comovido, afinal havia pessoas na floresta. Quantas mais? Estas ao menos se preparavam para enfrentar a fome, trabalhando os campos, era bom sinal de luta pela existência. Um quarto de hora depois sobrevoaram uma povoação de meia dúzia de cubatas, deram várias voltas mas nenhuma vida se manifestou. Aí talvez fosse possível aterrar, a pista ao longo do rio parecia suficientemente segura, mas como não encontraram vestígio de vida, decidiram continuar. E encontraram uma aldeia grande na margem direita, meia hora depois. Pelo mapa calculavam estar perto da cidade mais importante da região. Aliás, havia uma estrada partindo da aldeia para ocidente, ladeando mais ou menos o rio. Na aldeia viram coisas a mexer, pessoas e animais. Baixaram quase a pique, retrocedendo. Pessoas correram das casas e dos campos, em breve eram nove acenando com os braços. Os animais se resumiam afinal a um par de cabras. Jan e Simba, que vinham à frente, procuraram sítio para aterrar. Sobrevoaram a estrada, que devia levar à grande cidade, estudando o estado dela. Parecia segura. Fizeram uma ampla curva até atingirem os cento e oitenta graus e avisaram Jude, vamos aterrar, sentes-te capaz de também o fazer na estrada? Ela não tinha dúvidas, afirmou convictamente que seria canja, embora sempre tivesse até aí utilizado pistas de asfalto. Dippenaar deu a volta e foi baixando até tocar com as rodas no pó. O avião estremeceu mais que o costume mas foi docilmente parar muito perto da aldeia. A garota seguiu-o e estacionou quase ao lado. A gente corria para eles em grande gritaria, agitando os braços. Contava certamente coisas espantosas que tinha vivido e que queria partilhar com eles. Mas a língua era desconhecida, nenhum dos quatro entendia. Tinham saído dos aviões e os aldeões pararam à frente deles, continuando a gritar todos ao mesmo tempo. Simba abriu os braços, deu um passo, gritou silêncio, assim ninguém percebe nada. Os aldeões calaram-se imediatamente. Mas pouco adiantou, pois os dois grupos não descobriam uma linguagem comum. A ânsia dos camponeses era grande, passado pouco tempo já estavam todos a gritar ao mesmo tempo as suas urgências. A linguagem dos gestos também não lhes valeu, comunicação impossível. Mas havia gente, isso era o mais importante. O que tentavam dizer os camponeses, se perguntava Simba Ukolo. Que as pessoas tinham desaparecido, só restavam eles? Que os espíritos os tinham visitado e levado muitos?

Que o rio estava vazio de peixe e a mata de animais selvagens, sendo impossível caçar e pescar?

Coisa curiosa, os desesperados aldeões rapidamente desistiram dos outros três para se concentrarem à volta de Jan Dippenaar. Por ser o único branco? Tomavam-no por missionário ou membro de alguma ONG que espalhava coisas pela população? Jan estava nitidamente atrapalhado, olhando para todos os lados e sobretudo para os companheiros, os quais também não sabiam como lhe acudir. Os braços se viravam para ele, alguns mesmo tentando tocar-lhe, implorantes. Ele afastava os braços, a princípio delicadamente, depois cada vez mais impaciente. Julius temeu que Jan entrasse em pânico ou em fúria, o que é praticamente a mesma coisa. Avançou, se interpôs de alguma forma entre os solicitadores e o solicitado, falando todas as línguas que conhecia, mas que nenhum deles entendia. A intervenção de qualquer modo fez convergir as atenções para ele e como era muito alto acabou por impor algum respeito. Curioso também era observar Dippenaar se protegendo, com seu corpanzil musculado, atrás do delgado Julius. Este falou mais um pouco, empurrou sem força uns tantos, dando espaço para que Jan se aproximasse do avião e para ele subisse. O branco suava. De incômodo? De receio? Não era uma situação que merecesse ser resolvida com violência, para isso tinha a arma à cinta, aliás, como Simba Ukolo e o próprio Julius. Os camponeses não eram agressivos embora a insistência fosse uma outra forma de agressividade. Imploravam com desespero, era tudo. Situação para a qual o sul-africano nunca se preparara, visivelmente. Jude também subiu para o outro avião e Simba, depois de ter tentado comunicar com gestos, imitou-a. No chão ficou apenas Julius, obrigando-os a se afastarem dos aviões, no que foi finalmente compreendido. Então subiu por sua vez para o lado de Jude e as hélices começaram a rodar, o que fez espalhar os desiludidos aldeões.

Os quatro companheiros partiram, fazendo gestos de adeus, mas a gente de terra, decepcionada, correspondeu com muito menos entusiasmo. Resolveram ir procurar a capital regional na esperança de encontrarem um meio para entrarem em contato com os aldeãos. Ainda havia zonas afinal em que o entendimento era tão difícil? Julius disse para Jude, temos o suahili, senão haveria dificuldades entre nós. Imagina agora com eles que não conhecem suahili e sempre viveram na floresta.

– Mas estão ao longo do rio – disse ela, levantando o avião.

– Devia haver um pelo menos que percebesse francês, inglês ou suahili, afinal são essas as línguas mais importantes aqui.

– Talvez já não aqui, não sei, nunca estive no Congo.

Em breve sobrevoavam a grande cidade se espreguiçando ao longo do rio e farta de comer floresta à volta. Resolveram aterrar no aeroporto. Foi fácil encontrarem um carro com as chaves postas. Percorreram as ruas da cidade, mas não encontraram ninguém. As coisas começavam a mostrar a passagem do tempo, as cores esbatidas, a degradação das habitações e o ar pútrido tomando conta de tudo. Não havia eletricidade, porém apareceram alguns insetos. Andaram um pouco a pé pelo que deve ter sido o centro, por um lado para esticarem as pernas, por outro para procurarem algo diferente. Mas só encontraram o abandono, o vazio. E os insetos.

– A população das matas que sobreviveu... por que não veio para a cidade? – perguntou Jude.

– Precisamente porque são gente da mata – respondeu Dippenaar, na sua forma sardônica.

Talvez os que encontraram na aldeia fosse gente isolada das matas e que se foi concentrando ali, por isso não falavam nenhuma língua veicular da região, pensou Jude, mas nem ousou expressar o pensamento. Regressaram ao carro, deram mais uma volta pelas ruas principais, sem encontrar ninguém, exceto os bichinhos, ainda raros mas cada vez mais atrevidos. Viram formigas de diferentes espécies, gafanhotos, moscas, minhocas, vermes, escaravelhos, borboletas, bicharada como em parte nenhuma até então. Pouco a pouco, a vida retomava conta da cidade. Só que a grande capital do rio se tinha tornado na capital dos bicharocos. Um dia talvez viesse a ser habitada por macacos e até pessoas, quem sabe? Tomaram a direção de regresso a casa e Julius, instigado por Jude, pilotou o segundo avião. Sobrevoaram de novo a aldeia junto do rio e as nove pessoas corriam como baratas tontas, cada uma para seu lado, agitando os braços, enviando mensagens incompreensíveis. Quando se afastavam do rio, viram fumo no meio da floresta mas Dippenaar decidiu, nem vale a pena investigar por ali, deve ser outro grupo mas será impossível aterrar. Ainda tinham metade do depósito de combustível cheio em cada avião, mas ele não queria correr riscos, ou então estava muito cansado de ver floresta. Se dirigiram a direito para Calpe.

– Devem estar a reagrupar-se nas aldeias, como nós – disse Julius, quando chegaram e contaram aos que ficaram a sua descoberta. Passou relativamente despercebido o fato de o compridão ter conseguido aterrar com o avião de cinco lugares, pela primeira vez. As notícias que traziam eram tão importantes que até faziam esquecer esse feito digno de ser comemorado com champanhe. Pelo menos Janet deveria ter reparado, mas o próprio Julius não deu importância nenhuma ao caso, mais interessado em narrar o que viram.

– Pode haver mais grupos, pelo menos avistamos uma outra coluna de fumo – disse Simba. – Aos poucos vão-se reagrupando. É bom sinal, não estamos sozinhos no mundo.

– É difícil chegar a eles por terra, mas não é impossível, conheço essas florestas, não as daquele lado, mas são a continuação de onde estive – disse Janet. – Por cima são impenetráveis, mas lá dentro podemos caminhar relativamente bem, com uma catana a ajudar. O único problema é a orientação, é facílimo perdermo-nos e andarmos às voltas. Mas orientados por um avião e com contato rádio é possível. Devíamos fazer uma expedição a pé...

– Outros que o façam – declarou Dippenaar, mostrando mau humor. – Temos a grande viagem para norte. Afinal não era a senhora que tanto queria ir?

– Sim, quero – respondeu Janet. – Mas é importante fazer contato com essas populações.

– Não por agora – disse Kiboro. – Ou melhor, não para nós. Como disse o Jan, outros farão. Ou eles próprios chegarão aqui a Calpe à procura de mercadorias.

– Aquela confusão toda quando aterramos...– disse Jude. – Deviam estar a pedir comida. Pareciam desesperados.

– De fato só devem ter folhas e raízes – disse Simba. – Os outros estavam a cultivar, talvez mandioca. Mas mandioca leva muito tempo a produzir comida, às vezes dois anos...

– Desculpem ser chato – interrompeu Dippenaar. – Mas eles têm

certamente extensões grandes de mandioca e inhame e legumes diversos plantados. Isso tudo ficou das lavras antigas. Não foram só os bicharocos que desapareceram? Ficaram os vegetais...
– De qualquer modo têm necessidades – respondeu Simba, desagradado. – Amanhã voltamos e atiramos alimentos, OK? Deve ser fácil voltar a encontrar os grupos. Sobretudo latas de carne, comida concentrada com muitas proteínas, pois eles não têm caça nem pesca. Depois então partimos para a grande viagem...
– Com a consciência tranquila! – ironizou Jan.
Janet e Simba entreolharam-se, como perguntando um ao outro, qual dos dois mata um dia esta besta?
– A comida que se levar dá para pouco tempo – insistiu Jan. – Não resolve nada. A caridade nunca resolve nada.
– Ao menos sobrevivem por esse tempo, até encontrarem mais comida, mas tem ideia melhor? – perguntou Janet. Como não recebeu resposta, encolheu os ombros e disse: – Então?
Havia entretanto muita coisa a fazer. Por exemplo, andar pelos supermercados a escolher as mais recentes latas de carne ou peixe de conserva, leite em pó, sal, óleo alimentar, enfim, o que fosse mais necessário para dar proteínas aos povos da floresta ou para os ajudar a cozinhar. Juntavam as coisas em sacos pequenos, com uma proteção de esferovite para evitar que os alimentos se desfizessem com o impacto da queda. Por muito que baixassem os aviões, mesmo assim havia o perigo de as latas ou garrafas se romperem. Foram preparando sacos até Jan Dippenaar dizer, chega, é peso a mais para os aviões.
No dia seguinte realizaram a operação "bombardeamento de comida" na aldeia e na clareira calcinada. Com sucesso, pois pareceu que nenhum dos sacos rebentou. Não pousaram na aldeia para não perderem tempo com mímicas incompreensíveis e para alívio de Jan, mas puderam se aperceber que os camponeses lhes agradeciam com gestos diferentes, já não pareciam desesperados. Foram indagar do outro fumo que tinham visto na véspera, a caminho de casa, mas tinha desaparecido e era impossível descortinar qualquer coisa lá em baixo no meio do verde. Havia vida por ali, no entanto, esse pensamento era suficiente. E bem mais perto de Calpe. Talvez quem provocou o fumo notasse a direção que os aviões tomavam e se dirigisse

para Calpe. Acabariam por encontrar quem os recebesse, não eles, mas os que ficavam. Desde que Geny não fosse demasiado hostil por não pertencerem, com a maior das probabilidades, ao seu grupo.

Foi a última noite do agregado todo junto em Calpe, começaria no dia seguinte a grande viagem para norte. Julius tinha pilotado durante toda a operação de lançamento de comida e começava a sentir-se confortável no avião, portanto estavam prontos para a partida. Quase não foi preciso dizer nada, todos sabiam ser aquela a última noite. Jude insistiu em fazer a comida, secundada por Janet e Ísis, num gesto de boa vontade em relação aos que ficavam. Mas Dona Geny não consentiu, tomava até isso como uma grave desfeita. Preparou as mais requintadas coisas que tinha apercebido serem de aceitação geral e até foi desencantar uns doces num outro restaurante em ótimo estado de conservação. A bem dizer, perdeu toda a tarde na confecção do jantar, ajudada pelo pescador, enquanto os outros preparavam a viagem.

Joseph já tinha guardado dentro dos aviões os instrumentos e material imprescindíveis para intervir em qualquer avaria, embora depois se subordinasse ao conhecimento superior de Julius. Aproveitou a tarde para levar Rex ao mais requintado cabeleireiro de Calpe. Primeiro tratou de si, aparando o cabelo com uma máquina e fazendo cuidadosamente a barba. Mas depois se ocupou do cão.

— Rex, é a primeira vez para ti e talvez para qualquer rafeiro desta cidade. Mas hoje vais ficar bonito, num salão que não foi montado para cães, só para pessoas.

Meteu o cão na bacia onde normalmente eram lavados os cabelos e deu-lhe banho com água morna e xampu da melhor qualidade. Rex primeiro tentou resistir mas depois se rendeu às delícias da água morna. Kiboro secou então o pelo com um secador, apesar do temor do bicho, incomodado com o ar quente que lhe fazia cócegas na pele e talvez também com o zumbido desagradável aos seus ouvidos caninos. O dono besuntou-o de perfume e só depois lhe aparou umas pontas de pelo aqui e ali. Penteou-o finalmente com uma escova.

— Aposto, na Europa vais encontrar uma cadelita e estarás bonito para ela. Vais ver, as cadelas de branco são como as mulheres brancas, diferentes das nossas. É o que se diz. O Julius até podia revelar qualquer coisa, mas sabes como é, aquele compridão não se descose, não conta nada sobre a Janet, só ele pode fazer comparações, não nós. Com os cães também deve ser a mesma coisa, só experimentando saberás a diferença. Numa loja encontrou coleira e trela. Rex aceitou a coleira, embora de vez em quando sacudisse o pescoço, aborrecido pelo peso. Mas a trela não. Se Kiboro puxava para um lado, ele fazia força para o outro. Se Joseph o obrigava a andar, ele sentava no chão e ia arrastado, mas sentado. Mais umas lutas e acabaria por rebolar no pó e ficar ainda mais sujo do que antes. Kiboro desistiu, de qualquer maneira o cão ia sempre com ele e para onde ele queria, a trela se revelando inútil. Atirou-a para o meio da estrada. Chegado ao grupo, Joseph apresentou solenemente o perfumado bicho:

– Aqui está Rex, o primeiro cão a utilizar um verdadeiro salão de cabeleireiro. Pelo cortado, bem banhado, cheiroso, pronto para a viagem.

As mulheres olharam umas para as outras, com exceção de Geny, claro, e tiveram a mesma ideia: abandonaram o que estavam a fazer e correram as três para o primeiro salão de cabeleireiro. De todas era sem dúvida Janet a que mais estava a precisar, vinda da mata. Arranjaram-se umas às outras, cabelos, unhas, sobrancelhas, perfumes. E depois entraram em várias butiques para procurarem roupa cara, só para o jantar.

– Ser rico é isto – disse Jude. – Usar um vestido só uma vez e depois deixá-lo caído no chão de um quarto. E não voltar a esse quarto, só para não tropeçar no vestido.

– Menina filósofa! – disse Janet. Difícil de descobrir se estava a ser irônica. Talvez.

O jantar foi um êxito de Dona Geny. Realmente estava tudo muito bom e Rex se regalou com os restos que Kiboro atirava para o chão, o qual começava a apresentar manchas e pó, por nunca ser varrido nem lavado. Geny não considerava ser sua obrigação e os outros nem se lembravam de dever limpar o chão que mais frequentemente pisavam. Também não fazia mal, quando aquele restaurante estivesse demasiado sujo para ser utilizado, mudavam para outro, filosofia de Kiboro e, pelo que acabamos de ouvir, também de Jude, a menina que aprendia depressa. Seria cada vez mais a mentalidade de todos, se continuasse aquela situação de encontrarem facilmente todos os bens de que necessitavam, sem ter de os produzir ou pelo menos manter. Exceto aviões, os quais sempre mereciam os maiores cuidados, apesar de haver muitos. Depois dos doces e queijos, servidos à profusão, acompanhados de muitas garrafas de vinho para os apreciadores, abandonaram o restaurante sem um olhar de despedida e se encafuaram na habitual varanda da rua de Simba, para o conhaque ou uísque de uns, cerveja de outros, champanhe para as senhoras. Estas decidiram, com a natural exceção de Geny, que passariam a só beber champanhe, como as sofisticadas parisienses, para se irem habituando ao futuro habitat. Mal sabiam elas que as parisienses há muito se contentavam com vinho tinto e, sobretudo, a hipocritamente odiada Coca-Cola.

No entanto, hoje a conversa não fluía como habitualmente. Vários já tinham tentado dar o tom de arranque, mas ninguém pegava nas frases proferidas, elas morriam no ar da noite, ligeiramente enjoativo pelo jasmim e as flores melosas dos canteiros. Estávamos tristes por se desfazer o grupo? Em parte seria isso, embora talvez fossem poucos os viajantes que teriam saudades dos que ficavam. No limite, apenas Ísis lamentava a falta de Riek. O pescador e Geny nunca tinham sido populares, ou por pertencerem a um outro agregado étnico ou por características pessoais, sendo o pescador um tipo calado e pouco sociável, talvez intimidado pelo grau de cultura urbana dos outros, Geny detestada pelas convicções radicais e rude maneira de ser. Porém Dippenaar, adivinhando os pensamentos de cada um a perscrutar os outros, remou contra a corrente ou atirou uma pedrada no charco, fica à escolha o lugar comum, dizendo inopinadamente:

– Vou ter muitas saudades dos seus cozinhados, Dona Geny. Não só disso, claro, vou ter saudades da senhora por tudo o que é, mas os seus temperos então...

Geny baixou os olhos, com modéstia comovida. E o pescador sorriu, agradado. Os outros se viraram para Jan, atônitos. Para adulações não havia razão, por isso acreditaram na sua sinceridade. Que mistérios insondáveis se escondiam naquela alma para encontrar pontos de confluência com a fanática religiosa? Aliás, a senhora tinha de fato uma deferência especial por ele, muito sutil, feita de pequenas coisas, dava para notar. Nunca entenderei o gênero humano, pensou Janet, como são mais simples e cristalinos os gorilas!

— Conhece o caminho — respondeu Geny. — É só bater à porta, que lhe preparo uns pitéus dos que gosta, já os conheço.
— Sim, voltarei, esteja descansada. E não esquecerei de lhe bater à porta, claro. Para lhe contar o que vimos do outro lado do mundo e saborear um dos seus famosos guisados.

Ainda não se tinha partido e já havia quem planejasse voltar? Jude abanou a cabeça e se aninhou no colo de Simba, gesto tornado habitual. Desta vez ela usava vestido comprido, de cerimônia, como Ísis e Janet, e por isso as coxas ficavam pudicamente tapadas, para maior conforto espiritual de Dona Geny, a qual mesmo assim a fuzilou com o olhar. O médico, pelo seu lado, aceitou o corpo dela com naturalidade. Jan não apreciou, os olhos fixos na moça, tão recriminatório quanto a religiosa. Recriminatório, disse? Podia ser outra coisa.

— Amanhã dormimos em Nairóbi — disse Joseph, para manter conversa. — No mesmo hotel que da outra vez?

Tinha perguntado claramente a Jan, que parecia arvorar-se em chefe da expedição aérea, ou pelo menos não enjeitava a ideia quando Kiboro o alcandorava a essa posição, mas foi Jude quem respondeu, passamos por um melhor que aquele, um azul, lembram-se? Vamos experimentar esse de que eu falo. Dippenaar encolheu os ombros, não lhe interessava muito a qualidade do hotel por apenas uma noite, mas a seguir resmungou, com o copo de uísque entre os lábios, podemos tentar o da Jude. Não usou da usual ironia. Tom neutro, semelhante ao usado para falar com Kiboro ou Julius. Diferente do utilizado para Dona Geny, sem dúvida, menos cuidadoso. Sutilezas dele ou de quem o observava? É bom considerar também, o mundo está cheio de preconceitos, os quais se infiltram na apreciação dos outros personagens e muitas vezes até nas narrativas mais comuns, o que nos deve levar a certa prudência de julgamento.

Riek foi fazer mais do seu chá. Ísis resolveu experimentar a infusão, pelo menos uma vez. Ele costumava contar, ela me acalma os pensamentos e faz-me ver mais longe. Também o nariz fica mais aberto, posso cheirar melhor, o que é muito importante na minha profissão. Não era chá de liamba, essas folhas ela conhecia. Ele usava vários tipos de folhas, mas nenhum identificável por ela, nascem nas rochas, em pedras pretas mas também nalgumas cinzentas que brilham, dizia ele, nas suas explicações antes do ato do amor. Melhora o amor, perguntara ela, mas ele disse não, é outra coisa, embora talvez o homem esclarecido possa usufruir mais sabiamente. Ela seguiu-o para a cozinha, hoje também vou tomar. Ele pareceu surpreso, mas disse simplesmente, não tomes álcool depois deste chá, fica tudo muito forte. Mas era mesmo isso que ela queria: que tudo fosse muito forte, até à dor mais atroz, até ao insuportável.

– Vai ser a nossa última noite juntos – disse ela.

– Antes mesmo de tomares o chá já estás a ver para a frente? Quem sabe o que vai passar amanhã? E depois de amanhã? Gostaria de saber, é verdade, penso que todos gostam. Mas que tristeza se soubéssemos tudo o que nos ia acontecer! Todos a tentarem enganar o futuro, fazendo coisas para impedir o inevitável.

– Na religião primeira do meu pai, um homem soube. E sabia que ia morrer, o dia exato e como tudo se ia passar. Se chamava Jesus.

– Conheço a estória – disse Riek. – Na minha terra há muitos cristãos, a grande maioria, esqueces? No entanto, segundo a mesma estória, esse homem olhou para cima, onde estaria o pai, e gritou a sua revolta, a sua incompreensão, por que aquilo tudo lhe acontecia por vontade do pai? Aceitava, mas não sabia, afinal. Deve ter tido um momento de esperança, o que todos acharam ser desespero. Essas coisas são complicadas.

O chá estava pronto e ele serviu duas taças. Ela provou a medo, sorvendo um pequeno gole. Sabia a montanhas áridas, como as da sua terra. Outro gole e a sensação foi acentuada. O sabor era de pedras de montanhas batidas pelo sol inclemente. Viu a paisagem sem uma árvore, apenas rochas e pó. Disse para Riek o que sentia.

– Se tivesses crescido ao pé do mar, esse chá sabia-te a sal, a vento fresco e úmido no nariz. Eu também sinto um sabor parecido com o teu, afinal somos de regiões bastante semelhantes. Mas sinto também o cheiro do gado, cabras sobretudo.

– Ele ajuda a recriar a infância?

– Não sei. Apenas diminui os pensamentos, sobretudo se o bebes sentada. Vamos para a varanda.

Riek tinha razão, como sempre. Sentada, ouvindo distraidamente os outros, se concentrava nos pensamentos cada vez mais lentos que iam desfilando com o chá. Se concentrando enfim num só, ia deixar Riek. Muito lentamente, como um filme propositadamente passado à velocidade do caracol, via o corpo magro dele, nu, com a farta cabeleira desgrenhada, as melenas entrançadas disparando em todas as direções, mais novo de corpo que parecia de cara. E descobriu: Riek nunca dissera a idade mas tinha uns sessenta anos, um ancião em comparação com a esperança de vida africana. O corpo era muito mais jovem, curtido pela vida ascética das montanhas desérticas. Como poderia ter sido atraída por um ancião? Nele procurava o pai perdido, nada mais que um complexo de Édipo nunca descoberto? A falta de Riek se sobrepunha à falta do pai. Os pensamentos eram tão lentos que não saíam do mesmo lugar, era só dor de perda, perda, perda, perda. Ele olhava para ela e podia sentir a sua dor, os olhos falavam. Pousou a chávena quase vazia, lhe fazia mal demais, era insuportável tanta dor e o descobrir que amanhã e depois ainda seria pior, sem Riek. Tinha planeado abandonar o pai para ir estudar em Paris, não precisou entretanto de enfrentar a dor da ausência, se gorou o projeto. Agora, sim, ia avante com o plano, não dava para recuar. E se arrependeria mil vezes da sua covardia, pela falta de coragem de dizer aos outros, vão, podem ir, eu fico com Riek. A covardia a levara a esconder de todos a ligação. Covardia ou vergonha, dava no mesmo. Ele podia ter feito saber o que acontecera entre os dois mas era delicado demais para a embaraçar. E instintivamente sabia que me ia embaraçar se os outros descobrissem. Não haveria razão para tal, seria uma coisa natural duas pessoas se juntarem, mas acontecia a algumas pessoas terem dificuldade de assumir publicamente a vida sexual e eu era uma delas, por educação do meio de infância em que as mulheres não têm nem falam da sua vida sexual, para isso são castradas do prazer. O meu pai queria que me sentisse mulher plena, com a sexualidade completa e o seu prazer. Riek não foi o primeiro mas foi o melhor. Os dois estavam indissociavelmente juntos no meu espírito, ligados pela dor da perda. A dor da perda. Não sentia mais nada, só a dor da perda. Mais do que quando se sentiu só no mundo, desvairada, sem perceber o que acontecera. Agora era pior, porque era uma dor consciente, até mesmo procurada, pois ninguém votara por ela a viagem para norte, foi de sua inteira responsabilidade. Riek abanou a cabeça em aviso, mas foi mais forte que a sua vontade e Ísis encheu um copo de uísque puro. Bebeu um gole, olhando o kimbanda etíope, desafiando o seu aviso. Não foi de repente. A dor cresceu ainda mais, devagarinhovagarinho, até tomar conta dela inteira, deixar de ser ela para ser dor, perder a noção do corpo, como se uma chaga descomunal a tivesse coberto por inteiro, numa perda sem limites. Correu para o quarto. Chorar.

Jude não percebeu o que se passou mas viu que os olhos de Ísis brilhavam mais que normalmente quando se levantou e partiu para dentro de casa, pela segunda vez. Na primeira, tinha ido atrás de Riek e depois voltou com ele, uma chávena de chá na mão de ambos. Agora ela partia muito mais rapidamente, os olhos em brasa. Simba também notou a partida, tinha um sentido sempre orientado para a somali. Mas não viu os olhos, nem sentiu nenhum fluído indicando alguma anormalidade. Riek parecia impassível, e isso Simba notou. Portanto, nada haveria de estranho. Nem mesmo a bunda de Jude em cima do seu sexo, roçando lateralmente e depois de cima para baixo, lentamente, muito lentamente, de forma que ninguém notava, só os dois. Ele passou-lhe os dois braços pela barriga e ela apertou as costas mais contra o peito dele. Simba viu o desagrado na cara de Jan. O que tinha o sul-africano com isso? Amanhã Ísis ia abandonar Riek e novas perspectivas se abriam para ele. Ia tentar uma ligação. Antes de ceder a Jude. Não havia leis senão as da moral e podia muito bem ter uma ligação com as duas, o que aliás não era contrário a costumes ancestrais da região. Não fora educado na poligamia e estava moralmente interdito, era tudo. Mas já tinha interiorizado que, mais cedo ou mais tarde, se deixaria levar pela atração de Jude, o contrário é que começava a ser difícil, ansiando a cada momento que ela encostasse o corpo ao dele e sentindo cada vez mais prazer nisso. E menos escrúpulos. Só a esperança de ter Ísis lhe ajudara a resistir aos encantos da moça. E agora tínhamos Dippenaar observando atentamente os sutis gestos de gozo, disparando faíscas mortíferas com os olhos. Moral puritana descendente dos calvinistas que colonizaram a África do Sul? Ou apenas desejos reprimidos em relação a Jude? Podia ser. Tinham passado horas juntos no avião de treino. Será que a miúda tentou com ele o que tinha tentado no

carro com Simba? Que podia ter-se passado no avião, lá em cima, longe dos olhos de todos? A miúda era danada, já lhe tinha dito que o queria a ele mas não desprezava os outros. Tomou a ameaça apenas como uma bravata de garota despeitada, a querer atrair atenção e carinho. Mas podia muito bem ter havido qualquer coisa com o carcamano. E o sul-africano agora se sentia atraiçoado, desprezado, pronto a matar. Apertou mais a cintura dela, com raiva, para provocar dor. Ela colou a boca no ouvido dele e disse jocosamente:
– Que é isso? Estás-te a vir?
Ele afastou-a num rompante. Conteve a fúria e disse entre dentes:
– Volta masé para a tua cadeira.
O que ela não fez, obviamente. Dippenaar olhava para os dois, sem deixar escapar nada. Ela sorriu para o severo sul-africano, mas Simba não viu o sorriso, não via nada naquele momento, imerso no vazio deixado pela fúria e continuando a sentir a bunda no seu sexo. Cada vez mais trêmula, apelativa. Simba estava tão fora de si que nem viu a mão do pescador procurar a de Geny, por baixo do xaile que ela usava por causa do fresco da noite quase silenciosa. Só mesmo Riek notava tudo, sem mexer os olhos. Quando ficassem sozinhos, depois da partida dos outros, ia ter uma conversa com o pescador e dar-lhe um produto para ele misturar na cerveja de ambos, para ajudar a gestação. Não era precisa muita ajuda, a senhora ainda podia ter um filho, embora fosse parto de risco por causa da idade, conforme lhe tinha ensinado por palavras mais sábias o médico. Um tipo complicado esse médico, segundo Riek, um tipo que não acreditava nos seus conhecimentos ancestrais mas se masturbava às escondidas quando tinha as roliças coxas de Jude à disposição. As mulheres eram mais fáceis de compreender que os homens, há muito aprendera. Pelo menos no que diz respeito à arte de ter filhos. Eram mais diretas, sabiam adivinhar qual o macho que lhes servia, embora também se enganassem. Os homens, esses, enganavam-se geralmente, escolhendo na maior parte dos casos parceiras erradas. As culpas iam sempre para elas ou para o destino, um deus ou um espírito qualquer, as culpas nunca eram deles, cegos, insensíveis, imbecis. Salvavam-se pela paciência feminina, sempre prontas a aceitar explicações cretinas e muitas vezes

assumindo culpas inexistentes só na esperança de recolherem, um dia, umas gotas de sêmen de razoável qualidade.

Como se vê, cada um estava mais virado para dentro de si, embora atentos ao grupo, com um Kiboro se enfrascando de uísque e adivinhando por que afinal Ísis lhe escapava, e o par ideal, Janet e Julius, pensando em ir para a cama sem prolongar despedidas que são sempre, além de frustrantes emocionalmente, uma perda de tempo. Por isso foram eles os primeiros a dizer, vamos dormir, amanhã há uma grande viagem. Logo o par pescador-Geny aproveitou, não só para ganhar um tempo de cama como também para ir respirar ares menos poluídos pelo pecado. Riek não escondeu, desta vez, ia lá dentro saber do estado de espírito de Ísis. Kiboro, que se sentia a mais e bêbedo, aproveitou a deixa. Só ficou Jan a contemplar o par que se sentava à sua frente mas com pouca vontade de fazer sala. O sul-africano percebeu que, se persistisse em ficar a varrer uísques na varanda, seria considerado um verdadeiro empata e despediu-se num seco até amanhã.

E pela primeira vez ficaram ali na mesma cadeira, sozinhos, na quase escuridão da varanda, Simba e Jude. Ela não tinha intenção de sair do colo dele e ele também não a ia obrigar. Foi até o médico que encetou as operações porque os braços que passavam pela barriga dela deixaram os dedos começar a mexer. Apenas carícias nos lados da cintura, nada demais, mas ela correspondeu, roçando a bunda mais acentuadamente no sexo dele.

– O que andaste a fazer com o Jan no avião? Ele apalpou-te ou quê?

Ela parou de se mexer, espantada. Pelo menos parecia.

– Que é que estás para aí a dizer? Se ele me apalpou? Fica sabendo que não. Mas eu deixava se ele tentasse. Estás satisfeito com a resposta?

Lambeu-lhe a parte exterior do ouvido e ele subiu uma mão tocando-lhe num mamilo. A mão voltou a descer, para passar por dentro do decote e subiu de novo, podendo agora apertar diretamente o mamilo. O que fez suavemente até o sentir crescer. Não passaria daquilo, jurava a si mesmo Simba Ukolo. O prazer dela era visível, procurando os lábios dele. Beijaram-se e ela disse, vem para o meu quarto.

Ele fê-la levantar e imitou-a. Acariciou-lhe de pé um pouco mais os mamilos duros e beijou-a. Depois disse, ainda não.

E desceu os degraus da varanda, em direção à sua casa.

15

Abreviamos as despedidas e só foram para o aeroporto os que deviam viajar. Kiboro e Julius deram as afinações finais nos aviões. Jan distribuiu os passageiros. Num avião ia ele, Simba, Nkunda e Janet. No outro ia Jude, Julius, Kiboro, Ísis e o cão Rex, este no assento do fundo. Entre Julius e Jude ficou decidido que a primeira etapa seria feita com ela nos comandos. Kiboro e Ísis sentavam no banco de trás, para grande felicidade do ladrão, que finalmente encontrava a grande oportunidade de voltar a se aproximar dela. Jude tinha observado o jogo entre Joseph e Simba, os dois a tentarem arrastar a somali para o avião onde iam. Ganhou Kiboro, talvez por vingança de Jan, o qual obrigou Janet a ir no seu avião, afastada de Julius. Não explicou os seus motivos e dá para desconfiar que também estava a fazer o jogo de Kiboro, o mais próximo dele afinal. Era um voo de cerca de quatro horas até Nairóbi. Nem chegaria a tanto se o vento estivesse de feição, pois já tinham feito a viagem exploratória e conheciam a rota. Jan disse antes de partirem, tenho o plano dos voos todo feito, não só até Nairóbi, mas até à Europa. Ísis disse logo, vamos ter de discutir cada etapa para combinar os interesses do voo com os pessoais, quando estivermos no Egito. Compreendia-se, ela queria aproveitar ver algumas das maravilhas arquitetônicas que estudara apenas nos livros e vídeos. Dippenaar resmungou, quem sabe sou eu, mas a discussão parou aí, pois Simba cortou, vamos para os aviões aproveitar o tempo. A viagem decorreu como previram, embora tivessem tido o sol sempre na frente deles, voando para oriente de manhã cedo. Nairóbi de fato era uma escala que poderia ser evitada, havia um aeroporto de escolha mais ao norte. Mas tinham combinado procurar valores no banco e por isso mantiveram a rota. Por volta das onze da manhã, aterraram no aeroporto que alguns deles já conheciam. Aí arranjaram facilmente um mapa da cidade e dois carros, avançando então para o hotel escolhido por Jude. Ainda havia eletricidade, para sua felicidade.

Prepararam um bom almoço na cozinha do hotel, comeram e depois foram à procura do Banco central. As portas estavam abertas, não houve problemas para entrarem. Mas encontraram poucas divisas, muito menos do que pensavam. Felizmente tinham levado bastantes de Calpe. Jan andava de um lado para o outro, subia ao primeiro andar e depois descia à cave, onde estava a casa-forte. Tinha vontade de rebentar a porta da casa-forte, mas seriam necessários explosivos, que se encontravam em alguns estabelecimentos comerciais, dizia ele, nas longas passadas pelo interior do banco. Ou alguém se tinha antecipado ou as coisas estavam pior no setor bancário do Quênia do que se pensava, pois não era normal encontrarem tão poucas divisas.

– Não vamos precisar de mais nada, temos que chega – disse Simba.

– Nunca se sabe – disse o sul-africano.

Queria encontrar barras de ouro, produto normal de encontrar numa casa-forte de banco central? O ouro era muito pesado, então para quê? Janet via Jan sempre com a sua mochila aos ombros, na qual certamente teria um saco com pedras preciosas. Ainda por cima quando andou sozinho pela África do Sul e Botsuana deve ter apanhado diamantes nos sítios onde sabia existirem, para estar prevenido. Ela não encontrara o saco na mochila dele quando a revistou, mas era esperto demais para deixar coisas importantes à mão de qualquer um, o precioso saquinho andava escondido na roupa de vestir ou discretamente pendurado ao pescoço. Na altura da partida discutiram sobre as armas a levar. Prevaleceu a ideia de Simba, só pistolas e poucas munições. Dippenaar achava prudente levar uma *kalashnikov*, mas acabou por concordar, não valia a pena sobrecarregar os aviões com peso. Por isso cada um levava uma muda de roupa, em cada etapa podiam encontrar roupa nova se quisessem. Em caso de situações perigosas, onde se justificassem armas mais pesadas que as simples pistolas, também não seria difícil encontrar esse tipo de armamento. E se houvesse uma população a fazer a sua vida normal, como era tudo antes dos desaparecimentos coletivos, também as armas não fariam muito sentido. Desistiram mesmo de arrecadar outros valores no banco. Depois da incursão pouco proveitosa, passearam pela cidade, procurando algumas joias nas casas da especialidade, mas também pouco recolheram. O especialista era evidentemente Dippenaar, o qual frustrava os outros, isso não vale nada, é falso, é ouro barato, diamante isso?, nem pense, é um pedaço de vidro, etc., etc. Também desistiram das lojas de joias e as senhoras foram procurar nas butiques do hotel roupa nova. Os homens ficaram a beber no bar, esperando a noite. Dormiriam e no dia seguinte partiriam para Adis Abeba.

Seria fastidioso contar como mais uma vez Jude tentou que Simba dormisse no quarto dela. E escolheu quarto ao lado. Mas ele fechou a sua porta à chave, para evitar tentativas noturnas da moça. Kiboro também tentava manter conversa com Ísis, mas ela estava claramente triste pela falta de Riek e pouco colaborante. Quanto a esperanças num futuro relacionamento então... Riek não era da capital da Etiópia, embora a tivesse conhecido em novo, conforme disse a Ísis. Mas fazia muitos anos que ele não punha o pé na cidade. Pouco importava, o fato de aterrar em Addis emocionou a jovem, afinal estava na terra dele. Tinha sido uma viagem perfeita, sem ventos complicados, mas durou mais de quatro horas. Foi Julius que pilotou e ninguém se queixou da sua perícia. A única novidade foi que, na altura da partida, Janet e Ísis, cúmplices, trocaram subitamente de avião. Dippenaar não deve ter gostado da iniciativa mas calou. De fato não tinha nenhuma autoridade para decidir se o casal devia viajar junto ou separado. Engoliu em seco, mas nem resmungou. Kiboro ficou desiludido, como é óbvio, embora começasse a compreender que Ísis seria mais difícil do que lhe parecera no princípio e a conversa no avião adiantava pouco. Mas só com Julius poderia comentar, por Simba ser um rival evidente. Não lhe bastava a miúda? Mais cedo ou mais tarde teriam de ter uma conversa, para evitar makas futuras, afinal eram expectativas importantes. Durante o voo, com Janet ao lado, ia pensando no que existiria realmente entre o médico e Jude. Talvez só mesmo aquilo que viam, a miúda a fazer-se e o homem a evitar ceder, por causa de Ísis. Nunca lhe passara despercebido o interesse de Ukolo em Ísis, como sabia que também não tinha conseguido esconder o seu. No entanto, Simba era astuto, parecia jogar nos dois tabuleiros. E empatava o jogo dos outros. Que ficasse com a miúda e deixasse Ísis livre. Bem, também não era assim, não foi o médico que frustrou as tentativas de Kiboro e afinal apanhou Ísis, mas um feiticeiro magro e mal vestido com penteado rastafári. O felizardo agora tinha ficado longe e fora do jogo, tendo o assunto de ser decidido mesmo entre os dois.

No dia seguinte rumaram para Cartum, na confluência do Nilo Branco com o Nilo Azul. Realmente Dippenaar estava um mestre em traçar rotas, com auxílio dos mapas. Por um interesse escondido, Ísis quis saber da rota do dia seguinte, quando estavam no hotel de Adis. O sul-africano explicou, mostrando no mapa, que voariam sem pontos de referência. Apontou várias vezes as suas notas e as contas que tinha feito, com Jude e Julius também atentos, pois deviam saber para onde ir. Ísis nunca quis pilotar, mas sabia calcular as rotas, tinha estudado mais isso em Calpe que a arte da pilotagem. Teve de reconhecer, tudo estava claro. Havia sempre uma interrogativa grande, como seriam os ventos e o tempo, pois deixara de existir apoio à navegação nem previsões meteorológicas. A única coisa que havia era a história e as estatísticas que encontravam sempre na torre de controle dos aeroportos e que era de toda a conveniência consultar.

– Se por acaso falharmos, temos aeroportos alternativos. Mas não creio haver qualquer problema, o tempo está muito estável e a viagem será de quatro horas, o que quer dizer que teremos combustível para mais três. Suficiente para se encontrar um dos vários aeroportos alternativos.

– E há mais uma coisa – disse Ísis. – Do ar também não deve ser muito difícil encontrar a confluência dos dois Nilos, é coisa que se nota à distância.

Dippenaar concordou, satisfeito. No fundo, Ísis estava a demonstrar admiração e confiança nos dotes de navegação dele, os quais tinham melhorado muito na sua viagem solitária e nos dias dedicados ao assunto em Calpe, antes da partida.

– Aqui em África não há problemas, sobretudo a partir de agora. – confidenciou Jan. – Tenho medo é do mau tempo da Europa. Vamos chegar lá em época de chuva e tempestades.

De fato estavam em fins de setembro, observação que nunca era muito importante para eles, habituados a climas mais ou menos estáveis, embora em zonas tropicais ou mesmo equatoriais. A altitude e o afastamento do mar tornavam as coisas mais previsíveis, apesar da influência das monções do Índico que se podiam manifestar a qualquer momento. A Europa era diferente, sem dúvida, sobretudo na altura da mudança de estação, que devia estar a começar. Esta conversa correu muito bem a Ísis, preparando a da noite seguinte, a qual muito certamente ia ser bem mais complicada, como confidenciou a Janet. E foi, porque chegaram a Cartum por volta do meio dia e o bafo insuportavelmente quente do deserto pôs logo toda a gente mal disposta e com vontade de fugir dali. Estariam perto de cinquenta graus e ainda por cima, não havia eletricidade. O hotel onde se enfiaram cheirava já muito mal, por causa da comida em putrefação. O clima levava um organismo morto ao fim de doze horas já parecer cadáver de três dias. O cheiro a podre estava em todo o lado na cidade deserta. Ainda por cima se levantou vento de ocidente, trazendo areia. Na rua era impossível respirar, por isso tinham de ficar trancados no hotel onde os andares de baixo estavam contaminados pelo cheiro a morgue. Simba Ukolo tentou fazer uma excursão pelas ruas, procurando matérias putrefatas para levar até ao laboratório mais próximo, à procura de microrganismos. Mas o bafo do deserto deixou-o sufocado mal atravessou a porta dupla do hotel. E regressou para dentro, derrotado. No entanto, disse para si próprio, isto está cheio de microrganismos, são eles que provocam a putrefação das coisas.

Comeram bolachas e beberam vinho quente. Tudo estava quente, mesmo a água para o banho. O pão era tão seco e duro que até torrado parecia impossível de tragar. As latas de sardinhas, de atum e de patê pareciam ainda em bom estado. Foi o que usaram, mais umas salsichas de aspecto dúbio. Foi ao almoço e mesma coisa ao jantar. Contavam as horas para arrancar para o aeroporto, reabastecer os aviões e levantar voo. Convinha também voarem o mais alto que pudessem, para apanhar ar fresco, achava Jan. Talvez a altura não tenha sido a melhor para Ísis pedir para conhecer o plano de voo, ao fim da tarde. Mas qualquer altura seria má, dadas as circunstâncias.

Dippenaar disse que a jornada ia ser muito longa, mais de seis horas, mas era a maneira de se livrarem do deserto, porque chegariam logo ao Cairo e nessa época do ano já ali não estaria tão quente, supunha. Que ficariam quase sem combustível, mas havia muitos aeroportos alternativos perto do Cairo, eram riscos limitados.

– Parece-me muito perigoso – disse Ísis. – Se apanhamos vento de frente, estamos mal. Proponho que se pare em Luxor. Viagem de cerca de quatro horas, como temos feito, também com alternativas. E com muitos pontos de referência pois iremos para norte, seguindo o curso do rio.

– Deve estar tão quente em Luxor como aqui e sem eletricidade – teimou Jan.

-- Até pode ser. Mas vale a pena, pois podemos visitar Karnak, o Vale dos Reis e o Vale das Rainhas. Só isso merece todo o calor do mundo.

– Disparate! – disse Dippenaar.

– Disparate? Visitar o Vale dos Reis, os templos de Luxor e Karnak é disparate? Tem noção da enormidade e da falta de cultura que está a revelar? Podia ao menos fingir um pouco de sensibilidade.

– Quero lá saber dos templos e da sua cultura! Francamente! Isso é para meninas que não têm mais nada que fazer. E suportar cinquenta graus nos miolos? E tudo quente? E nada de comida a sério? Sabe o que isso é? Um dia ainda se aguenta, mas mais?...

– Sei e insisto – disse Ísis. – Se quiser podemos pôr à votação. Quem quer que se pare em Luxor, em toda a segurança, ou que se continue para o Cairo e se chegue no limite do combustível? É uma questão de bom senso.

– Quem sabe disso sou eu. O que é que a menina sabe de pilotar?

– Pouco. E reconheço que o senhor sabe mais do que eu, do que todos nós. Mas só para fugir ao calor está a pôr-nos em risco. E é importante vermos os monumentos, sim. É uma oportunidade única.

Dippenaar levantou-se do seu sítio, tentando conter a fúria. Suava, como todos, aliás. O calor era verdadeiramente insuportável e o suor secava logo, o que ainda era mais desagradável. A tal ponto que Jude nem se tentava chegar a Simba, nessa noite o médico estava protegido de qualquer tentação. Este tinha de apoiar Ísis, era o momento.

— Jan, pense bem, Ísis tem razão. Uma etapa de mais de seis horas é perigosa se a autonomia é só de sete. Tem dito sempre isso, que devemos voar em etapas curtas, entre as quatro e as cinco horas, para dar segurança. Caramba, esses monumentos são maravilhas absolutas, também eu as quero ver, mesmo se tenho de suportar cinquenta graus à sombra. Vou ter muito tempo para apanhar frio na Europa. Mas Karnak e Luxor têm de ser vistas.

— É indiscutível que Ísis tem razão, voto com ela – disse Janet.

— Só um idiota recusaria a ocasião de ver a sala hipostila mandada construir por Seti I, um dos maiores reis do Egito, o conquistador da Síria, vencedor dos Hititas e pai do grande Ramsés II. Entre centenas de outras essa é uma das maravilhas da região. No Vale dos Reis estão os túmulos dos faraós dessa época fabulosa em que um estado africano era o mais poderoso e avançado do mundo.

Dippenaar percebeu que tinha perdido, pois os outros ouviam Ísis, embevecidos. Ela falava como se contasse a sua própria história. Mas Dippenaar não queria perder tudo, ameaçou:

— Vocês mereciam que eu arrancasse com o meu avião e vos deixasse desembaraçarem-se sozinhos.

— Não vai fazer isso, Jan – apelou Kiboro.

— Não vou, mas mereciam...

Ísis estava mesmo mal disposta, ou então era o seu signo conflituoso a se manifestar, talvez pela existência de muitos símbolos e memórias que lhe lembravam as lendas à volta do seu nome. Ou era o calor, apenas. Disse, sem pretender esconder a raiva:

— Se quiser fazer chantagem, ela não pega. Aposto que encontramos outro avião e Jude pode pilotar um e o Julius outro. Se quiser, pode seguir direitinho para o Cairo, senhor Jan Dippenaar...

— Pronto, chega, chega – disse Julius. – O Jan não fez uma ameaça, também não exageremos...

— Claro que fez uma chantagem velada – disse Janet, pela primeira vez se opondo ao namorado em público. – Mas já recuou e não vale a pena estragar ainda mais o ambiente.

Kiboro ficou muito surpreendido e talvez algo desiludido por Jan não responder violentamente a Ísis. Afinal o sul-africano sabia controlar muito bem a sua cólera. Estava vermelho e parecia soprar com força pela boca. Só faltava sair fumaça para imitar os touros das bandas desenhadas. Mas ficou calado, ruminando a sua raiva e impotência. Sempre era melhor para o grupo que todos continuassem juntos, embora Ísis tivesse razão, a partida dele não os impediria de chegar à Europa, estava visto. No fundo, no fundo, ainda bem que Jan se contivera, pensou Joseph, assim evitava que ele tomasse posição por um ou por outro, era chato contrariar qualquer deles. E não devia adiantar muito ao médico tomar sistematicamente o partido da somali, não parecia que isso a aproximasse mais dele. Ísis ainda estava apegada a Riek, por isso Kiboro tentava aparecer apenas como amigo, sem insistir, evitando imitar os amorosos olhares de carneiro mal morto lançados pelo médico, suplicantes, lamechas.

De qualquer modo, esta discussão no calor de Cartum deu para perceber que Jan não tinha grandes apoios no grupo. De fato, apenas Kiboro simpatizava com ele, ou pelo menos não mostrava hostilidade. O sul-africano não perceberia? Parco de palavras, reservado, nunca tinha mostrado a Joseph sentir um ambiente carregado à sua volta. Nunca se queixara nem proferira uma frase parecendo um desabafo. Certamente que também não o fizera com Geny, pois pouco contato teve com ela. Kiboro e ele passaram muitas horas juntos, tratando dos aviões e as oportunidades não faltaram para trocas de opiniões. Se tinha calado qualquer ressentimento, é porque era muito forte da cabeça e dos nervos, achava Joseph. Um daqueles que nunca se queixam, suportam tudo. Esquecem? Nunca, vão registrando, registrando, até um dia... Não queria estar do outro lado quando o dique de Dippenaar rebentasse. Antes ser seu amigo. Com um ar de dignidade ofendida, muito direito, olhando para a frente, Jan se afastou para outra sala do hotel, onde havia uma mesa de bilhar. Pegou num taco e começou a bater nas bolas, descarregando a fúria. Ísis suspirou fundo, de alívio, e se sentou num cadeirão de verga, sem almofadas nem estofos, por causa do calor. Janet tinha ido buscar um livro ilustrado sobre o Egito e folheou-o nas partes correspondentes a Luxor e Karnak. Julius viu um pouco, depois disse, não se preocupem, amanhã vamos mesmo para Luxor. Ísis se decidiu com esta fala e foi buscar o mapa onde desenhava as rotas. Jude foi ajudá-la, embora fosse a coisa mais simples do mundo. Bastava seguir para norte, na maior parte das vezes seguindo o Nilo, cortando a direito nas curvas e contracurvas que ele fazia. Nunca se afastariam muito do rio, embora devessem ir pela margem direita. O aeroporto de Luxor ficava a alguns quilômetros a oriente da margem direita, elas calcularam as distâncias e as coordenadas. Se houvesse algum problema com Jan, elas podiam chegar sozinhas a Luxor. Combinaram com Janet, as três iam no mesmo avião com Julius. Desta vez, Kiboro teria de passar para o avião de Jan, por causa do Rex, fazia um lugar a mais. Os homens que se entendessem com o sul-africano no ar, se este tentasse continuar para o Cairo. Mas não era preciso dizer nada agora, na hora de entrar nos aviões fariam assim, levando Ísis aquele mapa com tudo marcado. Vamos ver como faz o mercenário, silvou Janet.

Ninguém dormiu coisa que o valha. Alguns chegaram a atirar água para os colchões e lençóis. Isso dava um certo frescor, mas ao fim de duas horas estava tudo seco, sobretudo eles, peganhentos de suor seco, rezando para que a madrugada chegasse depressa. Aos primeiros alvores, precipitaram-se para a cozinha do hotel, para comer qualquer coisa das bolachas e latarias. Pegaram nos carros e partiram para o aeroporto, sem saudades do hotel nem da cidade. Os aviões foram reabastecidos em tempo recorde, pois, apesar de ser pouco mais de madrugada, já estavam quarenta graus. Quando Jan, com cara escalavrada pelo mau sono e também certamente pela discussão da véspera, fez o sinal habitual, as mulheres se juntaram a Julius no mesmo avião e mandaram Kiboro e Rex para o outro. E fecharam a carlinga. O ladrão fez cara de parvo, mas em terra é que não ficava. Chamou o cão e entrou no outro, perante o olhar espantado de Jan.

– Parece que decidiram ir todas juntas – disse Kiboro.

Pelo rádio, a voz juvenil de Jude disse as coordenadas do voo estudadas na véspera com Ísis e partiu em primeiro lugar. Dippenaar que a seguisse, se quisesse. O avião dela levantou e o sul-africano ainda estava parado, sem ter acionado o motor de arranque.

– Vão para Luxor – disse Simba, que tinha ouvido a mensagem de Jude, pois o rádio do avião estava em aberto.

– É a mesma rota do Cairo – disse Jan.

– Exatamente a mesma? – perguntou Simba.

– Quase. Para o Cairo o que muda é a distância, não a direção. Haverá poucos graus de diferença.
– Mas são uns poucos graus que fazem gastar mais combustível ainda se andarmos com hesitações – disse o médico.
– Está a aprender uma coisas de aviação – havia sarcasmo na voz de Dippenaar.
– Não vale a pena armar em duro. Vamos atrás, para manter o grupo.

O piloto pôs o avião a rolar na pista, em silêncio. Qual teria sido a ideia dele? Dar as coordenadas do Cairo, ligeiramente mais para ocidente, e obrigar toda a gente a seguir o seu plano, mesmo contra vontade? Ou iria aceitar o consenso de ontem e seguir as coordenadas de Luxor? Jude não lhe deu tempo para ser claro. E ele não foi nada claro, omitiu para onde tencionava ir, apenas obedeceu à sugestão de Simba, seguiu o avião de Jude. Talvez assim não considerasse sofrer uma derrota, pois de fato apenas seguia a maioria sem revelar o seu objetivo. Não havia rebelião a bordo, ninguém o ouvira dizer vamos para o Cairo, democraticamente tinha aceitado a vontade da maioria. Se houvesse despeito, engolia-o e nunca mais tocaria no assunto, sem dar parte de fraco. Claro, um dia ia se vingar, ninguém sabia como.

– Eles vêm atrás de nós – disse Ísis, radiante.
– Claro, tinha de ser – disse Jude.
– Vocês são mesmo danadas – disse Julius. – E tu não me disseste nada, Janet, fizeste combina com as outras.
– Os homens não são de confiar – disse Janet. – Se te contasse o plano, ainda eras capaz de o revelar, com medo que o Simba e o Kiboro não se entendessem com o Jan.
– Se não se entendessem, podia dar uma tremenda confusão – disse Julius. – Já pensaram, uns no Cairo e outros em Luxor?
– Eles ficavam no Cairo à nossa espera – disse Ísis. – Ou pensas que o Simba e o Joseph aceitariam partir sem nós?
– Para dizer a verdade, acho que nem o Jan partiria sem nós – disse Julius. – Não é a fera solitária que vocês imaginam.
– Pela primeira vez estamos a voar com o nosso próprio plano de voo, já repararam? – disse Jude, vaidosa. – Uau!

– Viva a independência! – gritou Ísis.
– Uma de vocês ainda vai para a cama com o Jan e acaba tudo bem – disse Janet, não se sabe se a brincar se falando sério, profetisa. De qualquer modo, as outras duas ficaram caladas. Ísis pensou em reclamar, mas depois ponderou, não vou entrar nessa discussão, não hoje. Jude, por outro lado, disse para si, nunca se deve afirmar desta água não beberei, assim me ensinou o meu pai e professor. Apenas Julius se manifestou, com uma gargalhada.

– Se quiseres passar para os comandos, trocamos de lugar, hoje era a tua vez – disse Jude, para desviar a conversa.

– Podes ir tu, podes ir tu. Prefiro aterrar no Cairo, lá a pista é certamente maior.

– Tu aterras em qualquer pista, amor – disse Janet.

Jude não a contrariou. De fato Julius tinha feito progressos na sua autoconfiança. Não se sabia o que iriam encontrar em Luxor, pequena cidade perdida na margem direita do Nilo. Mas como dissera Ísis, era um ponto importante de turismo, por isso tinha de ter um bom aeroporto. E aquele avião aterrava em qualquer picada, mesmo com Julius nos comandos. Tudo de fato correu com a maior das facilidades. O vento estava de feição e a pista livre. Havia vários aviões do mesmo modelo ali e outros maiores, era um aeroporto internacional. Quando saíram do avião, notaram, o calor não era tão intenso como em Cartum, talvez pelo Nilo e os campos irrigados ali perto.

– Tebas! – suspirou Ísis.

– O quê? – perguntou Janet. – Tebas era aqui?

– Sim – disse a outra. – Hoje é conhecida por Luxor, mas é Tebas, a antiga capital do Egito, a cidade toda poderosa. E queriam perder isto...

Os outros preferiram não discutir o que se passara. Entraram em dois carros e partiram para a cidade. Procuraram um hotel de cinco estrelas e repararam que havia eletricidade. Mistérios do deserto. Devia ser a energia gerada ainda em Assuã, a grande barragem do Nilo, funcionando por inércia. Saltaram de alegria, eletricidade significava boa comida e ar condicionado nos quartos. Joseph verificou se os aparelhos funcionavam. Veio todo contente anunciar a boa nova, tudo impecável. Vamos comer que temos muito a visitar, disse Ísis.

Foram aos frigoríficos e aproveitaram as comidas já feitas mas ainda em bom estado. À noite cozinhariam a sério. Comeram produtos frios e deixaram alguma carne a descongelar para a noite. Havia vinho branco fresco nos frigoríficos e foi isso que a maior parte deles bebeu. Nkunda, claro, preferia refrigerantes. No fim do almoço, munidos de mapas turísticos, partiram para visitar as maravilhas de Luxor e Karnak e ainda com esperanças de atravessarem o rio para verem os Vales. Jan não acedeu ao convite de Janet e ficou no hotel, tenho aqui algumas coisas para fazer. Estupidez, pensou Ísis. Ao menos podia aproveitar ver o que nunca mais teria oportunidade de visitar. Mas por birra de menino mimado não os acompanhava. Que vá à merda! Comentaram entre eles nos carros a atitude infantil do sul-africano. Nem mesmo Joseph podia contrariar a ideia geral, era um despeito no mínimo ridículo. Até Nkunda riu, vejam só aquele mais velho armado em criança! Em breve se aperceberam que uma tarde não chegava para verem parte do que havia para contemplar. Só saíram ao cair do sol de Karnak e dos seus templos unificados com o nome do principal, o templo de Amon. Este de fato ficava mais ou menos no centro, mas havia os templos dos dois outros membros da chamada trilogia ou tríade tebana, o da mãe Mut e o do filho Montu. Ficaram esmagados pelo peso das colunas gigantescas que constituíam verdadeiras ruas de acesso, colunas com largura e sobretudo altura descomunal. Como foi possível construir aquilo em época tão recuada?, era a pergunta óbvia e a que muito dificilmente se encontra resposta. Entre as colunas havia sombra e fresco, dependendo da situação, pois o vento vinha do norte. Além dos três templos principais e unificados, havia menos importantes, como o de Ptah, Opet e outros. Viram também o retangular lago sagrado, ainda com água. Qualquer dia ficaria seco, pois mais ninguém o iria encher. Estavam no maior complexo de templos jamais construído pelo homem e isso sentia-se no ar, no ambiente sepulcral, mais agora por não haver as vozes e risos dos turistas ou as explicações dos guias e o regatear dos vendedores de recordações. O silêncio ajudava a reconstituir o caráter sagrado do lugar. Aliás, como ensinaria um prospecto esquecido numa banca, o primeiro nome do sítio tinha sido Ipetisut, que queria dizer exatamente "o mais sagrado dos lugares." Só a estreiteza mental e arrogância de homens mais modernos tinha mudado nome tão apropriado. Viram, como não era possível evitar, a famosíssima Sala Hipostila, começada no reinado de Ramsés I e concluída pelo seu filho Seti. As sombras entre as colunas provocadas pelo sol em declínio levavam-nos a ver rastos de escribas com seus rolos de papiro e vestes de sacerdotes esquivos invocando os deuses. Silenciosos, melífluos, adelgaçados pelos milênios. Correram para o templo de Luxor, a pouco mais de dois quilômetros dali, mas não tiveram tempo suficiente para a visita. Também era mais recente e com contribuições de outras idades, por isso despertou menor interesse. Entretanto, a decisão já estava tomada, resumida por Ísis:

– Ficamos também amanhã aqui. Temos comida, ar condicionado, podemos tomar banho fresco na piscina do hotel e banho quente lá dentro. Podemos dormir muito bem. Qual é a pressa de chegar ao Cairo? Se quiserem, eu mesmo explico ao Jan por que vamos ficar. Amanhã atravessamos o Nilo para ir ao Vale dos Reis, onde estão os principais túmulos. Se ele se chatear, o problema é dele. No aeroporto vi um avião igualzinho aos nossos...

– Há três – corrigiu Julius.

– Um chega – continuou Ísis. – Se ele quiser ir para o Cairo, pode ir. Se quiser esperar lá por nós, pode esperar. Se não quiser, avança sozinho para a Europa. Já não precisamos dele para nada. E se o Joseph não quiser se separar do seu grande amigo, também pode ir.

– Que é isso, Ísis? – protestou Kiboro.

– É mesmo o que disse, Joseph. Se quiseres ir com ele, podes ir, ninguém fica zangado contigo.

Ele ficou chocado, adivinhava desprezo. Ísis estava a dizer que ele podia ir com o outro, que não se importava? Não significava nada, mesmo nada? Simba riu para dentro, ora toma lá, meu engatatão de segunda! Jude sentiu pena de Joseph, também não era maneira de se dizer, ainda por cima ele não defendera o sul--africano, estava ali com todos. Teve vontade de lhe fazer uma carícia na face, consolando-o. Mas a presença de Simba Ukolo impediu-lhe o gesto espontâneo. Essa Ísis era sua rival e ainda por cima muito obstinada e cruel, achou. Tinha de ter cuidado, pois se alguma vez a somali se interessasse a sério por Simba, ia haver problemas sérios.

– O Joseph fica conosco, sempre esteve conosco, é evidente – disse Janet, a apaziguadora universal. – E até acho que o Jan não vai pôr obstáculos a ficar aqui. Ele o que queria era fugir do calor. Já fugiu. E devemos fazer tudo para manter o grupo unido.

Não foi assim tão simples. Dippenaar tinha feito muitas cedências, achava. Ficar mais um dia naquela fornalha, numa cidade pequena e vazia, onde não havia nada para ver, era exagero. Simba e Joseph argumentaram com ele, no hotel até estava fresco porque o sistema de ar condicionado central funcionava. E a cidade e arredores tinham muita coisa para ver, ele que se juntasse ao grupo, esquecesse a arrogância. Estavam os três no bar, dando cabo de uma garrafa de uísque de vinte e quatro anos, um uísque escorregando na garganta melhor que o mais fino licor. Ele explicou que tinha visitado os bancos, havia vários e tinha recolhido um bom lote de divisas, mas os outros aconselhavam, esqueça as divisas, parece mesmo que não valem nada, aqui não há nenhum ser vivo, nem sobrou um escorpião do deserto, nada. O mesmo nos sítios onde paramos. A vida ficou em Calpe, parecia. O melhor era guardar na memória coisas que os homens tinham feito há mais de três mil anos, verdadeiras joias. Desse mundo que tinha terminado, parecia só eles terem ainda a capacidade da memória, havia que enriquecê-la. O sul-africano não estava convencido, mas já tinha percebido que se teimasse muito com estes dois homens, os quais afinal estavam mais próximos da compreensão dele que as mulheres, seria mesmo obrigado a partir sozinho para o Cairo e esperar lá. Ficaria comprovado que ele já não lhes fazia falta nenhuma, o que era grave para a sua autoestima.

– Tome o passeio de amanhã como uma aventura – disse Simba. – Mete travessia de rio e tudo. Parece-me que o amigo é o mais capaz de rapidamente pôr um barco a descer o Nilo. E depois temos de andar um pouco em picadas e chegar a sítios escavados onde pode haver serpentes. Pelo menos mistérios.

– O Julius deve ser mais capaz de pôr um barco a funcionar – disse o sul-africano.

Mas emborcou o uísque e não voltou a insistir em partir para o Cairo. Continuaram os três entretidos com a garrafa, falando agora de outros assuntos mais consensuais. Do passado de cada um, o que significa ser praticamente só Joseph a contar. Simba era reservado por natureza, embora não tivesse tanta coisa a esconder. Jan, pelo contrário, devia ter muitos pontos que não queria desvendar e por isso só abriu a boca quando mudaram de assunto e voltaram para temas mais ligeiros: de rúgbi, de futebol, de mulheres, de minas de ouro ou diamantes e de guerras, assuntos de homens à volta de uma garrafa. Os outros entretanto tratavam do jantar.

O hotel tinha jardins bem tratados, onde imperava uma esplanada de cadeiras cômodas dando para o Nilo, mais abaixo. Se viam cais e barcos de recreio de dois pisos e também veleiros de luxo ostentando bandeirinhas de muitos países. Havia quem atravessasse o Mediterrâneo nesses veleiros e depois subisse o Nilo até onde podia. Agora os barcos estavam ali órfãos, perdidos os donos na voragem do que acontecera à Humanidade. Pelo menos a uma parte importante. De novo, Jude se recostou no colo de Simba. Ninguém já notou, exceto Jan. Havia muita luz, mais do que na varanda de Calpe, e por isso o médico se absteve de qualquer gesto ousado. Por mais que tentasse a aproximação com Ísis, era evidente a sua falta de sucesso. Kiboro também. Mas, mesmo assim, não queria deitar a perder a possibilidade da ligação e portanto fingia nutrir pela miúda apenas um sentimento paternal ou de amigo mais velho. Todos já tinham percebido que havia nele mais que isso, mas se comprazia em imaginar enganá-los.

Foram dormir cedo, para compensar a noite anterior. Os quartos eram frescos e convidavam a companhias clandestinas. Simba escolheu um com duas camas e disse a Nkunda para dormir no seu quarto. Sempre era mais difícil ele deixar-se arrastar para a cama de Jude do que esta meter-se na sua. Com Nkunda no quarto, a moça não se atreveria. Como aconteceu.

Saíram cedo do hotel, escolheram um barco a remos no cais e Julius foi o chefe da travessia. O Nilo era um rio calmo, de corrente contínua mas não muito forte e a viagem foi rápida, fácil e segura. Se o barco virasse, o único problema seriam os que não sabiam nadar, pois os famosos e temíveis crocodilos do Nilo tinham desaparecido com o resto dos bichos. Simba olhava sempre para os lados, onde quer que estivesse, procurando uma presença. Mas nada, nem um mosquito ou uma libélula, como em Nairóbi não vira sequer uma formiga nem em Cartum uma mosca. Calpe tinha mais vida, sem dúvida. E sobretudo a margem do Congo. Se tivesse tempo, colheria alguma água do rio e iria analisá-la no laboratório do hospital de Luxor. Apenas por descarga de consciência. Passaram a manhã e parte da tarde sem comer, andando nos vales. De fato havia três, o Vale dos Reis, o das Rainhas e dos Nobres. Havia muitas zonas com proibições de entrada ou passagem, ou porque os turistas atrapalhariam os trabalhos ou porque havia perigo de acidentes nas escavações ou porque não convinha expor certas coisas nem à respiração dos visitantes. Ignoravam as proibições e por isso viram o que estava vedado e o que era permitido, vantagem da situação. Numa zona, ainda do Vale dos Reis, encontraram um grande canteiro de obras. Havia instrumentos e máquinas por todo o lado. Se via, trabalhava ali muita gente quando aconteceu a "coisa".

– Tantos instrumentos... – disse Janet.

– Sei que há muitos anos começaram a escavar aqui qualquer coisa que se achava ser o túmulo dos cinquenta e tal filhos de Ramsés II – contou Ísis. – Li isso algures, mas o Egito não é a minha especialidade... A bem dizer, não tenho especialidade nenhuma. Parece que continuavam a escavar e a encontrar coisas, sobretudo joias, as joias dos filhos de Ramsés.

– Entramos neste buraco? – desafiou Jan, saindo da passividade e do tédio. – Parece ser a passagem para dentro do túmulo. Vamos, vamos procurar alguma preciosidade.

– Para quê? – disse Ísis. – As maiores preciosidades estão no museu de Luxor. E ele é todo nosso, se quisermos. E no museu do Cairo ainda há coisas mais ricas, coisas sem preço, absolutamente sem preço. Mas para que tirar de lá? Para andar com isso no bolso? Estão melhor nos museus.

– De que nos serviriam? – apoiou Simba.

– Pois eu vou a um museu qualquer apanhar um pequeno escaravelho de ouro – disse Janet. – Pode ser o mais pequeno de todos. Para dar sorte.

– Acreditas que dá sorte? – perguntou Ísis, de repente transformada na guardiã da História e de todos os seus tesouros.

— Acredito.
— Então podes levar. Um pequenino.
Entraram nalguns túmulos, particularmente no de Tutankhamon, rei insignificante na realidade em comparação com a sua fama. Admiraram frescos e hieróglifos aqui e ali, viram salas e sentiram o ar dos subterrâneos milenares. Mas sem se aventurarem muito com receio dos desabamentos, os engenheiros de há quatro mil anos podiam não ser tão bons como pareciam. Depois foram para o Vale das Rainhas e entraram no proibido túmulo de Nefertari, a mulher de Ramsés II, que tinha sido restaurado recentemente e apresentava os mais bem conservados hieróglifos. Era realmente uma beleza, teve de concordar Jan Dippenaar, finalmente reconciliado com o passado. Como curiosidade, deitaram uma mirada atenta ao belíssimo templo de Hatshepsut, talhado parcialmente na rocha calcária, encostado à montanha. De longe, não se sabia onde acabava o templo de três pisos e onde começava a montanha. Ísis leu num guia turístico:
— Hatshepsut, rainha da 18ª dinastia, no século XV antes da nossa era, governou efetivamente, como se fosse um autêntico faraó. Por isso é considerada a primeira mulher chefe de governo na História da Humanidade. Sabiam? Nem eu. Reparem, este templo é de uma arquitetura diferente de todos os outros. Pudera, para uma mulher tão especial... Acho justa a homenagem.
Voltaram para comer no hotel e depois visitarem o museu de Luxor, onde Janet procuraria obter o escaravelho de ouro. Simba renunciou à visita ao museu e foi com Jude analisar a água do Nilo. Não havia vida nela. A vida estava em Jude, que o atirou para uma cama do hospital e quase o fez ceder. Ukolo conseguiu resistir, apesar de ela estar nua abraçada a ele. A sala estava climatizada, não havia testemunhas e ele sentia um tremendo tesão. Mas só lhe acariciou e beijou os mamilos. E resistiu às lágrimas despeitadas dela, fugiu da sala e esperou no carro. Ela demorou a se vestir e a apagar as lágrimas. Depois veio, destroçada, jurando a si mesma que fora a última tentativa.
— O Jan está interessado em mim, já percebi. Esta noite vou brincar com ele.
Simba deu ao arranque, furioso. Tinha sido uma estocada certeira, pior que a picada da víbora que matou Cleópatra. Calou, mas

ficou disposto a vigiar os dois para evitar o pior. Quando os outros chegaram do museu, traziam todos um escaravelho de ouro. Não tinham esquecido Simba e Jude, entregaram-lhes o que lhes era devido. Todos teriam muita sorte na vida. Jude teve vontade de o atirar fora, mas acabou por dizer, vou ter sorte nos meus amores. E olhou significativamente para Jan. Só Simba reparou. E o visado, naturalmente, o qual sorriu. Pela primeira vez em três dias. Mas a noite não correu de feição a que novos amores florescessem. Simba Ukolo, logo a seguir ao jantar e antes que o par se reunisse, atraiu Jude ao quarto dela e fechou-a à chave, só te abro o quarto amanhã. Ela bateu à porta, gritou, mas os outros estavam todos em baixo e ninguém ouviu. Ficaram na conversa e a beber até tarde. Quando se foram todos deitar, não havia barulho no quarto de Jude. Ela tinha chorado, depois apreciou o gesto ciumento de Ukolo e adormeceu. Não sem antes ter jurado a si própria que esperaria a iniciativa dele.

O voo para o Cairo foi breve e a estadia na cidade durou apenas um dia. Chegaram de manhã e foram logo ver as Pirâmides, com muita pressa por causa do sol do deserto e a falta de vontade de entrarem nos extensos e apertados corredores do interior, temíveis no seu silêncio de milênios e pedra. De tarde foram ao Museu Egípcio, o qual foi também percorrido a correr, pois se tratando de um dos maiores e mais ricos do Mundo, merecia muito mais que uma tarde. Ísis tentou sem êxito demorar a visita, explicando e procurando informações, mas todos começavam a mostrar impaciência, ansiavam pela continuação da viagem. No dia seguinte partiriam para Bengazi, na Líbia, para daí atingirem a Europa. Estava em parte satisfeita a curiosidade de Ísis, insistia Simba, no papel difícil de medianeiro, era a vez de contentar os outros. Ficou aplacado o gênio de Jan, cada vez mais atento a Jude, com poses predatórias, e a moça sofria feroz vigilância de Ukolo, que não a largava ou obrigava Nkunda a colar-se a ela. Bengazi seria o último ponto do continente africano que tocavam. Começavam então as saudades.

16

De Bengazi entraram na Europa por Nápoles, a primeira escala. Atravessaram um pedaço de Mediterrâneo espetacularmente azul, passaram por cima de Messina, na Sicília, e continuaram para Nápoles. Em Nápoles ficaram o tempo de passear um pouco, dormir num hotel com eletricidade, encontrando já largas partes da cidade às escuras, reabastecer os aviões no dia seguinte e fazerem um rápido cruzeiro até Roma. Agora sim, estavam na Europa. Do grupo, só Ukolo tinha visitado a capital italiana em férias, nos seus tempos de estudante. Havia bastantes zonas com eletricidade. Discutiram entre eles por que e qual o tipo de fonte energética seria. Realmente na Europa havia várias fontes ligadas entre si e seria quase impossível estabelecer a origem. Podia ser hidrelétrica, eólica ou atômica. Já não podia ser térmica, pois há muito teria terminado o combustível e ninguém abastecia os geradores. Iam em dois carros do aeroporto para a cidade e quando nela entraram era muito difícil conduzir. Os carros em grande número estavam parados aos grupos, impedindo o trânsito. Voltavam para trás em manobras difíceis e noutro cruzamento encontravam um mesmo aglomerado. Já no aeroporto fora preciso experimentar uma série de carros para encontrarem dois que pegassem, pois as baterias, sem uso há demasiado tempo, tinham perdido a carga. Agora o problema voltava a pôr-se. Jan teve a ideia, deixamos o carro e apanhamos o que está mais à frente, com o caminho desimpedido, portanto. Mas invariavelmente esses já tinham a bateria morta e lá tinha que Julius substituir as baterias pelas dos carros que os tinham trazido do aeroporto e estavam portanto carregadas.

– Será prático andar sempre com um carregador de baterias, depois procuro numa loja – disse Julius.

– Não adianta – contrariou Jan. – O tempo de as carregar... e o peso... é melhor ir trocando de carro ou substituindo as baterias.

Tinha razão. Ficaram tão fartos de estarem a cada cruzamento a trocar de carro e fazer a operação das baterias, que resolveram procurar o primeiro hotel, se instalarem e depois pensarem num plano. Por acaso estavam perto das ruínas principais de Roma, e montaram pensão junto do Fórum e do Coliseu, num hotel sem grande classe mas tinha sido o mais próximo que conseguiram. Ao menos, Ísis abria a janela do seu quarto e contemplava a maravilha que fora Roma no auge do seu poder. Dava para deixar a imaginação correr e preencher os espaços entre as ruínas, refazendo cidade, ruas e palácios. Nkunda e Jude não achavam maravilha nenhuma, lhes faltava a espessura da História para poderem recriar a partir dos cacos o que fora Roma nos tempos do Império. Enquanto comiam, discutiram a maneira de resolver o problema da locomoção, que já tinham encontrado no Cairo, mas não de forma tão grave, o que era irônico, pois a capital do Egito era uma das cidades apontadas como a de trânsito mais caótico do mundo. Isso foi antes. Agora Roma estava sem dúvida pior.

– Temos de experimentar as ruas secundárias, evitando os cruzamentos. Essas podem estar mais desimpedidas.

A ideia de Janet era razoável, pois tinham constatado que o problema se punha com maior acuidade nas principais artérias. Os romanos eram conhecidos pela sua indisciplina no trânsito e a "coisa" apanhou-os talvez num momento particularmente agitado.

– A verdade é que não sabemos o que fazer e não temos plano – disse Simba. – Janet e Julius têm um plano, seguem até à Escócia. Para eles acaba a confusão. Voltam ao aeroporto e apanham o avião que os leva para a Escócia, parando aqui e ali. Acredito que em cidades pequenas a confusão será menor. Mas nós? O nosso plano era chegar à Europa, vencer a barreira Schengen.

– E ainda não comemoramos! – disse Ísis. – Champanhe, por favor.

– Irônico – disse Kiboro. – Durante anos fizeram tudo para impedir que entrássemos. Era difícil arranjar um visto, cada vez mais perguntas e provas disto e daquilo, revistas de bagagem e de todos os orifícios do corpo. Não falo por mim, nunca tentei. Os meus amigos contavam, muitos queriam vir, alguns para passear, outros procurar trabalho. Impediam-nos por todos os meios e muitos morreram no mar. Também muitas vezes tratavam mal mesmo os

que estavam legais a viver aqui. A democrática Europa criou uma fortaleza que queriam à prova de qualquer entrada...
— Afinal a fortaleza foi fácil de penetrar — disse Jude. — Mais fácil que outras, em todo o caso.

A piada podia ser para Simba, pensaram todos. O próprio ficou na dúvida, já não sabia nada. Voltou à sua ideia inicial.

— Comemoremos então a vitória sobre o medo europeu. Temiam que os poluíssemos, talvez sujar-lhes o DNA, fazer filhos escuros enquanto eles eram cada vez mais renitentes em fazê-los, claros ou escuros que fossem. Afinal, eles estão não sei onde e somos nós que vimos repovoar a Europa. Estranho! Merece de fato ser comemorado... Mas, como dizia, o nosso objetivo está atingido. E agora? O que faremos a partir de agora?

— Acompanhamos a Janet e o Julius, pelo menos até Paris — disse Ísis. — Visitamos Roma e depois vamos para Paris. Se nos apetecer vamos até Londres. Se não, despedimo-nos deles em Paris e vamos para outro lado. Ou ficamos lá uns tempos. Ou uns vão para um lado e outros para onde quiserem. Estamos na Europa, podemos andar de carro de um lado para o outro, os aviões deixam de ser importantes, estamos menos dependentes do grupo, mais individualizados. Que acham?

— Paris como próximo destino parece-me bem — disse Dippenaar.
— A partir daí podemos divergir, apanhar carros... eu gostava de conhecer a Holanda, afinal a minha família foi da Holanda para a África do Sul.

— Foi há muito tempo, não? — perguntou Janet.

— Três séculos. Sei, já nada me liga a ela, mas gostava de conhecer a Holanda. Fica tão perto de Paris, dá para ir de carro. E de certeza que lá se pode andar à vontade pelas estradas, os carros estão alinhadinhos à direita.

— Certamente — disse Simba. — Sempre foram muito disciplinados, todos atrás do mesmo bode. Aposto que não há um carro desalinhado, pararam todos direitinhos e próximo dos passeios! Falando sério, Paris também me parece um bom primeiro destino.

Todos concordaram, era uma forma de ficarem mais tempo com Janet e Julius. E em Paris arranjariam quantos aviões quisessem, se lhes conviesse. O melhor meio de transporte seria um helicóptero, o qual resolveria os problemas do trânsito dentro das cidades desarrumadas, mas preferiam nem pensar nos trabalhos da aprendizagem. Estava mesmo fora de questão. Ninguém contestou a ideia de Ísis, na Europa estavam mais individualizados, esquecida a ideia de tribo. Própria de África? O que poderia dar uma grande discussão filosófica, estranhamente não suscitou nem um reparo. Ou ninguém ouviu ou ninguém quis contestar. Nem eu, sempre tão exigente quanto aos valores africanos, dos quais certamente a comunidade era o principal. Mas avancemos...

Depois de almoço foram todos ver o Coliseu e as ruínas que lhes ficavam mesmo à frente. Tínhamos algum conhecimento das coisas e deu para conversar, sentados nas pedras das ruínas sobre a vida na antiguidade e alguns fatos históricos. Para o dia seguinte ficava a visita ao Vaticano, lugar obrigatório para quem visita Roma. Não faltavam guias turísticos e mapas. Ficaram numa esplanada ao fim da tarde, cansados de caminharem, pois os carros estavam no hotel e nem precisavam de experimentar o arranque de qualquer outro. A pé era a melhor maneira de conhecer aquela parte da cidade. No bar da esplanada havia vinho tinto, foi o que beberam. E discutiram de novo a questão da energia.

– Uma coisa que me tem preocupado é a energia atômica – disse Simba. – Aqui na Europa há várias centrais desse tipo. Estavam sob vigilância constante. Mas agora não há técnicos, não há vigilância. Elas ainda estão a funcionar? E se houver alguma fuga de radioatividade? Em primeiro lugar, como saber? Em segundo, o que fazer?

– Ora, essas centrais foram feitas para durar – disse Jan. – Não nos preocupemos com isso. E aproveitamos entretanto a energia delas. Na situação em que estamos, aparentemente sozinhos no mundo, vamos preocupar-nos com radiações?

– Pois devíamos – teimou Simba. – Até pode haver explosões, sei lá. E nem preciso de ser médico para saber, as radiações podem provocar todo o tipo de cancros...

– Você é o primeiro a dizer que não tem solução para o problema. Então para que chatearmo-nos com isso?

Quem ficou chateado, mas com Dippenaar, foi Simba Ukolo,

adivinhando mordacidade na fala do outro. Esse tipo é um mal educado. E a parva da Jude quase bate palmas a aprovar a irresponsabilidade que ele demonstra. Claro, outra irresponsável! E vai ficar bêbeda, se continua a beber vinho tinto, não está habituada. Deve fazer de propósito, agora que decidiu aceitar a corte do carcamano, aquele tipo cor de rosa tostada com mais de cem quilos de peso... Que pode ver a Jude naquele monstro? Um homem, é isso, um macho, não pensa noutra coisa.

– De fato, as centrais atômicas podem representar perigo – disse Janet. – Mas aqui não as podemos evitar, estão espalhadas por todo o lado. O melhor é mesmo não pensar nisso. Nos Estados Unidos há vastas regiões onde não existem, mas adianta? Os ventos arrastam as nuvens radioativas, se alguma se formar.

– Não é melhor mudar de conversa? – disse Julius. – Tudo isso parece assustador. Estamos em Roma, vamos beber as garrafas, depois procurar comida e passear pela cidade. Durante toda a noite, o luar ajuda.

E cada um começou a dizer os nomes de lugares que queria percorrer, nomes que tinham aprendido em filmes ou visto em prospectos. Acabaram por jantar num restaurante ali perto que ainda tinha alguns legumes em estado razoável nos frigoríficos e ingredientes descongelados. Mas teriam, ou de deixar de véspera a descongelar as carnes e peixes, ou a se virarem cada vez mais para enlatados. Estaria a acabar o tempo da comida fresca em condições de ser consumida. Era das tais preocupações que como muito bem diria Kiboro deviam deixar para quando fossem mais velhos, se lá chegassem.

– Não sei se repararam – disse Simba. – Mas, desde que saímos de Calpe, nem uma formiguinha ou mosca vimos. Ausência absoluta de vida.

– Simba, o eterno investigador da vida! – disse Janet, com ternura. – Já nos tinhas chamado a atenção para isso.

– Aliás, passa a vida a falar nisso – disse Ísis.

O médico ficou ferido pelo tom agressivo de Ísis, não merecia o seu desprezo, sempre a defendera. Jude não evitou um clarão de alegria nos olhos, mas só Jan reparou no súbito fulgor. Estava sempre atento às reações da miúda, sobretudo depois que ela o fizera sorrir. Janet, verdadeiro membro não inscrito do Exército de Salvação, veio em socorro de Simba:

– E tem razão em se preocupar, Ísis. E em falar nisso. É mesmo estranho que só ali tenha ficado alguma vida, nos seus variados aspectos. Também penso constantemente nesse caso, embora fale menos que Simba. Ele precisa de respostas, precisamos todos.

– Não as teremos, é inútil matar as cabeças com problemas sem solução – disse Kiboro, no que foi imediatamente apoiado por Jan com sugestivas vênias.

Foram passeando por Roma, a noite fresca ameaçando a proximidade do Inverno. Como por acaso, Simba e Jude se encontraram lado a lado e as mãos se tocaram. Faíscas, relâmpagos? Houve eletricidade, de fato, nas costas das mãos que se tocaram. Foi ele a segurar na dela. A miúda se encostou logo a ele. Jan estava esquecido na cabeça de Jude, embora vigiasse o parzinho todo encostado. Jude agora só pensava estar de novo com Simba, ainda por cima por iniciativa dele. Nkunda se tinha posto do outro lado e portanto o médico ia mais ou menos abraçado aos dois. Voltaram ao hotel, eram horas de dormir. Simba tinha uma única cama de casal e Nkunda estava no quarto ao lado. Foi portanto fácil levar Jude com ele, em silêncio. Não tinham que contar a ninguém o que se passou naquela noite em Roma. Havia uma lua tímida que a momento dado apareceu na janela com as persianas abertas. A lua brincou com os corpos deles nus e Simba brincou com os raios de lua batendo no púbis dela. Meto a lua dentro de ti, queres? Ela quis, e ele ajudou, muito cautelosamente, a lua a entrar. Jude estava agora toda iluminada do interior, resplandecia como uma estátua de granito negro tão cristalino que dava para ver a lua brilhando leitosa dentro dela. A pele também se tinha tornado mais acetinada, brilhante no suave rasto da lua.

Na manhã seguinte, antes que Nkunda aparecesse no quarto do tio, como era hábito, a miúda saiu da cama. Mas tomou banho lá e se vestiu. Estavam os dois em correta postura ao aparecer da criança. Por esse lado não tinha havido problemas. Simba não sabia como se comportar durante o dia. Mostrava aos outros que algo de definitivo tinha acontecido entre os dois? Era melhor não. Mas Jude tinha sido irredutível, não tenho que esconder nada de ninguém, os outros que se lixem. Até Jan?, parece que ultimamente andas interessada nele, sobretudo Jan, um dia até posso ter um caso com ele, deve ser forte como um búfalo, mas agora estou contigo e só contigo, o Nkunda vai ser o primeiro a saber. Mas quando apareceu o rapaz, não contou vou ser tua tia a partir de agora, se portou como sempre, apenas um pouco mais velha que ele, e também não mudou de postura quando desceram para o primeiro almoço, se reunindo ao resto do bando.

Para o Vaticano, tinham de ir de carro. Estudaram num mapa as variantes possíveis e se puseram de acordo com percursos em ruas secundárias. Simba guiava um carro e Julius o outro. Jude ia ao lado de Simba, agora com direitos acrescidos. Não falavam um para o outro, como ele lhe fizera prometer, senão as mais banais frases. Mas Simba pensava, à medida que iam vencendo os inúmeros obstáculos que mesmo as ruas menos importantes apresentavam: tinha renunciado definitivamente a Ísis? O certo é que ela não se interessava por ele e até chegara a ser agressiva. Não era só em relação a ele, mas a todos, com exceção de Nkunda e Janet. Estava irritada com os homens em geral por ter deixado Riek? O fato é que Simba tinha de repente perdido as esperanças de obter já os seus favores. Restava-lhe portanto Jude, tão disponível! Foi essa a razão por que lhe segurou na mão e a levou depois para o quarto? Pura necessidade de sexo? Os escrúpulos anteriores causados pela pouca idade dela estavam vencidos, nem virgem se revelou afinal. Lhe disse, tinha sido um primo mais velho, no ano passado. E depois também tivera relações com um namorado, desaparecido com a "coisa", mas já tinham rompido o namoro antes. Os jovens despertavam cada vez mais cedo para o sexo, era conhecido. E naquela região, nas áreas rurais, as raparigas casavam por tradição com treze ou catorze anos. Os governos, pressionados pelas organizações internacionais, tentavam impedir casamentos tão prematuros, mas os costumes eram mais fortes e resistiam. E mesmo nas áreas urbanas, não era raro acontecer casamentos com crianças. Portanto, que se lixassem os escrúpulos. E não tinha usado nenhuma proteção, pois era preciso fazer filhos e mais filhos, a sobrevivência da humanidade assim o exigia. Quanto à AIDS ou outros perigos desses, nem valia a pena pensar, a probabilidade era muito pequena de uma moça estar contaminada, embora viessem da região mais soropositiva do mundo. Foi conscientemente que ele penetrou Jude várias vezes sem preservativo. E ela não tomava nenhum contraceptivo, embora os conhecesse em teoria. Portanto, havia probabilidades de engravidar. Simba, que sempre defendera a mudança cultural para que as famílias passassem a ter poucos filhos, pois um dos problemas africanos era sem dúvida a forte natalidade, agora não se importaria de acumular rebentos com as mulheres disponíveis. Tudo tinha mudado, também ele. E tinha de reconhecer uma coisa: apesar de não ser muito experiente, Jude tinha sido um encanto durante a noite, com a vagina tão apertadinha e orgasmos frequentes e contagiantes. Obediente, aplicada, tentando fazer tudo pelo melhor, ainda por cima um poço de ternura.

Chegaram à praça do Vaticano. Alguns soltaram exclamações de admiração. Janet, ao lado de Julius, achou as exclamações exageradas. As pessoas soltavam ohs de admiração mais pelo simbolismo do sítio do que pela sua monumentalidade. A americana não encontrava beleza naquela praça e as próprias colunas em semicírculo eram sem dúvida monumentais, pois eram muito largas, porém demasiado largas para serem elegantes. A catedral de São Pedro era de fato monumental, mas só lá dentro. Vista de fora, não tinha grande magnificência nem sequer graça. Janet era uma americana moderna, conhecedora do mundo. Para trás estavam as gerações que compravam palácios e castelos na Europa para os levarem, pedra a pedra, para os Estados Unidos, tentando construir novas identidades. Era portanto muito crítica em relação a manifestações de mau gosto. Mas mesmo antes de chegarem ao lugar do espetáculo, já alguns estavam predispostos a se encantarem e por isso fizeram exclamações um pouco ridículas. Havia carros aglomerados só numa parte da praça. A outra estava vazia, com um estrado onde por vezes o Papa recebia os grupos de fiéis e lhes fazia sermões e saudações em várias línguas. Era a parte virada para a entrada da catedral. Avançaram a pé pela ampla esplanada, dispostos a entrar na basílica. Em duas colunas centrais havia letras a vermelho, que destoavam da austeridade geral. Ao se aproximaram puderam ler numa coluna, escrito em inglês: "Se

quer conhecer o que aconteceu ao Mundo". Na outra coluna estava escrito: "vá às portas de Brandemburgo em Berlim."
Não havia mais nada escrito nas outras colunas. Ísis foi a primeira a reparar e achar aquilo estranho. Disse:
— Raios! A guarda suíça deixou alguém pintar estas colunas?
— Mais nenhuma tem sinal de tinta — disse Simba. — Realmente é estranho. Estive aqui antes e sei como era a segurança. Este era um dos locais do mundo mais vigiado, sempre se disse. Nunca ninguém podia ter escrito isto ou outra coisa, nem sequer uma cruz ou "Cristo é o Máximo".
— Mas alguém escreveu esta frase — disse Janet. — Todos nós estamos a ler, não é verdade?
Afastaram-se para a direita e examinaram as colunas. Não todos, pois Jan e Kiboro ficaram perfeitamente desinteressados a conversar sobre o pouco que sabiam dos papas. Não eram católicos nem se interessavam por religião. E achavam fastidioso perder tempo a ver templos e coisas do passado. A verdade é que também não havia muito mais coisas para ver e que lhes pudessem interessar. No entanto, em breve chegaram a acordo que deviam procurar um museu com joias e coisas importantes desse gênero, enfim, belezas naturais. Os outros foram apenas confirmar ao longo da praça o que tinham apercebido, nenhuma coluna estava escrita, nem apresentava o menor sinal de ter sido profanada por lápis, caneta ou pincel.
— Isto que aconteceu ao Mundo, como aqui diz, tem a ver com a "coisa"? — perguntou Jude.
— Quem sabe? Terá sobrevivido alguém que conhece o que realmente se passou? Quem escreveu, fez isto depois da "coisa". Se fosse um dia antes, por exemplo, teriam apagado tudo. Aliás, nem conseguia pintar, caíam-lhe logo dois guardas suíços em cima. Ou haverá outra explicação? Ou não tem nada a ver com a "coisa"?
A pergunta de Simba ficou no ar, percorreu caprichosamente os espaços entre as colunas, rodeando-as como as folhas de Outono. Ninguém lhe respondeu. Acabaram por entrar na basílica para examinar as obras-primas pintadas nas paredes e no teto. Ísis tinha insistido na véspera, só para ver um décimo das igrejas era preciso uma semana em Roma, deviam aproveitar. Mas o médico

observava distraidamente as pinturas, a cabeça em outro lado, no tipo que escrevera a frase, talvez procurando outros seres humanos na mesma Roma. Se permaneceu em Roma, por que mandava ir para Berlim? Ísis insistiu e foram ver a Capela Sistina, onde os cardeais se reuniam para escolher os papas. Admiraram a abóbada pintada por Michelangelo e sentaram nos bancos dos cardeais, coisa que certamente antes seria proibida, quase herética. Jan expressou a opinião comum a Kiboro, já não estão fartos de vasculhar o Vaticano? Vamos ver coisas mais interessantes na cidade. Janet tinha guardado no seu fundo muita malandrice das vidas passadas, sem dúvida. Atirou a fateixa a Dippenaar:

– Eu estava aqui a pensar, caladinha, que agora podíamos aproveitar o desaparecimento da temível guarda suíça e procurar tranquilamente o tesouro do Vaticano. Dizem, é muito mais importante que o da rainha de Inglaterra. Deve estar mesmo à mão.

Como ela previra, os olhos do sul-africano piscaram de cobiça. Joseph também não lhe ficou atrás, todos os sentidos em posição.

– Afinal há um tesouro aqui?

– E podia deixar de haver? – respondeu Janet. – Isto é uma cidadela que ninguém conseguiu tomar, ou sequer ousou tomar pela força nos últimos séculos. Portanto, as riquezas acumuladas pela Igreja em dois mil anos estão aqui guardadas, pelo menos as principais, as inestimáveis. Não as iam pôr num banco fora do Vaticano, ou escondidas numa gruta do deserto, é lógico. Dizem, são salas cheias das mais fantásticas joias. Mas Jan tem razão. Já perdemos muito tempo com o Vaticano, vamos embora.

– Espere lá. Está a gozar comigo, não está?

– Eu nunca gozo – retorquiu Janet. – O meu mal é levar sempre as coisas muito a sério. Então não sabia que a Igreja Católica é mais rica que todos os governos do mundo? Não acredito na sua ignorância, está a fazer-se de parvo. E essa riqueza só pode estar aqui neste pedacinho dentro de Roma, é óbvio. Mas não nos vale de nada, que iríamos fazer com o tesouro? É mesmo perder tempo, tem razão.

E partiu, seguida por uma sorridente Ísis. Julius esticou as compridas pernas para as apanhar. Simba Ukolo, mais preocupado com outras coisas, também as seguiu distraidamente, com os dois habituais companheiros, Nkunda e Jude. Jan e Kiboro miraram-se, voltaram a olhar para as paredes da Capela Sistina, abriram os braços de desânimo, foram atrás dos outros. Famintos e frustrados, mal refeitos da surpresa disparada a seco pela americana, perguntando-se, será verdade que estamos a passos de um portentoso tesouro? Mas Janet tinha razão, para que lhes serviriam todos os tesouros? Só que a americana queria dar ainda algum prazer à sua amiga Ísis. Meteram pelos corredores laterais e andaram pelas salas contíguas à capela, sem saber bem o que elas significavam, percorrendo os aposentos do papa de um lado ao outro. Do papa, especulo eu, podiam também ser aposentos de cardeais, sei lá! Ali trabalharam permanentemente durante séculos centenas de religiosos, se viam as obras que produziram, os arquivos encerravam manuscritos únicos e os livros mais estranhos, relíquias da cristandade nas suas criptas. Por todos os quartos, salas e corredores, havia roupas espalhadas, perdidas de súbito dos corpos. Salas e corredores estavam silenciosos, nem o raspar de sandálias se ouviam nem o entrechocar dos escudos dos guardas ou o áspero roçar do tálamo no pergaminho. O Vaticano estava lá, e à disposição deles, se abrindo em segredos e tesouros. Mas sem alma. Mais uma pobre realização humana carecendo de sentido. Voltaram a sair pela porta de São Pedro. O sol de Outono acolheu-os na grande praça. À direita, estavam as duas colunas ornadas com letras capitais a vermelho. Tinha sido feito mesmo para chamar a atenção, não havia mais nada vermelho na praça. Por onde andaria o pintor?

    Depois se entretiveram a descobrir outras belezas de Roma, que as havia incontáveis. Ísis não se cansava de falar das cores dos edifícios, das fachadas dos prédios, da ternura dos mármores. Estava no seu elemento, se notava, como estivera em Luxor. Queria entrar em todas as igrejas, em todos os museus. De vez em quando recordava um nome e contava uma cena da História, embora sem grande certeza. Muitas vezes terminava o relato com um acho que foi isso que aconteceu, não me lembro muito bem. Mas se lembrava, sim, de muitas coisas relacionadas com as diferentes vidas da cidade eterna, como era conhecida. Pelo menos os outros pouco sabiam do que ela falava e ouviam-na, uns mais atentos e maravilhados mesmo, outros mais distraídos. Jan e Kiboro acabaram por impor a sua vontade e o grupo sentou numa esplanada, aproveitando o sol, bebendo cerveja ou vinho. Janet foi preparar umas massas, não esquecera a forma de as cozinhar, pois tinha tido nos seus tempos de Berkeley um namorado de origem italiana, cujo tio possuía um restaurante na Columbus Ave, em São Francisco, pelo qual pagava pesada proteção à máfia, contava ele. Curiosamente, desconseguia de se lembrar do nome do restaurante, embora fosse alguma coisa relacionada com a Itália. Várias vezes o ítalo-americano tinha preparado massas, explicando minuciosamente a sua confecção. Janet não se saiu nada mal pois recebeu os elogios de todos.

– Foi preciso virmos a Roma para descobrirmos os teus dotes culinários – disse Julius.

– É realmente a única coisa que sei cozinhar relativamente bem. Sabem, os italianos mantêm a tradição da comida... mantinham. Um amigo ensinou-me.

Evitou detalhes nem ninguém felizmente lhe pediu. Não havia nada a esconder ou a se envergonhar, mas conhecia o estereótipo, os africanos eram muito ciumentos do passado das mulheres, sobretudo se havia homens pelo meio. Nem todos, certamente. Mas Julius era ciumento desse passado, muitas vezes lhe perguntava quantos homens tinha conhecido e ela mentira e mentira, poucos, muito poucos, mas isso não interessa agora, não vou falar sobre o que já lá vai. De fato, não tinham sido tão poucos assim, mas apenas um lhe tinha ensinado a preparar massas italianas. O chinês não lhe ensinou a fazer porco com bambu nem o indiano lhe explicou as sutilezas do caril. Além desses tinha conhecido homens provenientes de outras nacionalidades, para lá dos próprios americanos loiros, mas nunca o contaria a Julius, por pura intuição. Sabia, havia tipos que insistiam com as mulheres, conta-me tudo sobre a tua vida, não me importo, até gosto de saber das tuas experiências enriquecedoras. A mulher caía na armadilha e de boa fé narrava detalhes. Na primeira oportunidade, tudo isso lhe seria atirado à cara, nunca devia ter perdido tempo com uma gaja que até dormiu com um filipino ou um espanhol que lhe roçava o bigode na crica, ou o raio que o parta. Noutros casos às recriminações se juntam as perguntas, andas a fazer comparações, a ver qual é a pila mais bonita que conheceste, é? Ou queres saber qual era o maior fodilhão de todos os teus homens, ainda te consegues lembrar? O macho é um ser imprevisível, perigoso de encurralar no mais íntimo do seu orgulho ferido. O calmo Julius, compreensivo, meigo, civilizado, parecia condizer com o seu físico, mais espiritual que terreno, como as elegantes volutas de fumo se erguendo de uma fogueira no mato. Mas os físicos também enganam, como os temperamentos, com uma faúlha escondida no fundo de si, sendo arriscado trazê-la para fora. Pelo contrário, os gorilas tinham corpos toscos, atarracados, nada espirituais, tendendo mais para a terra que para os ares. No entanto eram previsíveis na sua bondade constante, na sua ternura pela companheira. Na altura do jantar nada aconteceu, mas depois, na cama, Janet não sabe se Julius lhe perguntará, como quem não quer a coisa, e esse teu amigo italiano quem era, como foram as vossas relações, apenas um amigo? Bem podia acontecer. Ela já tinha a mentira preparada, era amigo só, homossexual, são os melhores amigos para as mulheres e os mais conceituados professores de cozinha, sabias? Mentira a companheiro ciumento não é mentira, é luta pela sobrevivência.

    A lutar pela sobrevivência estava também Kiboro, em novo ataque à castidade de Ísis. Talvez fossem os ares de Roma, ou qualquer coisa nova que terá intuído no relacionamento de Jude com o médico, o certo é que o antigo ladrão estava mais atrevido, metendo constantemente conversa, se aproximando escusadamente para lhe servir vinho, tentativas repudiadas gentilmente por ela. Ísis escutava, respondia, não parecia severa nem aborrecida, mas estava sempre a criar barreiras à conversa, não a deixando evoluir para coisas menos triviais. Jan contemplava aquilo tudo com o ar de tédio habitual nele. Realmente, que coisa poderia interessar vivamente aquele tipo? A referência ao tesouro do Vaticano tinha-o perturbado de maneira difícil de disfarçar. Além do mais, era uma estória absolutamente credível, quem não tinha ouvido especulações sobre as riquezas da Igreja? Se Geny ali estivesse, teria apoiado convictamente Janet, os papistas são uns chupistas, andaram a pedir esmolas e donativos e dízimos e heranças para os enterrarem nas suas caves, isto aqui está cheio de caves, Roma é um queijo suíço perfurado, não pela guarda, mas pelos guardadores de tesouros, o profeta da minha Igreja explicou mil vezes, o Vaticano é o centro da luxúria e da ganância, pedem dinheiro para os pobres e por vezes aparecem como miseráveis para melhor nos enganarem, no entanto têm a maior fortuna do Mundo. Dippenaar certamente tinha registrado o fato de agora as riquezas não terem defesa, esperaria o melhor momento para lhes deitar a mão? E a pergunta que fazemos é a seguinte: para que, de que lhe servirá tanta riqueza? Agora o mundo parecia ser deles apenas, eram mais ricos que Creso, todos os bens materiais a repartir por uns poucos. No entanto, de nada valia o ouro, os diamantes e os rubis, nem os euros ou os dólares, nada havia para comprar, tudo estava ali para ser consumido sem esforço. Estavam como o náufrago numa ilha só com um coqueiro e uma arca de joias. Se a partir deles houvesse uma nova humanidade, essas riquezas ainda seriam consideradas riquezas? Uma boa questão. A nova humanidade era capaz de considerar joia uma folha seca de árvore rara ou o esvoaçar de uma pena de pavão. Quem poderia pressagiar os novos valores? Questões complicadas que deviam ser postas sem tabus. Não seria Dippenaar a fazê-lo, pois aparentava interessar-se apenas pelo material. Mas que sabiam eles de Dippenaar? O próprio saberia, fechado como um diamante, o qual nunca se abre, só se desfaz? Kiboro tinha simpatizado com ele e não se preocupava em responder a perguntas tão imperscrutáveis como as caves do Vaticano. Gostava e pronto. Era um amigo fixe para discutir como se lubrificava um motor de avião, seria também fixe a combinar um plano para apanhar joias abandonadas por todos, mesmo se perderam o valor. Mas agora estava mais preocupado com a atitude de Ísis, que não queria saber de homem nenhum. Seria possível que se tivesse deixado enfeitiçar por aquele esqueleto ambulante que mais parecia um corredor de maratona? Então por que aceitou vir com eles e o abandonou em Calpe? Havia mulheres assim, deixavam um homem mas depois se arrependiam tão profundamente que não queriam mais nenhum. E ela tinha o sonho de conhecer Paris. É isso, trocou o Riek por Paris. Como nenhum dos outros talvez quisesse ficar com Paris para si, a ideia era capaz de ser mesmo essa, trocou um homem por uma cidade. O que vale mais? Neste momento, o homem. Antes valeria a cidade, sem dúvida, a dona de uma cidade como Paris tinha os homens que quisesse. Antes. Se ele, Joseph, se deixasse ficar por Paris, ela podia ser a rainha da cidade, a dona, e tê-lo a ele. Não seria mau negócio. Uma cidade e um homem. Ísis não podia ser burra ao ponto de recusar tal negócio. Ele não tinha mais nada a fazer, segui-la-ia a Paris e por lá ficaria o tempo que ela quisesse. Da mesma maneira que o Rex lhe seguia a ele, sem perguntas. Também não faria perguntas, esperaria apenas. Como o Rex, que aguardava pela comida, sabendo que se iam lembrar de lhe dar a paparoca, mais cedo ou mais tarde. Ele ia esperar até ela se saciar de Paris e precisar de um homem. Afinal, também não demorara muito a se saciar de Luxor, acabou por aceitar a sugestão de seguir viagem. Embora Paris fosse diferente, era o objetivo da viagem dela, mais difícil de enfartar portanto. No entanto, a necessidade de homem ia se impor, não eram incompatíveis. E como ficaria Jan? A ver os outros a se encostarem às mulheres? Jan queria ir conhecer a Holanda, muito bem. Mas e depois? Naquela cabeça quase calva não ocorreria a ideia de disputar uma das mulheres? Com Janet longe, do lado de lá do oceano, o sul-africano só tinha Jude ou Ísis para apanhar. No momento parecia mais interessado em Jude, mas esta fora irremediavelmente segura por Simba. Não se poderia virar para Ísis? Com a grande desculpa, meu, dei-te todo o tempo, não me meti entre vocês, mas decididamente ela não te quer, por que não posso tentar eu? Lá se ia a grande amizade para o catano!

O jantar estava no fim, mas inventaram sobremesas para o fazer durar um pouco mais. As conversas eram só trocas de monossílabos, cada um dentro de si, interrogando dúvidas. Rex dormia no chão, o prato vazio ao lado dele, onde Kiboro tinha acumulado carnes e massas. Nkunda também começava a lutar contra o sono e o tio afastou os copos e pratos à frente e pousou-lhe a cabeça na mesa. Os seis ficaram a beber, exceto Jude. Não tinham vontade de ir dormir, mas também não tinham nada para conversar. As bebidas alcoólicas mantinham a união, em breve rompida com a partida anunciada de Julius e Janet.

– São horas, vamos dormir – disse Ísis, depois de muito silêncio e muita bebida.

Nkunda não quis andar, bêbado de sono, e Simba levou-o ao colo, até se cansar. Depois o miúdo não teve outro remédio, acordou e foi caminhando encostado a Jude. No dia seguinte, o que fariam?

— Vocês têm todo o tempo de ver Roma, não nós — disse Janet.
— Amanhã partimos para Paris.
— Já? — disse Ísis. — Não viram nada de Roma.
O casal foi firme, já tinha passado muito tempo, deviam chegar à América. Quanto antes melhor, por causa das tempestades e do frio do Norte. Jan tomou a decisão coletiva.
— Eles têm razão, devem partir para Paris. Vamos com eles. Depois continuam sozinhos a viagem. Podemos voltar aqui, se nos der na telha.
— Se encontrarem o tesouro do Vaticano, guardem uma parte para nós — riu Janet. — Temos de inventar uma maneira de comunicar, de saber uns dos outros.
— Não temos técnico de telecomunicações — disse Simba. — No caso de vocês quererem voltar para a Europa, temos de arranjar um sistema de guardar recados em sítios fáceis, para vocês saberem onde nos encontrar.
— Muito simples — disse Ísis. — Em Paris, procuram na torre Eiffel. Há embaixo um sítio com informações, vi isso num filme. Pomos aí qualquer mudança de endereço. E no novo sítio, se tivermos mudado entretanto, pomos outra informação bem à vista.
— Mas protegida da chuva, é importante — disse Julius.
No dia seguinte voaram para Paris. Julius pilotou o avião pois se tratava do último treino, a partir de agora devia ser absolutamente independente. Não se estava a sair mal. Jude, a seu lado, adormeceu logo após a descolagem e parecia não acordar durante todo o trajeto, apesar de alguns solavancos provocados pelos bancos de ar. Para a miúda tinha sido bom que Julius pegasse nos comandos, estava arrasada. Janet ia no banco de trás com Ísis. Vendo o sono invencível que se apossara da moça, gozou com a amiga, essa aí não dormiu toda a noite, está destroçada. Segredou para Ísis, quem será o insaciável do casal, a jovem cabrinha ou o bode experimentado? Acho que os dois, riu a somali, estão na fase da descoberta. Julius usava o capacete para comunicar com Dippenaar, não ouvia nada da conversa ciciada atrás, embora soubesse do assunto. De onde se conclui que os cuidados de Simba Ukolo eram inúteis, todos conheciam os jogos de amor que se passavam na escuridão das noites. Até mesmo Jan Dippenaar, o qual, no pior dos pesadelos de Simba, apontava o avião contra a torre mais

alta de uma das cidades que sobrevoavam, num desespero ciumento. O médico também resistia dificilmente ao sono durante o voo. Num desses rapidíssimos momentos em que adormeceu, sonhou com a reação de Jan. Acordou em sobressalto. Não era mais que um sonho, claro, mas dava para pensar. Dippenaar aceitaria facilmente o fato de ele se ligar a Jude? Se fosse o brutamontes que imaginara ou o mercenário que Janet suspeitava, ia lutar pela posse da rapariga. Com que armas? Devia estar atento, quanto mais tempo passasse mais os machos frustrados sem fêmea se tornariam desesperados. Kiboro estava nitidamente virado para Ísis, não constituía portanto problema. Mas Dippenaar? Ou o tipo era gay? Simba ia no banco de trás, ao lado de Nkunda. Via portanto a cara do outro a um quarto, o seu cabelo ralo e o maxilar quadrado, o típico fácies do bruto. Os braços eram grossos, poderosos. Nunca tinha mostrado temperamento agressivo, antes fechado, insondável. Guardava certamente um segredo no passado, ou muitos segredos. Isso não fazia dele forçosamente um perigo público. Era um branco sul-africano, de origem holandesa, um chamado bôer, má carta de apresentação em África. Mas o físico correspondia demasiado à imagem que tínhamos de um sul-africano adepto do *apartheid* para ser verdade. A desconfiança de Janet e a sua própria provinham apenas de preconceito, se acalmou. Mas não voltou a adormecer, como Nkunda, a seu lado, e Rex, no banquinho de trás. Estava demasiado atento ao pesadelo de um avião voando para uma torre de igreja, mesmo sabendo não passar de um pesadelo.

 Pararam em Marselha para reabastecimento dos aviões e comerem sandes que encontraram num dos bares do aeroporto. Jude acordou em Marselha, mas voltou a adormecer logo que o avião levantou voo. Entretanto, a meio da distância para Paris, o tempo em baixo deles e à frente começava a deteriorar-se, com nuvens anunciadoras de chuva. Nunca lhes tinha acontecido até então, cheios de sorte. Jan comunicou com Julius, temos tempestade à frente, vamos subir. Os dois aviões subiram até ao limite, passando pelas nuvens até voltarem a ter céu azul por cima. Mas o problema estava embaixo. Já não faltava muito para Paris. Conseguiriam acertar na cidade? Os cálculos estavam feitos e indicariam a posição. O problema era saber a que altitude se encontrava o teto. Julius mostrava nervosismo, embora o quisesse ocultar. Sobretudo, não queria acordar Jude, pois assim evitaria as piadas sobre o seu receio. As outras duas ouviam as comunicações e percebiam a sua apreensão. Tinham acabado as conversas ciciadas, agora as duas olhando para os lados e para baixo, à procura de uma aberta. Estavam muito próximos de Paris e as nuvens eram cada vez mais escuras e densas, debaixo deles. Vamos tentar baixar um pouco, ordenou Dippenaar, vem atrás de mim. Os aviões começaram a estremecer e nem isso acordou Jude. Baixaram até dois mil pés, indicavam os instrumentos, e começaram a dar uma volta sobre o que imaginavam ser a cidade. Mas nada se via para baixo e era perigoso descer mais, havia algumas colinas e torres altas, sobretudo a Eiffel, contra a qual podiam chocar. Deram duas voltas inteiras e decidiram voltar para sul, onde se tinham deparado com as primeiras nuvens. Iam a pequena altitude, quase refazendo a rota em sentido inverso, quando Jan se apercebeu de uma aberta e baixou subitamente o avião. Julius seguiu-o, quase rezando. Tinham finalmente visibilidade sobre a terra.

– Ali, à direita, há uma cidade – disse Kiboro para Dippenaar.

– E com um aeroporto – disse Jan. – Ou, pelo menos uma boa pista.

O sul-africano comunicou para Julius, aterramos aqui. Não se preocupou em estudar bem o terreno, passando uma vez para ver a direção do vento e detalhes desses. Havia fortes possibilidades de começar uma tempestade e por isso o tempo escasseava. Foi a direito no sentido em que vinha para a única pista visível. Depois de aterrar, descobriu o nome da cidade, Bourges. Julius imitou-o com um credo na boca e Jude acordou, chegamos a Paris? Não fazemos ideia onde estamos, querida, replicou Ísis. Ficaram na cidadezinha, a mais de duzentos quilômetros de Paris. Pouco depois de aterrarem, começou a chover. Só podiam esperar até voltar o bom tempo, pois não conheciam as condições atmosféricas na capital. Dormiriam em Bourges, certamente em piores condições que nos outros sítios, pois nem tiveram tempo de procurar o máximo de conforto. Só tinham encontrado no aeroporto um carro grande ainda ostentando bateria válida, por isso se encafuaram nele, sem mais questões, e procuraram o primeiro hotel. Sem eletricidade. Esperavam que a chuva passasse para estudarem melhor o terreno e encontrarem uma zona com energia para onde se pudessem mudar. Por enquanto, qualquer sítio seguro era bom.

17

Depois de um dia inteiro a chover, tomaram a decisão de avançar para Paris. Apesar de ser um carro grande, não iam muito à larga, mas interessava era chegar à capital. Certamente aí encontravam os aviões convenientes para prosseguirem viagem mal o tempo melhorasse e assim se antecipavam à meteorologia. Apesar da chuva, Julius conduziu-os com segurança até Paris. Constataram que ainda havia muitas zonas com eletricidade, o que era bom. Mas Jan insistiu em irem imediatamente a um aeroporto escolher aviões. Logo no primeiro encontraram o que queriam. Uma rápida vistoria mostrava que tinham vários aparelhos em condições. Puseram os motores a trabalhar, limparam cuidadosamente dois deles, e decidiram abandonar definitivamente os que tinham ficado em Bourges. Só então procuraram sítio onde comer e dormir. Um hotel nos Campos Elíseos servia perfeitamente, eram hóspedes do mais VIP que existia no mundo de então. Os elevadores funcionavam, a cozinha e despensas estavam cheias de comida ainda boa. Escolheram as melhores suítes, deixando a real para o casal Julius e Janet. Da varanda viam a Avenida dos Campos Elíseos cheia de veículos abandonados mas com certa ordem, o que não acontecia na praça à volta do Arco do Triunfo, na maior das balbúrdias. Enquanto Ísis, depois de comerem, conseguiu arrastar Janet, Jude e Nkunda para o Museu do Louvre, Julius manifestou a sua preocupação a Jan e Simba, como farei com essas tempestades no caminho para os Estados Unidos?

– Ainda não é época de fortes tempestades aqui no norte – disse Jan. – Acontece, mas raramente. Por isso, vai durar dois ou três dias e acaba. O mês de outubro ainda é bastante bom, embora seja a mudança de clima. O que tens a fazer, no caso de te acontecer o que nos aconteceu ontem, é repetir a receita. Voltas para o sítio onde ainda havia bom tempo e aterras no primeiro aeroporto disponível. Há muitos. Depois retomas o voo quando regressar o bom tempo. Nunca deves é ultrapassar as cinco horas de voo para teres duas de reserva e poderes sempre voltar para trás. Aliás, segundo o plano que traçamos, nunca precisas de cinco horas para atingir a cidade seguinte. Se houver mau tempo no caminho, não tentes muito seguir em frente. Experimenta um bocado, pois podem ser nuvens sem continuidade. Mas ao fim de meia hora de mau tempo, volta para trás. Tantas vezes tentarás que consegues chegar. Não tens pressa, não há horários a cumprir, tanto faz uma semana como um mês, pensa apenas na segurança.

Eram conselhos sábios, Julius aquiesceu. Simba nada tinha a opor, nessas questões o perito era mesmo Dippenaar. O mau tempo permitiu que as mulheres percorressem uma parte de alguns museus e galerias, enquanto os homens se enfiavam pelos bares da zona, experimentando todos os sabores. Ukolo era exceção, pois andou a fazer análises no laboratório mais próximo, fracassando. O rio Sena estava morto, apenas com tremenda contaminação de metais pesados mas sem microrganismos, bem como os esgotos e a patina dos edifícios velhos de Paris. Nem a terra dos jardins das *Tuileries* escapava, sem uma minhoca, ou um caracol tão querido dos franceses, nada que andasse, nadasse ou voasse. Com a óbvia exceção dos farrapos de folhas que ondulavam pelos ares com o vento de Outono, trazidos do bosque de Bolonha ou dos jardins do Luxemburgo. Mataram saudades da comida da terra num restaurante africano perto do *Quartier Latin*, onde encontraram produtos em bom estado. Faltava apenas a mão de fada de Geny para confeccionar a preceito a comida, embora todos tenham feito pelo seu melhor, mesmo a pouco experiente Ísis.

Ao fim de três dias, apareceu o sol. Tinham decidido andar por sítios cobertos, mesmo que próximos da Torre Eiffel, mas só valeria a pena chegarem-se a ela quando houvesse sol para poderem subir lá acima e contemplar Paris a seus pés. Viram imediatamente os mesmos dizeres na parte de baixo da Torre que tinham encontrado nas colunas do Vaticano, "Se quer conhecer o que aconteceu ao Mundo vá às portas de Brandemburgo em Berlim." Ukolo bufou com a boca, evitando proferir palavrões à frente de senhoras. Mas Jan era menos sofisticado e disse-os mesmo, porra, que merda de brincadeira é esta? É a mesma mensagem, disse Ísis, não pode ser brincadeira. As letras vermelhas em inglês eram inconfundíveis, iguais às outras, escritas pela mesma pessoa. Já não dava para fingir que ignoravam.

— Temos de ir a Berlim — disse Simba.
Julius encolheu os ombros, olhando para Janet. Esta hesitava. Ir a Berlim era voltar para trás na sua rota. Mas Ukolo tinha razão, valia a pena fazer a viagem para saber o que estava por detrás daquela mensagem. Era mais um dia ou dois, até podiam ir de carro, se não quisessem experimentar os novos aviões. Julius se revelava o menos interessado, vamos masé atravessar o Atlântico e chegar ao destino. Janet era mais pragmática, já agora gostava de conhecer o que significa tão misteriosa mensagem. Os outros todos concordavam, deviam ir a Berlim. Menos Ísis, podem ir, fico por cá, aqui há muita coisa para ver, sempre foi o meu sonho. Kiboro também disse, prefiro ficar em Paris e todos perceberam a razão, a cidade pouco lhe interessava. Simba não conseguiu sentir ciúmes, pois a somali lhe parecia cada vez mais desligada dos homens. Honestamente, também não teria moral para ter ciúmes, agora que dormia todas as noites com Jude.

Encontraram um livro sobre as práticas de Kamasutra num alfarrabista dos cais do Sena e se divertiam à noite experimentando novas posições. Era sempre uma descoberta e Jude aprendia rápido. Tinha especial prazer em contar as diferentes maneiras como atingira orgasmos antes dele. Havia coisas inventadas, como a experiência que contou com um cão, ela a quatro patas e tentando orientar o sexo do cão para a sua vagina, com sucesso, disse ela, triunfante, o que eu gozei... Ukolo não acreditou, sobretudo depois de saber que se tratava de um cabiri, o qual nunca tinha sexo suficientemente comprido para chegar lá, no que estás completamente enganado, era mesmo um cabiri e deu-me um gozo do caraças, não percebes nada de cães, eles têm instintos e conseguem encontrar a posição certa, te garanto, basta levantar ao máximo o rabo como fazem as gatas. Ele não ouviu mais, possuiu-a da forma clássica e se satisfez com os sons roucos que saíam da garganta dela ao se vir. Os dois aprendiam as diferenças entre gerações, não era forçosamente negativo.

Ao segundo dia de bom tempo, decidiram experimentar os novos aviões até Berlim. Foram todos menos Ísis, Kiboro e Rex. Foi Julius a tripular um dos aviões, para ganhar o máximo de prática antes de enfrentar a travessia transoceânica. Aterraram no aeroporto de Tegel, com bom tempo durante toda a rota. Também não foi difícil arranjarem um carro ainda funcional para seguirem até às Portas. Bastava usarem um dos mapas da cidade que havia à profusão no aeroporto. Nkunda ficou muito satisfeito pois no carro encontrou um cinturão de *cowboy* com duas pistolas e balas. Tudo de brincadeira, claro. Logo colocou o cinturão, que nunca mais quereria largar, mesmo para dormir. Encontraram facilmente as Portas de Brandemburgo. À frente da casa da guarnição, havia um letreiro protegido por vidro, com indicações para turistas. E sobre o vidro estava escrito na mesma letra em vermelho o seguinte aviso: "Vai encontrar o manuscrito que explica o que aconteceu ao Mundo na gaveta de baixo do armário do fundo. Tem capa azul." O coração de todos bateu com mais força. Jan foi rápido. Entrou no casinhoto, avançou para o armário do fundo e tirou da gaveta de baixo um dossiê de capa azul. Brandiu-o no ar, como um espólio de guerra. Quase lutaram para ver quem o lia primeiro, mas depois se sentaram num banco da praça onde começava a avenida *Unter den Linden* e deixaram que Simba lesse em voz alta para todos. O extraordinário manuscrito, numa escrita nervosa e miúda, rezava como segue:

O meu nome pouco interessa, apenas o fato de ser físico, cidadão dos Estados Unidos, de origem europeia. Trabalhei durante muito tempo no deserto do Nevada, num complexo de pesquisa ultrassecreto pertencente a um ramo da Agência Nacional de Segurança, ramo esse que nenhum congressista conhecia, nem talvez o próprio Presidente. A nossa pesquisa girava em torno de armas novas e artefatos para espionagem. Desde sempre me dediquei às chamadas armas de destruição em massa. Sou pois um dos inventores do "Feixe Gama Alfa", a mais limpa arma de todos os tempos. Tenho muito orgulho em insistir na limpeza da arma, pois o seu feixe não deixa vestígios nem sujeira de espécie alguma, volatilizando as moléculas animais e todos os seus componentes.

Fui recrutado primeiro pela FNE, que quer dizer Frente Nacionalista Europeia, a qual procurava implantar-se nos Estados Unidos. Do que sei das suas origens, provém de movimentos da Grã-Bretanha e da França, os quais se propunham purificar a Europa dos lixos árabes, judeus, ciganos e africanos que cada vez mais contaminam as populações brancas. O primeiro objetivo era impedir a imigração de gente dessas raças inferiores para os países europeus. Como todos sabemos, cada vez há menos brancos puros, existindo mesmo no sul da Europa alguns denominados brancos que são mestiços de muitas matrizes, razão do seu fraco desenvolvimento humano. O chefe do grupo inglês e a mulher que liderava o movimento francês contraíram matrimônio, demonstrando a união indestrutível da Frente. Mais tarde houve adesões de movimentos semelhantes da Holanda, Áustria, Polônia, Dinamarca, Alemanha, República Checa e Croácia, pelo menos. A política não é a minha especialidade e nunca quis saber demais, apenas os objetivos me interessam e contribuir para eles me satisfaz inteiramente. Eis a razão pela qual não poderei explicar melhor como decorreu o processo de fusão desses vários movimentos de defesa da raça branca. Mais tarde, uma crença religiosa, dirigida por um austríaco que escolheu um nome estranho para camuflar a sua verdadeira ascendência, Pak-To, começou a ter cada vez maior influência sobre a Frente. A igreja criada por Pak-To é conhecida como a dos Paladinos da Coroa Sagrada. Acabei por aderir a esta Fé verdadeiramente nova, com um discurso completamente diferente de tudo o que era antes. Um discurso religioso, sem dúvida, mas muito mais próximo do nosso tradicional, científico. Para qualquer projeto resultar, é preciso que as pessoas acreditem, tenham fé. A crença na Coroa Sagrada dá essa força espiritual às pessoas de poderem seguir os seus líderes sem porem objeções e patéticas dúvidas que só fazem atrasar os processos de pesquisa. A minha vida mudou desde que conheci os ensinamentos de Pak-To, deixei de ter dúvidas, sei estar incumbido da missão de redenção da raça branca, raça tão vilipendiada através do século XX, como a culpada de todos os males. As grandes guerras foram imputadas aos interesses brancos, até mesmo as Cruzadas contra os árabes apareciam como empresas criminosas, a colonização dos povos arcaicos e selvagens do chamado Terceiro Mundo é apresentada como obra de facínoras e alguns espíritos puros que tentem defender racionalmente os valores brancos são acusados de racismo, xenofobia, até mesmo ódio ao Homem. Como se o verdadeiro Homem não fosse branco! Trabalhamos para defender esse Homem verdadeiro, forte, empreendedor, que criou a Civilização. E devemos eliminar tudo o que seja espúrio, que traga ao espírito humano os cromossomas da ignomínia, do vício, da preguiça e da estupidez.

Quando em Nevada desenvolvemos o "Feixe Gama Alfa", recebemos (eu e mais dois crentes da religião da Coroa Sagrada) a incumbência de desviar todos os resultados do trabalho das equipes de pesquisa para a sede escondida da FNE, nos Alpes austríacos. Durante meses fomos clandestinamente enviando os cálculos e as fórmulas mágicas para esse esconderijo absolutamente camuflado nas montanhas nevadas. Para isso aproveitávamos a ida à Europa de alguns de nós ou das nossas famílias ou mesmo de mensageiros que a FNE nos fornecia, evitando a Internet, há muito devassada pelos serviços secretos americanos. Tudo o que era descoberto com interesse tinha semelhante destino: um monte isolado relativamente perto de Salzburgo, no topo do qual foi construída a igreja principal dos Paladinos. A meio da encosta havia uma entrada dissimulada para uma gruta natural monstruosa, que foi muito aumentada por trabalhos de terra durante anos. Todo o monte foi comprado com os dízimos dos fiéis e a sua frequência foi reservada, circunspecção ajudada por uma cerca muito bem construída, pois quase invisível, e toda incrustada de censores para vigilância. Pak-To vive no alto do monte ao lado da igreja, num relativamente pequeno mosteiro e na companhia dos principais líderes do movimento, formando uma pacífica comunidade religiosa, reconhecida pelas autoridades austríacas. À igreja principal e ao mosteiro têm acesso apenas alguns membros da crença, e por um caminho que começa no lado oposto ao da entrada para a gruta. Peregrinações ou visitas de crentes exteriores a este círculo tornaram-se cada vez mais raras e depois foram mesmo proibidas, por prejudicarem a necessidade de concentração dos religiosos, todos aplicados em salvar o mundo. Um pouco abaixo do mosteiro havia a gruta, à qual apenas se podia aceder por um elevador interno que principiava na cave do mosteiro, tudo muito bem disfarçado para o caso de alguma autoridade mais desconfiada procurar o que não devia. (Estou já a descrever as coisas no passado, o que está errado, pois se trata de um presente que brilhará como a Luz da Revelação no futuro próximo, cada vez mais próximo). A antiga entrada para a gruta, já antes dissimulada, foi totalmente bloqueada por rochedos e cimento. Na gruta há laboratórios sofisticados, espaço para viverem durante alguns dias dez mil pessoas e quantidade enorme de jaulas e aquários para conservarem uma parte importante das espécies animais úteis aos homens.

Nos últimos tempos, a Frente, escondida por baixo da igreja da Coroa Sagrada, cresceu e se expandiu pelo mundo inteiro. O objetivo não era convencer nem mobilizar as pessoas para a Frente, nem sequer revelar o seu pensamento. É óbvio: qual o interesse de a um chinês ou negro se explicar por que havia necessidade de defender e purificar a raça branca? O que cresceu foi a igreja, para que se pudesse recrutar pessoas capazes de serem líderes locais, os profetas, também imbuídos do espírito sagrado de confiarem em absoluto nos ensinamentos de Pak-To, sem nunca revelarem o seu nome nem a sua existência. Por sucessivos processos de saneamento e purificação, recorrendo evidentemente à eliminação por via científica dos elementos apresentando um grau mesmo mínimo de ceticismo, conseguiu Pak-To ter uma vintena de pessoas espalhadas pelo mundo que farão qualquer coisa que ele mande, sem sequer bater as pestanas. Estes serão os dedos que vão detonar as armas letais, desaparecendo com elas.

Sobre as armas do "Feixe Gama Alfa" é necessário dizer que não são bombas, no sentido convencional do termo, não provocam explosões. Lançam radiações, ou melhor, as armas desintegram-se em radiações que limpam à sua volta todo o território correspondente a um continente como o australiano. As armas desaparecem pois com os alvos. Claro que os dedos que as detonarem também desaparecerão. Por isso não nos incomodamos nada pelo fato de esses dedos serem negros, árabes ou ciganos, tudo dedos condenados a desaparecer, de qualquer modo, desde que sejam profetas sinceros, crentes nas virtudes da nossa Fé.

Chegou enfim o momento em que os nossos chefes acharam estarmos em condições de preparar as armas, na gruta do monte, e começarmos com o processo de salvamento da nossa raça em perigo irreversível de contaminação genética. Os três fomos chamados à Áustria. Tivemos de deixar definitivamente as famílias. Compreende-se, nos Estados Unidos há gente de todos os lados do mundo e por isso mesmo os brancos podem estar conspurcados por cromossomas suspeitos. Nós os três éramos puros, não só pelo fato de os nossos olhos serem azuis, mas por indícios que durante muito tempo os nossos chefes estudaram, sobretudo a partir do DNA. No entanto, as nossas famílias podiam não ser puras. Assim, os três arranjamos pretextos para nos ausentarmos da base de Nevada e desaparecemos na gruta do monte. Até agora. Como isto não é propriamente um relato de memórias, apenas um apanhado resumido do que se passou e vai acontecer, abrevio. O tempo é escasso. Amanhã, as armas espalhadas pelo mundo vão ser acionadas e só nós, os dez mil brancos puros, sem qualquer mancha, refugiados na gruta, escaparemos. As armas serão detonadas ao mesmo tempo pelos vinte magníficos crentes tão denodadamente preparados para não hesitarem em o fazer. É verdade que eles pensam que os artefatos vão limpar o mundo do pecado e não os pecadores, nem sabem que eles também vão ter o mesmo fim dos pecados. De qualquer modo, esses mártires involuntários devem merecer o nosso respeito por terem mantido o segredo. Nada indica que este segredo tenha saído de quem o pode conhecer, alguns poucos, afinal.

Nós estaremos protegidos para dar origem a uma nova Humanidade, pura, verdadeira. Dez mil foi considerado um número suficiente para o reinício. Por isso se deu a esta operação o nome de código Noé, quase óbvio. Estaremos protegidos não só pela Fé na Coroa Sagrada, mas também porque todas as paredes da gruta estão revestidas por amianto. Descobrimos nos Estados Unidos que um ser vivo envolvido em amianto é invulnerável ao Feixe. Sabemos que o amianto tem má fama, a de ser cancerígeno. Mas a exposição será relativamente breve e também temos a maneira de tratar casos futuros das doenças derivadas dessa exposição, se acontecerem. Estamos muito avançados nessas pesquisas médicas e já há muito tempo, apenas não havia interesse estratégico em divulgar os resultados da pesquisa. Por ser a Operação Noé, estão na gruta também animais de porte pequeno e médio e toda a coleção de micróbios benéficos ao homem. Aproveitamos para eliminar do mundo algumas espécies que só trazem problemas como o mosquito, a carraça, a lombriga e alguns seres aquáticos igualmente perniciosos. Dos animais demasiado grandes, como baleias ou elefantes, guardamos um número suficiente de embriões em estado de vida suspensa, que faremos mais tarde desenvolver. Por questão de espaço na gruta. E mesmo assim vamos ficar muito apertados, aliás já estamos, pois há dias começou o trabalho de concentração dos que vão sobreviver e estavam espalhados pela Europa. Na escolha dos dez mil teve-se em conta o equilíbrio dos sexos, das idades e, sobretudo, as competências, juntando alguns dos melhores especialistas nas áreas de ciências de ponta a artífices e camponeses habilitados nos seus mesteres para que nada falte depois da Operação Noé. Quase nenhum sabe por que razão a igreja os concentrou na gruta, a explicação só virá depois, com muitas aleluias de regozijo.

Sempre achei que tínhamos feito um trabalho excelente, com apenas uma dúvida (ou duas). A primeira é a da forma como foram escolhidos os pontos de impacto das armas. Penso que se menosprezou uma região limitada entre a África Central, a Oriental e a Austral. Talvez pela pouca importância que sempre se deu a África, é possível que aí o impacto não seja o suficiente e que alguns seres vivos possam sobreviver, sobretudo se não estiverem em contato com superfícies metálicas, as quais aumentam a potência do feixe. Tive ocasião de expor as minhas dúvidas à reunião máxima dos líderes, os quais aceitaram os meus argumentos mas concluíram que era tarde demais para fazer mover algumas armas e dispor de outra forma as vinte no terreno. Não se deve esquecer que demorou muito tempo a preparar os profetas locais e não se podia, sem correr o risco de chamar a atenção, fazer mover um desses profetas. A reunião de líderes também considerou que não seria grave sobreviverem alguns seres ali, pois uma das primeiras medidas a tomar depois da limpeza será enviar para a região uma unidade especial de extermínio. Nessa altura, teremos domínio absoluto sobre o mundo inteiro e podemos portanto eliminar quem quisermos, com a maior das facilidades, particularmente porque inventamos em Nevada um aparelho que detecta vida animal a mil quilômetros de distância, por mais pequena que seja. Aceitei de bom grado tão inteligente argumentação.

A outra dúvida é pior e tão forte que não ousei revelá-la. Sei, é uma espécie de dúvida na crença coletiva, uma traição à Fé que nos anima, mas ela existe e nestes últimos dias impôs-se infelizmente com muita força no meu espírito. É a seguinte: fiz há dias uma última experiência com um rato e um feixe infinitesimal, era de fato mais um passatempo que um verdadeiro teste. Afastei-me da gruta e experimentei de novo a proteção de amianto. Infelizmente, o rato desapareceu. Quer dizer, pela primeira vez (e não sei por que) a proteção não foi suficiente.

As razões podem ser muitas, desde a atividade anormalmente intensa do sol nos últimos dias até algum erro que possa ter cometido. No entanto... Considero criminoso duvidar da mais ínfima parte dos ensinamentos de Pak-To, mas é muito perturbadora a ideia que podemos estar errados e afinal, a gruta não oferecer total proteção à vida que está a albergar. Escondi a dúvida e a minha angústia, pois não podia revelar tão pecaminoso ceticismo.

Amanhã é o dia último desta era vergonhosa de crime e vício, pois as armas serão acionadas. Mas eu tenho esta dúvida que não posso revelar a ninguém, por ser fatalmente considerada uma magna traição e uma blasfêmia inconcebível. Por isso resolvi deixar uma pista. Se por acaso estivermos errados e não sobrevivermos, talvez outros sobreviventes queiram saber o que aconteceu, mesmo que seja só daqui a dez mil anos. Se estivermos mesmo certos, apagarei a dúvida e qualquer vestígio que tenha deixado, como este documento secreto. É a razão do que faço neste momento. Estou num avião a caminho de Paris. Pedi autorização aos meus chefes para uma última viagem de inspeção a alguns pontos críticos. Como gozo da total confiança deles, nem puseram muitas objeções. De fato puseram uma só: é que sou perseguido por todos os serviços secretos do mundo favoráveis ao governo americano que colocou os nossos três nomes na lista a abater a qualquer preço. Claro, temos tantos segredos, eles temem que os vendamos ou forneçamos a terroristas ou a outros inimigos dos Estados Unidos, os quais são muitos. Como é de hábito, se nos deitarem a mão, não há tribunal, apenas eliminação. E devem ter posto todos os seus amigos em rede. Passaram já cinco anos desde que desaparecemos de Nevada, mas certamente a procura continua. Consegui convencer os meus chefes que não haveria perigo de maior, pois sofri uma operação facial feita por um dos nossos peritos em cirurgia plástica e também uma modificação das impressões digitais. E quanto ao DNA, ele não pode ser descoberto tão rapidamente, se por acaso se puserem no meu encalço. Todas as contas feitas, aceitaram que partisse, com a condição de estar na gruta na madrugada de amanhã, pois depois começará a contagem decrescente e convém eu estar para fazer o relatório da missão. Terei de inventar qualquer coisa, mas não há razão para preocupações, estarão com todos os sentidos dirigidos para a grande operação.

Parti pois para Roma, a partir de Salzburgo, apenas com a roupa de corpo e uma bolsa que despertou a curiosidade da polícia, pela sua bizarria. De fato, parece estranho aos olhos de um polícia um saco onde vai apenas uma lata pesada mas vazia e dois pincéis, um largo de pintar paredes e outro fino, um pincel de artista. Perguntaram para que era aquilo e respondi que era uma lata especial para a qual procurava comprador. Como ia vestido da maneira mais extravagante que consegui inventar, pensaram tratar-se de um louco inofensivo. Afinal, a lata não está vazia. Contém uma tinta invisível e que se torna bem visível só ao fim de 24 horas. Outra das nossas pequenas invenções. Em Roma, fui ao Vaticano e pintei uma mensagem nas duas colunas mais próximas do que se pode chamar a parte principal da praça, a entrada para São Pedro. Um guarda veio examinar os meus gestos estranhos, passando um pincel pelas colunas, que ficavam intactas, apesar de eu molhar de vez em quando o pincel numa lata vazia. Levava uns óculos verdes que permitem ver o que a tinta vai marcando. Por isso as letras ficaram bem escritas. O guarda perguntou o que estava a fazer. Disse que era uma mensagem que o Papa me tinha transmitido. Ele encolheu os ombros e foi embora, tantos malucos deambulam pelo Vaticano! Acabei o trabalho e parti para Paris. Neste momento estou no avião e já continuo o relato...

Em Paris, pintei na Torre Eiffel a mesma mensagem. Também aí apareceu um guarda a ver o que fazia. Disse-lhe que vinha pintar uma mensagem do Papa para a Paz Universal. Sorriu, com aquele sorrisinho irritante que eles têm, encolheu os ombros, os malucos têm permissão para tudo. Foi sempre preciso explicar nos aeroportos o porquê daquela lata, que estava cada vez menos cheia e pesada. O francês, na partida, disse: "A lata é pesada demais para conseguir arranjar um cliente". Sempre armados em espertos, os céticos franceses! Estou no avião para Berlim e acabo aqui o relato, pois vou deixar o manuscrito no quarto de guarda do lado esquerdo das Portas de Brandemburgo. Vai ser o mais complicado. Vou escrever na entrada: "Vai encontrar o manuscrito que explica o que aconteceu ao Mundo na gaveta de baixo do armário do fundo. Tem capa azul." É uma longa mensagem mas não me incomoda escrevê-la pois usarei o pincel fino num cartaz que está mesmo à entrada e define algumas regras de segurança para os *turistas, conheço-o bem. O vermelho da mensagem sobressairá no dia seguinte sobre as regras a preto. Quem chegar ali vê de certeza. Claro que será preciso inventar uma desculpa inverossímil (não para escrever, pois isso será fácil para um louco), mas para colocar o manuscrito na gaveta. Fazer de maluco facilita sempre as coisas, podemos entrar num sítio, ir falando e enquanto os guardas se interrogam sobre o que fazer, coloca-se o objeto onde escolhemos. É a única parte que necessitará de improvisação e espero estar à altura.*

Chegarei à noite aos Alpes. Se não houver contratempos, às duas da manhã entrarei no bunker da gruta. Espero aí estar em segurança e este trabalho todo ser inútil. Se tudo correr como esperamos, virei a Berlim logo que possível e destruirei o manuscrito, nessa altura nem haverá guarda para me impedir de aceder a ele. Depois farei a viagem inversa, Paris e Roma, para disfarçar os avisos a tinta invisível. Se entretanto algo falhou nos nossos cálculos, estas serão seguramente as últimas linhas que escreverei na vida. Será uma pena, pois começa a dar-me certo gozo fazer memórias, mesmo resumidas, é uma experiência nova. Como tenho a Fé dos Paladinos, sei que vou escrever mais tarde para as gerações do futuro luminoso a maneira fantástica como reconstituímos uma Humanidade melhor, um Homem Novo.

Ficaram todos calados, contemplando a belíssima avenida à frente dos seus olhos, Unter den Linden. Talvez fosse uma coincidência raríssima na História, mas estavam relativamente perto do sítio onde Hitler e os últimos chefes nazis tinham acabado os seus dias, pois o célebre bunker do suicídio era nas imediações. E ouviam na voz um pouco nasalada e muito perturbada de Ukolo as confissões de um nazi dos novos tempos, tentando perpetrar uma ideologia já uma vez negada pela humanidade. Como Jude era a única a não entender bem inglês, explicaram rapidamente à rapariga o que dizia o manuscrito.

— Estavam mesmo errados — disse Jan. — O amianto afinal não os protegeu.

— Quem sabe? — disse Julius, ainda sacudindo a cabeça para afastar maus pressÁgios. — Podem estar lá na tal gruta e nas imediações, espalhando-se.

— O tipo que escreveu isto já teria vindo cá destruir este documento — insistiu Jan. — Não se safaram, garanto.

— Pode não ter tido a ocasião, ter sido descoberto, sei lá — disse Simba. — Precisamos de uma certeza, senão viveremos no medo.

— Como ter a certeza? Indo lá à Áustria?

Janet fez a pergunta ironicamente, como se se tratasse de um disparate monstruoso. Mas foi Jan que se antecipou a Simba.

— Claro. Se temos dúvida, devemos ir investigar, nos convencermos que estes malucos estão fora de combate. Podem ser muito perigosos. Não vivia tranquilo se imaginasse que podiam andar ainda por aí.

— Nós vamos embora — disse Julius. — Temos de ir aos Estados Unidos. Se quiserem, vão lá vocês investigar.

— Irem para quê? — disse Jude. — Sempre a fugir, Julius? E depois... não há mais nada vivo nos Estados Unidos...— apercebendo-se do ar de choque de Janet, tentou corrigir: — Desculpa, Janet, não queria dizer...

— Querias mesmo dizer... e tens razão. Valerá mesmo a pena irmos? Agora sei que lá como cá, a vida acabou. Que me interessa ver cidades e campos vazios na minha terra?

Simba era por natureza um moderador. Sentiu necessidade de dar alguma esperança a Janet, esperança que ele não sentia. Pelo menos, deviam pensar antes de tomar decisões tão radicais. Por isso afirmou na sua voz mais neutra, embora mansa:

— Estes tipos erraram em várias coisas. Também podem ter errado na colocação das armas na América. Quem sabe sobrou alguma coisa?

— Não — disse Janet. — Aí eles puseram o dobro do que seria necessário. Uma parte da África escapou... escapou não, pois quase tudo desapareceu... mas, enfim, ficou alguma vida por causa do imenso desprezo com que eles encaravam o vosso continente. Não sentiam o mesmo desprezo pela América do Norte. Por isso tenho a certeza, nada ali escapou. Puseram mesmo todas as armas necessárias e uma a mais.

— Ironia? — disse Simba. — O mais desprezado dos sítios, África, é o que acaba por guardar vida?

– Ironia, sim – disse Janet. – Ironia da Justiça. Como é ironia que essa igreja seja a de Dona Geny...
Só então os outros se aperceberam. Pelo menos o nome coincidia. E nestas coisas de igrejas, não há coincidências, pois cada nova igreja tem o cuidado de não copiar o nome de uma existente. Quem diria! O único membro vivo da igreja dos Paladinos era a sua companheira Geny, profeta sagrado portanto. Como iria ela aceitar a responsabilidade dos seus chefes naquele holocausto mais que bíblico? Quero estar lá para ver a reação dela, disse Jude, numa alegria que caía mal no ambiente tétrico em que se encontravam. Mas já sabemos como Jude é, um pouco desastrada e imatura, para isso é jovem.
Leram outra vez em voz alta o documento, para perceber detalhes. Desta vez foi a americana que o fez, talvez imitando melhor o sotaque de quem o escreveu. Mas não lhes trouxe certezas suplementares, tinha sido tudo muito claro logo na primeira leitura. Ukolo aproveitou para ir traduzindo de forma mais completa para Jude, à medida que Janet lia. O documento provocou sentimentos contraditórios em cada um deles. Por um lado, podiam satisfazer-se com o conhecimento real do que acontecera; mas, por outro, o documento mostrava a irreversibilidade da desgraça. Cada um com efeito guardava bem dentro de si a esperança louca de que os desaparecidos, da mesma maneira inacreditável como tinham partido também poderiam um dia regressar. Tinha sido um estranho fenômeno e se as causas eram naturais então havia razão para acreditar no reverso. Com o documento se compreendia que o desaparecimento dos entes queridos era definitivo. Cada um de nós certamente abafou um soluço. Pelo menos o silêncio pairou sobre as cabeças durante o tempo suficiente de a névoa nas montanhas se ir dissipando ao sol nascente. Um segundo desaparecimento das famílias, desta vez para sempre. Quem não sofreria de novo um choque? Preferiam ficar calados, para não exporem as vozes embargadas por soluços contidos.
– Vamos voar para Salzburgo – disse Jan, em voz de comando, para agitar o ambiente. E como fantasmas que estavam parados no ar, todos começaram a movimentar-se, a falar, a suspirar ou apenas a respirar audivelmente. Até haver uma voz timorata para esfriar o súbito turbilhão dos cérebros:

— Mas lá chegados, temos de agir com muita prudência — disse Julius.

Jude soltou uma gargalhada, a extrema prudência de Julius em tudo dava-lhe ganas de rir constantemente. Ninguém deu importância à risada trocista da miúda.

— Deixem comigo, tenho experiência dessas coisas — afirmou o sul-africano. E ninguém duvidou dele.

Dormiram em Berlim e partiram no dia seguinte. Os Alpes estavam verdes, só com neve nos picos. Aterraram em Salzburgo sem problemas. Desta vez, Jude tripulava o segundo avião, com imenso alívio de Julius. Ainda não tinham efetivamente decidido, mas parecia inútil o par atravessar o Atlântico Norte para encontrar o nada à sua frente. Janet parecia convencida e Julius só fazia a parte de querer ir para lhe agradar, pois tinha medo desde o primeiro dia de uma viagem solitária, sem apoio de um segundo avião e, sobretudo, com receio das tempestades do hemisfério norte que apenas conhecia pela televisão e cinema. De qualquer forma, a ida à Áustria só os atrasaria de poucos dias.

Na cidade arranjaram um carro grande, sempre com sorte de encontrar algum com bateria prestável. Também é verdade não ser grande problema pôr um deles a funcionar, empurrando. A bateria acabaria por se carregar com o próprio trabalhar do motor. Mas sempre era mais seguro se encontravam algum que não exigia esses esforços. Não tinham indicação de onde era o mosteiro dos Paladinos, sabiam apenas que não era longe da cidade. Discutiram o que deviam fazer. E foi Janet que insistiu na solução, deve haver na municipalidade alguma informação sobre isso. Nenhum deles lia o alemão, embora Jan percebesse algo parecido, pois a sua língua de origem, o africans da África do Sul, vinha do holandês, o qual tinha as mesmas raízes do alemão. Puseram-no a procurar na Câmara, nem sabia bem o que, sendo tudo contrário aos seus hábitos, pouco familiarizado com livros. Aqui faz muita falta Ísis, recordou Simba, a morrer de saudade. Ela ao menos tinha o hábito de pesquisar em bibliotecas, arquivos, coisas assim. Finalmente, encontraram mapas da região e Dippenaar sentiu-se mais à vontade, mapas eram muito mais interessantes que livros. Depois de aturado estudo, escolheu um dos mapas, o mais novo, e sentou-se com ele a uma secretária. Acabou por considerar um determinado monte marcado no mapa como o que procuravam. Pelo menos existia a imagem de um monte com uma igreja em cima e o nome dizia alguma coisa de parecido aos Paladinos da Coroa Sagrada. Já era tarde para tentarem chegar ao local e deixaram para o dia seguinte. Aproveitaram o resto do dia para explorar a bela cidade e comerem o que encontravam. Não se decepcionaram com os famosos bolos de maçã e sobretudo os de chocolate. Nas caves, célebres outrora, também havia bebida a fartar, sobretudo cerveja.

Foi numa dessas caves que Janet pôs a mão em cima da de Julius e disse, não vamos mesmo para a minha terra, é melhor ficar com os vivos do que procurar almas de mortos. Ele ainda tentou reagir, apenas para mostrar ser homem suficiente para conseguir todos os desejos da sua mulher, no entanto ela prosseguiu em tom convicto, a sua família desde aquele momento eram apenas os seus amigos e ele, Julius, que a amara desde o primeiro olhar. Declaração feita a voz baixa na mesa de uma cave de Salzburgo cheirando a cerveja rançosa pelos anos, mas que foi ouvida por todos, especialmente por Jan, que engoliu um soluço de emoção, não era todos os dias que se podia assistir ao refazer de uma família perdida, e por Jude, que já considerava Janet tia do seu primeiro filho com Simba, antes de parir um novo sobrinho de Janet feito com Kiboro ou Jan Dippenaar, a ordem era arbitrária e irrelevante.

No dia seguinte, partiram para o morro que suspeitavam ser a sede dos Paladinos. Não foi preciso andar muito para o encontrar. Havia uma igreja no seu topo e uma construção baixa e comprida, que deveria ser o mosteiro. Foi para ele que se dirigiram, ultrapassando temores de última hora, procurando o elevador que os levaria à cave. Jude, decidida, foi na frente, até ser puxada para trás pela mão firme de Simba, que deixou Jan tomar o lugar da vanguarda, então não tinha dito que tinha experiência nessas coisas e era o mais militar dos homens? Os três levavam as pistolas na mão, mais para se acalmarem do que para mostrarem determinação. Janet deu a mão a Jude e a Nkunda, ficando para trás. Não chegou a formular a ideia, mas no fundo reagia instintivamente a uma lição antiga, os homens é que deviam morrer na guerra, pouca falta faziam; as mulheres ficavam para multiplicar a prole, sem elas a humanidade correndo o risco de se extinguir. Os homens vasculharam durante uma hora o mosteiro, encontraram os quartos onde os sequazes de Pak-To se acoitavam, a grande sala de refeições, vários gabinetes secretos, uma espécie de biblioteca mínima, com meia dúzia de obras mal arrumadas. Se via, a seita acreditava pouco em leituras profanas, só havia manuais de ciências naturais e o livro de Pak-To onde desenvolvia as suas magnas teorias sobre a luz. Um quarto de dormir era maior que os outros. Janet suspeitou, deve ser o do chefe, pode estar aqui o segredo. Bateram nas paredes, no chão e acabaram por tocar no botão que acionava o sistema. Houve um barulho metálico, depois um ruído constante de uma máquina. Até que parte do chão se abriu, para deixar passar um elevador. Hesitaram. Passados alguns minutos de expectativa, o sul-africano abriu a porta, vamos lá abaixo, ordenou. Simba entrou com ele. Julius olhou para as mulheres, tremeu um pouco e, sem alternativa, seguiu os homens. Janet e Jude ficaram no quarto com Nkunda, enquanto a máquina começava a sua lenta descida aos infernos.

– Não tens medo que eles estejam todos lá em baixo e matem o Julius? – perguntou Jude.

– Tento ser racional. Se continuassem a existir, estariam aqui no mosteiro e em Salzburgo e em muitos sítios. Estou tranquila, a cave está vazia de gente. Por isso o deixei ir.

A americana tinha razão, como puderam constatar os homens. Havia muitas provisões, jaulas e aquários, laboratórios, armas e roupas por todo o lado. Roupas de dez mil pessoas e instrumentos de higiene, de trabalho, etc. Coisas era o que havia mais. Porém, nem um bicho. O amianto não tinha resistido à potência das armas. Depois de se certificarem que não deixavam nada vivo, trataram de sair de lá o mais depressa possível, a rogo de Simba, não é nada saudável estar tão próximos do cancerígeno amianto. E agora a cura para os cancros ainda estava mais longe do que antes, se ele, Simba, era o maior especialista em doenças à face da terra. Bem, pensou dentro do elevador que os trazia à superfície, talvez no mato africano haja algum outro especialista, mas esse usa técnicas diferentes...

Voltaram imediatamente para Salzburgo e instalaram-se num hotel do centro, perto da catedral, pensando no que fazer. Discutiram o assunto ao jantar. Janet ainda levantou a hipótese de irem até Viena, afinal era perto e nenhum conhecia. Mas logo a maioria rejeitou a ideia, a visita a Viena podia ficar para outra ocasião, a Europa agora era deles. Decidiram voltar imediatamente a Paris, para contarem a descoberta aos outros dois. Ao menos podiam estar tranquilos sobre uma coisa, não haveria nenhum grupo de extermínio a caminho de Calpe para acabar com o que restasse de vida humana no último reduto de vida, como suspeitara o autor do manuscrito. Os dez mil suicidas involuntários tinham desaparecido definitivamente na gruta e brindaram com champanhe a esse fato, brinde proposto por Janet. Simba Ukolo hesitou, fiel ao voto de Hipócrates, o compromisso do médico com a vida humana.

– Beba lá à vontade o champanhe, esse juramento não se emprega neste caso – disse Jan, rudemente. – Esses criminosos loucos varridos deram cabo de quase toda a Humanidade e você não brinda pelo fim deles? Hipócrates por acaso tem a ver com hipocrisia?

Simba olhou com raiva para o branco, mas bebeu o champanhe. O sul-africano talvez tivesse razão neste caso, mas não deixava de ser um gajo odioso e certamente com um passado para esquecer. Ou pelo menos esconder. Olhou Janet, que o fixava, e não resistiu a ripostar:

– Não será também hipocrisia ser guarda de mina de diamantes e ficar com um saco deles?

Dippenaar abriu muito os olhos, mostrando admiração. Deu uma gargalhada sarcástica. Mostrou o saquito que andava sempre com ele num dos bolsos laterais das calças, estendendo o braço para cima.

– Acha que tenho diamantes neste saco? Acha mesmo?

Deitou o conteúdo do saco sobre a mesa. Havia o escaravelho de ouro que todos tinham, apanhado no Egito. Alguns envelopes com cartas, uma caneta, fotografias, uma medalha de mérito militar do exército sul-africano, um relógio redondo antigo, com o respectivo fio de prata para prender ao casaco ou colete, algumas notas de dólar, um cachimbo esculpido em pedra branca à moda do Quênia e uns caracóis de cabelo louro amarrados numa fitinha.

— A medalha é do tempo do *apartheid*, aviso desde já – disse Jan. – De mérito. Combati em Angola e não fugi muito do fogo a sério, por isso me deram a medalha. Pouco interessa de que lado estava na época, era jovem e acreditava no que fazia, não me arrependo... Como vê, não tenho segredos. O relógio era do meu avô, um bôer à moda antiga, dono de uma fazenda em Brits. As cartas não lhe mostro, estão em africans que você não percebe e são pessoais. Também quer saber de quem eram estes caracóis?
Simba mordia os lábios, envergonhado. O olhar solidário de Janet não bastava para o consolar, talvez tivesse de fato sido injusto. Mas o outro ainda não tinha acabado. Meteu a mão por dentro da camisola e puxou um fio de ouro grosso que tinha ao pescoço, onde estava pendurado um diamante pouco mais pequeno que um ovo de pomba.
— Pode ser que seja hipócrita, por ter isto ao pescoço que, confesso, não era meu. Mas foi um diamante que arranjei na África do Sul, quando lá fui depois do desaparecimento de todos. Achei bonito, estava no museu de diamantes, já com o fio de ouro. Você pode ter quantos quiser, como pode ter todo o dinheiro do mundo. Foi hipócrita quando roubou o primeiro banco que encontrou? Pode chamar-se roubo a isso? Ou apropriação lícita, dadas as circunstâncias? Ocorreu-lhe a mesma ideia que a mim. Antes de encontrar a Janet, também apanhei dinheiro onde podia, sabia lá o que estava a acontecer ao mundo, devia prevenir-me. Todos fariam o mesmo. Mas agora? Para que andar com um saco de diamantes, se eles não valem nada? E se eu sei onde os encontrar, quando quiser? Mesmo aqui em Salzburgo podemos encontrar diamantes. E quando for à Holanda, ainda mais, basta passar por Antuérpia, estão lá os melhores. Ou podemos ir a Londres e ficar com o tesouro dos reis de Inglaterra, que dizem estar em exposição. Hipócritas somos todos, que fingimos ser muito amigos e afinal desconfiamos uns dos outros.
— O seu comportamento reservado dava para desconfiar – disse Janet. – Eu também achava que tinha segredos. E tem.
— Tenho. Não vou negar. Mas também não os vou contar. Preciso?
— Podemos pensar que levou uma vida de mercenário, por exemplo.

Ele hesitou, olhando primeiro Janet, que falara, depois os outros, um a um. A fisionomia ficou mais dura, o tom mais militar, a corresponder ao cabelo cortado à escovinha. Falou desafiadoramente:
— Podem, têm todo o direito. E sabem que mais? Estou-me realmente cagando.

Janet encolheu os ombros, com desprezo. Julius não ousava levantar os olhos da mesa, evitando o conflito. Lá bem no fundo estava a amaldiçoar a teimosa franqueza da mulher que acabaria por o arrastar também para um enfrentamento, longe da sua maneira de ser. Jude, pelo contrário, mirava diretamente o sul-africano, parecendo fascinada. E Simba ficou calado. Acabou o seu champanhe, levantou da mesa, o melhor é irmos dormir.

No dia seguinte partiram para Paris e não tocaram mais no assunto. Dippenaar agora usava o fio de ouro com o diamante fora da camisola, bem à vista de todos. Desafiadoramente? E duas pistolas no cinto. Deve ter ido desencantar a segunda a alguma loja de armas de Salzburgo, de manhã cedo. Ou levava-a escondida já antes, quem pode adivinhar as artes de um antigo mercenário? Seria mesmo mercenário? Não haverá certezas e ainda menos provas, mas se é a impressão generalizada, quem sou eu para fazer de desmancha-prazeres?

18

Ísis e Kiboro estremeceram de pavor ao ouvir o relato das últimas descobertas, feito sobretudo por Simba e Janet. Há gajos mesmo tarados, pensou o antigo ladrão em voz alta.

– Agora já não há muitos tarados – disse Janet, com um risada para desanuviar o ambiente. – Restamos só nós.

– Em todo o caso, não se sabe quantas pessoas existem na floresta – contrariou Simba. – Vimos alguns grupos, ou rastos de grupos. Deve haver muito mais. Espero, pelo menos. Para reconstituir a humanidade são precisos...– interrompeu-se, porque percebeu a tempo, ia se repetir, como os velhos ou os bêbedos.

Estavam num restaurante dos Campos Elíseos, perto do hotel. Se tinham tornado especializados em restaurantes e hotéis, e aproveitavam enquanto eles existiam. Um dia começariam a cair de podres, a se converterem em antros inúteis, depois virariam ruínas, pois não havia força humana capaz de os manter e deixariam de servir para quadro de ação. Pensamento de Ísis, comparando com outros impérios que tinha estudado na História. Assistiam ao fim de um, sem dúvida. Mais do que isso, éramos testemunhas do fim de várias civilizações. Espectadores privilegiados, sobreviventes únicos. Olhou para Janet. É certo, a americana tivera tempo de se preparar para a notícia da catástrofe total, mas parecia ultrapassar bem a certeza de ter perdido a família. Uma esperança não expressa subsistira nela durante o tempo todo, esperança de a América ter escapado ao holocausto, isolada como sempre de todas as calamidades. Embora fosse hipótese pouco provável, como tinham tido ocasião de discutir, sendo sempre Janet a mais pessimista, insistindo na ideia que se continuassem a existir, os americanos teriam enviado aviões e tropas especiais para saber a origem do silêncio das suas embaixadas e dos seus postos de espionagem naquela parte do mundo. Uma certeza que ia crescendo dramaticamente à medida que avançavam para a Europa. Restava no entanto a teimosa e frágil esperança de ter sobrado alguma coisa na América, como Julius tentou reconfortá-la quando conheceram o manuscrito. Mas Janet foi a primeira a afastar a ideia, se havia sítio no mundo mais digno de servir de alvo seria a sua terra, nada de ilusões. Parecia óbvio. Ísis, com o regresso dos companheiros, tinha perdido a vontade de falar, talvez ainda em estado de choque. Ouvia os outros comentarem o manuscrito e a cegueira fanática dos Paladinos, mas não participava. Preferia pensar numa ideia que já andava há dias a lhe incomodar o cérebro, mesmo quando se maravilhava no Museu do Homem contemplando as obras da humanidade. Era o fim de uma civilização, claro. Mas seria este o primeiro e único fim? A lenda ou mito do dilúvio universal, que levou Noé a construir a sua famosa arca, não teria sido também o fim de uma civilização, cujo eco ficou apenas no mito? Sim, isso é quase consensual, existe a suposição de um holocausto de parte da humanidade, originado talvez pela formação do Mediterrâneo. Ou a morte de Abel por Caim não indicava o mesmo? Mas seriam essas civilizações tão atrasadas como apareciam na Bíblia? Não podiam ser culturas avançadas como a nossa, de que agora estamos a contemplar o fim? Ao fim de algumas gerações os sobreviventes dos cataclismos vão perdendo conhecimentos, substituem-nos por fantasias, gerações seguintes adulteram ainda mais, e tudo acaba por ficar amalgamado numa religião qualquer. Mas o verdadeiro conhecimento científico, a explicação coerente do por que de fazer determinado gesto ou utilizar uma certa técnica, esse conhecimento perdeu-se para sempre. Para sempre? Ao fim de milhares ou centenas de milhares de anos, acabam por descobrir o que já se sabia há muito, a civilização volta a instalar-se, não igual à que fora antes, mas com alguns princípios básicos comuns. A teoria do eterno retorno? Pode ser. Uma civilização desenvolve-se até poder fabricar as armas capazes de a destruir, tal é o seu destino. E acaba por deixar poucos vestígios, ou então são vestígios incompreensíveis para as gerações seguintes. E o destino do homem é destruir-se, para recomeçar tudo de novo?

– Talvez na Sibéria tenha sobrado alguma coisa – dizia Janet. – Aquilo é tão vasto e com tão pouca população, alguém pode ter escapado.

– Da Rússia não sobrou nada, país demasiado importante, os

cálculos foram perfeitos, as armas bem colocadas. Entretanto, no Ártico, pode ter escapado algum esquimó.

Era uma ideia. Kiboro afinal parecia ter o atlas da terra bem presente na cabeça, ninguém se tinha lembrado do Ártico, extensões sem interesse nenhum. Mas a ideia de Joseph acabou refutada por Janet, não, o Ártico tem fronteiras com regiões importantes, basta lembrar Canadá e Estados Unidos, Rússia, Japão, etc. Já a Antártida, pelo contrário, tão vasta e sem gente, ripostou Simba, mas com vida debaixo do gelo... aí sim, aí pode ter sobrado alguma porque ninguém lhe dava importância. Nkunda, sempre calado, mas que afinal também seguia as conversas com atenção, arriscou o seu palpite e num submarino, bem no fundo do mar? Simba fez uma carícia na cabeça do sobrinho. Falou com certa ternura, não só para Nkunda:

– No manuscrito dizia que o tal Feixe era potenciado por metal. Ora um submarino é uma caixa de metal. Mesmo no fundo do Pacífico seria atingido. Eles devem ter razão e a nossa região é a única que escapou em parte, por estar na periferia das armas. E só mesmo numa pequena parte da região. E nessa parte, muitos poucos sobreviveram. Reparem, todos nós estávamos fora de superfícies metálicas. Eu então, foi por milagre. Saí do carro e fui urinar contra uma árvore. Deve ter sido nesse momento. Os outros estavam na rua em cidades ou no mato ao ar livre.

– Menos eu – disse Kiboro.

De fato, estava fechado na cadeia. Mas era uma cadeia antiga, feita de adobe e as portas eram de madeira. Até as grades das janelas eram de madeira e não de ferro. Não se tratava de nenhuma caixa de metal.

– Não sei se dá para acreditar nessa teoria – disse Janet. – Eu estava ao ar livre mas os meus gorilas também. E só eu sobrei do grupo.

– Questão de probabilidades – disse Simba. – O tipo dizia que o único metal que protegia do Feixe era o amianto, só o amianto. Hoje sabemos que nem isso era verdade. Mas de fato nenhum de nós estava em contato com metal. A menos que o Jan... de fato não sabemos...

Mas Jan desde a véspera estava de cara amarrada e boca fechada. Só a tinha aberto para cumprimentar Kiboro à chegada. Ignorava os outros. Por isso não respondeu à dúvida de Simba e ficamos sem saber onde estava ele no momento em que a arma foi detonada. Se estivesse dentro de um carro, então a teoria caía por terra. Mas só Kiboro mesmo era capaz de lhe perguntar, estavas num carro, Jan? Ou num edifício de estruturas metálicas? Kiboro não perguntou, mais atento ao silêncio distraído de Ísis.

Esta continuava a desenvolver a sua teoria, lembrando-se de muitos fatos que lera. Os mitos explicavam tudo. Por exemplo, os Mapuches, povo que habitava parte do Chile e da Argentina, e em princípio também extintos, sabiam que a Terra é redonda e tinham grandes conhecimentos de ciências e astronomia, três mil anos antes de Colombo ter chegado à América. Como lhes tinham chegado esses conhecimentos senão por transmissão de geração em geração, muito mitificados mas suficientemente nítidos para os terem gravado em pedra? Desta vez, no entanto, há muito mais testemunhos escritos, filmados, fotografados, impressos em pedra ou em material eletrônico. Estamos a deixar inúmeros indícios para o futuro, para quando nos tivermos esquecido do que eles significam. Será que as provas resistem? As de papel e filme não vão perdurar, outras sim. Até um dia aparecerem uns homens que conseguirão interpretá-las. Esperemos. Talvez houvesse um dever de preservar as coisas e deixar explicações, como o cientista da gruta fez, na esperança de um dia ser entendido. Alguém tem de inventar uma maneira mais durável que o papel ou um disco de computador para que os bisnetos dos nossos bisnetos percebam o que vivemos, pensou ela. Talvez essa geração arranje maneira de impedir que se desenvolvam as armas para matar os seus descendentes.

Mas a conversa entre os outros tinha derivado para o anel muito grosso com uma pedra preciosa ostentado por Kiboro. Demasiado gordo para o gosto de Janet, pensou ela. Mas Jude estava entusiasmada, é lindíssimo, onde o arranjaste? Kiboro tossicou, aclarando a voz, pois no fundo tinha uma declaração a fazer.

— Passava com a Ísis numa praça, a Praça Vendôme, onde há ourivesarias de luxo. Vi esse anel numa delas. Entramos apenas para ver joias, mas quando o descobri, numa caixa de vidro maciço, não resisti. Sei que não me pertence e por isso esperei por vocês. É de todos, não é só meu.

– Encontraste, ficaste com ele, qual a dúvida? – falou enfim Jan.
– Tenho o direito de ficar com ele? Queria perguntar isso a todos.
– É engraçado! – disse Simba. – Estás com problemas, Joseph? Logo tu? Por mim, podes ficar com ele, com a ourivesaria inteira.
– O Joseph está a pôr uma questão interessante – disse Janet. – A Europa inteira, para não dizer o mundo, pertencem-nos. Mas ao coletivo que nós somos ou a cada um individualmente?
– Pois, me pareceu que era ao coletivo, por isso perguntei.
– Aí está Joseph Kiboro, o último comunista da História – riu Simba.
– Ou o primeiro da nova História – disse Ísis, entrando finalmente na conversa. – Já discutimos isso e achei ridícula a preocupação. Se quer ter o anel, fica com ele, nem precisa de perguntar. Mas está com escrúpulos.
– Como veem, sou um ladrão com escrúpulos. Aliás, acho que deixei de ser ladrão há uns tempos...
– Desde que saíste da cadeia – falou Jude. – Na altura, o Simba adivinhou, nunca mais serias ladrão.
– E agora és o maior defensor da propriedade coletiva, pelo menos preocupas-te com ela – disse Ukolo. – Mas Janet tem razão, o problema é interessante. Como vamos pensar, tudo isto é nosso e cada um se serve à vontade? Ou vamos criar regras?
– Regras? Que regras? Acabaram de vez as regras, não perceberam ainda?

Dippenaar enfrentava todos, agora de pé. Parecia querer ameaçar quem não estivesse de acordo com a sua liberdade de fazer o que lhe desse na bolha. Nenhum dos outros replicou, até porque o tom dele não conjugava com o da conversa, amistosa até então. Simba Ukolo ainda pensou em ripostar, dizendo, se não há regras vamos seguir a lei do mais forte e é isso que te interessa, dominas melhor as armas que qualquer um de nós, queres o poder absoluto por isso não te convêm as regras, mas tinha bem presente a discussão da véspera e não queria envenenar mais as relações. No entanto, alguém teria de dizer alguma coisa. E foi Nkunda:

– Tio, se eu quiser mais gelado daquele que está ali no armário, tenho de pedir? Ou vou lá tirar só?

– Essa é a questão – disse Janet. – No teu caso, Nkunda, tens de perguntar ao teu tio porque ele é médico e pode achar que dois gelados te fazem mal. Mas só por isso. De resto...

– Se não há regras, nem isso precisa de perguntar – contrariou Jude, para meter mais combustível na fogueira. – Simba deixará de ter autoridade sobre ele, porque se deixa de seguir as regras da família.

Alguns riram e Jan ficou mais furioso. Saiu porta fora, dizendo um sonoro merda para isto.

– Não precisavas de exagerar – reprovou Ukolo.

– Levei o pensamento dele até ao fim – disse Jude. – Vocês ficam todos medrosos com ele.

– Medrosos? Quem falou em medo?

Agora era Ukolo que aparentava fúria em relação à sua jovem companheira. Levantou da mesa, foi buscar mais um gelado para Nkunda, o qual bateu palmas de contentamento.

– Pensei evitar mais um conflito, é tudo – disse o médico. – Já temos problemas que cheguem, se ainda começamos a dividir-nos...

– Simba tem razão – disse Janet. – Devemos evitar essas brigas. Ontem não precisávamos de dizer tudo o que dissemos. Ou sugerimos. Mas de qualquer modo fiquei mais aliviada por deitar para fora aquela frase assassina. Prefiro assim do que ter tudo entalado na garganta. Agora já não há mais nada a dizer, podemos entender-nos perfeitamente com ele. E devemos fazer um esforço para isso.

– Conheço a pessoa ideal para fazer a ponte – disse Julius, apontando para Kiboro.

– Eu? – perguntou Joseph. – E faço a ponte como?

– Fala com ele, tenta convencê-lo a ficarmos todos em paz – disse Simba.

– Mas vocês ainda não responderam à minha questão...

– Nem é preciso – voltou o médico. – O Jan já disse. Nesse ponto estou com ele, não é preciso regras para as coisas materiais. Há demasiado pouca gente no mundo para todas as riquezas. Se quisermos podemos dividir. Eu fico com Moscou, tu ficas com Berlim, a Ísis com Paris e Jan com Amsterdã, Julius com Londres, etc. Ou podemos dividir os países. Ou até os continentes. Quem fica com a Ásia Oriental, quem fica com a África do Norte ou a América do Sul? Mas não é preciso. Acho que devíamos viver juntos no mesmo sítio, sobreviveremos mais facilmente. Foi o que andamos a fazer este tempo todo, a encontrar-nos, a juntar-nos... Acho que a única regra necessária é a do bom senso, pelo menos enquanto não aparecer um louco a querer se tornar num ditador. Por isso, se queres esse anel, é teu, penso que estamos todos de acordo. E se a Ísis quiser usar uma tiara de diamantes, como certamente havia na Praça Vendôme... a propósito, essa praça é célebre por ter das melhores joalherias do mundo, até eu sei... Enfim, Ísis, se te interessa uma tiara de diamantes...

Ela riu, embora estivesse um pouco ausente. E de repente começou a falar e a desenvolver as suas ideias sobre as várias vezes que a humanidade provocou a sua quase extinção, para sempre sobreviver e da sobrevivência retirar apenas como memória alguns mitos e religiões. Entretanto, Kiboro tinha saído do restaurante e foi conversar com Jan, o qual lhe falou da sua ideia de ir até à Holanda, aproveitando agora o bom tempo antes do Inverno. Kiboro aceitou ir com ele, de carro. Joseph precisava de um afastamento temporário de Ísis, ficava sufocado pelo desejo dela e atormentado pela sua falta de resposta. Já percebera, ela até podia ir para a cama com ele. E teria ido, se os outros tivessem ficado mais tempo ausentes. Mas não seria por interesse, apenas para o satisfazer. E Joseph queria amor, não piedade. Por isso a viagem com Jan seria um ótimo meio de espairecer. Simba parecia ter deixado de ser um perigo no seu relacionamento com Ísis, pois ela também não tinha manifestado nenhuma saudade pela ausência. E parecia, o médico se contentava em ensinar umas coisas secretas à Jude. Disse para Jan, por acaso temos sorte, já viste, três mulheres e todas bonitas, cada uma à sua maneira. O sul-africano não pareceu concordar, mas ficou calado. Como iria concordar se não beneficiava de nenhuma dessas belezas? Ficar só a olhar e a roer as unhas vendo outros aproveitarem? Tinha mesmo razão em não concordar e o próprio Kiboro também o deveria fazer, afinal. Incoerências. Jan aceitou voltar para o restaurante, embora resmungasse ser melhor irem dar uma volta pela cidade, num dia de sol. Já vamos, mas levamos os outros. E voltaram ao restaurante para acabar com a discussão filosófica que finalmente Ísis ousara tornar pública.

– Vamos continuar essa conversa tão interessante mas lá fora, passeando ao sol – disse Kiboro, chegando logo a interromper, talvez com aquela ousadia conferida pela sua posição nova de afortunado medianeiro de conflitos.

Ísis não apreciou a interrupção, mas aceitou. Todos se levantaram e foram em grupo descendo os Campos Elíseos, falando um e outro, com bonomia, no passo lento próprio para depois de um bom almoço. Era uma teoria que dava para discussões, sobretudo por Janet ter muitos exemplos dos seus estudos antropológicos. Coincidia em parte com Ísis, até porque não havia explicação para o conhecimento que incas tinham de certas cosmogonias ou de como os antigos egípcios tinham descoberto técnicas de construção ou espantosos conhecimentos médicos. Até havia especulações que essas sabedorias tinham sido transmitidas aos homens por seres extraterrestres, muito mais evoluídos. Poderiam apenas ser conhecimentos restando das anteriores civilizações extintas por si próprias. Foram andando até ao anoitecer, parando de vez em quando numa esplanada para beber um refresco ou uma cerveja, sem objetivo, sem pressas, apenas pelo prazer de especular em Paris, que já tinha sido terra de filósofos e pensadores, tipos que se gabavam de terem inventado a própria análise, tal era o seu gozo de especularem sobre tudo. O próprio Dippenaar estava mais descontraído e acabou por anunciar que sempre ia à Holanda, acompanhado pelo Joseph. Ninguém opôs resistência, nem havia resistência a opor, esperariam o que fosse preciso. Aliás, ainda nenhum se tinha realmente perguntado o que faria no dia seguinte. Era uma certa forma de liberdade. E Simba Ukolo nem se lembrou de levar algum pedaço de terra ou água ao laboratório, procurando vida. Também sabia agora, ali bem podia procurar, era inútil. A vida sobrevivia apenas num raio limitado à volta de Calpe e talvez debaixo dos gelos da Antártida. Com muita sorte, nalguma ilhota do Pacífico, era muita superfície para ser toda coberta pelas armas.

Os dois foram até à Holanda, onde Dippenaar desconseguiu de encontrar raízes. Não era um investigador de arquivos, mas não ousara pedir a Ísis os seus préstimos, ela ainda queria desfrutar de Paris, embora estivesse bem menos interessada em saber da realização de cultos à deusa homônima e se aconteceram mesmo rituais sangrentos no século XIX. Os documentos talvez estivessem à mão, mas ela achava agora isso sem importância alguma. Nada afinal tem a importância que se dá às coisas numa época determinada. Era no entanto curioso que Jan se preocupasse tanto em descobrir raízes familiares de trezentos anos atrás, agora que era o último da estirpe. As pessoas tinham gostos estranhos quando o mundo mudava, era certo. Ou então eram atitudes normais para um novo mundo. Ísis esperava apenas que nenhum desenvolvesse instintos de *serial killer*, pois cada vida contava a multiplicar por mil.

Kiboro regressou com Jan, contando maravilhas dos canais banhados pelo sol do Outono agonizante, mas o sul-africano se queixou do frio que já avançava para sul. Entretanto, os outros tinham deambulado por Paris, sem objetivo. Curtiam a vida que lhes tinha sido poupada, numa cidade bonita. Tinham discutido as várias cidades e quase todos queriam ir desvendar as belezas de Praga e Budapeste, tão cantadas como São Petersburgo. Janet se inclinava para Roma, a cidade mais linda da Europa e onde afinal tinham ficado tão pouco tempo. Por tua causa, lhe disse Simba. Podíamos ter ficado mais tempo lá mas havia que acelerar a vossa partida para a América antes de os gelos se instalarem no hemisfério norte. Ela fez ar de desagrado e Simba logo corrigiu, perdoa, era compreensível e não te culpo de nada, estou só a brincar, mas podemos voltar a Roma, claro, até deve ser mais quente que Paris no Inverno. Foram as conversas que os acompanharam naqueles dias de ausência de Kiboro e Jan. Talvez para gozar com os outros, os dois trouxeram diamantes fabulosos num saquinho que encheram em Antuérpia e espalharam-nos sobre a toalha verde da mesa, escolham. Se limitaram a olhar, ninguém tocou em nenhum. E Simba não gostou da alusão ao passado confronto, evidentemente. Mas engoliu em seco. Nkunda brincou com um deles, fazendo-o de berlinde. Mas não era suficientemente regular e em breve o rapaz parou com a brincadeira, havia pedrinhas bem mais redondas, branquinhas, nos rios da sua terra. Os diamantes ficaram na mesa do restaurante, ninguém os levou quando saíram dali.

Já dezembro tinha entrado quando Janet e Ísis descobriram, quase ao mesmo tempo, que a menstruação não lhes vinha. Foram consultar separadamente Simba, na sua qualidade de médico. Havia facilidade de lhes fazer os testes e deram positivo. O engraçado foi quando disseram uma à outra. Nem podiam crer, estavam as duas grávidas e nunca trocaram uma impressão sobre isso. Simba estava contente, mesmo muito, por Janet. Não foi tão efusivo ao cumprimentar Ísis. Fez rapidamente as contas e disse o nome do pai, Riek. Ela baixou os olhos, concordando. Mas depois foi contar a notícia a Janet e esta também a procurava para lhe dizer o mesmo. Saltaram como duas crianças no recreio da escola. E à noite contaram aos outros membros do grupo. Não era só Simba a se sentir frustrado por o filho não ser seu, também Kiboro. E Jan também, embora as suas inclinações primeiras fossem, como descobrimos a tempo, por Jude.

– Iniciaram uma série que esperamos numerosa – proclamou Simba, na sua qualidade de defensor da continuação da espécie.

– Alto aí! – disse Ísis. – Este veio sem querer, pelo menos por minha parte. Talvez seja o contrário pelo lado do pai, desconheço.

– Desconheces quem, o pai da criança? – Kiboro muito dificilmente continha a frustração.

– Não desconheço o pai, evidentemente, quem pensas que sou, Joseph? Mas desconheço se ele queria fazer o filho. Imagino que sim.

– Sendo quem é...– disse Ukolo, melífluo.

Afirmação que dava a entender ao rival que sabia quem era e não se tratava dele. Kiboro ficou ainda mais confuso e humilhado.

– Exato! – disse Ísis. – Ele queria fazê-lo. Mas o que estou a tentar explicar é que não tenho a mínima intenção de parir uma série de filhos.

– Nem eu – acrescentou Janet. – Desculpa, Simba, mas não seremos as parideiras do gênero humano. A mulher lutou muito para poder decidir sobre a sua fecundidade. Não vamos agora recuar ao tempo das nossas avós, com nove rebentos cada. Talvez netos nossos ou bisnetos voltem a esses hábitos antigos, mas não os nossos filhos, pois vamos educá-los na cultura da família pequena. Mais tarde não sei, as tradições podem vencer de novo. Mas também não estarás aqui para ver.

– Ela está a falar pelas duas – disse Ísis. – Caramba, vai servir-me de lição. Sempre tomei a pílula, mas por causa do que nos aconteceu nem me lembrei mais disso. Depois deste nascer, vou fornecer-me com um estoque para vinte anos. Bem, talvez faça um intervalo no meio para ter mais um filho. Mas serão dois no máximo.

– As pílulas têm prazo de validade limitado – disse Simba.

– Há outros métodos – continuou ela. – E há um que é muito duradouro.

Ukolo não respondeu logo, já que se tratava de um duelo entre ele e as duas mulheres. À frente do emocionado Julius, feliz demais para dizer alguma coisa.

– Qualquer dos métodos que conhecemos não têm garantia de durar muito. Mesmo o preservativo com o tempo se degrada. Por isso, pode muito bem acontecer que os vossos filhos já tenham problemas sérios em conter a natalidade, se o quiserem fazer.

– A eterna questão da perda de tecnologias e conhecimento de que falamos – queixou Ísis. – Podes ter razão. Quer queiramos quer não, a natalidade pode disparar em duas gerações.

– Vai, tenho a certeza – disse o médico. – Lamento por vocês e as vossas ideias bonitas, mas a necessidade vai falar mais alto. A necessidade da natureza humana.

– Eu cá não me importo – disse Jude, se repetindo. – Posso ser uma parideira.

Julius e Janet festejaram com os outros e eram um casal feliz. Talvez Ísis não quisesse demonstrar, mas era evidente a sua melancolia. Por faltar ali Riek a festejar a paternidade?

Mas não foi só essa a discussão daquela noite. Alguém se queixou do frio e do incômodo que era ter começado a nevar. De fato já na véspera tinha caído o primeiro nevão. E a experiência não tinha sido muito agradável para eles, com exceção de Janet, que já tinha suportado a neve na América. Mas ela também a evitaria, se pudesse. Alguém então avançou com a ideia de baixarem para o sul, para temperaturas mais amenas. Na discussão provocada pelo muito champanhe ingerido para festejar as duas gravidezes, ninguém reparou de quém partiu a primeira sugestão. Pouco importa. Alguém avançou com o sul de França, outro Espanha, outro Itália. Nkunda ficou calado e Ísis também. Os outros dividiam-se defendendo a sua sugestão. Até chegarem a um consenso sobre o quanto seria agradável passar o Inverno no sul de Itália.

– Se é para ir, é amanhã – disse Jan. – Estamos a rapar frio só à toa.
– Vão todos, eu fico – disse Ísis. – Não saio de Paris enquanto não vir tudo o que vim cá ver.
– Voltamos na Primavera – disse Janet. – É o mais sensato. E na volta aproveitamos para conhecer Florença, que dizem ser uma beleza também.

Conseguiram demover Ísis, com a promessa de um regresso logo que o tempo aquecesse. E depois ficaram a ver a neve a cair lá fora, enquanto a última lenha queimava no salão de leitura do hotel, onde se refugiavam.

No dia seguinte, o aeroporto estava com demasiada neve nas pistas para poderem descolar sem perigo. E a visibilidade era nula. Tiveram de voltar para o hotel, tendo apenas experimentado os motores dos aviões, há muito negligenciados. As mulheres usavam os casacões de peles mais caros do mundo, de nomes famosos, mas mesmo assim enregelavam. E os homens, com blusões grossos sobre camisolas para esquiar, sofreram os rigores do tempo para abastecer os aviões. No hotel ao menos tinham aquecimento e bebidas. Deviam esperar até haver um tempo mais favorável, o que só aconteceu muito próximo do natal. Partiram enfim para Marselha, onde aterraram sem grandes problemas. Dali no dia seguinte para Nápoles e depois Palermo, na Sicília. Aí acamparam até à primavera seguinte, bem perto do norte de África.

Foi em Palermo que a insistência gentil de Kiboro levou a melhor sobre as reticências de Ísis e passaram a dormir no mesmo quarto de hotel, embora Joseph nunca conseguisse ter a certeza do que a motivara: amor, mesmo que pequeno, ou piedade; talvez gratidão pelas atenções constantes, as pequenas lembranças que são importantes para uma mulher grávida ou o próprio estado dela que a levava ao sentimentalismo. O certo é que agora dormiam juntos, para grande despeito de Ukolo, o qual escondeu o que lhe ia na alma, embora Jude adivinhasse. Jan se tornara pois no único adulto sem par. O que lhe pesava no humor, se notava a cada instante. Como não constatava diferenças no corpo, Jude sentia que talvez Simba não fosse um bom reprodutor e começava cada vez mais a se imaginar indo procurar Dippenaar no seu quarto para concebereм uma criança. Jude ficara possuída pelo complexo de salvação da humanidade e quase todas as noites chorava por não estar grávida. Como querias estar, lhe dizia Kiboro, se só começamos a ter relações há dois ou três meses? Julgas que é logo à primeira? Com Janet e Ísis foi, queixava ela, e chorava de impaciência. Sim, pode acontecer, mas são remotas probabilidades. Tem calma, vais engravidar. Mas também não é drama nenhum se não for já, temos o especialista Riek que trata infertilidades, dizia ironicamente para a levar a rir, mas sem resultado. Seguiam-se longas discussões, em que ele lhe explicava tudo sobre a reprodução, mas sem contar grandes novidades pois Jude era da geração que aos dez anos já sabia muito sobre esses assuntos antes tabus, bastava ir à Internet para descobrir os segredos que os nossos avós escondiam aos filhos.

Em março, falava Ísis de voltar a Paris, tentando convencê-los da urgência, tinha sido a promessa que a convencera a partir com eles, porque em Palermo já as folhas estavam verdinhas e as flores iam rebentando nos jardins, acabara o frio de rachar, o sol resplandecia cada dia mais cedo. Não tinha muitos seguidores, sabendo ser Primavera apenas ali naquele rincão abençoado, quase África. Só um agradecido Joseph apoiava as suas pretensões. Jan surpreendeu todos e chocou Ísis, pois às tantas disse:

– Paris uma porra! Eu volto para Calpe. Quem quiser vir, tem lugar no meu avião. Mas vou, mesmo sozinho.

– Calpe? – guinchou Ísis, apalpando a barriga que já se notava muito no corpo magro, ao contrário da de Janet, muito mais discreta, talvez porque simplesmente era mais coberta de carnes.

– Calpe, sim. Lá é o nosso sítio. Que estamos nós a fazer aqui nesta terra fria, morta?

– Eu volto para Paris – teimou Ísis. – Vou continuar a morar lá, ainda não vi tudo. E vocês prometeram que voltaríamos para Paris, por isso aceitei vir passar o Inverno aqui nesta paspalheira onde não tem nada para ver, se não mar.

– Pois eu vou para Calpe – teimou o sul-africano.

Os dados estavam lançados, as posições extremadas, o sul-africano de um lado, a bela somali do outro. E não é que subitamente uma saudade tremenda roeu o peito de Simba Ukolo? E também o de

Nkunda e o de Julius e o de Janet? Talvez também a mesma saudade fazia bater descompassadamente o coração de Joseph Kiboro, mas este não expressou, mantendo fidelidade à mulher amada.

– Jan tem razão – disse o médico. – Que se lixe a Europa, este continente morto. Já vi o que tinha para ver. Os noruegueses, que eram pessoas inteligentes e preocupadas, criaram um cofre-forte subterrâneo e gelado, destinado ao armazenamento de sementes, que poderão permanecer ali conservados durante séculos. Isto era para evitar que, com o aquecimento global e todas as catástrofes previsíveis e a prever, se perdessem fontes de alimentação para a Humanidade. Cúmulo das ironias, não são as sementes que hoje desaparecem, é a própria Humanidade. Agora temos até sementes a mais. E noruegueses a menos... Também quero voltar para Calpe. A vida está lá, sempre lá esteve. Vim aqui para compreender o que se passava, já aprendi, basta! Em Calpe é o nosso lugar.

Jude não tinha inclinação particular, iria com os outros. E, neste caso, parecia evidente que escolheria a companhia de Simba e Jan. No entanto, ninguém lhe perguntou nada, reparou. E não gostou de ignorarem os seus desejos. Mas não era o melhor momento para reclamar. Haveria de o recordar um dia, quando a retaliação doesse a sério.

– Ísis, reflete! – disse Janet. – Eles têm razão. Vamos aproveitar o bom tempo que se anuncia para sul, evitamos o frio e as tempestades. Em Calpe estamos melhor que em Paris. E juntos podemos sobreviver...

– Vão todos – teimou a somali. – Basta levarem-me para o continente. Depois arranjo um carro e chego a Paris.

– Vou contigo – disse Joseph. – Até porque o Rex precisa dos melhores salões de cabeleireiro para tratar do pelo e desses só há em Paris.

Ela olhou para Kiboro com alguma surpresa. Depois fez um vago gesto de agradecimento. Mas pouco se importava com a companhia, dava para perceber. Falou, como para si própria:

– O meu filho vai nascer em Paris. Vai ser o primeiro europeu desta nova humanidade.

– Isso é que é sentido teatral! – disse Janet, não podendo evitar certa mordacidade.

Julius fez um sinal para a mulher, no gênero não gozes com ela, e se ofereceu amavelmente:
– Eu levo-vos a Paris de avião. Em dois dias estou cá de volta e depois vamos para Calpe. A Janet fica, porque não vale a pena abusar de viagens no estado dela.
– Imagina! – disse Janet. – Ainda estamos com seis meses de gravidez, nem tanto, podemos viajar quanto quisermos. Vou contigo, quero ver se a Ísis fica bem instalada. E combinar um sistema de nos contatarmos.
– Não vejo como – disse Jan Dippenaar. – A única forma é com uma viagem de avião. E elas são longas. Fazemos assim. Daqui a uns tempos vimos cá, ou um avião ou todo o grupo, veremos. Vocês, se mudarem de endereço, deixem mensagem naquele sítio da Torre Eiffel em que o maluco pôs o aviso dele. Assim poderemos sempre encontrar-vos, mesmo se foram de carro até Kiev. O melhor teria sido um de vocês os dois ter aprendido a pilotar, mas nenhum quis. Poderia ser o contrário e vinham visitar-nos, vamos estar sempre por ali.

E foi desta maneira que o grupo se fracionou de novo. Ísis e Kiboro partiram com Julius e Janet, os outros ficaram em Palermo à espera do piloto crescido na sombra do Kilimanjaro. O qual chegou três dias depois. Demorou um dia a mais que o previsto, porque Ísis escolheu um palacete para morar numa rua perto do Louvre, estava farta de hotéis. O sítio talvez não fosse o melhor, com poucas lojas e restaurantes perto, fato importante no Inverno por causa da comida. Janet queria procurar no *Quartier Latin*, mas Ísis estava teimosa como uma grávida de rei-sol, não ouvia conselhos, o que só fez atrasar o regresso. Simba ouviu o relato feito por Julius com muita consternação, não só pela perda definitiva de Ísis e de Kiboro, o qual afinal até era do seu grupo étnico apesar de isso hoje não ter a mínima importância, mas também pelo fato de saber como médico, o parto não seria fácil para duas pessoas sem qualquer experiência, tinham de esperar que não houvesse uma complicação de última hora. Mesmo com médico presente às vezes há azares, fará naquelas circunstâncias. Mas a somali estava cada vez mais autossuficiente e até era de admirar que aceitasse a presença de Kiboro no momento do parto. Em vários povos que ele conhecia as mulheres iam parir sozinhas para o mato, mas antes tinham tido preparação conveniente das mais velhas e mesmo assim aconteciam muitas tragédias. Enfim, não podiam fazer mais nada, apenas lamentar. E preparar a longa viagem de regresso ao seu continente. Preparação quase desnecessária, diga-se de passagem, pois nada tinham para levar, exceto uma pequena reserva de comida e água para um imprevisto qualquer. O resto de que precisariam no futuro estava em Calpe ou nos arredores.

– Tenho pensado muitas vezes numa coisa – disse Janet, nessa noite antes do regresso. – Tudo indica que uma pequena parte de vida escapou em África porque, como sempre, ela foi desprezada, pouco digna de ser levada a sério e pouparam aí nas armas, quando podiam ter atirado mais uma em cima. Será a razão real. Mas... não será também porque em África começou a humanidade? Tinha de ser também aí que ela devia recomeçar. Se repararem... À volta de Calpe há uma série de sítios onde foram descobertos os mais antigos indícios de vida humana. Não digo que Calpe seja o centro, pois fica talvez ligeiramente a ocidente do que poderia ser o epicentro do nascimento da humanidade.

– Enganas-te, até pode ser rigorosamente o centro – disse Julius, surpreendendo todos porque geralmente não participava das especulações mais próprias de acadêmicos. – A ocidente há a floresta equatorial e aí é difícil encontrar indícios, mas eles podem lá estar. Por isso só se encontram a norte, sul e oriente, na zona de savanas. Mas quem garante?

– É uma teoria interessante – disse Simba. – Andamos sempre a voltar às origens, não é?

– Ísis pensava assim, por outras palavras – disse Janet.

– Já falas nela no passado! – censurou Julius.

– Já é passado, amor. Achas que vamos encontrá-los de novo?

– Combinamos isso – disse Simba. – Um dia voltaremos, pelo menos alguns de nós, a Paris. Se eles deixarem a mensagem no caso de mudarem de sítio, encontramo-los.

No entanto, ninguém acreditou muito em tal possibilidade. Tanta coisa podia acontecer entretanto. Como é que um casal solitário resistiria muito tempo aos rigores dos dilúvios que iam vir? Claro, muitos o fizeram ao longo de milênios. Mas talvez estivessem mais preparados. Kiboro e sobretudo Ísis dependiam muito dos sistemas modernos de energia e esses, mais cedo ou mais tarde, iam entrar em colapso. Sem contar com o perigo que significavam as dezenas de centrais nucleares francesas, agora sem assistência e portanto arriscando uma fuga radioativa ou mesmo uma explosão, provocando a catástrofe. Havia de fato uma certa sensação de perda irreparável. Foi um jantar muito triste para todos, exceto Jan, num frenesim e alegria pouco comuns. Jude arriscou perguntar a razão de tanta jovialidade mas ele só riu, abriu os braços, clamou, a África me chama. Quem sabe era verdade?

Na manhã seguinte disseram adeus à fria Europa, agora colonizada pela família Kiboro. Atravessando o mar no avião pilotado por Jude, Simba Ukolo pensou na ironia do destino. A Europa, que tinha mandado tanto bandido, reconhecido ou não como tal, para colonizar África, ia agora ser povoada, se tudo corresse bem, pelos descendentes de um ladrão africano. Ex-ladrão, ou, melhor dizendo, como o próprio o faria, um ladrão com princípios e escrúpulos. E o filho que estava no ventre de Ísis provinha de um feiticeiro etíope. Já nem fumegavam as ruínas da Fortaleza Schengen, derrubada pelos próprios, do interior. Os de fora iam povoar o espaço. Ainda mais, ficava na Europa o primeiro comunista, que intuiu um qualquer direito coletivo sobre as riquezas. Se algum dia essas ideias estranhas aí aparecerem, já sabem de onde vieram.

Epílogo

A viagem para Calpe foi mais difícil. Não por terem apanhado grandes tempestades ou turbilhões de ar, o tempo foi clemente. Mas os meses passados tinham ajudado a degradar as coisas, exceto a barragem de Assuã que continuava a fornecer miraculosamente energia elétrica às cidades do Egito. O resto estava sem eletricidade e, por isso, com muita alimentação estragada. Foram comendo o que puderam, sobretudo enlatados, sonhando com Calpe, o último refúgio. Mas a cidade também estava sem energia e mais envelhecida que a deixaram. Pelo menos cheirava a velhice.

Claro, foi uma festa quando os dois aviões deram uma volta sobre a cidade. Kiari ou Joe, ou lá como se chamava o maluco, foi o primeiro a ocorrer ao aeroporto, saltitando. Depois Dona Geny, aparentemente mais pesada, e o pescador, num carro guiado por este, novidade. O maluco assistiu ao desembarque e depois desapareceu, gritando contra os leprosos que vinham do céu. O casal saudou os recém chegados com mostras de muito afeto. Estranharam a ausência de Ísis e Kiboro, ficaram por Paris, um dia, quem sabe, iremos lá buscá-los. Foram coisas ditas sem muita convicção, cada vez seria mais difícil fazer essas grandes viagens, pois os aeroportos iam apodrecendo e qualquer dia nem no combustível para aviões seria de fiar. Dona Geny bateu na barriga de Janet, com que então temos menino. Janet ia replicar na barriga da outra, mas travou o gesto a tempo, a senhora podia se ofender e nem sequer estar grávida, embora parecesse. Perguntaram por Riek.

– Se meteu pelo mato, disse que ia procurar pessoas. E encontrou duas, que mandou para cá. Um homem e uma mulher. Estão a viver lá no bairro, mas não se adaptam à cidade, querem voltar para a floresta.

Tinha sido a senhora a responder, claro. O pescador apenas sorria, todo embevecido por ver os companheiros regressarem.

– E o Riek nunca mais apareceu? – perguntou Jude.

– Não, anda por lá a comer raízes e mandioca, se percebemos

bem o que os dois dizem. Falam uma língua estranha, da floresta. Parece, lá só há mandioca, inhame, folhas e raízes, não há animais nem peixe. E é difícil levar comida em sacos ou latas para a floresta a pé. De carro é impossível, não há estradas. Com vocês aqui, já será possível levar de avião.

Mais tarde haveriam de conhecer o casal, no bairro onde se situava a casa de Simba Ukolo. Viviam isolados, foi Riek que os juntou e indicou o caminho da cidade. Além de feiticeiro agora também era casamenteiro, pensou o médico, com uma ponta de amargura. Fizera bem, tinha de reconhecer, a cidade por enquanto tinha condições de vida melhores que o mato. E Riek se metera aventureiramente pelo caminho, procurando pessoas isoladas ou agregadas, para os convencer a juntarem-se em Calpe. Logo que possível, tinham de o ajudar, enviando mantimentos.

Depois de comerem a primeira refeição preparada por Dona Geny, contaram do manuscrito encontrado em Berlim. Foi preciso repetir para que a estória fosse bem entendida. A parte difícil foi falar da igreja que estava na base daquilo tudo, a própria de Dona Geny e agora também do pescador, recentemente admitido como membro. Devia haver engano, a sua igreja nunca poderia ter ideias tão loucas, gritava a senhora, enquanto todos os outros diziam é verdade, se quer ler está aqui, trouxemos o manuscrito para ficar depositado na biblioteca de Calpe, tornada capital mundial e portanto cidade guardiã dos maiores segredos da humanidade. Gritou, insultou, verberou todos os nomes de demônios conhecidos, finalmente chorou, vencida. Convencida?

– A Coroa Sagrada era afinal um morrozito com uma enorme cave mal cheirosa em baixo e os Paladinos uns grandes bandidos – disse Jude, radiante por poder fazer sofrer a senhora. – Tem de inventar outra igreja.

Mas Dona Geny reagiu em breve como devia fazer uma verdadeira crente. Levantou a cabeça, olhou todos, um a um, mais demoradamente o pescador, e falou virada para este:

– Seja, se todos o dizem... Quer dizer que os profetas traíram os ensinamentos dos Cinco, profanaram a religião. Se foi assim, ainda bem que desapareceram. Mas a verdadeira igreja dos Paladinos da

Coroa Sagrada está viva, está aqui em Calpe, e nós não traímos os Cinco. Ninguém, exceto o pescador, sabia quem eram os Cinco, os tais fundadores da igreja antes mesmo de Abraão e talvez mesmo de Adão e Eva, mas não houve perguntas. Já tinham contado a verdade, ela faria o que bem entendesse. Mas seria inútil tentar converter um deles, devia se contentar em tentar atrair para a sua órbita o casal chegado do mato. Eram pessoas tímidas, nitidamente fora do seu meio natural e sem falarem o suaíli, o que os marginalizava ainda mais. Dona Geny, pelos vistos, conseguia, a partir da sua língua materna, entrar em contato com eles, e também o pescador. Também eu posso, portanto, pensou Simba para si mesmo. Não experimentou nessa primeira vez, nem os ouviu dizer uma só palavra. Havia tempo.

Instalaram-se e andaram a procurar candeeiros e petróleo para a noite. Era o regresso a África agrária, haveria muita comodidade a que tinham de renunciar, ainda nem tinham feito as contas. Felizmente as noites eram sempre frescas, por causa da altitude, e não havia mosquitos. O pescador aproveitou reclamar, agora temos que beber cerveja ao natural, já não se pode gelar, eu deixo-a à noite numa bacia de água fora de casa e depois escondo-a no canto mais fresco. Qualquer dia a cerveja está estragada, pensou o médico, sem manifestar em voz alta a sua ansiedade. O uísque durava mais e algum vinho também. Um dia haveriam de beber apenas aguardentes ou cervejas feitas caseiramente a partir do milho, se milho houvesse.

– Temos de pensar em agricultura – disse ele.

– O casal já começou umas lavras aqui na cidade – disse o pescador. – Também estou a pensar fazer uma. Já que não há peixe...

– Há sementes? – perguntou Jan.

Havia o suficiente. Deviam ser multiplicadas, antes que estragassem. O que implicava mão de obra.

– É mesmo bom que o Riek convença as pessoas a virem – disse Julius. – Para produzirem comida...

– Enquanto nós mandamos e comemos – disse Janet, em voz sumida.

Dippenaar ouviu-a, no entanto. Apoiou com a cabeça, é isso mesmo que vai acontecer, sempre foi assim, uns trabalham, outros mandam. Ele estava bem, tinha uma profissão útil, piloto de avião.

Simba também, como médico podia exigir a comida que outros produziam a troco de terapia.

– Seremos a classe dominante – disse o sul-africano. – Há dúvidas? Tanta crueza inibiu qualquer palavra ou gesto discordante. Abaixaram as cabeças, rendidos ao inevitável. Fazia ali falta Kiboro para protestar contra a formação de classes sociais, com o seu comunismo nascente; ou então para lançar uma gargalhada sarcástica a tanta seriedade.

No dia seguinte juntaram alguns mantimentos e foram levá-los à aldeia já nossa conhecida, na margem do Congo, onde encontraram Riek. Tinha chegado lá a pé, guiado pelas explicações que lhe tinham dado antes de partirem para a Europa. Explorou os matos à volta, mas ainda não se decidira a avançar para a grande cidade onde só havia bicharada. Na expedição iam Jan, Simba e Julius. Depois dos cumprimentos, Riek perguntou pelos outros. E notou a ausência gritante de Ísis.

– Ficou em Paris com Kiboro – disse Julius.

O etíope não disse nada, embora os olhos murchassem. Falou das dificuldades vitais da população da aldeia, algumas dezenas. As pessoas se tinham reunido ali, ao que ele percebera, porque à volta da aldeia havia lavras de mandioca dos antigos habitantes. Iam desenterrando os tubérculos e tratavam das outras plantas, na esperança de recuperarem hortas de legumes. Mas praticamente em abundância só havia mandioca, insuficiente no entanto para os alimentar. Também era longe demais para irem até Calpe, sem reservas de comida para o caminho. Talvez encontrassem, como ele encontrou na mata, mas ele exigia pouco, com uma mandioca pequena andava durante três dias.

– Trouxemos carne em lata, peixe também em lata, leite em pó, açúcar, enfim o essencial – disse Simba. – Há gente doente? Trouxe alguns medicamentos para uma necessidade. E sementes...

Estavam muito magros, todos eles, carentes de proteínas, parecidos agora com Riek que tinha os cabelos mais desgrenhados e sujos. Doenças graves parecia não haver. O etíope disse com naturalidade já ter curado dois casos de infertilidade, embora Simba tenha desconfiado, pois os casais eram recentemente formados e

ainda nem dava tempo para se aperceberem que não eram fecundos. Mas Riek tinha as suas artes, sem dúvida incompreensíveis para ele. O médico puxou-o de lado e disse:
– Ísis está grávida. Já foi grávida daqui. Achei que você devia saber.
– Eu sei. E Janet também.
Ukolo nem replicou. De fato, Riek tinha a sua arte ancestral, não dava para duvidar. De outro modo, como podia adivinhar tais coisas? Entretanto, Jan andava de grupo em grupo estudando as mulheres. Levava na mão um saco com comida, fósforos, sabão, saco que ele tinha arrumado no avião à parte do resto. Acabou por entrar numa cubata maior que as outras. Saiu de lá com uma moça e sem o saco. Entretanto, Simba e Julius combinavam com Riek o envio de pessoas para a cidade, onde encontrariam todas as condições para fazer agricultura e talvez mel. Se necessário, outras viagens de avião seriam feitas. O etíope, caminhante de tantos caminhos, conseguia se fazer entender das populações, cruzando línguas e gestos, explicando e percebendo o necessário. Quando se despediam de Riek, que disse continuar a sua missão, mais encorajado agora com a vinda deles para procurar outras aldeias, tentando concentrar as pessoas ali e em seguida enviá-las para Calpe, Jan mandou a moça entrar no avião. Como ela hesitava, ele segurou-lhe num braço e empurrou-a com poucas cerimônias para dentro do aparelho. Julius, sentando-se ao lado dele, perguntou, e essa moça aí?
– Agora é a minha mulher. Dei um saco com coisas ao tipo que parece mandar na aldeia, vendeu-ma.
– Ele vendeu a moça? – quase gritou Simba Ukolo, desconcertado.
– É uma maneira de dizer. Nem tinha o direito de a vender, ela não lhe pertencia. Enfim, estava na casa dele, deve-a ter apanhado sozinha e meteu-a lá dentro. Ficou todo satisfeito com os fósforos e o sal e as outras coisas, deixou que eu a trouxesse em troca. Não é bonitinha? Foi um bom negócio.
Julius afinal tinha lido umas coisas na sua juventude, porque disse, até parece o rapto das Sabinas. Dippenaar não conhecia a história mas concordou, é quase um rapto, de fato, mas acho que ela não se importa, está é com medo do avião, isso passa-lhe. Simba Ukolo se lembrou de outro mito, o do rapto de Europa por Zeus,

segundo os antigos gregos. Europa pelos vistos era frequentemente raptada, agora por Joseph Kiboro... Apenas mitos.
Foi assim que Jan Dippenaar arranjou mulher. Claro que Janet barafustou, vocês nem se entendem, que língua fala ela? Que era um escândalo, uma violação, mas de fato ninguém lhe deu ouvidos. Janet muitas vezes era demasiado radical, o homem precisava de mulher e a moça ia ficar muito melhor na cidade, qual era o problema? Dona Geny abençoou aquela ligação, na esperança de educar as crianças deles na fé dos Paladinos. E mesmo Simba Ukolo, pensando mais a frio, não encontrou objeções de monta. Estavam a construir uma nova humanidade com a gente que havia e todos os processos valiam. A anterior humanidade também não deve ter começado melhor, se atendermos à maneira como terminou. Falando de valores morais então...
 A educação de Nkunda se impunha e resolveram criar uma escola para ele, onde quem sabia tentava ensinar-lhe o básico dos seus conhecimentos, com a ajuda dos manuais escolares encontrados em todo o lado. A escola também se abria a qualquer adulto que quisesse aperfeiçoar competências. E assim vimos por exemplo Julius ensinar ao pescador a arte de reparar os motores dos barcos por enquanto inúteis ou Jan ensinar Jude a arte de armar uma emboscada e disparar tiro-a-tiro com uma automática. Dava para passar o tempo e se prepararem para quando existissem várias crianças. Enfim, com alguma hesitação para ganhar coragem, Dona Geny acabou por lançar a discussão, se devia ou não ensinar religião na escola? Só o pescador a apoiou, pois todos os outros achavam, uma coisa era escola, outra religião. Muito mal tinha vindo ao mundo da mistura dos dois poderes, não deviam repetir. Geny se conformou, mas magicando que tinha de converter um a um à sua fé, não os encrostados hereges que eram seus companheiros mas os novos habitantes que iriam aparecendo do mato. Um dia teria maioria para impor que as crianças aprendessem logo a religião ao mesmo tempo que a ler, era questão de tempo e muita perseverança. Para a salvação do mundo.
 Já no fim mesmo desta estória, é preciso relatar, uma abelha deu duas voltas no ar e pousou no braço de Simba Ukolo. Aquele

homem atraía as abelhas, já eram três. Um homem de muitas abelhas, bom título. Ele olhou enternecido para ela. Seria a mesma das duas vezes anteriores? Preferia que fosse outra, cada uma das três diferente, tinha muito mais significado. Ísis mostrara preocupação pela memória futura, deixar um registro para que gerações a seguir pudessem conhecer o que conosco aconteceu. Cheia de razão, a esbelta Ísis, de nome de deusa. Um dia alguém de nós teria de fazer esse registro, imprimindo-o em algo tão durável como a pedra.

Gravei em cera de lágrimas espalhadas sobre montanhas de névoa eterna. Vai por isso durar muito tempo, até poder ser lido, um dia.

Pepetela
Luanda, 2007.

Glossário

A
abuamado: surpreso; admirado.
apelido: (Br.) sobrenome.
aterrar/aterragem: aterrissar/aterrissagem.
autocarro: veículo para transporte coletivo de passageiros; ônibus.

B
bata: peça de vestuário que se usa sobre outra; uniforme hospitalar; uniforme escolar.
bazar (v.): fugir precipitadamente; desaparecer; vazar.
berrida (dar berrida): (Ang.) com berro; fazer fugir; correr.
bôer (bóer/boer): indivíduo descendente de colonos holandeses que se instalou na África do Sul (pejorativo).
boleia: (Ang.) forma de transporte em que pessoas são levadas de um ponto a outro por um terceiro em seu veículo, de forma gratuita; carona.
bué: (Ang.) muito.
bungular: (Ang.) saracotear (do quimbundo *ku bungula*: "saracotear típico dos feiticeiros").

C
camisola: camiseta.
casa de banho: banheiro.
cazumbi: diminutivo de zumbi; aquele que persegue, atormenta.
charro: cigarro de haxixe ou marijuana (coloquial).
choque do camano: um choque muito grande.
cofre: porta-malas; mala do veículo.
cubico: casa muito pequena; quarto.
cuecas de mulher: roupa íntima feminina; calcinhas.

D
descapotável: de que pode ser movida a capota, teto do veículo; conversível.
depósito: tanque de combustível.
descolar/descolagem: decolar/decolagem.
desconseguir de: não conseguir; não ser capaz.

E
esferovite: isopor.

F
fato: traje feminino ou masculino; terno.
fixe: (coloquial) pessoa leal, agradável.
frigorífico: geladeira.
funje: mistura de água e farinha de milho e/ou mandioca que acompanha outros alimentos.

G
gajo/a: pessoa desconhecida ou cujo nome não se quer mencionar; velhaco; pessoa, indivíduo.
gelado: sorvete.
geleira: geladeira; frigorífico.
giro: (coloquial) bonito; engraçado; interessante.
gombelador: homem assediador; violador (trad.).

K
kimbanda: feiticeiro; curandeiro.
kimbo: (Ang.) aldeia.
kionga (ir parar à kionga)**:** ir para a prisão; ir preso.

M
maka: (Ang.) assunto; discussão acesa; problema; conflito.
mala (do veículo)**:** porta-malas; cofre.
mambo: (Ang.) assunto; conversa sigilosa; coisa (coloquial).

manípulo de mudanças: alavanca do câmbio das marchas de um veículo.
marcha atrás: marcha à ré.
masé: (Ang.) "mas é".
matubas: testículos.
miúdo/a: menino/a; criança.
montra: vitrine; vitrina; espaço de exposição de produtos protegido por vidro.
mujimbos: boatos.
musseque: bairro urbano ou suburbano, com ruas de areia, habitado por segmentos pobres da população.
muxima (fazer boa muxima): cativar; conquistar.

P
parquear/parqueamento: estacionar/estacionamento.
pequeno almoço: café da manhã.
pôssas/possas: (interjeição) Pôxa! Puxa!

S
sandes: (coloquial) sanduíche.
sanita: vaso sanitário.
secretária: escrivaninha; mesa de trabalho.
sítio: lugar.
sumo: suco.

T
tabliê (tablier): (Fr.) painel de veículo.
tampões: absorventes internos.
tarado/a: louco/a.
telemóvel: telefone celular.
tipo: indivíduo; sujeito; pessoa.
travão: freio; breque.

O autor

ARTUR CARLOS MAURÍCIO PESTANA DOS SANTOS nasceu em Benguela, Angola, em 1941, onde fez o Ensino Secundário. Iniciou os estudos na Universidade em Lisboa, em 1958. Por razões políticas, em 1962 saiu de Portugal para Paris, e seis meses depois foi para a Argélia, onde se licenciou em Sociologia e trabalhou na representação do MPLA (Movimento Popular de Libertação de Angola) e no Centro de Estudos Angolanos, que ajudou a criar.

Em 1969, foi chamado para participar diretamente na luta de libertação angolana, em Cabinda, quando adotou o nome de guerra **PEPETELA**, que mais tarde utilizaria como pseudônimo literário. Em Cabinda foi simultaneamente guerrilheiro e responsável no setor da educação.

Em 1972, foi transferido para a Frente Leste de Angola, onde desempenhou a mesma atividade até ao acordo de paz de 1974 com o governo português.

Em novembro de 1974, integrou a primeira delegação do MPLA, que se fixou em Luanda, desempenhando os cargos de Diretor do Departamento de Educação e Cultura e do Departamento de Orientação Política.

Em 1975, até a independência de Angola, foi membro do Estado Maior da Frente Centro das FAPLA (Forças Armadas Populares de Libertação de Angola) e participou na fundação da União de Escritores Angolanos.

De 1976 a 1982, foi vice-ministro da Educação. Lecionou Sociologia na Universidade Agostinho Neto, em Luanda, até 2008. Desempenhou cargos diretivos na União de Escritores Angolanos. Foi Presidente da Assembleia Geral da Associação Cultural "Chá de Caxinde" e da Sociedade de Sociólogos Angolanos. Em 2016 foi eleito Presidente da Mesa da Assembleia Geral da Academia Angolana de Letras, de que é membro-fundador. É membro da Academia de Ciências de Lisboa.

Obras do autor

1973 – *As aventuras de Ngunga*
1978 – *Muana Puó*
1979 – *A revolta da casa dos ídolos*
1980 – *Mayombe*
1985 – *Yaka*
1985 – *O cão e os caluandas*; 2019 (Ed. Kapulana)
1989 – *Lueji*
1990 – *Luandando*
1992 – *A geração da utopia*
1995 – *O desejo de Kianda*
1996 – *Parábola do cágado velho*
1997 – *A gloriosa família*
2000 – *A montanha da água lilás*
2001 – *Jaime Bunda, agente secreto*
2003 – *Jaime Bunda e a morte do americano*
2005 – *Predadores*
2007 – *O terrorista de Berkeley, Califórnia*
2008 – *O quase fim do mundo*; 2019 (Ed. Kapulana)
2008 – *Contos de morte*
2009 – *O planalto e a estepe*
2011 – *Crónicas com fundo de guerra*
2011 – *A sul. O sombreiro*
2013 – *O tímido e as mulheres*
2016 – *Como se o passado não tivesse asas*
2018 – *Sua Excelência, de corpo presente*

Prêmios

1980 – Prémio Nacional de Literatura, pelo livro *Mayombe*.
1985 – Prémio Nacional de Literatura, pelo livro *Yaka*.
1993 – Prêmio especial dos críticos de S. Paulo (Brasil), pelo livro *A geração da utopia*.
1997 – Prêmio Camões, pelo conjunto da obra.
1999 – Prêmio Prinz Claus (Holanda), pelo conjunto da obra.
2002 – Prémio Nacional de Cultura e Artes, pelo conjunto da obra.
2007 – Prémio Internacional da Associação dos Escritores Galegos (Espanha).
2014 – Prémio do Pen da Galiza "Rosália de Castro".
2015 – Prêmio Fonlon-Nichols Award da ALA (*African Literature Association*).

Destaques

1985 – Medalha de Mérito de Combatente da Libertação pelo MPLA.
1999 – Medalha de Mérito Cívico da Cidade de Luanda.
2003 – Ordem de Rio Branco, da República do Brasil, grau de Oficial.
2005 – Medalha do Mérito Cívico pela República de Angola.
2006 – Ordem do Mérito Cultural da República do Brasil, grau de Comendador.
2007 – Nomeado pelo Governo Angolano Embaixador da Boa Vontade para a Desminagem e Apoio às Vítimas de Minas.
2010 – Doutor *Honoris Causa* pela Universidade do Algarve (Portugal).

fontes	Gandhi Serif (Librerias Gandhi)
	Montserrat (Julieta Ulanovsky)
miolo	Pólen Bold 70 gr/m²
capa	Supremo Duo Design 250 gr/m²
impressão	Maistype